AMSER
DRWG FEL
HEDDIW

AMSER DRWG FEL HEDDIW

Iwan Meical Jones

Argraffiad cyntaf: 2024
© Hawlfraint Iwan Meical Jones a'r Lolfa Cyf., 2024

*Mae hawlfraint ar gynnwys y llyfr hwn ac mae'n
anghyfreithlon llungopïo neu atgynhyrchu unrhyw ran ohono
trwy unrhyw ddull ac at unrhyw bwrpas (ar wahân i adolygu) heb
gytundeb ysgrifenedig y cyhoeddwyr ymlaen llaw*

Cynllun y clawr: Tanwen Haf
Rhif Llyfr Rhyngwladol: 978-1-80099-568-0

Cyhoeddwyd ac argraffwyd yng Nghymru
ar bapur o goedwigoedd cynaliadwy gan
Y Lolfa Cyf., Talybont, Ceredigion SY24 5HE
e-bost ylolfa@ylolfa.com
gwefan www.ylolfa.com
ffôn 01970 832 304

'Ac wedi geni'r Iesu ym Methlehem Jwdea yn nyddiau
Herod Frenin,' meddai Apphia Davies,
'roedd hi'n amser drwg, fel heddiw.
Ond does yna ddim peth drwg na fedrwch chi ddim
dod o hyd i ryw ddaioni ynddo fo yn rhywle.'

Pennod I

SWEET AFTON

B U DR LEWIS HUWS yn hoff o sigarét ers ei ddyddiau yn y fyddin ar ddiwedd y Rhyfel Mawr. Bryd hynny roedd Woodbine bach cystal â dim, ond erbyn iddo gyrraedd canol oed medrai fforddio gwell. Players Medium Navy Cut roedd yn eu smocio fel arfer, gyda'r hen forwr ar flaen y paced. Weithiau byddai'n prynu rhywbeth drutach fel Churchman's No 1, Three Castles, neu Passing Clouds, sigarét oedd nid yn grwn ond yn hirgrwn, fel petasai rhywun wedi eistedd ar y paced yn ofalus iawn nes gwasgu'r sigaréts yn unffurf fflat. O 1939 ymlaen byddai paced melyn Sweet Afton yn ei atgoffa am David Vivian Williams ac am rywbeth a ddigwyddodd ddiwedd Medi 1939, ryw dair wythnos ar ôl dechrau'r Ail Ryfel Byd.

Ar ôl cinio dydd Sadwrn clywodd Lewis Huws ei *housekeeper*, Apphia Davies, yn ateb drws y syrjeri i Vivian Williams ac yn ei wahodd i mewn. Roedd hi'n meddwl y byd o Vivian a wastad yn falch o gyfle i gael gair ag ef. Doedd hi ddim mor serchog efo pawb. Clywodd Lewis hi'n holi sut siwrne gafodd Vivian o Lundain y diwrnod cynt. Siwrne anodd oedd yr ateb, a phobman yn llawn.

Daeth Vivian i mewn i swyddfa Lewis tra oedd yntau ar ganol newid ei esgidiau. Ar ôl i'r ddau gyfarch ei gilydd gosododd Vivian baced mawr o hanner cant o sigaréts Sweet Afton ar y ddesg.

'Anrheg i chi,' meddai Vivian, 'mi wnes i ofyn am Players am eich bod chi'n smocio nhw, ond doedd dim ar ôl yn y siop. Roeddan nhw'n dweud bod y rhain rywbeth tebyg iddyn nhw. Ydyn nhw'n iawn?'

'Maen nhw'n dda iawn,' meddai Lewis, 'llawn cystal â Players, diolch yn fawr.'

'Popeth yn iawn.' Gwenodd Vivian ar Lewis.

'Ydach chi wedi bod yn Iwerddon?'

Diflannodd y wên oddi ar wyneb Vivian ar unwaith, fel pe bai wedi cael braw.

'Pam dach chi'n dweud hynny?' meddai.

'Sigaréts o Iwerddon ydyn nhw,' meddai Lewis. Aeth Vivian at y ddesg a syllu'n ofalus ar y paced. Ar y label melyn roedd llun o Rabbie Burns a phennill gan Burns oedd yn dechrau, 'Flow gently, sweet Afton, among thy green braes'.

'Sgotyn oedd Burns, ynte?'

'Ie, ond yn Iwerddon maen nhw'n gwneud y rhain, edrychwch.'

Ar y paced mewn ysgrifen fân roedd manylion y gwneuthurwr, cwmni yng ngweriniaeth newydd Iwerddon.

'Roeddwn i'n hwyr yn cyrraedd yr orsaf,' meddai Vivian, 'ges i'r rhain mewn siop fach oedd yn dweud nad oedd dim Players ar ôl. Mae'r trenau'n llawn iawn y dyddiau yma, wyddoch chi. Pryd fuoch chi ar y trên ddiwethaf?'

Symudodd y sgwrs at broblemau teithio ar y trên ac ni fu mwy o sôn am y sigaréts.

Bu Vivian Williams yn gweithio yn Llundain ers blynyddoedd, ond pan fyddai'n dod adref i Lanrwst byddai fel arfer yn trefnu i fynd i gerdded gyda Lewis yn y bryniau uwchben Dyffryn Conwy. Roedd Lewis wedi troi'n ddeugain oed yn 1939 ac roedd Vivian yn hŷn, yn ei bumdegau. Daeth

Lewis i adnabod Vivian ychydig flynyddoedd ynghynt drwy ei chwaer, Mrs Eirwen Morris, oedd yn byw yng nghartref y teulu ar gyrion y dref. Roedd Vivian a'i chwaer wedi etifeddu sawl fferm ar ôl eu tad, a heddiw doedd Lewis ac yntau ddim yn mynd i gerdded ond i weld fferm fechan o'r enw yr Ydfaes. Yn ddiweddar roedd tenant yr Ydfaes wedi marw ac erbyn hyn roedd y lle'n wag.

Gadawodd y ddau y syrjeri, tŷ teras o'r enw Everton House yn Ffordd yr Orsaf, Llanrwst, a cherdded at Morris 8 Lewis oedd wedi'i barcio'r tu cefn i'r tŷ. Roedd pobl Llanrwst wedi arfer gweld y ddau hen lanc yn cerdded yng nghwmni ei gilydd: Vivian yn dal ac yn denau, gyda llond pen o wallt claerwyn trwchus, a wastad dipyn o steil o'i gwmpas ef a'i ddiwyg. Roedd Lewis yn fyrrach, ddim mor denau, a wastad, haf a gaeaf, yn gwisgo ei siwt waith, yn ddigon trwsiadus, ond heb unrhyw steil o gwbl.

Roedd hi'n brynhawn heulog, golau, a gyrrodd Lewis y car drwy'r sgwâr yng nghanol Llanrwst, ar hyd Stryd Dinbych ac i fyny'r allt ar Ffordd Abergele tua'r dwyrain.

'Wyddoch chi rywbeth am dyfu tomatos?' meddai Vivian.

'Na, dim o gwbl,' atebodd Lewis.

'Beth am gadw ieir?'

'Mae'n gas gen i adar a'u hen blu,' meddai Lewis. 'Pam fod cymaint o ddiddordeb gennych chi mewn ieir a thomatos?'

'Mewn rhyfel bydd bwyd yn brin,' meddai Vivian, 'bydd gofyn i ni dyfu popeth gallwn ni.'

'Ydach chi'n dal yn bwriadu symud yn ôl i Lanrwst?' meddai Lewis.

'Ydw,' meddai Vivian, 'dwi'n disgwyl dod â'r gwaith i ben rywbryd yn y flwyddyn newydd.' Yn Llundain bu Vivian yn gyfrifol am elusen o'r enw The New Housing Trust. Roedd wedi egluro i Lewis pe deuai rhyfel y byddai'n rhaid i waith yr elusen ddod i ben, o leiaf am gyfnod y rhyfel.

'Dach chi wedi gwneud gwaith da iawn,' meddai Lewis, 'mae'n ddrwg iawn gen i'ch gweld chi'n gorfod gorffen. A dydw i ddim yn eich gweld chi'n gwneud ffermwr, wir.'

'Dwi'n siŵr eich bod chi'n iawn,' meddai Vivian, 'dydw i ddim yn bwriadu ffermio fy hun. Mae'r llywodraeth yn debyg o roi caniatâd i rai pobl weithio ar y tir yn hytrach nag ymuno â'r fyddin, ac wedyn bydd angen cael lle iddyn nhw weithio a chynnal eu hunain, gobeithio.'

'Ddaru chi sôn,' meddai Lewis, 'ond doeddwn i ddim yn siŵr oeddach chi o ddifri.'

'Mae'r Ydfaes yn lle addas iawn,' meddai Vivian, 'bydd sawl un yn medru gweithio yno os gwnawn nhw ffermio'r tir yn ddwys, tyfu llysiau, cadw ieir a gwneud popeth posib i gynhyrchu bwyd. Mae Ysgrifennydd yr Heddychwyr Cymreig yn mynd i dyfu tomatos yn ne Cymru.'

'Gwynfor Evans.'

'Ia. Bachgen ifanc da iawn, wedi graddio yn y gyfraith yn Rhydychen.'

'Faswn i'n meddwl bod mwy o bres yn y gyfraith na mewn tyfu tomatos.'

Gyrrodd Lewis y Morris ymlaen drwy bentre Tafarn-y-fedw cyn i Vivian ddweud wrtho am droi i'r dde. Cyn bo hir trodd oddi ar y ffordd honno hefyd nes bod y lôn yn culhau a chwyn yn tyfu'n uchel yn ei chanol. Pan ddaethant at y fferm aeth Vivian allan o'r car ac agor y giât oedd yn arwain at yr Ydfaes. Gyrrodd Lewis drwy'r giât ac i fyny ar hyd y trac. Ar ôl canllath gellid gweld y ffermdy carreg ar y dde ar ochr bryn, a choed y tu ôl iddo. Islaw, o flaen y tŷ, roedd nant fechan a darn gwastad o dir y tu draw iddi. Stopiodd Lewis o flaen y tŷ fferm, gydag adeiladau'r fferm yn ymestyn yr ochr bellaf i'r tŷ.

'Dim ond rhyw ugain erw sydd yma,' meddai Vivian, 'ond mae hon wastad wedi bod yn fferm fach dda – mae'r tŷ a'r llain o dir yn llygad yr haul. Lle da i dyfu llysiau.'

Aethant at y tŷ ac agorodd Vivian y drws. Roedd yr adeilad yn wag, yn sych ac yn syndod o gynnes. Aeth Lewis i mewn i'r brif ystafell lle roedd yr haul yn llifo i mewn drwy'r ffenestr. Daeth Vivian yn ôl at Lewis o gefn y tŷ gyda dau focs pren, a'u gosod yn agos at y ffenestr.

'Waeth i ni'n dau gael eistedd yn yr haul,' meddai. 'Be dach chi'n feddwl o'r lle 'ma?'

'Mae'n lle braf,' meddai Lewis, 'faswn i'n meddwl bydd o'n gwneud y tro yn iawn, ond wn i ddim byd am ffermio wrth gwrs.'

'Mae o'n gyfle rhy dda i'w golli,' meddai Vivian, 'dim ond i ni gael dynion ifainc sy'n awyddus i ddod yma i weithio. Dach chi'n adnabod rhai o ddynion ifainc Llanrwst sydd wedi cofrestru eleni?' Cofrestru yn y swyddfa lafur leol oedd cam cyntaf y broses o orfodi dynion i ymuno â'r lluoedd arfog.

'Ambell un,' meddai Lewis, 'roeddan nhw'n derbyn bod yn rhaid iddyn nhw fynd. Dwi heb glywed bod 'run heddychwr yn eu plith nhw os dyna be dach chi'n feddwl.'

'Ia, dyna beth oedd gen i mewn golwg,' meddai Vivian. 'Bydd angen help cyfreithiol ar ddynion sydd ddim eisio ymladd. Dwi'n siŵr na fydd pethau ddim mor ddrwg ag oeddan nhw yn y Rhyfel Mawr.'

'Gobeithio wir,' meddai Lewis.

'Beth amdanoch chi?' meddai Vivian. 'A fyddech chi'n fodlon helpu bechgyn sydd ddim yn fodlon ymladd?'

'Dydw i ddim yn meddwl dylai dynion gael eu gorfodi i fynd i'r fyddin yn erbyn eu hewyllys,' meddai Lewis. 'Mi faswn i'n barod i'ch cefnogi chi, ond wn i ddim faint o help fyddwn i.'

'Diolch,' meddai Vivian, 'dwi'n bwriadu creu cwmni i fod yn gyfrifol am yr Ydfaes. Byddaf i'n benthyg pres i'r cwmni ar y dechrau ond yn y tymor hir bydd disgwyl i'r gweithwyr dalu eu ffordd eu hunain.'

'Beth am y cymdeithasau heddwch lleol?' meddai Lewis. 'Fyddan nhw'n medru cyfrannu arian?'

'Byddan, gobeithio,' meddai Vivian, 'bydd yn rhaid cael bwrdd rheoli a gwahodd pobl i ymuno. A fyddech chi'n fodlon dod yn gyfarwyddwr? Fydd dim cost ariannol, ond efallai y byddech chi'n fodlon rhoi eich gwasanaeth meddygol am ddim?'

'Mi faswn i'n fodlon gwneud hynny,' meddai Lewis.

'Diolch yn fawr,' meddai Vivian. 'Byddwn yn medru gofyn am statws elusen, ac wedyn fydd dim i'w wneud ond aros i weld a fydd dynion ifainc am ddod yma wedi'r cyfan.'

'Dach chi wedi bod yn cynllunio'n ofalus,' meddai Lewis.

'Mae yna rywbeth arall hefyd,' meddai Vivian. 'Mae'n anodd cadw popeth i chi'ch hunan weithiau. Byddai'n help mawr i mi gael rhywun y gallwn i siarad ag o am bethau cyfrinachol. Ydach chi'n fodlon i mi ymddiried ynddoch chi?'

'Wrth gwrs,' meddai Lewis. 'Be sy?'

Pwysodd Vivian ymlaen at Lewis a siaradodd yn fwy tawel. 'Mae'n bwysig iawn na fydd neb arall yn gwybod dim am hyn, byth. Mae o'n gwbl gyfrinachol, rhyngoch chi a fi. Ydi hynny'n iawn?'

'Ydi,' meddai Lewis, 'mae o'n swnio'n rhyw ddirgelwch mawr.'

'Dydi o ddim yn ddirgelwch,' meddai Vivian, 'ond mae'n rhaid i ni'n dau gadw'r peth yn gwbl gyfrinachol. Ydach chi'n fodlon gwneud hynny?'

'Ydw, siŵr iawn.'

'Dach chi'n cofio'r sigaréts?'

'Y Sweet Aftons?' meddai Lewis.

'Ie,' meddai Vivian, 'doeddwn i heb sylweddoli mai sigaréts Gwyddelig oeddan nhw.'

'Beth, dach chi wedi bod yn Iwerddon?'

'Do, ddwywaith eleni, yn dod i gysylltiad â hen ffrind. Newydd ddod o Iwerddon ydw i, ond does neb arall yn gwybod, a does neb arall i gael gwybod chwaith.'

'Roedd y sigaréts yn dangos lle roeddach chi wedi bod,' meddai Lewis.

'Dach chi'n fy neall i,' meddai Vivian, 'ac yn medru gweld drwyddof i. Dwi'n methu cuddio dim oddi wrthych chi. Bydd yn rhaid i ni fod yn fwy gofalus o hyn ymlaen.'

'Ydach chi wedi dod o hyd i'ch ffrind?' meddai Lewis.

'Dan ni wedi ysgrifennu llythyrau at ein gilydd,' meddai Vivian. 'Ei enw fo ydi Wernher von Wehlau. Freiherr Wernher von Wehlau a bod yn gywir.'

'Ydi o'n byw yn Iwerddon?'

'Na, yn Berlin mae o'n byw,' meddai Vivian. 'Mae'n fachgen hyfryd. Yn Silesia mae ei gartref, i'r dwyrain o Breslau, ond mae ganddo fo fflat braf iawn yn Nollendorfplatz, yn ardal Schöneberg. Es i at genhadaeth yr Almaen yn Nulyn a gofyn iddyn nhw anfon llythyr ymlaen ato fo. Roedd gweinidog y genhadaeth, Edouard Hempel, yn awyddus iawn i helpu unwaith y soniais i am deulu Wernher. Yr ail dro fues i yno roedd llythyr yn fy aros oddi wrth Wernher.'

'Llythyr o'r Almaen?'

'Ie.'

'Dach chi wedi cysylltu â rhywun o'r Almaen drwy'r genhadaeth yn Nulyn?'

'Do, dyna chi. Dim ond er mwyn cadw mewn cysylltiad. Mae Wernher yn gweithio yn yr Auswärtiges Amt, y weinyddiaeth dramor yn y Wilhelmstrasse.'

'Gweinyddiaeth von Ribbentrop?'

'Ie, ond peidiwch â meddwl mai Nazïaid yw'r bobl yma,' meddai Vivian. 'Mae'r weinyddiaeth yn llawn o bobl o deuluoedd bonheddig, tebyg iawn i'r Foreign Office yn Llundain. Mae'n siŵr gen i eu bod hwythau'n awyddus i gael ffordd i ddod â'r rhyfel i ben.'

'Dach chi wedi ysgrifennu at Almaenwr yng ngweinyddiaeth dramor von Ribbentrop yn Berlin? Yn tydi hynny yn erbyn y gyfraith?'

'Cysylltu â hen ffrind oeddwn i,' meddai Vivian, 'faswn i ddim yn ystyried hynny'n beth difrifol o gwbl.'

'Nazi yw von Ribbentrop, beth bynnag am eich ffrind chi,' meddai Lewis. 'Dach chi'n cysylltu â'r gelyn.'

'Dydi Wernher ddim yn Nazi o unrhyw fath,' meddai Vivian. 'Mewn rhyfel mae gwledydd yn cysylltu â'i gilydd drwy unigolion mewn dinasoedd niwtral fel Genefa a Lisbon a Dulyn i weld a oes gobaith trafod heddwch. Mae'n siŵr bod bob math o gysylltiadau rhwng Prydain a'r Almaen ar hyn o bryd.'

'Wn i ddim beth i'w ddweud,' meddai Lewis. 'Beth petasech chi'n cael eich dal?'

'Mae'n rhaid i hyn fod yn gwbl gyfrinachol,' meddai Vivian, 'dim ond chi a fi sy'n gwybod.'

'Ond wedyn dach chi'n dod â phaced o Sweet Afton i mi,' meddai Lewis, 'sy'n ei gwneud hi'n amlwg i bawb lle dach chi wedi bod!'

'Os bydd rhywun yn eich holi chi bydd yn rhaid i chi wadu popeth, gwadu i ni gael sgwrs am Iwerddon, a dweud dim am y sigaréts,' meddai Vivian. 'Camgymeriad oedd y sigaréts.'

'Efallai mai camgymeriad arall ydi i chi ddweud hyn wrthyf i,' meddai Lewis.

'Os medra i wneud unrhyw beth o gwbl i osgoi lladdfa fel y tro diwethaf, mae'n rhaid i mi wneud hynny,' meddai Vivian, 'ac mae cadw cyfrinach gymaint yn haws os medrwch chi ei rhannu â rhywun. Dwi'n gwybod y medra i ymddiried ynoch chi.'

'Ydach chi?' meddai Lewis. 'Beth os byddaf i'n dweud rhywbeth yn ddifeddwl?'

'Bydd yn rhaid i'r ddau ohonom fod yn ofalus,' meddai Vivian.

'Ydach chi'n siŵr eich bod chi'n gwybod be dach chi'n wneud?' meddai Lewis. 'Mae cysylltu â'r gelyn yn beth difrifol.'

'Gobeithio'n fawr y daw'r rhyfel i ben cyn bo hir,' meddai Vivian, 'ond os bydd y rhyfel yn para'n hir bydd y byd gwâr yn dod i ben. Bydd pobl yn colli arnynt eu hunain a does neb a ŵyr beth ddaw ohonom ni. Dim ond petai'r cysylltiadau eraill rhwng y gwledydd yn mynd yn brin, dim ond wedyn byddai achos i ni wneud unrhyw beth o gwbl.'

'Dewch i ni gael gweld o gwmpas y fferm,' meddai Vivian, 'i ni gael gweld beth sydd angen ei wneud yma.' Aeth â Lewis allan o'r tŷ a bu'r ddau yn chwilota o gwmpas adeiladau'r fferm.

'Mae digon o waith i'w wneud yma,' meddai Vivian, 'ond does dim byd mawr o'i le hyd y gwelaf i.'

Roedd newyddion Vivian wedi tawelu Lewis, ond yn raddol dechreuodd y ddau sgwrsio eto am yr adeiladau a'r toeau, y gwaith oedd angen ei wneud, faint o ddynion fyddai'n medru byw yn y ffermdy a lle gellid cadw'r ieir, fel petai dim byd wedi newid o gwbl.

Wedi cyrraedd yn ôl at y car dechreuodd Vivian drafod y bwrdd rheoli eto.

'Roeddwn i'n gobeithio cael Mr Price y gweinidog i gadeirio'r bwrdd,' meddai Vivian, 'Mr Griffiths y banc yn drysorydd, a chael Marian Clements yn aelod hefyd. Sut fasa hynny'n eich siwtio chi?'

'Mae Marian yn ddewis da,' meddai Lewis. Athrawes ifanc yn yr ysgol ramadeg oedd Marian. Roedd hi'n ferch ddymunol iawn yng ngolwg Lewis, yn ddeallus ac yn olygus ac yn gyfeillgar yn ogystal. Hi oedd ysgrifenyddes y gymdeithas heddwch leol.

'Gewch chi dreulio'r cyfarfod yn ei hedmygu,' meddai Vivian.

'Mae hi'n haeddu edmygedd,' meddai Lewis.

'Mae Marian Clements yn wirioneddol hardd, yn tydi hi?' meddai Vivian.

'Ydi, mae hi,' meddai Lewis.

'A chorff siapus iawn ganddi,' meddai Vivian.

'Mae Marian yn ferch hynod gall a synhwyrol,' meddai Lewis, 'ac rwy'n siŵr y bydd hi'n gaffaeliad mawr i'r bwrdd rheoli.'

Erbyn hyn roedd Vivian wedi dechrau chwerthin fel bachgen drwg. Fe wyddai'n iawn fod Lewis wedi bod a'i lygad ar Marian Clements ers tro, a phan fyddai'r ddau yng nghwmni ei gilydd byddai'n aml yn sôn amdani hi neu am ryw ferch arall y bu Lewis yn ymhél a hi. Nid oedd yn hoff gan Lewis weld y bachgen bach drwg. Roedd Vivian weithiau'n dangos ei fod yn ddibrofiad gyda merched.

Gadawodd y ddau yr Ydfaes a gyrrodd Lewis yn ôl i gyfeiriad Llanrwst. Ar ôl dod i lawr Ffordd Abergele ac i mewn i'r dref trodd i'r dde, gyrru heibio efail Tal-y-bont ac yn ei flaen nes dechrau dringo Ffordd Llanddoged. Yno, ar y chwith i'r ffordd, yn edrych dros Ddyffryn Conwy, roedd Llwynawelon, cartref Vivian a'i chwaer, tŷ yn dyddio o ddiwedd y bedwaredd ganrif ar bymtheg a adeiladwyd dan ddylanwad y mudiad Arts and Crafts. Prynwyd y tŷ gan Thomas Williams y cyfreithiwr, tad Vivian ac Eirwen, pan aeth y perchennog gwreiddiol i drafferthion ariannol. Prin fod tŷ hyfrytach na Llwynawelon o fewn deg milltir i Lanrwst.

Heddiw gwrthododd Lewis wahoddiad Vivian i ddod i mewn am baned. Arhosodd y ddau yn y Morris y tu allan i Lwynawelon.

'Oeddach chi'n dweud 'mod i'n eich deall chi,' meddai Lewis, 'ac yn medru gweld drwyddoch chi, ond dydi hynny ddim yn wir, wyddoch chi. Wn i ddim beth i'w ddisgwyl nesa ganddoch chi. Chi 'di'r person mwyaf eithriadol y gwn i amdano.'

'Diolch yn fawr,' meddai Vivian, 'mi wna i dderbyn hynny fel *compliment*.'

'Da chi, byddwch yn ofalus. Peidiwch â mentro gormod.'

'Does dim rheswm i chi boeni. Dim ond trefniant anffurfiol rhwng hen ffrindiau ydi hyn. Mae digon o bobl yn gwneud pethau tebyg. Fydd popeth yn iawn, gewch chi weld.'

'Ewch chi i Iwerddon eto?'

'Af,' meddai Vivian, 'cyn bo hir iawn. Petasech chi'n adnabod Wernher fasach chi'n deall. Mae o mor addfwyn a bonheddig ond mor benderfynol o gael ei ffordd. Wir i chi, fedra i feddwl am neb gwell na fo am ddwyn perswâd ar bobl. Roedd hi mor braf cael gair ganddo fo eto.'

Ar ôl cyrraedd yn ôl yn Everton House tynnodd Lewis y Sweet Aftons o'u paced melyn a mynd at y lle tân a gwneud pentwr bach o'r cyfan, y papur a'r sigaréts, a'u llosgi. Nid oedd am i neb ei weld yn smocio sigaréts o Iwerddon rhag ofn i rywun ei holi. Gwyddai o'r dechrau na fyddai dim da yn dod o deithiau Vivian i Iwerddon.

Pennod 2

LLANRWST

Y DYDD LLUN canlynol dychwelodd Vivian i Lundain. Daliodd Lewis i bryderu am ei ffrind, oedd wedi bod mor ffôl â chynnig ei hunan i'r Almaenwyr fel negesydd. Gwnaeth Vivian y cyfan ar ei ben ei hun, heb ofyn cyngor, a dim ond wedyn ymddiried ei gyfrinachau iddo ef, Lewis Huws. Beth fyddai Vivian yn ei wneud nesaf?

Ers i Lewis ddod i adnabod Vivian rai blynyddoedd ynghynt roedd ffrind arall iddo, Gruffydd Jones, wedi bod yn ddrwgdybus iawn ohono. Sawl gwaith roedd wedi rhybuddio Lewis ynglŷn ag ef. Erbyn hyn roedd y ffrind hwnnw mewn swydd uchel gyda'r heddlu. A dyma Vivian, oedd yn gwybod dim am hynny, wedi rhoi cyfle perffaith i'r awdurdodau ei dynnu i lawr. Dyna'r peth gwaethaf y medrai ei wneud ym marn Lewis. Dros y deng mlynedd diwethaf gwelwyd sefyllfa wleidyddol Ewrop yn mynd yn waeth ac yn waeth. Yn hytrach na bod pethau wedi gwella'n raddol gwelwyd y pethau gwaethaf posibl yn cael eu gwireddu dro ar ôl tro, ers i Hitler ddod i rym yn yr Almaen. Roedd fel dawns angau, rhyw symud parhaus yn nes ac yn nes at ryfel arall. A dyma Vivian yntau yn gwneud y peth gwaethaf posib er ei les ei hunan.

Cyn symud i Lanrwst bu Lewis yn gweithio fel meddyg yn Lerpwl, lle daeth i adnabod nyrs ifanc o'r enw Katie Roberts. Cariad at Katie a fu'n gyfrifol am ddod ag ef i Lanrwst yn 1928. Roedd Katie'n ferch i Dr Caleb Roberts a oedd yn feddyg yn Llanrwst. Ar ôl dyweddïo, daeth Lewis a Katie i Lanrwst ambell waith i aros gyda'i theulu hi. Daeth Lewis hefyd i adnabod meddyg arall yn Llanrwst o'r enw Dr Biggar, Sgotyn bach blêr yr olwg a ffraeth ei sgwrs.

'Mae Parkinson's ar Biggar,' meddai Roberts, 'hen bryd i'r dyn roi'r gorau iddi.'

Yr ail dro i Lewis gyfarfod Biggar gwahoddodd Biggar ef i gyfarfod â'i wraig, Moira, yn Everton House, Ffordd yr Orsaf, lle roedd syrjeri Biggar a chartref y cwpl. Bu Lewis a Biggar yn sgwrsio am yn hir, yn yfed wisgi o'r Glencadam Distillery, yr unig un yn Angus, meddai Biggar, ac roedd hi'n hwyr ar Lewis yn gadael, ar ôl gwrando at Biggar yn mynd drwy ei bethau. Cafodd Lewis gwmni Biggar yn llawer mwy dymunol na chwmni ei ddarpar dad yng nghyfraith, y blaenor a'r cynghorydd Dr Caleb Roberts.

Bythefnos wedyn derbyniodd Lewis lythyr gan Biggar yn gwneud cynnig hynod o hael iddo ddod yn bartner ag ef. Byddai Lewis yn cael prynu siâr yn y practis a byddai'r ddau yn rhannu'r gwaith tra bod iechyd Biggar yn caniatáu iddo wneud hynny. Pan fyddai Biggar yn ymddeol byddai modd i Lewis brynu gweddill y practis. Ar ôl ystyried, ysgrifennodd Lewis yn ôl yn derbyn y cynnig. Nid oedd Katie ar gael ar y pryd iddo drafod y cynnig â hi, ond yn ei feddwl ef roedd yn gyfle delfrydol iddo ef a Katie symud i Lanrwst a phriodi. Dri mis yn ddiweddarach symudodd o Lerpwl i fyw mewn digs yn Llanrwst a gweithio fel partner gyda Dr Biggar yn Everton House. Bu'n falch o wybod bod Gruffydd Jones, ei hen ffrind, yn byw ym Mae Colwyn, taith ryw hanner awr mewn car modur.

Roedd Lewis a Gruffydd yn enedigol o ardal Dinbych a bu'r ddau yn yr un bataliwn yn y Rhyfel Mawr. Roedd Gruffydd ychydig yn hŷn na Lewis a bu'n dda iawn i Lewis ei gael drwy gyfnod y rhyfel. Ar ôl i Lewis symud i Lanrwst galwodd Gruffydd i'w weld. Sarjant yn yr heddlu ydoedd bryd hynny. Bu'r ddau yn falch o weld ei gilydd unwaith eto ac wedi hynny byddai Gruffydd yn galw bob mis neu ddau, ar ddiwedd y pnawn fel arfer, pan fyddai Lewis yn dod i ben ag ymweld â'i gleifion.

Cymeradwyai Gruffydd benderfyniad Lewis i ddod yn feddyg i Lanrwst ac i briodi Katie Roberts. Roedd yn parchu Dr Caleb Roberts, tad Katie.

'Mae o'n gynghorydd,' meddai Gruffydd, 'biti na fasa fo'n ynad heddwch hefyd. Methu deall ydw i pam est ti'n bartner efo Biggar yn lle Roberts.'

'Biggar wnaeth gynnig da iawn i mi,' meddai Lewis.

'Does gan Roberts ddim llawer i'w ddweud wrth Biggar,' meddai Gruffydd.

Pan fyddai Gruffydd yn galw byddai'r sgwrs yn aml yn dechrau gyda rhyw hanes o ddyddiau ysgol neu stori am eu hamser yn y fyddin. Cofiai Gruffydd enwau pobl yr oedd Lewis wedi hen anghofio amdanynt. Gwyddai beth oedd wedi digwydd i'r rhan fwyaf ohonynt. Er nad oedd erioed wedi byw na gweithio yn Llanrwst fe wyddai fwy am bobl Llanrwst a'u trafferthion na Lewis. Fel rheol byddai Gruffydd yn troi'r sgwrs at holi hanes hwn a'r llall. Anaml y byddai Lewis yn gwybod dim o werth. Roedd Gruffydd yn anghrediniol am ei ddiffyg gwybodaeth. 'Wn i ddim be sy'n bod arnat ti,' meddai wrtho, 'does gen ti ddim diddordeb mewn pobl?'

Ambell waith byddai Gruffydd yn holi Lewis am bethau a oedd yn ymwneud â meddygaeth. Oes modd dweud y gwahaniaeth rhwng gwaed dyn a gwaed anifail? Oes, meddai Lewis, mae prawf wedi'i ddyfeisio gan Paul Uhlenhuth, gwaith da iawn. Beth am wallt dyn a gwallt anifail? Dylai hynny fod yn weddol rwydd fel arfer, meddai Lewis. Sut mae dweud pa mor hir mae corff wedi gorwedd yn farw? Maint y pydredd, meddai Lewis. Na, meddai Gruffydd, fedri di ddim dibynnu ar y pydredd ar ôl rhyw dri diwrnod, mae'n amrywio gormod. Pryfed sy'n dangos i ti ers faint mae'r corff wedi bod yn gorwedd yn farw. Mae'r pryfed yn dodwy wyau, a'r rheini'n troi'n gynrhon. Maint y cynrhon mwyaf sy'n dangos sawl diwrnod mae'r corff wedi bod yn farw.

Er syndod iddo, chafodd penderfyniad Lewis i fynd yn bartner gyda Biggar ddim croeso gan Katie o'r dechrau. Gyda'i thad roedd Katie am iddo fynd yn bartner, ond doedd hwnnw heb wneud cynnig o unrhyw fath iddo. Cyn pen blwyddyn ar ôl i Lewis symud i Lanrwst daeth ei ddyweddïad â Katie i ben. Nid oedd yn syndod i Lewis pan roddodd Katie'r fodrwy yn ôl iddo, gan fod y ddau wedi oeri at ei gilydd ers tro. Erbyn hynny, hefyd, roedd ambell un wedi gweld Lewis yn Llandudno yng nghwmni nyrs ifanc arall. Pan glywodd Gruffydd yr hanes galwodd i weld Lewis, yn llawn busnes.

'Rhoi'r gorau i ti wnaeth hi, ia?' meddai. 'Pam wnaeth hi hynny 'ta?'

'Wn i ddim,' meddai Lewis, 'ddaru ni ddim setlo ar ôl i mi symud, rywsut.'

Roedd Gruffydd wedi priodi'n fuan ar ôl gadael y fyddin a bellach roedd ganddo ddau fab a merch. Ar ôl i Lewis a Katie wahanu gellid clywed hen dôn gron bob tro y deuai Gruffydd i weld Lewis. Ei neges oedd 'edrych arnaf i, Gruffydd Jones, gyda'm bywyd teuluol hapus, gwraig a thri o blant, ac edrych arnat ti, Lewis Huws, ar ben dy hun o hyd.'

'Wyt ti wedi colli hogan iawn yn Katie,' meddai Gruffydd, 'hogan o deulu da. Bydd Katie'n gwneud gwraig dda i rywun.'

'Debyg iawn,' meddai Lewis, 'ond mae hi'n rhy hwyr i mi rŵan.'

'Wyt ti wedi gwneud camgymeriad mawr,' meddai Gruffydd. 'Dwi'n dy nabod di, cofia, dwi'n gwybod sut un wyt ti. Wyt ti'n methu gadael llonydd i unrhyw beth mewn sgert, nag wyt ti?'

Daeth Lewis yn fwy gofalus pan holai Gruffydd ef am bobl Llanrwst. Roedd Gruffydd yn feirniadol o bobl eraill ac yn aml yn gwneud yn glir i Lewis nad oedd ef, Lewis, yn gwneud digon i gyrraedd y safonau yr oedd yntau, Gruffydd, yn eu coleddu. Weithiau byddai'n sylwi ar wisg Lewis, 'mae'r siwt yna braidd yn hen, yn tydi?' neu ar y tŷ, 'mae gofyn i ti roi côt o baent i'r stafell yma, yn does?' Roedd diddordeb arbennig gan Gruffydd mewn moduron, a byddai'n aml yn sôn am geir yr heddlu. Nid oedd yn meddwl dim o Austin bach y practis. 'Fasa'r car yna'n werth dim i ni,' meddai, 'mae'r injan rhy fach. 'Dan ni eisio rhywbeth cryfach. Mae'n rhaid i blismon gael car go dda.'

Er bod Gruffydd ac yntau'n gweld y byd mewn ffordd wahanol i'w gilydd, roedd Lewis yn parchu barn Gruffydd. Roedd ganddo gynneddf naturiol i ddeall pobl ac i synhwyro eu hamcanion cudd bron ar unwaith. Roedd hefyd yn ffyddlon iawn i hen gyfeillion ac i bobl roedd yn eu cymeradwyo.

Daliodd Gruffydd i alw i weld Lewis, gan ddod â straeon ato a fyddai'n aml yn ei syfrdanu. Hanesion trist a digalon oedd y rhan fwyaf ohonynt, straeon am bobl mewn trafferthion yn gwneud pethau gwael. Roedd celwydd, meddwdod, trais a lladrad yn amlwg iawn ym myd Gruffydd. Yn sicr, roedd yn mwynhau ei waith fel plismon, ac roedd hi'n anodd meddwl am neb mwy addas i fod yn blismon na Gruffydd Jones, yn gwybod hanes pawb ac â barn bendant ynghylch y ffordd y dylai pawb ymddwyn. Marwolaethau, cyrff pydredig, pryfed a chynrhon oedd hoff bethau Gruffydd yn y byd.

Bryd hynny roedd Apphia Davies, oedd yn cadw'r tŷ yn Everton House, yn dal i fyw yn ei thŷ ei hunan, yn Stryd Siôr, George Street, rhyw hanner ffordd rhwng Everton House a gorsaf y rheilffordd. Bob dydd byddai'n dod at Biggar a'i wraig i weithio fel *housekeeper*. Roedd hi'n weddw a'i dau fab yn byw i ffwrdd, a'i chapel, Penuel, capel y Bedyddwyr, oedd canolbwynt ei bywyd.

'Oedd Dr Biggar yn dweud mai un o Ddinbych ydach chi,' meddai Apphia Davies yn fuan ar ôl i Lewis ddod i Lanrwst.

'Dwi wedi gadael ers blynyddoedd,' meddai Lewis, 'does gen i neb ar ôl yna erbyn hyn.'

'I ba gapel oeddach chi'n perthyn?'

'Capel Ffordd Henllan.'

'Ffordd Henllan! Gawsoch chi eich bedyddio yna, o dan y pulpud?'

'Do.'

'Rhaid i chi ddod atom ni yn Penuel! Wyddwn i ddim mai Bedyddiwr oeddach chi!'

'Dwi ddim wedi bod mewn capel ers blynyddoedd, Mrs Davies.'

'Fydd croeso mawr i chi.'

'Dydw i ddim yn debyg o ddod i'ch capel chi, wyddoch chi, Mrs Davies, diolch yn fawr.'

'Fyddan ni'n falch iawn o'ch cael chi, gewch chi weld. Capel bach ydan ni wrth gwrs, does dim gweinidog gennym ni. Dach chi ddim yn meddwl mynd i'r Capel Mawr, ydach chi?'

'Mrs Davies, dydw i ddim eisio mynd yn agos at yr un capel, wir i chi. Dwi'n fwy o atheist na dim, a dweud y gwir.'

Tawodd Apphia Davies ar unwaith a gadawodd yr ystafell.

Yn amlwg, roedd hi wedi cymryd ati o glywed Lewis yn dweud ei fod yn fwy o anffyddiwr nag o Fedyddiwr.

Roedd barn Apphia Davies am Gruffydd Jones yn eglur: doedd hi'n meddwl dim ohono. Pan fyddai Gruffydd yn galw yn Everton House byddai Lewis fel arfer yn cyrraedd yn ôl i'r tŷ ac yn ei gael yn eistedd yn ei ystafell ymgynghori. Byddai hynny'n digio Mrs Apphia Davies.

'Yn fan yna mae o,' meddai Apphia Davies wrth Lewis pan alwodd Gruffydd un tro, 'eich ffrind chi, y plisman. Mae o yn eich ystafell chi, yn y *consulting room*. Dwi'n methu ei gadw fo allan. Mae'r dyn yn cerdded i mewn fel petai o bia'r lle.'

'Mae'n iawn,' meddai Lewis, 'peidiwch â phoeni.'

'Dydi o ddim yn iawn o gwbl,' meddai Apphia Davies, 'ddylsa fo ddim gwneud hynna. Dywedwch wrtho fo am gadw o 'na. Plismon ydi o, does dim tryst ar yr un ohonyn nhw.'

Ymhen wythnos daeth Apphia Davies ag allwedd drws at Lewis.

'Mae'r goriad yma'n ffitio drws eich ystafell chi,' meddai. 'Pan ewch chi allan, cofiwch gloi'r drws ar eich ôl. Dwi wedi cael copi o'r goriad wedi'i wneud i mi gael mynd i mewn.'

Er na chofiai Lewis gloi'r drws yn aml, byddai Apphia Davies wastad yn cofio. Y tro nesaf i Gruffydd alw, daeth Lewis i'r tŷ a'i gael yn eistedd yn yr ystafell aros. Nid yn aml y byddai Lewis yn derbyn cyngor gan Apphia Davies, ond yn yr achos hwn roedd yn ddigon balch o'i gwaith yn cadw Gruffydd Jones allan o'r ystafell ymgynghori.

Cyn i Biggar adael Llanrwst priododd Katie Roberts â Dr Evan Wynne Walford Evans, a ddaeth yn bartner gyda'i thad. Roedd Walford yn iau na Lewis, yn dalach, yn fwy golygus a gyda gwell cymwysterau. Am ryw reswm roedd Walford yn falch iawn o'i enw: Walford. Nid oedd am i neb ei alw'n Evan na Wynne. Roedd yn well ganddo gael ei alw yn Dr Walford Evans na Dr Evans ac roedd yn mynnu defnyddio'r steil 'Dr E Wynne Walford Evans' ym mhopeth cyhoeddus. Roedd i'w weld yn dod ymlaen yn dda gyda Roberts ac i Lewis roedd hynny'n ddirgelwch, er bod y ddau efallai o'r un anian â'i gilydd, a braidd yn fawreddog.

Byddai Lewis a Walford yn aml yn cyfarfod ar wahanol bwyllgorau meddygol, ac roedd y ddau yn cydweithio gydag eraill i gynnal yr infffirmari lleol ar gyrion Llanrwst. Yn yr haf byddai'r ddau yn chwarae criced gyda thîm criced Llanrwst. Roedd Walford yn gricedwr talentog, yn fatiwr da iawn oedd yn siŵr o'i le ym mhob gêm, tra bu'n rhaid i Lewis weithio'n galed o'r dechrau i gadw'i le tu ôl i'r wiced. Prin fod unrhyw beth yn rhoi cymaint o bleser digymysg iddo â gem o griced ar gae chwarae Llanrwst ar brynhawn hyfryd o haf.

Pan aned plentyn cyntaf Katie a Walford gwnaeth Gruffydd yn siŵr bod Lewis yn gwybod amdano. 'Wna i byth ddeall pam na wnest ti briodi'r Katie yna,' meddai wrtho, 'mae hi'n hogan gref, allith hi gael llond gwlad o fabis.'

Yn Everton House, er ei bod yn dioddef yn ddrwg o'r cryd cymalau, Mrs Moira Biggar oedd yn rhedeg y tŷ gyda chymorth Apphia Davies, ac yn fuan fe welodd Lewis mai Moira oedd yn rhedeg Dr Biggar hefyd. Pan oedd Biggar ar ei orau roedd yn greadur ffraeth, diddorol a doniol, ond roedd y dyn yn byw ar ei nerfau, yn cael pyliau o ddigalondid ac o fethu cysgu. Ar ôl i Lewis gyrraedd cafodd Biggar adferiad ysbryd o gael cwmni, a daeth Lewis Huws i gymryd y rhan fwyaf o'r gwaith oddi ar ei ysgwyddau. Bu modd i Biggar a Moira fynd allan am y diwrnod gyda'i gilydd weithiau. Roedd Moira yn ofalus iawn o'i gŵr, ac roedd Apphia Davies a Moira i'w gweld yn hoff iawn o'i gilydd ac yn cael sbort o ddigwyddiadau bach bob dydd.

Un pryd bwyd, ac yntau wrth y bwrdd, cododd Biggar o'i gadair ar yr union adeg pan oedd Apphia Davies y tu ôl iddo ac ar fin gosod y bwyd ar y bwrdd. Glaniodd y bwyd a'r llestri ar y bwrdd yn un chwalfa, a phob un oedd wrth y bwrdd yn neidio i fyny i geisio achub pethau. Erbyn i bawb lonyddu roedd yn amlwg bod y bwyd yn iawn a dim un plât wedi torri.

'Worse things happen at sea!' meddai Moira ac Apphia, bron yn union yr un pryd, ac wedyn chwerthin a giglan ar ei gilydd fel petai'r llanastr wedi bod yn beth da iawn. Dechreuodd Biggar chwerthin hefyd ac yn y diwedd bu'n rhaid i Lewis Huws yntau wenu.

'Ça ne fait rien,' meddai Moira wedyn, a dyma'r ddwy yn chwerthin fel merched ifainc unwaith eto.

'Worse things happen at sea' oedd un o hoff ddywediadau Moira Biggar, a 'ça ne fait rien', dydi o ddim o bwys, oedd un arall. Roedd Apphia Davies wedi dod i'w defnyddio hefyd, yn arbennig pan oedd hi'n meddwl mai dyna roedd Moira am ei ddweud nesaf. Roedd defnyddio 'worse things happen at sea' yn briodol pan oedd rhywbeth mawr yn mynd o'i le. Os mai peth bach oedd yn bod, roedd 'ça ne fait rien' yn fwy priodol. Pan ellid defnyddio'r naill yn syth ar ôl y llall medrai wneud i bopeth deimlo'n well.

Un bore pan oedd Lewis yn darllen *The Lancet* cyn cinio, dywedodd Moira rywbeth wrtho, a methodd yntau â chymryd sylw ohoni. Sylweddolodd ei bod hi'n siarad ag ef pan ddywedodd hi'r un peth am y trydydd neu'r pedwerydd tro. Cododd ei ben ac edrych arni'n syn. Trodd hithau arno.

'Mae pobl yn aml yn trin doctoriaid fel duwiau bach, wyddoch chi,' meddai Moira, 'ac weithiau maen nhw'n mynd i gredu hynny eu hunain a meddwl eu bod nhw'n well na maen nhw. Mae gofyn cadw eu traed nhw ar y ddaear. Rhaid i chi wrando ar bobl eraill weithiau.'

Pan benodwyd Dr Alexander Biggar, unig blentyn y cwpl, yn feddyg ymgynghorol yn ysbyty mwyaf Caeredin, yr Inffirmari Brenhinol, bu llawenydd mawr yn Everton House am ddyddiau. Yn fuan wedyn penderfynodd Biggar a Moira fod yr amser wedi dod i ymddeol a symud yn ôl i'r Alban, i Forfar, Angus, i fod yn nes at y mab a'i deulu. Forfar oedd cartref y ddau ohonyn nhw, meddai Biggar.

Wythnos cyn y dydd ymadael digwyddodd Moira Biggar ddal Lewis Huws yn y gegin ar ôl amser paned y bore. Roedd Apphia Davies yno hefyd.

'Mae Biggar yn dweud eich bod chi'n feddyg da,' meddai Moira wrth Lewis, 'eich bod chi'n arbennig o dda am wneud diagnosis, ond nad ydach chi'n fodlon gwrando ar farn pobl eraill bob tro. Rhaid i chi fod yn ofalus i wrando ar bobl, wyddoch chi.'

Wedyn trodd Moira at Apphia Davies.

'Byddwch chi'n cael cwmni Dr Huws i gyd i chi'ch hunan ar ôl i ni adael,' meddai Moira wrthi, 'nes ei fod o'n cael gwraig, beth bynnag. Pob lwc i chi, ddyweda i. Bydd gofyn i chi fod yn gryfach efo fo na mam na gwraig. Peidiwch â bod ag ofn dysgu gwers iddo fo os bydd angen. Mae angen gwers ar bawb weithiau. Efallai bydd o'n ddiolchgar i chi yn y pen draw!'

A dyna Moira yn gadael yr ystafell. Edrychodd Lewis yn syn ar Apphia Davies, a gwenodd hithau arno fel hogan fach ddrwg.

Ar fore oer o Fawrth yn 1933 gadawodd y Biggars Lanrwst am byth. Aeth Lewis â hwy i'r orsaf yn yr Austin 7 a daeth Apphia Davies i ffarwelio â hwy hefyd. Roedd arwyddion

Parkinson's i'w gweld ar Biggar erbyn hynny, a phawb yn disgwyl iddo farw o fewn blwyddyn neu ddwy. Yn lle hynny bu ef a'i wraig fyw am dros ddeng mlynedd arall.

'Buodd Moira yn dda iawn wrthyf i,' meddai Apphia wrth Lewis wedi iddynt gyrraedd yn ôl yn Everton House. 'Ar ôl i Evan farw Moira ofynnodd i mi ddod yma i edrych ar eu hôl nhw eu dau, achos bod y cryd cymalau arni hi. Fydda i'n ddiolchgar iddi am byth am hynny.'

Pan oedd Apphia a Moira gyda'i gilydd bryd hynny roedd rhyw ddireidi o gwmpas y lle; roedden nhw fel dwy ferch ifanc yn mwynhau cwmni ei gilydd. Dros y blynyddoedd nesaf, ag Apphia Davies yn cadw tŷ ar ei phen ei hun, byddai'r direidi hwnnw yn pylu, ond byth yn diffodd yn llwyr.

O hynny ymlaen Lewis oedd yn gyfrifol am Everton House: y syrjeri, y busnes, y disbensari a'r car bach. Bu'n brysur ac yn llewyrchus o'r dechrau. Ymysg trigolion Llanrwst daeth yn ddyn o bwys ac yn ŵr cefnog.

'Dyma ti'n dal yn hen lanc yn yr hen dŷ mawr yma,' meddai Gruffydd pan alwodd nesaf, 'a'r un ddynes yn agos at y lle. Dim ond yr hen *housekeeper* wrth gwrs, y weddw. Gobeithio byddwch chi'n hapus efo'ch gilydd.'

Pennod 3

VIVIAN

Os NAD OEDD Apphia Davies yn hoff o un o gyfeillion Lewis, Gruffydd Jones, roedd hi'n hoff iawn o'r llall. Y tro cyntaf i David Vivian Williams alw yn Everton House, ofnai Lewis y byddai Apphia Davies yn syrthio ar y llawr i gusanu ei draed, cymaint oedd ei llawenydd.

Dechrau anodd a gafodd cyfeillgarwch Lewis a Vivian. Caleb Roberts oedd meddyg Mrs Eirwen Morris, chwaer Vivian, nes iddi droi at Lewis Huws. 'Peidiwch â disgwyl iddi aros efo chi'n hir,' meddai Roberts wrtho, 'fe wyddwn i'n iawn na fyddai hi'n aros yn hir efo fi. Fydd hi'r un fath efo chi, gewch chi weld.'

Dynes yn ei chwedegau cynnar oedd Eirwen Morris. Roedd ganddi broblemau gyda'i choluddion ers tro, meddai wrth Lewis. Ar adegau byddai'n dioddef o boenau yn ei hymysgaroedd a'r dolur rhydd yn ogystal. Doedd Dr Roberts heb fod fawr o help, meddai. Trefnodd Lewis iddi fynd i Lerpwl i weld arbenigwr adnabyddus mewn *gastroenterology*. Ysgrifennodd yntau lythyr at Lewis a oedd yn rhoi disgrifiad manwl o'r cyflwr – 'a bowel disease of an inflamatory nature' oedd ei eiriau – ond a oedd yn brin o awgrymiadau ynghylch sut i'w drin. Ar ben hyn roedd Eirwen yn cael anhawster cysgu, yn unig ac yn hoff o gael sylw. Disgwyliai i Lewis Huws alw i'w gweld yn aml, ac roedd hi'n gwsmer da a oedd yn talu pob bil yn brydlon. Gyda hi yn Llwynawelon trigai gŵr a gwraig,

Daniel a Jane Benjamin, y gŵr yn arddwr ac yn *chauffeur*, a'r wraig yn cadw'r tŷ.

Roedd teulu Vivian Williams yn uchel eu parch yn yr ardal. Bu eu tad, Evan Williams, yn gyfreithiwr yn Llanrwst ac yn gefnogwr amlwg o'r Blaid Ryddfrydol. Ers blynyddoedd bu Vivian, brawd iau Eirwen, yn gweithio yn Llundain, lle roedd yn gyfrifol am waith y New Housing Trust yn ceisio gwella cyflwr tai'r wlad. Yn ystod y Rhyfel Mawr bu'n swyddog yn y fyddin ac ers hynny roedd wedi dod yn adnabyddus drwy Gymru fel heddychwr, Cristion, pregethwr lleyg ac areithiwr cyffrous.

Yn etholiad cyffredinol mis Tachwedd 1935 daeth Vivian i sylw yn lleol am ei gefnogaeth i'r Blaid Lafur. Mewn cyfarfod cyhoeddus yn Llanrwst, Vivian a gyflwynodd i'r dorf ymgeisydd y Blaid Lafur yn yr etholaeth. Dyna pryd y gwelodd Lewis Vivian am y tro cyntaf. Yn ei araith dadleuodd fod y Blaid Lafur wedi etifeddu mantell y Rhyddfrydwyr a bellach yn arwain grymoedd radical, progresif y gymdeithas. Roedd ganddo arddull areithio gaboledig, llais dymunol a gwên fawr gynnes yn achlysurol. Hawdd oedd meddwl y byddai'n well aelod seneddol nag unrhyw un o'r tri ymgeisydd swyddogol. Y Llafurwr gafodd bleidlais Lewis, ond yn yr etholiad daeth yn bell ar ôl y ddau Ryddfrydwr oedd yn cystadlu am y sedd.

Ychydig yn ddiweddarach, pan oedd Lewis wedi galw yn Llwynawelon, cyflwynodd Eirwen ef i'w brawd. Trodd Vivian at Lewis a gwenu arno yn y ffordd fwyaf twymgalon a chwrtais. Gwnaeth Lewis ei orau i gynnau sgwrs. Dywedodd gymaint yr oedd wedi mwynhau araith Vivian yn etholiad mis Tachwedd. Diolchodd Vivian iddo. Talodd Lewis deyrnged i'w waith gyda'r elusen, a diolchodd Vivian iddo eto. Holodd Lewis am ei amser yn y fyddin ac am swyddog y byddai Vivian wedi ei adnabod. Roedd Vivian yn ei gofio, ond na, ni wyddai beth oedd wedi dod ohono. Yna safodd yn stond ac wrth ymgrymu ei ben ychydig, dywedodd 'Esgusodwch fi os gwelwch yn dda', a gadael. Er ei fod wedi bod yn serchus ar yr olwg gyntaf, yn amlwg nid oedd am sgwrsio ddim pellach gyda Lewis Huws.

Daeth Lewis i'r casgliad mai cymeriad oeraidd oedd Vivian â thueddiad i edrych i lawr ar bobl. Roedd yn ddyn oedd yn cuddio y tu ôl i ryw ymddangosiad arwynebol, 'y dyn y tu ôl i'r mwgwd'. Y mwgwd oedd i'w weld yn y dyn cyhoeddus, ac enigma llwyr oedd y dyn preifat. Yna derbyniodd lythyr oddi wrth Vivian a newidiodd popeth.

Ar ôl un ymweliad ag Eirwen gofynnodd hi i Lewis gael gair â Vivian. Aeth yntau i'r stydi, llawn cyfrolau cyfreithiol, i siarad ag ef. Cododd Vivian o'r ddesg i ysgwyd llaw ac eisteddodd y ddau y naill ochr i'r ddesg yn wynebu ei gilydd. Gosododd Vivian ei ddau benelin ar ymyl y ddesg a rhoi blaenau ei fysedd at ei gilydd, fel prifathro ar fin ceryddu disgybl. Yna edrychodd ar y watsh oedd ar ei arddwrn.

'Roeddwn i wedi gobeithio dal trên pedwar o'r gloch,' meddai. 'Cefais i'r argraff gan fy chwaer y byddech chi yma cyn hyn.'

'Dwi'n galw heibio i sawl person yn ystod y pnawn,' meddai Lewis, 'mae'n anodd dweud pryd yn union fydda i'n cyrraedd.'

'Byddai'n dda gan Mrs Morris pe gallech chi fod yn fwy prydlon,' meddai Vivian.

'Mae Mrs Morris yn deall 'mod i'n galw i'w gweld hi ar ôl pawb arall,' meddai Lewis, 'er mwyn rhoi digon o amser iddi.'

Pan fyddai yng nghwmni Eirwen gwyddai Lewis yn aml y medrai wneud gwaith amgenach yn rhywle arall. Sawl gwaith o'r blaen roedd ei ddiffyg amynedd wedi bod yn amlwg iddi. Heddiw roedd newydd alw i weld merch ifanc oedd yn wael gyda'r diciáu, ac yntau'n medru gwneud fawr ddim i'w helpu. Roedd hi o deulu tlawd fel y rhan fwyaf o'i gwsmeriaid, a'i hamgylchiadau'n wahanol iawn i rai'r brawd a chwaer ariannog hyn yn Llwynawelon.

'Gofynnodd Mrs Morris i mi gael gair â chi,' meddai Vivian. 'Ydach chi'n barnu bod y driniaeth yn llwyddo?'

'Y driniaeth', fel pe bai pethau'n syml. Gofynnodd Lewis i Vivian faint a wyddai ef am gyflwr Eirwen. Soniodd Vivian ei bod yn cael anhawster cysgu, a bod yn well ganddi ffisig Dr Roberts na ffisig roedd Lewis wedi ei roi iddi.

Eglurodd Lewis fod yr hen ffisig yn cynnwys morffin a bod y corff yn dod yn ddibynnol arno. Roedd wedi rhoi rhywbeth i Eirwen yn ei le ond roedd hwnnw wedi rhoi cur pen iddi. Bellach roedd wedi rhoi Barbitone iddi, ond roedd am iddi ei ddefnyddio'n gynnil iawn.

'Mi fyddwn yn falch o fedru teimlo bod rhywun yma yn edrych ar ôl fy chwaer pan fydda i yn Llundain,' meddai Vivian, 'ac yn cymryd y gwaith o ddifri.' Yna edrychodd ar ei watsh eto fel pe bai ar frys i fynd i rywle.

Eglurodd Lewis nad oedd yn debygol y byddai problemau Eirwen gyda'i choluddion yn gwella'n llwyr, ond bod gobaith eu lleddfu.

'Efallai y gallech chi fod ychydig mwy amyneddgar gyda hi,' meddai Vivian.

'Os ydi hi'n teimlo 'mod i'n ddiamynedd mae'n ddrwg gen i,' meddai Lewis. 'Dwi'n aml yn teimlo mai unigrwydd ydi ei phroblem fwyaf hi.'

Ac yna edrychodd Vivian i lawr ar ei watsh unwaith eto. Roedd iddo edrych ar y watsh am y trydydd tro fel hyn yn ormod i Lewis. Cododd ei fraich ei hun i'r awyr a gwneud rhyw sioe fawr o edrych ar y watsh oedd ar ei arddwrn yntau.

'Mae hi newydd droi ugain munud wedi tri,' meddai, 'ac mae'n amlwg bod gennych chi bethau eraill ar eich meddwl. Os ydach chi am drafod cyflwr eich chwaer o ddifri mi fyddwn yn falch o gael sgwrs gyda chi'ch dau pan fydd gennych chi fwy o amser.' Edrychodd Vivian yn syn arno.

'Dwi'n siŵr y byddai'n helpu eich chwaer petasai ei theulu hi'n talu mwy o sylw iddi hi,' meddai Lewis. 'Dydw i ddim yn eich deall chi o gwbl. Dyn y tu ôl i'r mwgwd ydach chi i mi, wn i ddim be sydd tu ôl i'ch hen fwgwd chi o gwbl.' Dechreuodd godi er mwyn gadael cyn dweud dim mwy. Roedd wedi dweud gormod yn barod. Cododd Vivian yntau.

'Y dyn y tu ôl i'r mwgwd,' meddai, 'ai dyna fel dach chi'n fy ngweld i?'

'Ia,' meddai Lewis, 'ia, fel'na dwi'n eich gweld chi.' Gadawodd y tŷ ar unwaith, cyn gwneud y ffrae ddim gwaeth.

Ddau ddiwrnod yn ddiweddarach derbyniodd Lewis lythyr oddi wrth Vivian yn Llundain, yn cynnwys ymddiheuriad. Eglurodd Vivian fod Eirwen wedi gofyn iddo gael gair â Lewis ond nad oedd ganddo fawr o syniad am ei chyflwr mewn gwirionedd. Nid oedd erioed wedi trafod mater ei hiechyd yn ofalus gyda'i chwaer ac yr oedd cywilydd arno am ei ddiffyg ystyriaeth a'i hunanoldeb. Gobeithiai'n fawr y byddai Lewis yn fodlon derbyn ei ymddiheuriad a maddau iddo ei anghwrteisi. Hyderai y byddai Lewis yn parhau ei waith da gyda'i chwaer. Byddai'n rhoi pleser mawr iddo pe bai modd iddynt gwrdd eto cyn bo hir er mwyn iddo gael gwneud iawn am ei ddifrawder.

Ysgrifennwyd y llythyr â llaw ar bapur glas graenus, a chyfeiriad Vivian yn Llundain wedi'i argraffu'n gain ar ben y papur. Gwyddai Lewis ei fod yn ddiamynedd gydag Eirwen a bod bai arno am hynny. Penderfynodd y byddai'n rhaid iddo ysgrifennu'n ôl yn syth at Vivian i gydnabod ei fai yntau. Roedd hynny'n gwbl angenrheidiol. Y bore wedyn cyrhaeddodd ei lythyr yntau Vivian yn ei fflat yn Cambridge Street, Llundain, rhwng Victoria a Pimlico.

Y tro nesaf iddo ymweld â Llanrwst galwodd Vivian yn Everton House. Gwahoddodd Lewis i ddod am dro gydag ef i'r mynyddoedd y diwrnod canlynol, dydd Sadwrn, a derbyniodd Lewis y gwahoddiad.

Bob tro y deuai adref i Lanrwst wedi hynny byddai Vivian yn gwneud ei orau i weld Lewis ac i fynd i gerdded yn y bryniau uwchben y dref.

*   *   *

Roedd taith gerdded fel arfer yn dechrau wrth y Bont Fawr, yr hen bont garreg yng nghanol y dref. Byddai'r ddau yn cerdded i'r gorllewin ar draws Dyffryn Conwy at Gastell Gwydir, ac yna'n dilyn y lôn gul i fyny at Nant Bwlch yr Haearn. Oddi yno roedd sawl llwybr yn arwain at lynnoedd bychain i'r de a'r gogledd: Elsi, Geirionydd, Crafnant, Cowlyd ac eraill. Roedd hen weithfeydd mwyn o gwmpas y lle hefyd, a gwyddai Vivian enw pob un, enwau fel 'Conway Vale' neu 'Welsh Klondyke'. Dim ond ychydig flynyddoedd oedd ers i'r gloddfa blwm olaf gau.

'Dwi'n hoff o fyw yn Llundain,' meddai Vivian. 'Mae dinas fawr yn eich rhyddhau chi, does neb eisio gwybod am eich gwendidau. Wn i ddim sut fyddai dod yn ôl i Lanrwst lle mae pawb yn gwybod eich hanes chi.'

'Dydi'r pethau mae pobl yn ddweud ddim yn fy mhoeni i,' meddai Lewis, 'gawn nhw ddweud be fynnan nhw.'

'Efallai bod llai o wendidau gennych chi.'

Holodd Lewis Vivian am ei waith gyda'r New Housing Trust. Bwriad yr elusen oedd gwella iechyd a safon byw pobl gyffredin drwy hybu adeiladu tai newydd yn lle hen dai afiach, a hynny drwy gynghori awdurdodau lleol yn bennaf. Trefnai Vivian waith yr elusen o swyddfa fechan yn Victoria, Llundain. Roedd y diciáu, tiwbercwlosis, yn rhemp drwy Ddyffryn Conwy a'r allwedd i'w ymladd oedd cartrefu pobl mewn tai clyd a'u cynnal gyda bwyd maethlon. Roedd Vivian wedi gweld sut roedd yr Almaen wedi gwella tai'r wlad ac yn awyddus iawn i'w efelychu. Dywedodd Lewis ei fod yn cefnogi gwaith y New Housing Trust yn llwyr, ac nad oedd dim byd yn bwysicach iddo ef fel meddyg.

Dysgodd Lewis fod Vivian a'i frawd hŷn, Arthur, wedi gweithio fel cyfreithwyr yn swyddfa'i dad yn Llanrwst am flynyddoedd. Roedd Vivian wedi casáu'r gwaith ac yn ystod y Rhyfel Mawr bu'n falch o gael gwirfoddoli i ymuno â'r fyddin a gadael y dref. Roedd ei dad yn adnabod swyddog gyda'r *artillery* yn Woolwich a mynnodd fod Vivian yn mynd yno yn hytrach na dilyn ei frawd i'r Royal Welch Fusiliers. Dywedodd Vivian fod ganddo gywilydd o'i wasanaeth milwrol ac o gadw'n dawel pan oedd pobl fel George M Ll Davies yn sefyll i fyny yn erbyn yr holl wallgofrwydd.

Ar ôl y rhyfel aeth i'r Coleg Diwinyddol yn Aberystwyth, gan fwriadu mynd i'r weinidogaeth. Yn lle hynny, wedi gorffen y cwrs a sicrhau gradd fe'i penodwyd yn ysgrifennydd preifat i aelod seneddol Rhyddfrydol, a hynny eto, meddai, oherwydd cysylltiadau ei dad. Pan gollodd y Rhyddfrydwr ei sedd i'r Tori aeth Vivian i weithio gyda'r elusen, eto yn Llundain. Roedd wedi mwynhau'r gwaith o'r cychwyn cyntaf. Roedd Vivian hefyd yn pregethu gyda'r Methodistiaid Calfinaidd, fel arfer yn llenwi mewn yng nghapeli Cymraeg Llundain, meddai.

Yn yr Ysgol Feddygol yn Rodney Street, Lerpwl, daeth Lewis i adnabod pobl oedd yn galw'u hunain yn agnostig, neu'n anffyddwyr neu'n ddyneiddwyr. Rhywbeth felly roedd Lewis yn ei gyfri ei hunan hefyd. Drwy waith gwyddonwyr fel Louis Pasteur, Robert Koch a Paul Ehrlich roedd meddygaeth wedi gwella bywydau pobl gyffredin. *Progress* oedd gair mawr Lewis Huws. Doedd gweddïo a chanu emynau heb helpu neb erioed ac roedd yr eglwysi wastad wedi gwrthwynebu datblygiadau gwyddonol ac arloesol. Lewis, nid Vivian, fyddai wastad yn dechrau dadl am grefydd.

'Wn i ddim sut mae rhywun call yn medru credu yn yr holl fusnes crefyddol yma,' meddai Lewis.

'Dydw i erioed wedi amau fy ffydd,' meddai Vivian, 'yr unig beth sydd wedi fy mhoeni i yw pam fod Duw cariad yn caniatáu gymaint o boen yn y byd.'

'Byddai byd heb boen yn fyd rhyfedd iawn,' meddai Lewis, 'efallai mai ein lle ni ydi gweithio i wella pethau. Heb gystadleuaeth a marwolaeth byddai datblygiad yn amhosib.'

'Charles Darwin,' meddai Vivian, '*the survival of the fittest*. Dyna beth ydi athroniaeth ddidostur, ynte?'

'Dydi o ddim yn athroniaeth o gwbl,' meddai Lewis, 'dim ond disgrifiad ydi o, disgrifiad gwyddonol o'r ffordd mae'r byd yn gweithio.'

'Mae o'n ffordd o edrych ar y byd,' meddai Vivian. 'Dydi'r weledigaeth yn apelio dim ataf i.'

Er bod Vivian yn ymddangos yn Gristion confensiynol roedd ochr arall iddo hefyd, yn dadlau bod syniadau Crist yn rhai chwyldroadol. Roedd angen cymryd Crist o ddifri a newid natur cymdeithas, meddai. O'r dechrau, bu Vivian yn sôn am greu cymuned Gristnogol heddychol yn y byd hwn, ac yn sicr dyna oedd gwraidd ei fwriad i sefydlu canolfan ar gyfer heddychwyr adeg y rhyfel.

'Dach chi heb fod yn eglwys Llanrhychwyn erioed, ydach chi?' meddai Vivian.

'Naddo,' meddai Lewis, 'lle mae hi?'

'Uwchben Trefriw,' meddai Vivian, 'rhaid i ni fynd yna gyda'n gilydd rywbryd. Hen eglwys fechan ydi hi. Fydd hi'n haws i mi egluro pethau i chi yn fanno.'

Pan fyddai Vivian yn sôn am ei fywyd yn Llundain roedd i'w weld yn cymysgu â llawer o bobl enwog a phwysig, ac fel pe bai'n falch o hynny. Roedd yn gyfarwydd â gwleidyddion o bob plaid a'r aelodau seneddol Cymreig. Roedd yn adnabod awduron enwog, gan gynnwys Siegfried Sassoon, actorion a cherddorion, gan gynnwys Emlyn Williams ac Ivor Novello. Roedd hyd yn oed wedi cymysgu â'r teulu brenhinol ac yn adnabod George, Dug Caint.

'Dach chi ddim yn dod i Lundain o gwbl?' holodd Vivian.

'Dydw i ddim wedi bod yn Llundain ers blynyddoedd,' meddai Lewis, 'mae Lerpwl yn ddigon da i mi. Dwi'n gwneud fy ngorau i gadw cysylltiad efo pobl dwi'n nabod yna.'

'Meddygon.'

'Ia, arbenigwyr yn Rodney Street.'

'A nyrsys hefyd, mae'n siŵr,' meddai Vivian. 'Oeddwn i'n clywed eich bod chi wedi bod yn canlyn efo Katie Roberts cyn iddi briodi.'

'Oeddwn i wedi dyweddïo efo Katie ar un adeg,' meddai Lewis, 'dyna pam y symudais i o Lerpwl i Lanrwst.'

'Oes rhywun arbennig ar hyn o bryd?' meddai Vivian.

'Ddim ers tro,' meddai Lewis, 'Angela oedd y ddiwethaf. Oedd hi wedi gadael ei gŵr ar y pryd ac mae hi wedi mynd yn ôl ato erbyn hyn.'

Ar unwaith dangosodd Vivian ddiddordeb yn Angela. Daliodd i holi nes bod Lewis wedi dweud y rhan fwyaf o'r stori wrtho.

Ar ôl symud i Lanrwst byddai Lewis yn cau'r syrjeri ar ddydd Mercher cyntaf pob mis ac fel arfer yn mynd am y diwrnod i Lerpwl, ar y trên. Ar wahân i'r ysbytai roedd gan Lerpwl bob math o siopau a gwasanaethau eraill nad oeddynt ar gael yn Llanrwst na Llandudno. Ar un o'r ymweliadau hyn y daeth ar draws Angela yn yr Inffirmari Brenhinol yn Pembroke Place. Ann Jones oedd ei henw morwynol. Roedd hi'n enedigol o Lanfechell yng ngogledd Môn ac wedi hyfforddi fel nyrs yn Lerpwl. Hi oedd am i bawb ei galw'n Angela. Roedd hi am wella'i hun ym mhob ffordd, hyd yn oed ei henw. Roedd Lewis wedi clywed ei bod wedi priodi tua dwy flynedd ynghynt a heb ei gweld ers hynny. Clywodd hefyd fod ei gŵr yn ddyn cyfoethog tipyn yn hŷn na hi, yn union y math o ŵr y byddai Angela wedi dymuno ei gael.

Dywedodd Angela wrth Lewis ei bod wedi gadael ei gŵr. Roedd hi'n unig ac yn ansicr beth i'w wneud efo hi'i hun a chafodd Lewis groeso ganddi. Trefnwyd i gwrdd eto, a daeth yn arfer i Lewis ac Angela dreulio noson mewn gwesty yn Lerpwl. Roedd Angela yn hyderus ynghylch materion rhywiol ac nid oedd yn swil. Roedd ei mislif yn gwbl ddibynadwy ac amserol a defnyddiai 'Dutch Cap' i atal cenhedlu. Ar y dechrau roedd popeth yn rhwydd ac yn baradwysaidd.

Pan dderbyniodd Angela bapurau gan gyfreithiwr ei gŵr yn dechrau ffurfioli'r gwahanu, cymerodd ati'n arw. Dechreuodd wneud galwadau ffôn at Lewis yn ystod y dydd pan oedd yntau'n awyddus i fynd ymlaen â'i waith. Y tro nesaf y gwelodd hi roedd yn anodd ei chael i siarad am ddim byd ond ei phroblemau hi a'i gŵr. Eglurodd i Lewis ei bod hi wedi gwneud cais am swydd gyda chwmni oedd yn cyflogi nyrsys yn y Dwyrain Pell. Ni ddywedodd Lewis ddim i geisio newid ei meddwl ac ni chytunodd Angela i drefnu dyddiad arall i gyfarfod â Lewis. Hwyrach y byddai hi'n ei ffonio ef, meddai.

Disgwyliai Lewis glywed bod Angela wedi hwylio i Shanghai neu Singapore, ond yn lle hynny daeth y newydd ei bod hi wedi symud yn ôl at ei gŵr, peth nad oedd ef wedi ei ddisgwyl o gwbl.

'Faswn i byth wedi medru byw efo hi am yn hir,' meddai wrth Vivian. Wedi hynny byddai Vivian yn parhau i holi Lewis am Angela bob hyn a hyn.

Y tro cyntaf i Vivian alw yn Everton House cyflwynodd Lewis ef i Apphia Davies. Ar unwaith holodd Vivian hi ynghylch ei henw anghyffredin. 'Apphia oedd gwraig Philemon, ynte?' meddai. Fe blesiodd hynny Apphia Davies. Roedd gan Vivian ffordd o ganolbwyntio ei holl sylw ar rywun mewn ffordd a oedd yn gwneud i'r person hwnnw deimlo ei fod ym mhresenoldeb dyn arbennig.

Bu Apphia Davies wedyn yn sôn wrth Lewis am wahanol aelodau teulu Vivian. Roedd pob un aelod o'r teulu'n berson eithriadol, meddai. Twrnai o gefndir cyffredin oedd y tad, dyn galluog, craff, a chyfaill i Lloyd George ar un adeg. Roedd y fam sawl blwyddyn yn iau na'i gŵr, yn perthyn i deulu'r Vivians oedd â chysylltiadau bonheddig. Arthur Vivian Williams oedd y plentyn hynaf, dyn ifanc hwyliog ac addawol iawn. Fe'i lladdwyd yn y Rhyfel Mawr. Wedi'r rhyfel bu Eirwen yn byw gyda'i mam, dynes roedd Apphia'n ei pharchu'n fawr, nes i honno farw a gadael Eirwen ar ei phen ei hun yn Llwynawelon. Druan â hi, yn hen ac yn unig, meddai Apphia Davies. Vivian oedd yr un mwyaf eithriadol i gyd, dyn mwy addfwyn a sensitif na gweddill y teulu. Ef oedd y gorau ohonynt.

'Dyna'r dyn agosaf at sant sy gennym ni yng Nghymru,' meddai Apphia Davies.

Pennod 4

LLANRHYCHWYN

DAETH LEWIS YN ôl i Everton House ddiwedd un prynhawn glawog ym mis Hydref 1937 a chael Gruffydd yn eistedd yn yr ystafell aros, yn darllen *Autocar.*

'Roeddwn i'n clywed bod gen ti gar newydd,' meddai Gruffydd. Roedd Lewis newydd brynu car modur newydd, Morris 8, yn lle'r hen Austin 7. Aeth â Gruffydd allan yn y car a chafodd Gruffydd ei yrru, ond dywedodd fod yn well ganddo'r Humber, car mawr gyda pheiriant cryf. Roedd angen mwy o geir ar yr heddlu, meddai.

Wedi dychwelyd i Everton House soniodd Gruffydd am arolygydd gyda'r heddlu oedd ar fin ymddeol. Eglurodd yn ofalus i Lewis pam ei fod yn meddwl bod ganddo obaith o gael y swydd. Roedd wedi pasio'r arholiadau perthnasol ac wedi mynychu'r cyrsiau priodol. Ef oedd yn gyfrifol am hyfforddi'r plismyn ifainc o fewn y *constabulary.* Roedd ganddo ddigon o brofiad a bu'n sarjant ers blynyddoedd. Roedd yn dod ymlaen yn dda gyda'r Prif Gwnstabl a theimlai ei fod yn ymgeisydd cryf.

'Mae'n anodd dweud pwy arall fydd yn cynnig,' meddai Gruffydd, 'dwyt ti ddim wedi clywed dim byd?' Wrth gwrs, doedd Lewis heb glywed dim.

'Wyt ti wedi cymryd dy ffrind newydd allan yn y Morris?' meddai Gruffydd.

'Pwy?'

'Vivian Williams. Oeddwn i'n clywed dy fod di'n gweld dipyn ohono fo'r dyddiau yma.'

'Galw i weld ei chwaer o ydw i,' meddai Lewis. 'Na, dydi o ddim wedi bod yn y car. Mae car ganddyn nhw beth bynnag, hen Lanchester.'

'Sunbeam ydi o, ddim Lanchester,' meddai Gruffydd. 'Dan Benjamin ydi'r *chauffeur*. Mae ei fab o, Frank Benjamin, newydd ddechrau efo ni yn yr heddlu, bachgen da, mi wnaiff o blismon iawn. Beth wyt ti a Vivian Williams yn ei wneud pan ewch chi allan efo'ch gilydd?'

'Dim ond cerdded,' meddai Lewis, 'mae o'n gwybod ei ffordd o gwmpas yn well na fi.'

'Fuodd o yn y fyddin,' meddai Gruffydd, 'ond *officer* oedd o wrth gwrs. Yn yr *artillery*.' Doedd neb o'r *infantry* â gair da am yr *artillery*.

'Dyna beth wnaeth heddychwr ohono fo, medda fo,' meddai Lewis.

'Braidd yn hwyr i droi'n heddychwr,' meddai Gruffydd, 'pan fod y rhyfel wedi gorffen. Fasat ti byth yn dweud mai un o ffordd hyn ydi o.'

'Dydi hi ddim yn hawdd dod i'w adnabod o,' meddai Lewis.

'Fedri di ddim dweud ei fod o'n perthyn fan hyn, fedri di?'

'Yma gafodd o ei eni,' meddai Lewis.

'Ddaru nhw ei anfon o i ffwrdd i ysgol breifat a gwneud *officer* ohono fo,' meddai Gruffydd. 'Efallai mai dyma gartref ei rieni o, ond fedri di ddim dweud mai dyma'i gartref o.'

'Yn fan yma mae ei gartref o,' meddai Lewis, 'yn Llwynawelon, efo'i chwaer.'

'Mae yna rywbeth rhyfedd am y dyn,' meddai Gruffydd, 'sawl peth rhyfedd pan wyt ti'n meddwl. *Lieutenant* o'r *artillery* yn troi'n heddychwr. Aeth o i ysgol breifat, ond mae o'n siarad

Cymraeg. *Officer* oedd o, ond mae o'n cefnogi'r Blaid Lafur. Does dim byd yn ffitio'n iawn, nag oes? Dwyt ti ddim yn gwybod lle wyt ti efo dyn fel'na. Mae rhywbeth od amdano fo.'

'Efallai ei fod o'n anodd ei ddeall,' meddai Lewis, 'ond dydi hynny ddim yn golygu bod dim byd yn bod arno fo.'

'Mae o wastad ar wahân i bobl gyffredin,' meddai Gruffydd, 'fel petai o'n meddwl ei fod o'n well na phawb. Pa ffrindiau sy ganddo fo yma heblaw amdanat ti?'

'Yn Llundain mae ei ffrindiau o.'

'Oedd o am fynd yn weinidog, yn doedd?' meddai Gruffydd.

'Oedd, ar ôl y rhyfel,' meddai Lewis, 'ond aeth o i Lundain yn lle mynd i'r weinidogaeth.'

'Pam wyt ti'n meddwl bod o wedi gwneud hynny?'

'Cael gwaith, siŵr iawn, 'run fath â phawb arall.'

'Ond dydi o ddim 'run fath â phawb arall, nac ydi? Dydi o ddim yn perthyn yma a fasa fo ddim yn medru perthyn hyd yn oed pe bai o eisio gwneud. Wyt ti'n gwybod be sy gen i?'

'Wn i ddim.'

'Wyt, mi rwyt ti'n gwybod,' meddai Gruffydd, 'wyt ti'n deall yn iawn be sy gen i.' Roedd Gruffydd yn fodlon ei fod wedi gwneud ei feddwl yn glir i Lewis. 'Mae dyn fel'na yn medru troi ei gôt mewn chwinciad pan mae'n ei siwtio fo, a phoeni dim am neb arall,' meddai. 'Wnaiff yr heddychwyr yma ddim lles i neb, wir i ti. Dylet ti gadw'n glir oddi wrthyn nhw. Mae Hitler yn cael y Jyrmans i fartsio eto. Os daw hi'n rhyfel fydd gan bobl ddim amser i hen heddychwyr.' Fis Mawrth 1936 yr oedd milwyr yr Almaen wedi ailfeddiannu'r Rheinland, ac erbyn 1937 roedd pwysau ar Awstria i uno gyda'r Almaen.

'Mae gen i boen yn fan hyn,' meddai Gruffydd, wrth osod ei law ar ei ochr chwith, tuag at ei gefn, 'mae o wedi bod gen i ers talwm.' Cododd, datododd ei drowsus a thynnodd allan ei grys. Aeth Lewis ati i deimlo o gwmpas ochr ei gefn.

'Faswn i'n dweud bod gen ti rywbeth yn bod ar yr arennau,' meddai Lewis, 'cerrig, efallai, neu *infection*. Bydd yn well i ti fynd at dy ddoctor dy hun i gael profion. Dos cyn gynted â phosib.'

Gwisgodd Gruffydd. 'Diolch,' meddai, 'rhaid i mi fynd i'w weld o. *Infection*, ia?'

Gadawodd Gruffydd yn fuan wedyn, ar ôl gwneud popeth roedd wedi bwriadu ei wneud. Roedd wedi gyrru'r Morris, wedi cael archwiliad meddygol am ddim, ac wedi cyflwyno rhybudd ynghylch David Vivian Williams.

★   ★   ★

Ni chafodd y rhybudd yr effaith ar Lewis y dymunai Gruffydd iddo'i gael. I'r gwrthwyneb, oherwydd ymyrraeth Gruffydd daeth Lewis yn fwy penderfynol fyth o fod yn gyfaill i Vivian. Roedd Vivian yn berson cwbl wahanol i neb roedd Lewis wedi'i adnabod o'r blaen. Roedd yn ddyn dymunol a diwylliedig, a chanddo farn wybodus, ddiddorol ac weithiau annisgwyl ar bob math o bethau. Yn wir, roedd yn ddyn eithriadol iawn, yn gymeriad roedd Lewis yn awyddus i'w adnabod yn well. Ac ar ben hynny roedd Vivian yn amlwg yn dymuno magu cyfeillgarwch gyda Lewis ei hun, ac roedd hynny'n ddealladwy, gan fod Vivian wedi bod yn ddyn dieithr yn ei ardal enedigol ers cymaint o amser. Ym mywyd Lewis Huws doedd cyfeillion ddim wedi bod mor hawdd eu cael ers tro, o leiaf ddim ers iddo adael Ysgol Feddygol Lerpwl dros ddeuddeg mlynedd yn ôl bellach. Er gwaethaf rhybudd Gruffydd daliodd Lewis i fynd i gerdded gyda Vivian bob cyfle gâi, ac o'r diwedd aeth Vivian ac yntau i eglwys Llanrhychwyn.

Plwyf mynyddig oedd Llanrhychwyn, mewn ardal o weundir tlawd, llynnoedd a bryniau. Dringodd y ddau i fyny drwy Nant Bwlch yr Haearn ac yna cerdded ar hyd Llyn Geirionydd, heibio'r gofeb i Daliesin, cyn troi i'r dde at yr eglwys. Er mwyn mynd i mewn bu'n rhaid rhyddhau hen ddrws derw oddi wrth y rhaffau a'r ffyn a oedd yn ei gadw yn ei le ar ochr yr adeilad. Y tu mewn, roedd y to yn isel a'r llawr o lechi mawr yn anwastad. Roedd bedyddfaen anferth yng nghefn yr eglwys, a'r tu draw i hwnnw roedd pentwr o hen elorau, fframiau pren a ddefnyddiwyd i gario cyrff, a'r rheini wedi torri.

Er ei bod yn haul braf ac yn gynnes y tu allan roedd y tu mewn i'r eglwys yn oer ac yn dawel, fel pe na bai dim byd byth yn digwydd nac yn newid yma. Safai'r allor o flaen rhesi o feinciau, gyda phulpud ar y naill ochr a harmoniwm bach yr ochr arall.

'Be dach chi'n feddwl o'r lle yma?' meddai Vivian.

'Mae o fel hen gwt,' meddai Lewis, 'fel stabl.'

'Hwn ydi'r lle mwyaf sanctaidd y gwn i amdano,' meddai Vivian.

'Go brin,' meddai Lewis.

Tynnodd Vivian sylw Lewis at un llechen fechan ar ei phen ei hun ar wal yr eglwys. Roedd honno'n cofnodi rhodd o arian i dlodion y plwyf yn y ddeunawfed ganrif gan ddyn o'r enw Edward Johnes. 'Mae hwn yn un o'r plwyfi tlotaf yng Nghymru,' meddai Vivian, 'ond hyd yn oed mewn lle fel hwn mi gewch chi olau, ac un dyn am wneud rhywbeth da. Dwi'n meddwl weithiau bod y lle yma'n fwy sanctaidd na'r eglwys gadeiriol fwyaf hardd.'

'Wela i ddim byd arbennig am y lle o gwbl,' meddai Lewis.

'Mae rhai o'r testunau cynharaf yn sôn am Iesu Grist fel

dyn byr gyda chorff cam a chroen tywyll,' meddai Vivian, '"y meddyg, iachâ dy hun," ydach chi'n cofio? Yn ddiweddarach daeth pobl i'w weld fel dyn hardd yn debyg i dduw paganaidd, ond mae'n siŵr gen i mai dyn bach diolwg oedd o. Dach chi ddim yn meddwl bod hynny'n briodol? Pe bai Duw yn dod i'r byd nid fel dyn cryf, golygus y byddai'n dod, ond ar ffurf y creadur mwyaf di-nod, ynte? Po bellaf yr ewch chi o fawredd y byd, nesa y dewch chi at sancteiddrwydd. Dyna pam ydw i mor hoff o'r lle yma.'

Safodd y ddau heb ddweud gair am ychydig. Yna aeth Lewis i edrych o gwmpas yr adeilad. Symudodd y ddau yn araf at y drws, gan baratoi at adael. Wrth i Lewis gyrraedd at y drws daeth Vivian ato a gosod ei law ar ei fraich. Trodd Lewis tuag ato.

'Diolch am ddod yma efo fi,' meddai Vivian, ac yna rhoddodd ei fraich o gwmpas Lewis a'i gofleidio. 'Dwi'n falch iawn ein bod ni wedi dod yma heddiw.' Yna gollyngodd Lewis. Roedd y weithred fel pe bai'n beth hollol naturiol i Vivian.

Gadawodd y ddau'r eglwys a dringo cyn troi yn ôl, i lawr at bentref Trefriw.

'Mae hi gymaint yn haws i mi ddod yn ôl i Lanrwst nag y buodd hi,' meddai Vivian, 'rŵan 'mod i'n eich adnabod chi. Does dim llawer o bobl yn Llanrwst fedra i siarad yn iawn â nhw, wyddoch chi.'

'Faswn i ddim wedi disgwyl i ddyn llwyddiannus fel chi fod mor awyddus i ddod adref i Lanrwst,' meddai Lewis.

'Llwyddiannus?!' meddai Vivian. 'Ddim o gwbl. Dwi wedi bod yn fethiant llwyr bron iawn ym mhopeth. Doeddwn i fawr o werth fel twrnai. Wnes i ffoi i Lundain yn lle mynd i'r weinidogaeth. Mae gen i gywilydd o'r hyn fues i'n ei wneud yn y fyddin. Ydach chi erioed wedi gwneud rhywbeth roedd gennych chi gywilydd ohono?'

'Do,' meddai Lewis, 'droeon.'

'Ydach chi erioed wedi teimlo angen mawr i gael maddeuant am eich ffaeleddau?'

'Naddo,' meddai Lewis, 'mae gen i ofn 'mod i'n medru maddau i fi fy hun yn hawdd iawn, yn rhy hawdd, mae'n siŵr.'

'Efallai bod angen Duw arna i er mwyn cael maddeuant,' meddai Vivian, 'mae'n rhaid i mi gael Duw neu fasa dim modd i mi gael fy maddau.'

'Am fod yn yr *artillery*?' meddai Lewis.

'Ia,' meddai Vivian, 'hynny a phethau eraill.'

★   ★   ★

Roedd ymlyniad Vivian at grefydd yn rhywbeth roedd Lewis wedi hen arfer ag o. Nid oedd ei ffydd Gristnogol yn beth rhyfedd nac annisgwyl gan fod Vivian wedi'i eni a'i fagu yn Fethodist Calfinaidd. Yn Llanrwst, Lewis Huws ei hun oedd yn wahanol yn hynny o beth, yn gwrthod mynychu capel ac yn elyniaethus at bopeth crefyddol, a hynny mewn tref lle roedd disgwyl i bawb o unrhyw bwys fynychu addoldy o ryw fath.

'Dwyt ti ddim yn gwybod lle wyt ti efo dyn fel'na,' dywedodd Gruffydd, 'mae rhywbeth od amdano fo.' Debyg iawn bod yna rywfaint o wirionedd yn y geiriau. Un peth od oedd bod Vivian wedi cyrraedd dros hanner cant oed heb briodi. Ond byddai Lewis ei hun yn ddeugain oed yn 1939, a hen lanc oedd yntau, a dim argoelion priodi o gwbl.

Daeth Vivian adref i Lanrwst eto dros y Pasg yn 1938, mis ar ôl yr Anschluss, pan ddaeth Awstria yn rhan o'r Almaen. Y prynhawn Sadwrn cyn Sul y Pasg aeth Lewis a Vivian i gerdded eto, a throi tua'r de heibio Llyn Parc tuag at Fetws-y-coed. Dyna pryd y gwelodd Lewis agwedd arall i Vivian, agwedd lai sanctaidd ac uchel-ael.

'Glywsoch chi ein bod ni wedi sefydlu cymdeithas heddwch i Gymru,' meddai Vivian, 'a bod gennym ni gangen fach yn Llanrwst?'

'Do, mi glywais i,' meddai Lewis, 'bob lwc i chi.'

'Fyddai gennych chi ddiddordeb mewn cymryd rhan?'

'Does gen i ddim i'w gyfrannu,' meddai Lewis, 'ond mae'n siŵr allwn i ddod i gyfarfod weithiau.'

'Dim ond ychydig o aelodau sy 'na, ond maen nhw'n griw dymunol iawn,' meddai Vivian. 'Marian Clements ydi'r ysgrifenyddes. Beth am i chi roi sgwrs fer am y ffordd ddaru gwyddonwyr ddatblygu arfau newydd yn y Rhyfel Mawr?'

'Fedra i ddim meddwl am ddim byd gwaeth,' meddai Lewis, 'mae'n destun mor ddigalon. Da chi, peidiwch â disgwyl i mi wneud dim byd o'r fath.'

'Dach chi heb weld Angela yn ddiweddar?' meddai Vivian.

'Naddo wir,' meddai Lewis, 'mae hi'n ôl efo'i gŵr ers tro.'

'Oedd hi'n dlws?' meddai Vivian.

'Oedd, roedd hi'n mynd i drafferth i wneud i'w hun edrych yn ddeniadol,' meddai Lewis. 'Roedd hi'n gwisgo'n dda ac yn dilyn y ffasiwn.'

'Oedd hi'n siapus?' Gwenai Vivian fel hogyn bach yn dweud rhywbeth drwg, a gwneud rhyw arwyddion 'siapus' gyda'i ddwy law.

'Roedd hi'n denau ac yn siapus,' meddai Lewis, 'ond doedd ei bronnau hi ddim yn fawr. Fuasech chi ddim yn meddwl wrth edrych arni, ond gan Katie mae bronnau mawr. Wir i chi, mae gan Katie gorff hardd ryfeddol. *Voluptuous* ydi'r unig air amdani hi mewn gwirionedd.'

Bron i Vivian syrthio ar y llawr gyda syndod a chwerthin.

'*Voluptuous*,' meddai o'r diwedd, 'a'r holl nyrsys yna!'

'Mae nyrsys yn fwy hyderus efo pethau corfforol,' meddai Lewis, 'ac yn fwy ymwybodol o farwolaeth.'

'Dach chi'n ddyn profiadol,' meddai Vivian.

'Fuoch chi drwy'r rhyfel,' meddai Lewis, 'roedd gan y swyddogion ddewis o wn i ddim faint o ferched prydferth yn rhai o'r tai yna yn Ffrainc.'

'Es i ddim yn agos at lefydd fel'na,' meddai Vivian, 'roeddwn i'n ddiniwed iawn, ag ofn merched, am wn i. Ond beth amdanoch chi? Aethoch chi i lefydd fel'na?' Pan ddywedodd Lewis ddim gair, dechreuodd Vivian chwerthin fel hogyn bach drwg. 'Do, fe wnaethoch chi,' meddai, 'mae'n amlwg, fe wnaethoch chi!'

'Es innau ddim yn agos,' meddai Lewis. 'Llawn cystal, petasech chi'n gwybod faint o bobl oedd yn dioddef o glefydau rhywiol ar ddiwedd y rhyfel. Siffilis a *gonorrhoea* a phopeth arall. Mae heintiau rhywiol yn dal o gwmpas. 'Dan ni'n cael ychydig o achosion newydd bob blwyddyn, dynion bron i gyd.'

'A be dach chi'n wneud iddyn nhw?'

'Mae arwyddion *gonorrhoea* yn amlwg,' meddai Lewis, 'ac yn achos siffilis mae'n bosib fel arfer gweld briw ar yr organau rhywiol, ar y *penis*. Mae hynny'n arwydd clir bod yr haint wedi cydio.'

'Be dach chi'n wneud? Ydach chi'n ei ddal o yn eich llaw?'

'Na, dwi'n defnyddio sbatiwlas.'

'Sbatiwlas?'

'Ia, dau sbatiwla pren, un ym mhob llaw.'

Dechreuodd Vivian chwerthin eto. Yn amlwg, roedd meddwl am Lewis Huws yn trafod pidlen claf gyda sbatiwla pren ym mhob llaw yn ymddangos yn beth doniol ar y naw iddo. Unwaith eto roedd yn ymddwyn fel hogyn bach drwg.

'Mae'n beth difrifol iawn,' meddai Lewis. 'Pan welwch

chi facteria siffilis drwy feicrosgop mae o fel sbeiral bach perffaith a thlws, ond mae'r clefyd yn beth ofnadwy. Mae bywydau teuluoedd yn cael eu difetha gan ryw feicrob bach diniwed.'

Am gyfnod byr yn Lerpwl bu Lewis yn arbenigo mewn clefydau rhywiol. Cyn y Rhyfel Mawr siffilis oedd yr haint mwyaf peryglus a mwyaf cyffredin o'r holl afiechydon, a thua un o bob deg o'r boblogaeth drefol yn dioddef ohono. Wrth i'r clefyd ddatblygu medrai'r effeithiau fod yn echrydus. Roedd yn afiechyd twyllodrus ac weithiau byddai'n diflannu am flynyddoedd, ond medrai'r bacteria ymledu drwy'r corff i effeithio ar y llygaid, y galon a'r ymennydd. Ar ôl y rhyfel sefydlwyd clinigau arbennig i drin cleifion gyda chlefydau rhywiol yn rhad ac am ddim. Am flwyddyn yn unig y bu Lewis yn gweithio yn y clinig yn Lerpwl cyn penderfynu mynd yn feddyg teulu.

'Fydda i'n meddwl am Katie Roberts drwy'r nos,' meddai Vivian wedyn. '*Voluptuous*, wir!' Roedd Vivian yn dal i chwerthin, a Lewis yn cael ei ymddygiad plentynnaidd yn anghyson â'r dyn call arferol.

'Dydw i ddim yn siŵr os ydach chi'n ddyn cyson iawn,' meddai Lewis.

'Dwi ddim yn honni bod yn gyson bob amser,' meddai Vivian.

'Dwi'n cofio chi'n dweud yn Llanrhychwyn bod sancteiddrwydd i'w gael yn y llefydd mwyaf distadl, nid yn yr eglwysi mawr,' meddai Lewis. 'Dydach chi ddim yn cymeradwyo cyfoeth a mawredd, pleserau'r byd?'

'Na, ddim mewn gwirionedd.'

'Ond dydach chi ddim yn ddyn tlawd, a dach chi'n byw yn Llundain ymysg pobl ddigon cefnog.'

'Ydw, am wn i fy mod i.'

'Dwi wastad wedi meddwl eich bod chi'n mwynhau cyfarfod â phobl enwog.'

'Mae hynny'n ddigon gwir,' meddai Vivian.

'Actorion a gwleidyddion a phobl gyfoethog?' meddai Lewis.

'Mae'n wir,' meddai Vivian, gan chwerthin, 'dwi yn mwynhau cwmni pobl felly.'

'Arglwyddi ac arglwyddesau, teuluoedd mawr y byd, hyd yn oed pobl fel Dug Caint?'

'Mae'n wir,' meddai Vivian, 'dach chi'n iawn, wrth gwrs eich bod chi'n iawn!'

'Felly dydach chi ddim yn gyson, ydach chi?'

'Dydw ddim yn gyson o gwbl,' meddai Vivian. 'Mae'n ddrwg iawn gen i, doeddwn i erioed wedi meddwl am y peth yn y ffordd yna. Mae gen i gywilydd!'

Ar hyd y ffordd yn ôl tua'r dre daliai Vivian i sôn am ei anghysonder a'i gywilydd, gan barhau i chwerthin, fel petai Lewis wedi dweud rhywbeth deifiol. Wrth dynnu sylw at anghysonder Vivian roedd Lewis wedi tynnu sylw at rywbeth amlwg iawn. Ond i bob golwg doedd yr anghysonder erioed wedi taro Vivian.

'Dach chi wedi gweld drwyddof i heddiw,' meddai Vivian, 'dach chi'n medru gweld fy ngwendidau i, gweld y dyn y tu ôl i'r mwgwd! Ydach chi'n cofio dweud hynny, "y dyn y tu ôl i'r mwgwd"?' Yna dechreuodd chwerthin fel bachgen gwirion eto. 'Dwi'n methu peidio meddwl am beth ddywedsoch chi am Katie,' meddai. '*Voluptuous*! Dydw i ddim yn ysbrydol o gwbl ond yn anghyson ym mhopeth, mae gen i ofn!'

Roedd yn ddrwg iawn gan Lewis ei fod erioed wedi defnyddio'r gair i ddisgrifio Katie, er ei fod yn berffaith wir. Nid oedd wedi disgwyl i Vivian fachu arno fel hyn. Heddiw roedd Vivian wedi dangos yn glir nad sant mohono.

Er gwaethaf ymddygiad plentynnaidd Vivian a chyngor Gruffydd Jones, roedd Lewis yn dal i barchu Vivian yn fawr. Tra bod Gruffydd yn gweld dim pellach na'i fyd bach ei hun, yn cymryd yn erbyn popeth dieithr a phawb nad oedd ef ei hun yn medru ei reoli, medrai Vivian weld y byd gyda golwg ehangach, doethach a gwell. Bryd hynny roedd Lewis yn dal i werthfawrogi ei gyfeillgarwch â Vivian yn fawr iawn.

Hyd yn oed yn ddiweddarach, pan fyddai amgylchiadau a digwyddiadau wedi rhoi cyfle iddo adnabod Vivian yn well, ni fyddai Lewis yn anghytuno â'r egwyddorion roedd Vivian yn eu harddel. Ond er cymaint ei barch at ei ddelfrydau, yn y diwedd daeth i weld bod Gruffydd wedi bod yn iawn i ddrwgdybio Vivian o'r cychwyn cyntaf.

Pennod 5

Y Ddarlith

A R BRYNHAWN BRAF ym mis Mehefin 1938 eisteddai Lewis Huws yng Nghaffe Bebb yn sgwâr Llanrwst yn mwynhau'r haul wrth y ffenestr. Byddai'n galw yno ar ddiwedd y pnawn weithiau, ar ôl darfod ei alwadau am y dydd a chyn mynd yn ôl i Everton House i ddechrau syrjeri'r nos. Roedd y caffe'n brysur drwy'r dydd, a'r perchennog, Mrs Bebb, yno'n goruchwylio pob dim. Roedd hi'n chwaer i Mrs Caleb Roberts, mam Katie. Nid oedd y chwiorydd yn dod ymlaen yn dda. Roedd Mrs Bebb yn gweld ei chwaer yn cael bywyd hawdd fel gwraig i feddyg, a Mrs Roberts yn gweld Mrs Bebb yn ddynes gyfoethog iawn ers marwolaeth ei gŵr, yn berchen ar dai ar rent a siopau bach ar draws Llanrwst. Un mab oedd gan Mrs Bebb, a George Bebb oedd hwnnw. Doedd gan George ddim gwaith parhaol ond weithiau byddai'n mynd o gwmpas y dref yn casglu rhent.

Yng nghornel y caffe yn agos at y drws roedd nifer o bobl ifainc yn arfer cwrdd ar ddiwedd y pnawn. Gwelodd Lewis Marian Clements yn dod i mewn ar ei phen ei hun. Cododd hi ei llaw ar y criw yn y gornel, ond yn lle ymuno â hwy fel y byddai Lewis wedi'i ddisgwyl, cerddodd ymlaen at Lewis ac eistedd gydag ef, peth a groesawodd yn fawr. Roedd yr haul yn sgleinio ar ei gwallt tywyll, oedd yn disgyn at ei hysgwyddau.

'Gaf i ddod i eistedd atoch chi yma?' meddai Marian wrtho.

'Wrth gwrs y cewch chi,' meddai Lewis, 'mae croeso i chi.'

Bu Lewis yn gyfarwydd â Marian ers iddi ddod i'r dref i ddysgu yn Ysgol y Sir, y County School, rai blynyddoedd ynghynt. Roedd hi'n rhentu ystafelloedd mewn tŷ rhes yn agos at orsaf y rheilffordd i'r gogledd o'r dref. Bob bore byddai'n cerdded drwy'r dref i'r ysgol, rhyw filltir o ffordd, a phob prynhawn byddai'n cerdded yn ôl adref. Roedd Marian yn ddynes ifanc brydferth, yn dal ac yn urddasol, ac wrth iddi gerdded byddai llawer iawn o bobl yn ei chyfarch, a hithau'n eu cyfarch hwythau. Gwelid hi'n aml ar ei phen ei hun, ond yr oedd yn berson hawdd iawn siarad â hi, yn ddymunol ac yn groesawgar gyda phawb, yn ddynion a merched. Roedd Lewis wastad wedi dotio ati, ac yn sicr y byddai pob dyn call yn teimlo'r un fath. Pan ddaeth i'w hadnabod gyntaf roedd Marian yn ansicr ynghylch ei dyfodol. 'Dydw i ddim yn meddwl aros yn hir iawn yn Llanrwst,' meddai. 'Dwi eisio teithio. Mi faswn i wrth fy modd yn mynd i'r Eidal.'

Er na soniodd Marian amdano, daeth Lewis i wybod bod ganddi gariad o'r enw Lloyd Owen, tenor ifanc a cherddor proffesiynol oedd wedi canu ar y weiarles a gyda Chwmni Opera Carl Rosa. Roedd Marian yn aelod amlwg o gangen Llanrwst o Blaid Genedlaethol Cymru. Y flwyddyn cynt bu hi a rhai o ddynion ifainc Llanrwst ym Mhafiliwn Caernarfon gyda phymtheg mil o bobl eraill yn croesawu arweinwyr y Blaid Genedlaethol oedd newydd eu rhyddhau o garchar ar ôl llosgi ysgol fomio'r RAF ger Pwllheli: Lewis Valentine, gweinidog gyda'r Bedyddwyr, Saunders Lewis, darlithydd yn y Gymraeg, a D J Williams, athro ysgol.

'Dwi'n falch o'ch gweld chi,' meddai Marian wrth Lewis. 'Mae gen i ffafr i'w gofyn i chi.'

'Faswn i'n falch o'ch helpu chi,' meddai Lewis, 'os medra i wneud hynny.'

Eglurodd Marian fod cymdeithas heddwch newydd wedi'i sefydlu yng Nghymru, yn gangen o'r Peace Pledge Union. George M Ll Davies oedd Llywydd y gymdeithas a Gwynfor Evans yr Ysgrifennydd. Dywedodd Marian fod cangen leol wedi'i sefydlu yn Llanrwst a'i bod hi'n gwneud ymdrech arbennig i drefnu rhaglen dda ar gyfer ei blwyddyn gyntaf.

Eglurodd fod yr aelodau wedi gofyn iddi wahodd Lewis i roi sgwrs i'r gangen yn yr hydref ar agweddau meddygol mewn rhyfeloedd, pethau fel y defnydd o nwy a heintiau. Dechreuodd Lewis feddwl am esgusodion nes gweld Marian yr ochr arall i'r bwrdd yn edrych arno'n obeithiol.

'Beth am bobl ARP?' meddai Lewis. 'Air Raid Precautions? Mae'n siŵr y byddan nhw'n medru rhoi sgwrs i chi.'

'Dim ond lein swyddogol y llywodraeth gawn ni ganddyn nhw,' meddai Marian, "dan ni'n chwilio am rywun sydd ddim yn rhan o hynny.'

Doedd gan Lewis ddim awydd paratoi sgwrs ar destun mor ofnadwy â'r defnydd o nwy gwenwynig mewn rhyfel, ond yn y diwedd dywedodd os na fedrai Marian ddod o hyd i rywun arall, y byddai'n rhoi sgwrs fer ar y pwnc. Gwenodd hithau ar unwaith a diolchodd iddo. Gan ei fod ef wedi cytuno, meddai, roedd ei gwaith hi wedi'i gwblhau. Medrai edrych ymlaen at wyliau'r haf o'r diwedd.

'Un o Gonwy ydach chi, ynte?' meddai Lewis. 'Fyddwch chi'n mynd adref dros y gwyliau?'

'Conwy oedd fy nghartref i,' meddai Marian, 'ond fuodd fy nhad farw sawl blwyddyn yn ôl. Mi fydda i'n mynd at rieni fy mam yn Sir Aberteifi. Ddaru fy mam farw pan oeddwn i'n fach iawn.'

'Mae'n ddrwg gen i,' meddai Lewis, 'wyddwn i ddim.

"Wrth gwrs na wyddech chi ddim,' meddai Marian, 'mae'n

iawn. Fydda i wastad yn mynd i Sir Aberteifi rywbryd yn ystod yr haf.'

Dywedodd Marian y byddai'n galw yn Llanelli ar ôl ymweld â Sir Aberteifi, i weld ffrind o ddyddiau coleg. Wedyn byddai'r ddwy yn mynychu Ysgol Haf y Blaid Genedlaethol yn Abertawe.

'Fydd Lloyd yn dod gyda chi?' meddai Lewis.

'Na fydd,' meddai Marian, 'ond mae'n debyg yr af i'w weld yn canu cyn diwedd yr haf.'

Ar ôl gorffen eu te cerddodd y ddau gyda'i gilydd o'r sgwâr ac ar hyd Ffordd yr Orsaf cyn belled ag Everton House, lle ffarweliodd Lewis â Marian.

Vivian oedd wedi gofyn i Marian wahodd Lewis i siarad. 'Mae'n well i chi ofyn i Lewis,' meddai wrthi, 'wnaiff o ddim eich gwrthod chi.' Ac yn wir, fel y gwelodd Marian, nid oedd Lewis wedi ei gwrthod.

*   *   *

Cytunodd Lewis i siarad â'r gymdeithas heddwch ym mis Tachwedd 1938. Wrth baratoi'r sgwrs daeth atgofion y Rhyfel Mawr yn ôl ato, a'r rheini'n bethau roedd wedi bod yn falch o beidio meddwl llawer amdanynt dros yr ugain mlynedd diwethaf. Er ei fod yn argyhoeddedig bod cyflafan y rhyfel wedi bod yn gamgymeriad ofnadwy, gwyddai fod y rhyfel wedi newid cwrs ei fywyd ef ei hun yn fawr, a hynny er gwell – peth rhyfedd iawn. Pe bai wedi aros adref efallai y byddai wedi gweithio yn siop fferyllydd ei dad neu wedi cael swydd fel rhyw fath o glerc, ond ni fyddai fyth wedi mynd ati o ddifri i astudio a hyfforddi i fynd yn feddyg.

Cyn ei ben-blwydd yn ddeunaw oed, ddechrau 1917, bu rhieni Lewis yn chwilio am ffordd i'w gadw rhag cael ei alw i'r lluoedd arfog dan orfodaeth filwrol. Bu'r trafod yn ddiddiwedd, nes troi'n ffraeo parhaus, a Lewis yn gwrthod derbyn awgrymiadau ei rieni. Yn y diwedd aeth i'r fyddin yn ddeunaw oed, ac erbyn 1918 roedd yn Ffrainc. Cyn mynd i'r fyddin cafodd gyngor gan hen ddyn yn Ninbych. 'Gei di smocio fel simnai,' meddai hwnnw. 'Smocia hynny leici di, ac yfed hefyd, nes bod ti'n chwil gaib, ond da chdi, paid byth â mynd i dŷ drwg.'

Yn y ffosydd medrai dyn gael ei ladd neu ei glwyfo yn hawdd iawn. Yn ogystal â'r bwledi a'r shrapnel, roedd peryglon megis oerfel, nwy a damweiniau. Daeth Lewis i werthfawrogi gwely clyd a sych, bwyd i'w fwyta, cwmni ffrindiau, gwin a sigarét. Ni fu erioed mor flinedig nac mor fudr. Roedd wedi gwrthod help ei rieni ac wedi'i gael ei hun mewn lle ofnadwy, lle roedd bywyd a marwolaeth yn dibynnu ar siawns yn unig.

Ar ôl gwneud eich tro yn y lein deuai cyfle i orffwys am rai wythnosau. Roedd siawns i rywun gael ei ladd y tro nesaf yr âi i'r ffosydd, ac roedd llawer iawn o'r milwyr yn chwilio am ferch cyn dychwelyd i'r lein. Yn y diwedd aeth y cyngor a gafodd Lewis yn Ninbych yn ofer. Roedd y tai pwrpasol yn boblogaidd iawn gyda'r milwyr, a phan aeth Lewis i un ohonynt cafodd groeso gan Ffrances ifanc ddymunol, a wnaeth ei gwaith yn ddeheuig ac yn gyflym, nes ei fod yntau'n teimlo llawer yn well. Wedyn bu Lewis yn gwario bron y cyfan o'i arian ar y merched a oedd i'w gweld ym mhob pentref yn ogystal ag yn y tai penodol. Byddai'n gwario unrhyw arian oedd ganddo'n weddill ar ddiod a sigaréts cyn mynd i'r lein.

Y gwanwyn hwnnw clywid straeon bod yr Almaenwyr yn ymosod ym mhobman a bod byddinoedd Prydain a Ffrainc wedi colli'r dydd. Ond nid hynny oedd yn poeni Lewis Huws. Roedd rhywbeth mawr o'i le ar ei bidlen, a oedd yn llosgi bob tro y byddai'n piso, a llid melyn yn dod ohoni. Roedd yn amlwg ei fod wedi cael clefyd rhywiol. Yn y diwedd aeth at y meddyg ac fe'i hanfonwyd i ffwrdd i ysbyty arbennig am driniaeth. Yno cafodd ei hun yn un o fyddin anferth o ddynion oedd yn dioddef o glefydau tebyg. Dywedwyd wrtho ei fod yn dioddef o'r clap, *gonorrhoea*, a'i fod wedi bod yn ffodus iawn. Roedd modd trin hwnnw. Pe bai wedi cael y pocs, siffilis, byddai pethau llawer iawn yn waeth arno.

Bu Lewis yn yr ysbyty am bron dau fis, yn dioddef o *acute posterior urethritis*. Roedd yn yfed dŵr neu laeth drwy'r dydd ac yn piso'n aml iawn. Roedd yn rhaid chwistrellu hylif i'r bledren droeon, er mwyn golchi'r bledren a'r bidlen. Cemegau yn cynnwys arian oedd fwyaf effeithiol wrth drin *gonorrhoea*, oherwydd bod arian yn lladd bacteria *gonoccocus* heb effeithio llawer ar weddill y corff. *Protargol*, neu *silver proteinate*, oedd orau. Tan yn ddiweddar bu'n amhosibl trin siffilis o gwbl. Dim ond yn yr ugeinfed ganrif y dyfeisiwyd prawf, prawf Wassermann, i adnabod siffilis, a chemegyn o'r enw Salvarsan oedd yn fodd i'w drin.

Ar ôl yr ysbyty ni chafodd Lewis ei anfon yn ôl at ei gatrawd ei hun, ond at gatrawd arall oedd wrth gefn. Ddiwedd haf 1918 oedd hi, ac nid oedd yr Almaen yn ymosod fel y bu yn y gwanwyn. Erbyn yr hydref roedd y brwydro wedi symud i dir newydd, yn nes at yr Almaen, ond yn dal yn bell o dir yr Almaen ei hunan. Yna, ym mis Tachwedd, daeth y rhyfel i ben.

Y flwyddyn ganlynol, 1919, symudwyd Lewis o un gwersyll i'r llall. Fel dyn ifanc a chonsgript byddai ymhlith yr olaf i gael ei ryddhau o'r fyddin. Clywodd fod ei gatrawd ef wedi bod yng nghanol y brwydro ar ddiwedd y rhyfel, ac wedi dioddef colledion llym. Ei afiechyd rhywiol oedd wedi ei gadw'n saff. Efallai mai *Neisseria gonorrhoeae* oedd wedi achub ei fywyd.

Mewn gwersyll yn Ffrainc yr oedd pan glywodd fod ei fam yn wael iawn, ac wedyn ei bod hi wedi marw o niwmonia. Aeth ati i ddarllen llyfrau am gemegau a meddygaeth a anfonwyd ato gan ei dad. Roedd ei rieni wedi gwneud eu gorau i'w gadw'n saff ac roedd yntau wedi mynnu rhedeg i ffwrdd.

Fis Medi 1919, mewn gwersyll yn ne Lloegr, cafodd Lewis docyn rheilffordd i fynd adref. Roedd rhai misoedd ers i'w fam farw ac roedd ei dad yn dal i gadw ei siop fferyllydd yn Ninbych. Bron heb iddo sylweddoli hynny ar y pryd, roedd Lewis am wneud iawn i'w rieni am redeg i ffwrdd.

Yn y trên ar y siwrne honno o'r gwersyll i'w gartref, wrth deimlo esmwythdra'r sedd o dan ei din, llanwyd Lewis gan y llawenydd mwyaf eithafol er gwaethaf popeth. Ymddangosai ei ddihangfa o'r rhyfel ac oddi wrth glefyd rhywiol yn beth gwyrthiol. Roedd y cymylau duon y bu'n byw oddi tanynt am yn hir wedi diflannu o'r diwedd. Er i'r llawenydd hwnnw gilio, arhosodd elfen ohono gyda Lewis ar hyd ei oes. Roedd wedi ymladd mewn rhyfel ofnadwy ac wedi byw. Roedd wedi disgwyl marw o afiechyd cywilyddus ac wedi dihengyd. Roedd wedi tyfu i fyny, ac wedi dod yn ddyn oedd â rheolaeth arno'i hun a'i amgylchiadau. Doedd yr un fwled nac afiechyd wedi'i andwyo; roedd wedi gwrthsefyll rhyfel a haint, peryglon o'r tu allan a'r tu mewn. O hyn ymlaen ni fyddai neb na dim yn rhwystro Lewis Huws rhag gwneud yr hyn y gosodai ef ei fryd arno.

Ar ôl cyrraedd adref dechreuodd weithio fel nad oedd wedi gweithio o'r blaen. Gyda chymorth cyrsiau drwy'r post fe basiodd ei arholiadau, a gyda grantiau'r llywodraeth ac arian y teulu bu modd iddo gofrestru yn Ysgol Feddygol Rodney Street, Lerpwl. Ers blynyddoedd, tiwbercwlosis a siffilis oedd y ddau haint pwysicaf roedd gofyn i fyfyrwyr eu meistroli yn yr ysgolion meddygol. Dysgodd Lewis am waith Paul Ehrlich a Sahachiro Hata, oedd wedi datblygu'r cyffur Salvarsan. Bu Ehrlich yn gweithio ar ddulliau o liwio gwahanol rannau o gelloedd a bacteria. Gwelodd fod ambell liw yn cydio mewn bacteria arbennig, a sylweddolodd, pe bai modd clymu cemegyn y lliw at gemegyn gwenwynig megis arsenic, y gellid defnyddio'r cemegyn cyfansawdd i ladd y bacteria heb wneud fawr o ddrwg i weddill y corff. Gwnaeth arbrofion ar gannoedd o gemegau cyn cyrraedd yr un mwyaf effeithiol, a hwnnw a ddefnyddiwyd ar gyfer Salvarsan. Unwaith y daeth Salvarsan ar y farchnad bu mwy o alw amdano nag am unrhyw gyffur arall. Wrth gwrs, roedd yr eglwysi'n gwrthwynebu. Iddynt hwy roedd afiechydon rhywiol yn rhan o gynllun Duw. Cafodd Paul Ehrlich ei erlid gan ei feirniaid a bu farw'n ddyn cymharol ifanc. Ar ben popeth, Iddew ydoedd.

Ar ddechrau'r ganrif nid oedd gan feddyg fawr o gyffuriau oedd yn medru ymosod ar heintiau o fewn y corff. Gofalu am y claf a gobeithio y byddai'r corff yn gwella'i hunan roedd yn rhaid ei wneud yn bron pob achos. Yn y 1930au datblygwyd cyffuriau newydd, y *sulphonamides*, oedd yn medru ymosod ar nifer o facteria gwahanol. Er bod gan y cyffuriau newydd eu peryglon, dyna'r unig feddyginiaeth oedd ar gael i ymosod ar rai heintiau peryglus. Bellach roedd meddygaeth yn defnyddio cyffuriau gwenwynig i ymosod ar heintiau er mwyn iacháu'r claf. Gellid cymharu faint o gyffur oedd ei angen i beri gwellhad gyda'r maint oedd yn achosi niwed i'r corff. Y gymhariaeth rhyngddynt oedd y mynegrif iacháu, y *therapeutic index*. Drwy ddefnyddio pethau drwg, fel cemegau gwenwynllyd, gellid gwneud pethau da ac achub bywydau pobl.

Ar ôl cyrraedd adref gwelodd Lewis fod bwlch rhyngddo ef a'r hogiau oedd wedi aros yn y dref. Roedd y rhai a fu yn y ffosydd wedi aeddfedu o ddod drwy'r ffwrn, tra bod meibion ffermydd ac eraill oedd wedi aros adref yn aml yn dal yn fodlon â'u bywydau bach cul. Roedd y rhyfel wedi gwneud i Lewis dyfu i fyny. Nid oedd yn beth da i bobl gael eu ffordd eu hunain drwy'r amser. Anawsterau bywyd oedd yn gwneud i ddyn adnabod ei hun a chyflawni'r hyn oedd yn ei allu i'w wneud. Fel gyda'r *sulphonamides*, lle roedd gwenwyn yn gyfrifol am wellhad, medrai pethau da ddod o bethau drwg weithiau. Ei brofiadau yn y Rhyfel Mawr a wnaeth i Lewis Huws dyfu'n ddyn.

★   ★   ★

Am saith o'r gloch nos Fercher, 9 Tachwedd 1938 cerddodd Lewis Huws y canllath o Everton House i festri Seion, y Capel Mawr, ger Ffordd yr Orsaf, Llanrwst. Seion oedd capel mwyaf y dref, ac ar y llawr isaf, o dan y capel ei hun, roedd y festri, a bron iawn y cyfan ohoni dan lefel y ddaear. Estyll pren moel oedd y llawr, ac ar y waliau roedd lluniau o arwyr yr eglwysi Anghydffurfiol yng Nghymru: William Williams Pantycelyn, Christmas Evans unllygeidiog a'r lleill. Roedd y lle fel mawsolëwm neu fel *dug-out* yn y ffosydd, yn gweddu i'r dim i destun dychrynllyd y ddarlith.

Daeth cynulleidfa o bron ddeg ar hugain o bobl ynghyd, a chododd y gweinidog i gadeirio'r cyfarfod. Rhoddodd gyflwyniad hael i Lewis, gan gyfeirio at ei wasanaeth yn y Rhyfel Mawr a'i brofiad fel meddyg.

Pe deuai rhyfel arall, meddai Lewis, roedd y llywodraeth yn disgwyl y byddai dinasoedd yn cael eu bomio ac y byddai cannoedd o filoedd yn marw o fewn ychydig wythnosau. Tebyg iawn y byddai nwyon a heintiau yn cael eu cynnwys ymysg y bomiau, meddai. Gellid rhagweld ffoaduriaid yn ffoi o'r dinasoedd a heintiau fel anthracs yn ysgubo'r wlad. Byddai angen llywodraeth dotalitaraidd, filwrol i gadw trefn, pe na bai ond er mwyn claddu'r holl gyrff.

Yn y Rhyfel Mawr roedd y ddwy ochr wedi datblygu nwyon mwy a mwy peryglus na'i gilydd: *chlorine*, *phosgene*, arsenic, nwy mwstard. Gwyddai pawb yn y gynulleidfa am rywun oedd yn dal i ddioddef o effaith nwy yn y ffosydd. Roedd canlyniadau'r arfau ofnadwy hyn i'w gweld o hyd ym mhob tref yng Nghymru. Eglurodd Lewis beth oedd effaith pob un, a sut roedd modd trin yr anafiadau.

Yr unig ffordd i sicrhau heddwch yn Ewrop oedd drwy gynhadledd ryngwladol, meddai, i drafod yr anawsterau oedd yn deillio o Gytundeb Versailles. Unwaith y gellid cael cytundeb byddai Cynghrair y Cenhedloedd, gyda phwerau newydd, yn medru arolygu'r trefniadau. Daeth â'r sgwrs i ben drwy ddatgan bod heddwch yn dal o fewn cyrraedd pe bai'r cenhedloedd yn fodlon dod at ei gilydd a thrafod gydag ewyllys da.

Dyma fu cenhadaeth y mudiad heddwch ers blynyddoedd. Ddeng mlynedd ynghynt byddai'r neges wedi bod yn gredadwy ac yn rhesymol, ond erbyn hyn anodd iawn oedd meddwl bod unrhyw obaith cynnal cynhadledd lwyddiannus. Mewn gwirionedd nid oedd Lewis yn credu ei neges ei hunan: erbyn hyn roedd y sefyllfa i'w gweld yn un amhosib. Er gwaethaf ei ddyheadau heddychol gwyddai Lewis na fedrai pasiffistiaeth lwyr sicrhau heddwch. Byddai'n rhaid ymladd ac roedd rhyfel yn anorfod. Roedd pob dewis posib, pasiffistiaeth neu ymladd, yn ddewis anghywir mewn rhyw ffordd neu'i gilydd.

Gwahoddodd y cadeirydd gwestiynau o'r gynulleidfa a chafwyd trafodaeth frwd ynghylch canlyniadau erchyll ymosodiad o'r awyr. A welid bomiau yn glanio ar Lanrwst?

Faint o ffoaduriaid fyddai'n dod i'r dref? Pan oedd te yn barod daeth yr holi i ben a chododd dyn ifanc o'r enw Idris Edwards i ddiolch yn ffurfiol i Lewis.

Roedd capeli Llanrwst wedi cyhoeddi bod croeso i bawb fynychu'r ddarlith, felly roedd Apphia Davies wedi dod i wrando. Ar y diwedd mynnodd hi gyflwyno Lewis i Idris Edwards a Stanley Corfield.

'Mae Stanley yn aelod efo ni,' meddai Apphia Davies, 'mae o'n chwarae'r organ weithiau.'

'Mae o'n chwarae criced hefyd,' meddai Lewis, 'y *spin bowler* gorau fuodd gennym ni erioed.'

'Diolch yn fawr,' meddai Stanley, 'mae gen i ofn bod yn well gen i chwarae criced na chwarae'r organ. Dim ond pan does neb arall ar gael byddaf i'n mynd at yr organ.'

'Dach chi'n chwarae'n dda iawn,' meddai Apphia Davies.

Yn fuan ar ôl iddo ddod i Lanrwst gwelodd Lewis Stanley yn bowlio i dîm Llanrwst yn erbyn Dolgarrog ac yn cymryd deg wiced am bum rhediad. Roedd yn un ar bymtheg ar y pryd ac yn dal yn yr ysgol. Oherwydd hynny, fis Gorffennaf 1929, cafodd ei bortread ei gynnwys ymysg y ffotograffau bach ar dudalen gefn y *Daily Mirror*. Roedd y pleser a gafodd Stanley o gymryd pob un wiced wedi bod yn amlwg i bawb. Dyn ifanc difrifol oedd Stanley fel arfer, ond y diwrnod hwnnw daeth ochr arall i'r golwg: medrai fwynhau bywyd i'r eithaf ar adegau. Yna fe basiodd arholiad y gwasanaeth sifil ac aeth oddi cartref i Fangor i weithio yn swyddfa'r dreth incwm, yr Inland Revenue, cyn mynd oddi yno i Croydon, De Llundain. Yn ddiweddar roedd wedi cael ei drosglwyddo o Croydon yn ôl i Gymru, i swyddfa dreth incwm Porthmadog.

'Welwn ni chi'n chwarae eto cyn bo hir?' meddai Lewis.

'Gobeithio,' meddai Stanley, 'ambell waith, beth bynnag.'

'Rhaid i chi siarad yn neis efo Edwin Edwards y plymar,' meddai Lewis. 'Fo ydi'n capten erbyn hyn, a'r peth cyntaf wnaeth o oedd rhoi sac i mi tu ôl i'r wiced.'

'Pwy sy tu ôl i'r wiced rŵan?' meddai Stanley.

'Daeth Edwin â George Bebb i mewn yn fy lle i,' meddai Lewis. 'Oedd ei fam o'n gwneud *sandwiches* da iawn i'r tîm, ond wnaeth o ddim para'n hir. Richie Rees o Crosville sydd erbyn hyn. Mae o'n dda.'

Bu Lewis yn falch o weld Stanley eto. Am y gweddill, roedd wedi bod yn pregethu i'r cadwedig, a dim ond i gynulleidfa fechan o'r rheini. Roedd ei gyfraniad ef at osgoi rhyfel drwy siarad heno yn beth pitw eithriadol ac yn cyfri dim pan oedd yr holl fyd ar ei ffordd i gyflafan. Ond roedd wedi cael croeso cynnes gan aelodau'r gymdeithas, a theimlai'n fodlon ei fod wedi cyflawni dyletswydd. Bellach ni fyddai gofyn iddo feddwl mwy am y pethau erchyll y bu'n sôn amdanynt, nid tra bo heddwch yn parhau, beth bynnag.

Ni fu Vivian na Marian yn y cyfarfod i wrando arno. Yn Llundain roedd Vivian, a'r wythnos honno derbyniodd Lewis lythyr oddi wrtho'n ymddiheuro na fyddai'n bresennol ac yn dymuno'n dda iddo gyda'i ddarlith. Gwelodd Marian Clements yn Llanrwst rai dyddiau ynghynt, ac eglurodd hithau na fyddai'n mynychu'r cyfarfod. 'Mae Lloyd yn canu mewn cyngerdd ym Mangor,' meddai, 'mae'n rhaid i mi fynd i wrando arno. Mae'n ddrwg iawn gen i na fedra i ddod.'

Cyn mynd yn ôl i Everton House galwodd Lewis yn nhafarn yr Albion ar y sgwâr. Yfodd sawl glasied mawr o wisgi cyn troi'n ôl i'r tŷ yn well ei hwyl. Y diwrnod canlynol, 10 Tachwedd, clywodd am ddigwyddiadau'r noson gynt yn yr Almaen. Ar draws y wlad bu ymosodiadau bwriadol a threfnus ar Iddewon. Lladdwyd llawer a charcharwyd miloedd. Llosgwyd cannoedd o synagogau ac ysbeiliwyd siopau a busnesau Iddewig. Maluriwyd ffenestri'r siopau yn deilchion, a hynny a roddodd i'r noson ei henw: *Kristallnacht*, noson y gwydr, noson ofnadwy iawn i Iddewon yr Almaen. A oedd hyn yn arwydd o bethau gwaeth i ddod?

Pennod 6

PRIF GWNSTABL

TUA MIS AR ôl y ddarlith, cyn Nadolig 1938, roedd Lewis Huws yn dychwelyd i Everton House ar ddiwedd y pnawn ar ôl gwneud ei alwadau pan welodd gar du yn perthyn i'r heddlu wedi'i barcio o flaen y drws ffrynt. Sylweddolodd fod Gruffydd yno'n aros amdano. Nid oedd wedi gweld cymaint ohono ers i Gruffydd gael ei ddyrchafu'n arolygydd a symud gyda'i deulu i ochr arall y sir at ei gyfrifoldebau newydd.

'Dwi'n clywed bod y Prif Gwnstabl yn ymddeol,' meddai Lewis. 'Wyt ti'n bwriadu cynnig?'

'Na,' meddai Gruffydd, 'mae hi'n rhy fuan i mi gynnig.' Dywedodd fod arolygydd o'r enw Hopkins yn bwriadu cynnig. Roedd hi'n amlwg o'i ffordd y gwyddai Gruffydd gryn dipyn am y penodi a dymunai rannu ei wybodaeth â rhywun.

'Mae hyn yn gyfrinachol,' meddai Gruffydd, 'paid â sôn wrth neb.'

'Wna i ddim dweud gair,' meddai Lewis.

'*Top secret*,' meddai Gruffydd, 'dim gair, cofia. Mae Wynne-Bevan yn cynnig. Wyt ti'n ei gofio fo?'

'Oedd o efo ni, doedd?' meddai Lewis. '*Officer?*'

'Ia,' meddai Gruffydd, 'ond un ohonom ni oedd o, *commissioned from the ranks*, Cymro Llundain, Emrys Wynne-Bevan. Wyt ti'n ei gofio fo, yn dwyt ti?'

'Fo oedd yr un oedd yn gwneud pethau *keep fit?*' meddai Lewis.

'Ia, dyna ti,' meddai Gruffydd.

Cofiai Lewis swyddog caled ac ymroddgar, tuag oed Gruffydd neu ychydig yn hŷn, oedd yn ddisgyblwr llym ac yn trefnu pob math o ymarferiadau gan arwain y ffordd ei hun bob tro. Roedd Gruffydd a Wynne-Bevan wedi deall ei gilydd o'r dechrau.

'Arhosodd o yn y fyddin ar ôl y rhyfel,' meddai Gruffydd, 'mae o wedi gwneud bob math o bethau ers hynny. Aeth o o Cairo i China mewn *airship* a hedfan Gipsy Moth dros yr Himalayas. Ddaru o fapio ffordd i'r awyrennau o'r Caspian i Kandahar ac wedyn fuodd o efo *intelligence* yn Transjordan. Dyna ti fywyd. Mae o wedi bod yn Llundain ers gadael y fyddin, yn Superintendent yn y Met.'

'Wyt ti'n meddwl caiff o'r job?'

'Mae'r Pwyllgor yn gwybod fy marn i,' meddai Gruffydd. 'Mae gen i syniad go dda pa ffordd mae'r gwynt y chwythu. Oeddan nhw'n falch iawn o dderbyn ei gais o.'

Holodd Lewis am deulu Gruffydd. Roedd y plant yn tyfu i fyny a'r mab hynaf yn ansicr ynghylch ei ddyfodol.

'Caiff Geraint aros yn yr ysgol nes ei fod o wedi gwneud ei Higher,' meddai Gruffydd. 'Dwi wedi cael gair efo'r *bank manager* ac mae o'n meddwl bydd lle iddo fo efo'r banc. Mae gan Geraint awydd mynd i'r RAF ond hwyrach y daw hynny cyn bo hir beth bynnag.'

'Wyt ti'n meddwl byddan nhw'n dechrau galw'r hogiau i fyny?' meddai Lewis. 'Consgripsiwn?'

'Mae'n bownd o ddod rywbryd,' meddai Gruffydd. 'Ond dyna ti, mae rhai pobl yn dweud waeth i ti fod yn y fyddin nag mewn dinas, yn does? Maen nhw'n pregethu am fomio a gas a phawb yn y dinasoedd yn marw, yn tydyn nhw? Rhywbeth felly ddywedaist ti, ynte?'

'Be glywaist ti?' meddai Lewis.

'Dim ond dy fod di wedi bod yn codi ofn ar bawb,' meddai Gruffydd. 'Wyt ti wedi clywed am Air Raid Precautions? Maen nhw'n gwneud rhywbeth gwell na dychryn pobl.'

'Defnyddio ffigyrau'r llywodraeth wnes i,' meddai Lewis, 'a dim ond dweud y gwir. Be sy'n bod ar hynny?'

'Be sy'n bod,' meddai Gruffydd, 'ydi dy fod di'n gwneud i hen wragedd feddwl bod y byd ar ben arnyn nhw pan ein bod ni'n gwneud ein gorau i wneud rhywbeth call efo ARP.'

'Y Cyngor sy'n gyfrifol am ARP,' meddai Lewis.

'Y Cyngor sy'n trefnu'r peth,' meddai Gruffydd, 'ond mewn *emergency* y polîs fydd yn gyfrifol amdano.'

'Mewn rhyfel wyt ti'n feddwl,' meddai Lewis.

'Wyt ti ddim yn meddwl bod rhyfel yn blydi *emergency*?' meddai Gruffydd.

'Fasa'n well osgoi rhyfel yn y lle cyntaf,' meddai Lewis.

'Dyna beth wyt ti am ei wneud, ia?' meddai Gruffydd. 'Ti a Vivian Williams sy'n mynd i drefnu bod heddwch yn para am byth?'

'Pwy sy wedi bod yn siarad efo ti?' meddai Lewis.

'Os wyt ti'n dewis siarad yn gyhoeddus mae pawb yn clywed,' meddai Gruffydd. 'Pan fydd pobl yn cael ofn maen nhw'n dweud wrth y polîs. Pwy ofynnodd i ti siarad – Vivian Williams?'

'Nage.'

'Marian Clements?' Edrychodd Lewis ar Gruffydd ac ni ddywedodd 'run gair. Roedd hynny'n ddigon.

'Marian Clements,' meddai Gruffydd, 'wrth gwrs. Dim ond i Miss Clements siarad yn neis efo ti ac wyt ti'n cytuno i unrhyw beth, debyg iawn.' Newidiodd agwedd Gruffydd at Lewis. Lle gynt y bu'n ddig roedd bellach yn gweld y peth yn ddoniol. 'Dwi'n gwybod sut un wyt ti,' meddai, 'hen gi budr wyt ti, yn methu gwrthod unrhyw ferch efo wyneb del. Oeddwn i'n meddwl mai'r hen Vivian 'na oedd wedi gofyn i ti, ond dwi'n deall popeth rŵan. Miss Marian Clements. Dwyt ti'n newid dim.'

'Sut wyt ti'n nabod Marian Clements?' meddai Lewis.

'Mae'n anodd peidio sylwi arni, tydi,' meddai Gruffydd, 'ac mae hithau'n cymryd sylw o bawb hefyd. Mae'n hawdd iawn siarad efo Miss Clements, chwarae teg iddi. *Charming*. Paid ti cael syniadau amdani hi, rŵan.'

'Pam?' meddai Lewis. 'Be sy'n bod arni hi?'

'Does dim byd yn bod arni hi o gwbl,' meddai Gruffydd, 'mae hi'n hogan smart iawn, ond mae gyrfa ganddi ac mae hi'n llawn o'i phethau ei hunan. Dwyt ti ddim eisio rhywun fel'na, wyt ti eisio rhywun i fod adref i ti, i wneud bwyd a glanhau'r tŷ a magu dy blant di. Wn i ddim be fasa Miss Clements yn feddwl o hynna.'

Roedd y ffrae drosodd ac roedd Gruffydd yn hapus i weld mai'r un hen wendid oedd wrth wraidd camwedd diweddaraf Lewis Huws. Byddai'n maddau iddo unwaith eto, tan y tro nesaf.

'Sut mae dy arennau di?' meddai Lewis.

'Ddim yn dda,' meddai Gruffydd. 'Maen nhw'n meddwl bod gen i gerrig ynddyn nhw. *Infection* ddywedaist ti a ddim *infection* oedd o ond y blydi cerrig yma. Dwi'n yfed galwyni o ddŵr ond maen nhw'n dal yna. Dydyn nhw'n symud dim.'

'Fe allai fod yn waeth,' meddai Lewis, 'fe allen ni'n dau fod yn farw rywle yn Ffrainc.'

'Fydd 'na ryfel arall cyn bo hir,' meddai Gruffydd, 'gei di weld.'

'Mae'n wallgof,' meddai Lewis.

'Fel'na mae pethau,' meddai Gruffydd. 'Waeth i ti beidio sôn am heddwch ac ewyllys da, ddim fel'na mae pethau yn y byd yma. Rhaid i ti sefyll i fyny i'r blydi Jyrmans neu byddan nhw'n cerdded drosot ti.'

'Y tro diwethaf ti a fi oedd yn gorfod mynd a rŵan bydd dy fab di, Geraint, yn gorfod ymladd,' meddai Lewis. 'Does dim sens yn y peth.'

'Sens neu beidio, fel'na mae hi,' meddai Gruffydd, 'fydd rhyfel yn gwneud pethau'n waeth i bawb, ddim yn unig i Geraint. Paid ti trystio'r hen Vivian yna, mi wnaiff dyn fel'na dy arwain di i ffwrdd ac wedyn dy adael di lawr, wir i ti.'

Mewn gwirionedd roedd Lewis newydd fynychu cyfarfod arall o'r gymdeithas heddwch, ac wedi clywed y Parchedig J P Davies, Porthmadog, yn siarad yn gall iawn, yn bwyllog ac yn gytbwys.

Wrth i Gruffydd adael, cofiodd Lewis am rywun arall fyddai'n gymwys ar gyfer swydd y Prif Gwnstabl.

'Dydi Valentine ddim yn debyg o gynnig am y swydd, ydi o?' meddai. Trodd Gruffydd ato.

'Valentine?' meddai.

'Idwal Valentine,' meddai Lewis, 'brawd Lewis Valentine. Mae o'n blismon ym Manceinion, tydi? Wyt ti'n nabod o?'

'Wrth gwrs 'mod i'n nabod o,' meddai Gruffydd, 'un o Landdulas ydi o. Beth wyt ti wedi'i glywed?'

'Dim byd,' meddai Lewis, 'efallai fydda fo'n falch o ddod yn ôl i Gymru.'

'Gobeithio ddim, wir Dduw!' meddai Gruffydd. 'Pwy sy wedi sôn amdano fo?'

'Neb,' meddai Lewis, 'dim ond meddwl oeddwn i y medra fo gynnig.'

'Paid ti â meddwl gormod,' meddai Gruffydd, 'a phaid â chodi ofn arna i. Cadw di hynna i dy hen wragedd.'

Yn union fel roedd Gruffydd wedi'i ragweld, penodwyd Emrys
Wynne-Bevan yn Brif Gwnstabl gan Bwyllgor yr Heddlu a
symudodd o Lundain i Gymru ddechrau 1939. Gwelodd Lewis
lun ohono yn ei lifrai yn y papur lleol, llun dyn gydag wyneb
tew a mwstás cul, dim byd tebyg i'r dyn ifanc ffit a chaled
a gofiai o ddyddiau'r Rhyfel Mawr. Am fisoedd ni ddaeth
Gruffydd i alw i weld Lewis. Clywodd Lewis fod yr heddlu'n
brysur iawn a bod paratoadau rhyfel yn golygu bod yn rhaid
iddynt wneud llawer iawn mwy nag arfer. Ar ben hynny,
darllenodd yn y papur lleol fod Gruffydd wedi ei ddyrchafu'n
Uwch-arolygydd.

Yn ystod 1939 daeth paratoadau rhyfel yn fwy amlwg.
Yn Llanrwst sefydlwyd gwersyll milwrol i'r gogledd o'r
dref i hyfforddi'r hogiau ifanc oedd wedi eu galw i'r fyddin.
Byddai bechgyn dieithr yn dod ar y trên i orsaf Llanrwst
ac yn martsio i'r gwersyll gyda'i gilydd. Ar ôl ychydig
wythnosau byddai trên yn eu cludo i ffwrdd ac yn dod â
chriw arall yn eu lle. Cafodd y bechgyn groeso mawr gan
y tafarnwyr lleol.

Ddydd Sadwrn, 2 Medi, y diwrnod ar ôl i'r Almaen ymosod
ar Wlad Pwyl, dechreuodd efaciwîs o Lerpwl a Birkenhead
gyrraedd Llanrwst ar y trên. Llanwyd yr orsaf rheilffordd gan
blant a threfnwyd iddynt gerdded bob yn ddau, mewn rhesi
hir, drwy'r dref i Ysgol y Sir, lle trefnwyd i'w dosbarthu i'w
cartrefi newydd.

Am 11.15 a.m. y bore canlynol, bore Sul, gwrandawodd
Lewis ar y Prif Weinidog yn siarad ar y weiarles. 'Mae'n rhaid i
mi ddweud yn awr,' meddai Neville Chamberlain, 'bod rhyfel
wedi dechrau rhwng y wlad hon a'r Almaen.' Dywedodd na

chredai y byddai ef wedi medru gwneud dim mwy, na dim byd gwahanol, a fyddai wedi bod yn fwy llwyddiannus.

Yn ystod yr wythnosau canlynol adroddwyd llu o straeon am yr efaciwîs a'r mamau a oedd wedi dod ar ôl y plant. Roedd y plant yn fudr, yn piso yn eu gwlâu ac yn llawn chwain. Glaniodd dwy fam a phump o blant yn Llwynawelon. Roedd golwg ar y plant, meddai Eirwen, ac ni fyddai wedi dewis gwahodd y mamau i'w thŷ chwaith. Roedd y lle fel seilam.

Tawelodd yr helbul yn araf. Er gwaetha'r dychryn, ni ddaeth yr Almaenwyr i fomio dinasoedd Prydain bryd hynny. Ymhen mis roedd y ffoaduriaid yn Llwynawelon, a'r rhan fwyaf o'r mamau a'r plant lleiaf yn nhref Llanrwst, wedi dychwelyd i Lerpwl. A thrwy'r cyfan, ni ddaeth unrhyw efaciwî yn agos at Everton House.

★   ★   ★

Erbyn diwedd Medi 1939 roedd pethau wedi tawelu. Dyna pryd y galwodd Vivian yn Everton House gyda'r anrheg o sigarennau Sweet Afton, a dyna pryd y cafodd Lewis wybod am Wernher, Freiherr Wernher von Wehlau, ffrind mawr Vivian, y dyn ifanc gyda'r fflat braf yn Nollendorfplatz a'r swydd dda gyda Joachim von Ribbentrop yng ngweinyddiaeth dramor y Reich yn y Wilhelmstrasse. Erbyn hynny roedd y Rwsiaid wedi ymosod ar Wlad Pwyl o'r dwyrain ac roedd hi'n amlwg bod Rwsia a'r Almaen wedi cytuno i rannu Pwyl rhyngddynt.

Ar ôl y diwrnod hwnnw bu bwriad Vivian i sicrhau heddwch drwy gysylltu â'i ffrind yn pwyso ar feddwl Lewis. Doedd dim ateb i'w gael yn unman. Os oedd Vivian yn benderfynol o wneud pethau gwirion fel cysylltu â llysgenhadaeth yr Almaen yn Nulyn ni fedrai Lewis ei rwystro. Roedd yn sicr na fyddai'r cynllun yn dod â dim ond trafferthion a gofidiau, ac roedd yn llawn mor sicr na fedrai ef newid dim ar feddwl David Vivian

Williams. Yr unig beth y medrai Lewis Huws ei wneud oedd bod yn hynod ofalus na wnâi ef ei hun ddatgelu symudiadau Vivian i neb. Byddai'n rhaid iddo gofio bod yn ofalus bob tro y byddai'n agor ei geg, a hynny'n arbennig yn achos unrhyw sgwrs gyda'r Uwch-arolygydd Gruffydd Jones.

Ond erbyn mis Hydref roedd meddwl Lewis Huws wedi troi at broblemau newydd digon astrus, a'r rheini'n rhai cwbl ymarferol yn ymwneud ag Apphia Davies.

Pennod 7

APPHIA

Un bore braf ym mis Gorffennaf, cyn i neb gyrraedd i weld y doctor, penderfynodd Apphia Davies godi'r carped oedd yn gorwedd yn ystafell aros y syrjeri. Aeth Lewis ac Apphia ag ef allan i'r cefn a'i osod ar y lein ddillad i'w guro. Erbyn y pnawn roedd y carped yn dal allan a hithau'n edrych yn debyg i law. Ddywedodd Lewis ddim gair nes daeth hi i lawio.

'Mae hi wedi dechrau glawio,' meddai Lewis.

'Ydi,' meddai Apphia Davies.

'Ydi'n well i ni gael y carped i mewn?' gofynnodd Lewis.

'Y carped!' meddai Apphia Davies, gan godi ei dwylo i'r awyr. Yn amlwg, roedd hi wedi anghofio popeth amdano.

Aeth y ddau allan i'r cefn wedyn, cael y carped oddi ar y lein yn y glaw, ei gario'n ôl i'r stafell aros a'i osod yn ôl yn ei le. Roedd Apphia Davies yn llawn consýrn amdano.

'Bydd o'n sychu'n iawn yn fanna,' meddai Lewis, 'peidiwch â phoeni dim.'

Ond doedd Apphia Davies yn dal ddim yn hapus. Yn ystod yr haf hwnnw bu'n amlwg i bawb, hyd yn oed i Lewis Huws, nad oedd ei hwyliau hi cystal ag arfer. Roedd rhywbeth ar ei meddwl ac roedd hi'n cadw mwy iddi hi ei hunan.

'Oes rhywbeth yn bod?' meddai Lewis. 'Dach chi wedi bod yn dawel iawn ers wythnosau, wyddoch chi, Mrs Davies. Be sy'n eich poeni chi?'

Eisteddodd Apphia Davies ar gadair yn yr ystafell aros, ac

eisteddodd Lewis ar gadair arall. Oedd, meddai Apphia Davies, roedd rhywbeth wedi bod yn ei phoeni ers tro. Dechreuodd adrodd ei hanes.

Eglurodd Apphia Davies i Lewis ei bod wedi parhau i fyw yn ei thŷ yn Stryd Siôr rhag ofn y byddai ei mab hynaf, Thomas, yn dychwelyd i Lanrwst rhyw ddiwrnod i ailddechrau busnes adeiladu ei dad. Roedd y tŷ ar ben y rhes gydag iard ac adeiladau gwaith y tu ôl iddo. Bu Thomas yn ardal Manceinion yn chwilio am waith achlysurol ac yn ystod cyfnodau hir heb waith bu'n astudio ar gyfer arholiadau City and Guilds – pethau fel *Plumbing and Sanitary Engineering*. Weithiau byddai'n pasio, ac weithiau'n methu'r arholiadau. Erbyn hyn roedd Thomas wedi cael swydd fel Arolygydd Glanweithdra Cynorthwyol, *Assistant Sanitary Inspector*, gyda chyngor tref St Helens, lle roedd yn canlyn gyda merch leol. Roedd hi'n amlwg felly nad oedd yn debygol o ddychwelyd i Lanrwst yn y dyfodol agos. Roedd y tŷ yn rhy fawr iddi hi ar ei phen ei hun, meddai Apphia Davies, ac yn rhy ddrud iddi hefyd. Roedd ei landlordiaid, ystâd fawr y Bonningtons, wedi codi'r rhent eto.

Yn ystod 1939, a'r holl wlad ag ofn ymosodiad o'r awyr a bomio'r dinasoedd, roedd swyddogion l1ety, *billeting officers*, wedi bod o gwmpas tref Llanrwst yn edrych am lefydd i gartrefu efaciwîs o'r dinasoedd, yn blant, mamau a babanod. Eisoes cyflogwyd cannoedd o wardeiniaid ARP, Air Raid Precautions, ym mhob sir ac roedd Llanrwst a Dyffryn Conwy yn rhan o 'ardal dderbyn' i bobl o Lerpwl a Birkenhead symud iddi mewn rhyfel. Roedd llawer o bobl yn anfodlon iawn i gymryd neb, ond gwnaed yn glir i bawb y byddai'n orfodol iddynt dderbyn rhywun pe deuai rhyfel.

Yr un pryd penderfynodd llawer o bobl o'r dinasoedd

symud i fyw yn y wlad yn wirfoddol, gan farnu y byddai'n fwy diogel byw ymhell o'r dinasoedd er mwyn osgoi'r bomio. Yn Llanrwst aeth tŷ ar rent yn beth prin ac anodd ei gael. Cymerodd y landlordiaid y cyfle i godi'r rhent ar eu tai eraill yn ogystal.

Dywedodd Apphia Davies ei bod wedi dechrau edrych am le rhatach, ond wedi methu cael dim. Roedd hi wedi troi at un o landlordiaid mwya'r dre, Mrs Bebb, modryb Katie. Aeth i Gaffe Bebb, caffe llewyrchus ar sgwâr Llanrwst, er mwyn gweld Mrs Bebb ac egluro iddi ei anhawster. Doedd gan Mrs Bebb ddim amser i Apphia Davies, a doedd ganddi ddim tŷ iddi, na dim cydymdeimlad chwaith. Dywedodd ei bod yn hawdd iddi osod unrhyw dŷ gwag am bris da i bobl barchus iawn o Lerpwl.

Mater o raid oedd iddi gael lle rhatach, meddai Apphia Davies wrth Lewis, neu fel arall byddai'n rhaid iddi edrych am waith oedd yn talu'n well, efallai fel *housekeeper* oedd yn byw gyda theulu. Byddai'n anodd i Apphia Davies gael tŷ bychan ar rent ar hyn o bryd, ac efallai y byddai'n haws iddi gael swydd newydd gyda theulu ariannog oedd newydd symud i'r ardal. Pe digwyddai hynny byddai'n rhaid i Lewis gael rhywun i gadw tŷ yn ei lle, peth trafferthus iawn. Byddai'n llawer gwell ganddo gadw Apphia Davies.

Dywedodd Lewis y byddai'n holi ambell un i weld a oedd rhywun yn gwybod am dŷ ar rent. A fyddai hi'n fodlon ystyried cymryd ystafelloedd mewn tŷ? Efallai y byddai'n rhaid iddi, meddai Apphia Davies.

Erbyn hynny roedd swyddog llety wedi galw yn Everton House a mynnu cael gair â Dr Lewis Huws. Eglurodd y byddai'n rhaid i Lewis dderbyn efaciwîs pe deuai rhyfel. Ni fyddai disgwyl i Lewis gymryd plant ar eu pen eu hunain, meddai'r swyddog, byddai mamau yn dod gyda'r plant lleiaf i edrych ar eu hôl. Byddai'n rhaid iddo dderbyn y mamau a'u plant, dyna oedd y gyfraith, meddai, ac os byddai rhywun yn gwrthod yn lân â chydweithredu roedd hawl ganddo ei roi yn y carchar.

Pe bai Apphia Davies yn byw yn Everton House go brin y byddai lle wedyn ar gyfer mamau a'u plant. Dyna'r unig ffordd a welai Lewis i gadw'r efaciwîs draw. Nid oedd yn orawyddus i weld Apphia Davies yn dod i fyw yn Everton House, ond bryd hynny roedd ganddo fwy o ofn yr efaciwîs. Ar ddechrau Awst daeth i benderfyniad, a phan ddaeth Apphia Davies â phaned o de iddo ar ôl syrjeri'r bore fe gododd y mater gyda hi.

'Dach chi heb symud eto, ydach chi, Mrs Davies?' meddai Lewis wrthi. 'Dach chi'n dal yn George Street?'

Cadarnhaodd Apphia Davies nad oedd hi wedi symud. Doedd dim tŷ ar rent i'w gael yn unman, meddai.

'Eisteddwch i lawr, Mrs Davies,' meddai Lewis. Eisteddodd hithau a dechreuodd Lewis sôn am addasu Everton House. Dywedodd ei fod wedi bwriadu gwneud newidiadau i'r tŷ ers tro. Dywedodd y byddai'n falch pe bai Apphia Davies yn ystyried symud i mewn i Everton House. Medrai hi gael y cyfan o'r llawr cyntaf, tra byddai ef yn cadw'r llawr isaf ar gyfer ei waith a'r ddwy ystafell ar y llawr uchaf fel lle cysgu iddo ef ei hun. Pe bai Apphia Davies yn cytuno i hyn, byddai'n trefnu i rywun osod ystafell ymolchi a chegin ar y llawr cyntaf ac i rywun arall beintio a phapuro'r lle cyn iddi symud i mewn.

'Diolch yn fawr, Doctor Huws,' meddai Apphia Davies, 'mi wna i feddwl am y peth o ddifri.'

Ddydd Mercher dywedodd Apphia Davies wrth Dr Huws y byddai'n falch o dderbyn ei gynnig, pe bai modd trefnu pethau'n ofalus i siwtio'r ddau ohonynt. Hoffai ddod â pheth o'i dodrefn gyda hi, meddai, a phan fyddai ei meibion yn dod adref roedd hi am iddynt gael cysgu yn yr ystafell wely wag ar y llawr cyntaf. Trafodwyd arian hefyd. Byddai Lewis yn cadw at y lwfans wythnosol ar gyfer bwyd a nwyddau'r tŷ, ond yn talu llai o gyflog iddi, gan y byddai Apphia Davies bellach yn byw heb dalu rhent ac yn cael ei chadw. Cafwyd cytundeb ar y prif bwyntiau yn weddol rwydd. Erbyn diwedd yr wythnos roedd bron y cyfan wedi'i setlo.

Fis Hydref 1939 dechreuodd Edwin Edwards y plymar osod ystafell ymolchi yn Everton House ac yn fuan wedyn dechreuodd Moses Elis beintio a phapuro gydag Arthur, ei fab. Eglurodd Apphia Davies fod Moses ac Arthur yn aelodau yn Penuel, capel y Bedyddwyr, ei chapel hi. Byddai Moses Elis yn siŵr o wneud gwaith da, meddai. Ar y dechrau bu Edwin a'i weithwyr yn yr ardd gefn yn tyllu ac yn gosod peipiau, cyn symud i'r tŷ i osod bath a sinc a thŷ bach. Am ddyddiau bu'r tŷ yn llawn tameidiau o beipiau ac yna daeth Moses Elis i'r tŷ gydag ysgolion, caniau paent a rholiau papur.

'Ydach chi'n meddwl y byddwn i'n medru dod â'r ieir i'r ardd gefn?' meddai Apphia Davies.

'Ieir?'

'Dim ond pedair iâr sydd gen i ond maen nhw'n dodwy'n dda – wyau brown mawr neis.' Bob dydd Mawrth byddai Apphia Davies yn rhoi gwybod i Lewis beth oedd pris menyn ac wyau yn y farchnad y diwrnod hwnnw. 'Menyn – swllt a naw; wyau – swllt a thair,' meddai fel petai hynny'n fater o bwys mawr iddo ef.

'Dydw i ddim yn hoff o adar,' meddai Lewis, 'mae'n gas gen i hen blu a phethau fel'na.'

'Waeth i ni gael yr wyau,' meddai Apphia Davies, 'fydd ddim rhaid i chi weld yr ieir o gwbl.'

'Dewch â nhw ynta,' meddai Lewis yn y diwedd, 'ond peidiwch â disgwyl i mi wneud dim efo nhw.'

'Mae gen i gath hefyd,' meddai Apphia Davies, 'cath ddu neis iawn, Siani.'

O'r diwedd daeth Moses ac Arthur Elis i ben â'r gwaith a diolchodd Lewis iddynt.

'Dyna'r tro olaf i ni weithio efo'n gilydd,' meddai Moses, 'bydd Arthur yn mynd i'r fyddin rŵan.' Bachgen ysgafn, tawel, ugain oed oedd Arthur. Arferai roi Brylcreem ar ei wallt golau a'i frwsio'n ôl dros ei ben, ac roedd wastad yn lân ac yn dwt, hyd yn oed yng nghanol y peintio a'r papuro. Bu'n un o'r criw cyntaf o ddynion ifainc Llanrwst i gofrestru ar gyfer gwasanaeth cenedlaethol fis Mehefin. Ers hynny cafodd archwiliad meddygol a'i basio. Yn ddiweddar daeth llythyr yn gorchymyn iddo ymuno â'r fyddin ac yn amgáu tocyn trên unffordd.

'Mae Jac Zecareia wedi mynd yn barod,' meddai Arthur. Roedd Jac yn ddyn ifanc ffraeth a phrysur. 'Gawn ni weld sut ddaw o ymlaen yn y fyddin.'

'Lle dach chi'n mynd?' meddai Lewis wrtho. 'I ba gatrawd?'

'I'r Royal Army Services Corps,' meddai Arthur, 'dwi'n mynd i Alfreton i ddysgu gyrru lorri.'

'Mae'n ddrwg iawn gen i ei weld o'n mynd,' meddai Moses Elis, ''dan ni'n gweithio'n iawn efo'n gilydd, fo a fi.'

O fewn dyddiau aeth Arthur Elis i ffwrdd i'r fyddin i yrru lorris. Trafnidiaeth oedd prif waith y RASC, y Royal Army Services Corps.

'Dydd Sul oedd y tro diwethaf i Arthur fod efo ni yn Penuel,' meddai Apphia Davies. 'Tybed pryd welwn ni o nesaf?'

Daeth Thomas a Walter, dau fab Apphia Davies, yn ôl i Lanrwst am eu Nadolig olaf yn Stryd Siôr. Bu'r ddau wrthi'n helpu eu mam i symud y tri chan llath i Everton House. Buont yn llwytho'i thrugareddau i mewn i gar modur Thomas yn Stryd Siôr ac yn eu tynnu allan eto o flaen Everton House. Ar ôl y Nadolig daeth wardrob a dau wely, un yn wely plu, gyda cheffyl a throl. Yn olaf, symudwyd cwt yr ieir i'r ardd gefn, a'r pedair iâr gydag ef. Erbyn y dydd Sul roedd y cyfan drosodd, ac Apphia Davies wedi symud tŷ. Dychwelodd Walter i Lundain tra treuliodd Thomas nos Sul yn Everton House cyn dychwelyd i St Helens fore Llun.

Ar ôl y peintio edrychai Everton House yn fwy clyd nag y bu ers blynyddoedd. Bu Lewis yn trwsio'r ffens o gwmpas yr ardd gefn rhag ofn i'r ieir grwydro. Roedd Siani'r gath wedi cyrraedd yn ogystal.

'Dydw i erioed wedi gweld blew mor fawr â hynna ar gath,' meddai Lewis wrth Apphia Davies.

'Persian oedd ei thad hi,' meddai Apphia Davies, a dechreuodd roi sylw i Siani a rhwbio'i bol. 'Siani fawr flewog wyt ti,' meddai, 'rwyt ti'n gath brydferth iawn efo dy flew mawr du, wyt yn wir.' Gorweddai Siani ar ei chefn yn canu grwndi yn uchel iawn fel injan. Dim ond Apphia Davies oedd yn cael rhoi maldod i Siani. Bob tro y byddai'r gath yn gweld Lewis, byddai'n rhedeg i guddio ac wedyn yn troi i rythu arno â'i llygaid mawr.

Cyn gynted ag y daeth tŷ Apphia Davies yn wag dechreuodd gweithwyr ystâd Bonnington addasu'r tai allan i'w gwneud yn dŷ annedd ar wahân ar gyfer tenant newydd. Yn fuan iawn wedyn symudodd dwy wraig ifanc a'u plant i mewn i'r tŷ ei hun. Wrth fynd i gasglu Siani, oedd yn aml yn crwydro'n ôl i'w hen gartref, daeth Apphia Davies i adnabod y ddwy ohonynt, Mrs Dixon a Mrs Beresford. Llongwyr oedd gwŷr y ddwy, yn hwylio llongau masnach o Lerpwl i

America. Roedd dau o blant gan Margaret Dixon ac un gan Nellie Beresford.

'Maen nhw wedi gwneud y tŷ yn neis iawn,' meddai Apphia Davies, 'mae'n dda gweld plant o gwmpas y lle eto. Dwi wedi rhoi fy hen gwpwrdd cornel iddyn nhw. Roeddan nhw'n falch iawn o'i gael o ac yn fanna mae o'n perthyn. Maen nhw'n ferched neis iawn, wir.'

Saesnes dal, denau oedd Nellie Beresford a Chymraes fechan, dywyll o Goedpoeth, ger Wrecsam, oedd Margaret Dixon. Roedd hi wedi hyfforddi fel athrawes yn Lerpwl ac yno roedd hi wedi cwrdd â'i gŵr, oedd yn gweithio i'r Blue Star Line ar yr *Invercargill Star*.

Er ei waethaf ni fedrai Lewis beidio â chymryd diddordeb ym mywyd Apphia Davies, yn ei pherthnasau a'i chyfeillion. Roedd ganddi ddau frawd, David ac Edward, y ddau yn hŷn na hi ei hun. Bu David yn dioddef o TB yn ei fraich ers tro ac erbyn hyn roedd yn wael iawn. Roedd ganddo dyddyn yn ardal Corwen, rhyw bum milltir ar hugain o Lanrwst ar hyd yr A5. Byddai ei blant ef yn galw i weld eu modryb weithiau. Roedd Apphia Davies yn hoff o David ond nid oedd mor hoff o'i brawd hynaf. Hen lanc oedd Edward a phan oedd gwaith i'w gael byddai'n gweithio fel rybelwr, neu labrwr, mewn chwarel ym Mlaenau Ffestiniog, tua phymtheg milltir o Lanrwst, lle roedd yn byw mewn tŷ lojin. Weithiau, ar ddiwrnod marchnad neu ffair, byddai Edward yn galw yn Everton House.

'Wyt ti wastad yn dod yma'n drewi o gwrw,' meddai Apphia Davies wrtho pan alwodd i'w gweld yn ei chartref newydd.

'Pwy wyt ti i ddweud na chaf i lymaid bach ar ddiwrnod ffair?' meddai Edward wrthi. Trodd at Lewis, 'Mae'n rhaid i ddyn gael ei ffisig weithiau, yn does?'

Byddai Apphia Davies bob tro'n dweud y drefn wrth

Edward am rywbeth neu'i gilydd, ond cafodd Lewis ef yn hen ddyn digon dymunol. Hoffai Edward jôcs budr, ac am gyfnod byr roedd yn gwmni da.

'Mae Edward yn iawn,' meddai Lewis wrth Apphia Davies ar ôl iddi gwyno amdano. 'Am wn i ei fod o rywbeth yn debyg i mi, hen lanc sy'n hoff o lasied ambell waith.'

'Dydi o ddim byd tebyg i chi,' meddai Apphia Davies, 'fuodd o erioed werth dim i neb. Hen ffŵl ydi o wedi bod erioed. Dydi o ddim yn debyg i chi o gwbl.' Doedd dim graen ar ddillad Edward, na'i lendid personol, na'i gymeriad, yn ôl y sôn.

Dyn byr, pwyllog yn ei dridegau oedd Thomas, mab hynaf Apphia Davies. Roedd wedi dechrau colli ei wallt yn ifanc a byddai'n aml yn gwisgo cap. Roedd yn ofalus iawn wrth fynegi barn ac nid oedd yn hawdd dod i'w adnabod. Roedd yn well gan Lewis y mab iau, Walter, oedd yn fwy agored ac yn haws siarad ag ef. Ond Thomas oedd yn gofalu fwyaf am Apphia Davies, ac ef oedd ffefryn ei fam. Nid oedd Walter i'w weld yn poeni cymaint amdani ac roedd hithau'n feirniadol ohono'n aml.

'Dwi'n gweld Walter yn cymryd ar ôl ei ewythr Edward,' meddai hi.

'Dydi o ddim byd tebyg i Edward,' meddai Lewis wrthi.

Ymwelydd mwyaf cyson Apphia Davies oedd Sioned, cyfnither iddi oedd yn byw yn hen gartref Apphia Davies, Ty'n y Gerddi, tua saith milltir i'r de, y tu draw i Fetws-y-coed. Bob diwrnod marchnad neu ffair byddai Sioned yn galw yn Everton House, a wastad yn dod â rhywbeth bach gyda hi i'w chyfnither: sanau, menyn, planhigyn, neu gywen fach fyw. Dynes fechan, soled oedd Sioned, yn hŷn nag Apphia Davies ac yn gwisgo dillad tywyll, hen ffasiwn. Roedd gan Apphia Davies berthnasau eraill ar draws gogledd Cymru, ac ambell un yn Lloegr. Priododd un gyfnither ffasiynol iawn o'r enw

Molly blismon milwrol oedd bellach ar ddyletswydd ym Mhalesteina. Byddai Molly yn anfon cardiau post at Apphia Davies o Alexandria, Cairo a Haifa.

Roedd gan Apphia Davies gyfeillion ymysg gwragedd Llanrwst, a byddent yn galw heibio'i gilydd, yn mynd am dro gyda'i gilydd gyda'r nos, ac weithiau'n mynychu digwyddiad cyhoeddus a oedd fel arfer yn ymwneud ag un o gapeli'r dref. Roedd gan Apphia Davies fywyd cymdeithasol prysur, a oedd yn gwneud i fywyd Lewis Huws ymddangos yn beth tlawd ar y naw. Ychydig iawn o gyfeillion a pherthnasau oedd ganddo ef. Roedd bron popeth a wnâi yn ymwneud â'i waith fel meddyg.

Roedd Apphia Davies wedi gobeithio y byddai Margaret Dixon a'i ffrind yn dewis Lewis Huws yn ddoctor iddynt; yn wir, roedd wedi annog y ddwy i ddod ato. Ond yn lle hynny aeth y ddwy at Dr Roberts.

'Oeddan ni'n meddwl byddai'n well i ni fynd at ddoctor hŷn,' meddai Margaret wrth Apphia un diwrnod yn y sgwâr, 'rhywun profiadol.'

'Mae Dr Huws yn brofiadol, wyddoch chi,' meddai Apphia Davies.

'Ydi, mae'n siŵr,' meddai Margaret, 'yn Lerpwl wrth gwrs.'

Roedd hynny'n ddigon i Apphia ddod i'r casgliad bod y merched wedi clywed straeon am Dr Huws gan bobl Llanrwst. Roedd pawb yn gwybod bod Dr Huws wedi dyweddïo gyda Katie Roberts ar un adeg, a'i fod wedi cael ei weld gyda sawl dynes arall ers hynny. Tebyg iawn mai diolch i deulu Dr Roberts roedd pawb yn Llanrwst yn gwybod hefyd ei fod wedi gweithio am gyfnod mewn clinig arbennig yn Lerpwl yn trafod clefydau rhywiol. Ofnai Apphia Davies y byddai wedi bod yn hawdd iawn i ddwy ddynes ifanc fel

Margaret a Nellie Beresford gael argraff gwbl anghywir o Dr Huws. Roedd hithau'n sicr erbyn hynny nad oedd Lewis Huws mewn gwirionedd yn ddim byd tebyg i Casanova Dyffryn Conwy. Roedd hi'n hen bryd iddo ddod o hyd i wraig, rhag ofn iddo droi'n hen lanc cysetlyd. Ond pwy ar y ddaear fyddai'n gwneud y tro i ddyn mor annibynnol ac anystywallt â Lewis Huws?

Pennod 8

Y PHONEY WAR

CYN Y NADOLIG daeth Gruffydd Jones i alw i weld Lewis yn Llanrwst mewn Humber newydd sbon. Roedd wedi chwarae ei gardiau yn dda iawn, gan lwyddo i gael ei ddyn ef i'r swydd uchaf a sicrhau dyrchafiad iddo'i hun yn ogystal. Bellach roedd yn un o'r dynion pwysicaf yn y *constabulary*.

Derbyniodd Gruffydd longyfarchiadau Lewis ar ei swydd newydd yn gwrtais. Roedd pethau'n brysur iawn yn yr heddlu, meddai. Oherwydd y rhyfel bu'n rhaid iddynt benodi plismyn newydd, plismyn dros dro a hyd yn oed merched. Roedd yr heddlu wedi cael cyfrifoldebau newydd sylweddol ac adnoddau ychwanegol hefyd. Ar ben popeth roedd ef a'i deulu ar fin symud yn ôl o ben draw'r sir i fyw yn Llandudno.

Cynigiodd Lewis baned o de i Gruffydd, ond gwrthododd yntau, a hynny am y tro cyntaf erioed. Roedd yn brysur iawn, meddai, gyda'r rheolau newydd, yr efaciwîs a'r plismyn newydd.

'Mae popeth cymaint gwell efo Wynne-Bevan,' meddai Gruffydd, 'mae'n hawdd iawn gweithio efo fo.'

'A dach chi wedi cael ceir newydd,' meddai Lewis.

'Do, tri Humber Super Snipe, *six cylinders, four litre*. Wynne-Bevan gafodd nhw i ni,' meddai Gruffydd.

'Doedd y Pwyllgor ddim yn hapus iawn efo'r ceir,' meddai Lewis. Adroddwyd yn y papur bod Pwyllgor yr Heddlu wedi mynegi anniddigrwydd ynghylch gwario cymaint o arian ar y tri Humber newydd.

'Dydi'r cynghorwyr byth eisio cymryd cyfrifoldeb am wario arian,' meddai Gruffydd. 'Edrych ar ôl eu hunain maen nhw. Sioe i gyd oedd hynna yn y papur i bobl feddwl bod nhw ddim eisio gwario arian.'

Dywedodd Gruffydd ei fod yn cael trafferth ddifrifol gyda'i arennau, ac y byddai'n rhaid iddo fynd i gael llawdriniaeth cyn bo hir iawn.

'Y Royal Masonic,' meddai Gruffydd, 'wyt ti'n gwybod am y lle?'

'Gei di ddim gwell,' meddai Lewis, 'mae'n ysbyty dda iawn, dim ond ei bod hi yn Llundain.'

'Iawn gen i,' meddai Gruffydd, 'dim ond bod nhw'n gwybod eu gwaith.'

Cyn i Gruffydd adael trodd y sgwrs at Wynne-Bevan eto. 'Mae ganddo fo asgwrn cefn,' meddai Gruffydd, 'dydi'r cynghorwyr yma ddim wedi arfer efo hynna. Wyt ti'n gwybod lle wyt ti efo Wynne-Bevan.'

'Gobeithio bydd y cynghorwyr yn cytuno efo ti,' meddai Lewis.

'Byddan nhw'n arfer efo fo,' meddai Gruffydd, 'does ganddyn nhw ddim dewis, nag oes? Paid talu gormod o sylw i gynghorwyr,' meddai, 'does gan Wynne-Bevan mo'u hofn nhw.'

Ac i ffwrdd â Gruffydd yn ei Humber mawr du.

*   *   *

Daeth Vivian yn ôl i Lanrwst dros y Nadolig a derbyniodd Lewis wahoddiad i fynd i Lwynawelon un noson rhwng y Nadolig a'r flwyddyn newydd. Eglurodd Vivian ei fod wedi gwahodd sawl un a fedrai gynorthwyo gyda'r ganolfan newydd yn yr Ydfaes, gan gynnwys Archie Griffiths y rheolwr banc a Dafydd Price y gweinidog, ynghyd â'u gwragedd. Prif atyniad y noson oedd Lloyd Owen y canwr, cariad Marian Clements.

'Bydd Lloyd Owen yn canu a chewch chithau dalu sylw i Miss Clements,' meddai Vivian.

Cyrhaeddodd Lewis Lwynawelon yn brydlon, a dechreuodd siarad ag Eirwen wrth aros i bawb gyrraedd.

'Ai *lyric tenor* ydi Lloyd Owen?' meddai Eirwen wrth Lewis.

'Tydyn nhw i gyd yn *lyric tenors*?' meddai Lewis.

'Ddim o gwbl,' meddai Eirwen, 'mae yna *dramatic tenors* a *robust tenors*. Dydw i ddim yn hoff o *robust tenors*. Rhy swnllyd. Os ydi o'n un o'r rheini fydda i ddim yn mwynhau'r noson o gwbl.'

Cyrhaeddodd y lleill ac yna daeth Marian a Lloyd i mewn gyda Gwyneth Jenkins, athrawes gerddoriaeth Ysgol y Sir. Ar Lloyd Owen roedd y sylw i gyd. Gyda'i wallt golau a'i lygaid gleision edrychai'n debycach i Almaenwr neu i Sais bonheddig nag i Gymro. Roedd y merched i gyd yn gwneud yn fawr ohono ac yntau'n ymfalchïo yn y sylw. Pan aeth Lloyd i gwrdd ag Eirwen cymerodd ei llaw yn ei ddwy law ef, ei chodi at ei wefusau a'i chusanu mewn ffordd ffuantus, rodresgar.

Cyn bo hir daeth y mân siarad i ben a chyflwynodd Vivian Lloyd i'r criw oedd yno. Daeth Gwyneth Jenkins ymlaen i gyfeilio ac eisteddodd wrth y piano. Safodd Marian wrth ei hymyl yn barod i droi'r tudalennau a galwodd ar Lloyd i ddod ymlaen i ganu. 'Holy City,' meddai Marian wrtho.

Pan ddechreuodd Lloyd ganu rhyfeddwyd Lewis gan hyfrydwch ei lais, a oedd yn bur ac yn swynol. Roedd y swn a ddeuai o enau Lloyd fel rhywbeth persain oedd prin yn perthyn i'r byd hwn. Marian oedd yn penderfynu beth roedd Lloyd yn ei ganu. Ar ôl caneuon ysgafn ac ambell emyn daeth sawl darn o opera ysgafn cyn dod i ben am y tro gyda 'Thora'. "Dan ni wastad yn saff efo Stephen Adams,' meddai Marian.

Holodd Eirwen Lloyd am ei waith gyda Chwmni Opera Carl Rosa. 'La Bohème,' meddai Lloyd, 'Puccini, dyna'r peth olaf i mi wneud efo nhw.'

'Pa ran oeddach chi'n chwarae?' meddai Eirwen.

'Yn y côr oeddwn i.'

'Ond mae llais soloist gennych chi, llais hyfryd.'

'Oes, ond mae'n well gen i gyngherddau,' meddai Lloyd, 'mae'n well gen i ganu nag actio, peidio cymysgu'r ddau, os dach chi'n deall be sy gen i.'

Siaradodd Eirwen am Ben Davies ac Evan Williams, Heddle Nash a John McCormack. 'Tydi o'n bechod am Richard Tauber?' meddai. 'Iddew ydi o, wyddoch chi.'

Cyn bo hir dechreuodd y canu eto. Cyfrannodd rhai o'r gwesteion eraill, tra arhosodd Lewis yn ei gadair. Cododd Vivian a chanu'n syndod o swynol gyda llais baswr. Ni fu galw ar Lewis i wneud na dweud dim, oherwydd Lloyd oedd seren y noson a chyn bo hir galwyd ef yn ôl i ganu eto. Ar gais Eirwen, canodd Lloyd rai o ganeuon Walter Glynne, yn cynnwys 'Dreaming of your eyes'.

Roedd angen llywio Lloyd. Unwaith anghofiodd ei eiriau, ac unwaith dywedodd Marian wrtho am ailgychwyn ar ôl iddo ddechrau canu mewn cywair roedd hi'n ei farnu'n anaddas iddo. Wrth i'r noson fynd ymlaen dangosodd Lloyd awydd i ganu caneuon swnllyd, milwrol, a bu angen i Marian ei gyfeirio at y caneuon mwy swynol roedd yn rhagori ynddynt. Marian oedd yn edrych ar ôl Lloyd ac yn ei oruchwylio, tra oedd yntau'n chwarae rhan y tenor ifanc hardd. Doedd Lewis heb ragweld hynny. Nid oedd wedi meddwl y byddai Marian Clements yn dewis cadi ffan o greadur fel Lloyd Owen.

Ar ddiwedd y noson daeth Lloyd at Eirwen, a oedd yn eistedd mewn cadair freichiau, i ganu 'Island of Dreams'. 'There far away from the world and its pain, I meet you, my darling, I hold you again.' Yn raddol plygodd i lawr nes ei fod yn cydio yn llaw Eirwen wrth eistedd ar un o freichiau'r gadair, gan ddal i ganu. 'O island of dreams, o love of the past, the waiting is over, I find you at last.' Cusanodd Lloyd Eirwen yn araf ar ei boch wrth i'r cyfeiliant ddod i ben. Roedd Eirwen wrth ei bodd.

Cyn gadael, diolchodd Lewis i Eirwen a chafodd air byr gyda Vivian. Roedd pawb yn dotio ar Lloyd. 'Tydi o'n ddyn ifanc rhyfeddol?' meddai Vivian. 'Rhyfeddol.' Diolchodd Lewis i Vivian ac Eirwen a gadawodd Lwynawelon. Ef oedd y cyntaf i adael.

Dyna'r tro cyntaf i Vivian gwrdd â Lloyd.

*   *   *

'Does gan Lloyd lais hyfryd?' meddai Eirwen. Roedd Lewis wedi galw i'w gweld am y tro cyntaf ers y noson gerddorol.

'Oes,' meddai Lewis. Aeth drwy'r broses arferol o archwilio Eirwen a mesur ei phwysedd gwaed.

'Tydi o'n beth ofnadwy am yr hen ryfel yma,' meddai Eirwen, 'bod rhywun fel'na yn gorfod gadael y Carl Rosa a dim golwg am waith iddo fel canwr.'

'Ydi,' meddai Lewis.

'Mae o wedi cael gwaith mewn ysgol,' meddai Eirwen, 'rywle yn agos at Wrecsam.'

'Sut dach chi wedi bod ers y Nadolig?' meddai Lewis wrthi.

'Meddyliwch am Lloyd druan o flaen dosbarth o blant,' meddai Eirwen, 'pan ddylai rhywun fel'na fod ar lwyfan o flaen cynulleidfa.'

'Mae'ch pwysedd gwaed chi'n iawn,' meddai Lewis.

'Piti na fasan ni'n medru gwneud rhywbeth i gael gwaith iddo fo yn nes atom ni,' meddai Eirwen, 'ond beth sydd 'na iddo fo yma, dywedwch?'

'Sut mae'ch iechyd chi wedi bod?' meddai Lewis.

'Bydd yn rhaid i ni gael Lloyd yma eto,' meddai Eirwen, 'mi fedra i gyfeilio iddo fo.'

'Ydach chi wedi bod yn iawn?'

'Ydw,' meddai Eirwen, 'mae Vivian yma wrth gwrs. Tydi o'n drueni na fydd rhywun fel Lloyd yn medru dal ymlaen i ganu?'

'Hyd y gwelaf i mae popeth yn iawn,' meddai Lewis. 'Oes gennych chi ddim cwestiwn i'w ofyn i mi?'

'Nag oes. Roedd Vivian yn meddwl bod gan Lloyd lais hyfryd,' meddai Eirwen, '"dyn ifanc rhyfeddol" medda fo, ac mae hynny'n berffaith wir, yn tydi o, Dr Huws?'

Pan oedd yr archwiliad drosodd daeth Vivian i'r golwg. Ffarweliodd Lewis ag Eirwen a daeth Vivian allan at y car gydag ef.

'Mae Eirwen wedi bod reit dda yn ddiweddar,' meddai Lewis. 'Sut dach chi'n setlo yma?'

'Da iawn,' meddai Vivian, 'ond mae gen i ychydig o bethau i'w gwneud yn Llundain o hyd.'

'Dach chi'n gweld colli'r lle yn barod?' meddai Lewis.

'Efallai 'mod i,' meddai Vivian, 'bydd yn rhaid i mi fynd yno cyn bo hir beth bynnag.'

'Sut mae pethau'n dod ymlaen efo'r Ydfaes?' meddai Lewis.

'Byddwch chi'n falch o wybod bod Marian yn gefnogol iawn,' meddai Vivian, 'dydw i ddim wedi sôn wrth y lleill eto. Bydd yn well aros nes bod yna ddynion ifainc yn chwilio am waith ar y tir.'

'Dach chi'n adnabod rhywun sy'n disgwyl mynd o flaen tribiwnlys?' meddai Lewis.

'Dwi'n nabod sawl un,' meddai Vivian, 'Idris Edwards a Stanley Corfield yn Llanrwst. Syr Thomas Artemus Jones fydd Cadeirydd Tribiwnlys Gogledd Cymru. Mae o'n Gymro cadarn. Fuodd o'n byw yma yn Llanrwst ar un adeg. Bydd yn rhaid i ni aros i weld sut bydd y tribiwnlysoedd yn dehongli'r gyfraith, ond dydw i ddim yn meddwl byddan nhw'n gorfodi pobl sy'n heddychwyr i fynd i'r fyddin. Mae'n debyg bydd Lloyd Owen yn cael ei alw i fyny rywbryd.'

'Doeddwn i ddim wedi disgwyl i Marian ddewis rhywun fel Lloyd,' meddai Lewis. 'Faswn i wedi disgwyl iddi ddewis rhywun mwy difrifol.'

'Mae'n siŵr ei fod o'n perfformio tipyn bach neithiwr,' meddai Vivian.

'Oedd wir,' meddai Lewis, 'oedd ganddo fo lais da iawn, ond doedd dim gofyn iddo fo wneud yr holl hen ystumiau yna.'

'Rhan o'r perfformio,' meddai Vivian. 'Ydach chi ddim yn perfformio ychydig bach weithiau?'

'Nac ydw i wir,' meddai Lewis, 'mae'n gas gen i bobl sy'n esgus bod yn rhywbeth dydyn nhw ddim.'

'Mae 'na ryw ryddid mewn perfformio weithiau,' meddai Vivian, 'ac ar adegau mae pobl yn disgwyl i chi ymddwyn mewn ffordd arbennig. Mae'n siŵr bod pobl yn disgwyl i chi ymddwyn fel doctor.'

'Doctor ydw i,' meddai Lewis, 'dwi wastad yr un fath efo pawb.'

'A beth os nad yw pobl yn croesawu hynny?'

'Dydi o ddim o bwys gen i be maen nhw'n feddwl ohonof i,' meddai Lewis, 'dim ond i mi wneud fy ngwaith y gorau gallaf i.'

'Doctor Lewis Huws, y dyn digyfaddawd,' meddai Vivian. 'Mae 'na rai pobl sy'n gorfod perfformio bron drwy'r amser, wyddoch chi.'

'Druan â nhw, ddywedaf i,' meddai Lewis.

'Efallai wir,' meddai Vivian, 'hwyrach mai un fel yna yw Lloyd Owen.'

'Mae'n rhaid bod Marian yn gweld rhywbeth ynddo fo,' meddai Lewis, 'efo'i lais disglair, ei wallt golau, a'i lygaid gleision.'

'Efallai bod hynny'n ddigon,' meddai Vivian.

★   ★   ★

Fis Ionawr yn Everton House cafodd Lewis Apphia Davies wrth y bwrdd ar ganol yr ystafell aros yn straffaglu gyda phapur brown a llinyn. Roedd hi'n gwneud ei gorau i lapio llestr go fawr, a doedd y llestr yn helpu dim.

'Ydach chi'n hwyr efo'ch anrhegion Nadolig?' meddai Lewis.

'Nac ydw i wir,' meddai Apphia Davies, 'anrheg priodas i Arthur Elis ydi hwn.' Dangosodd y llestr i Lewis iddo yntau gael ei edmygu.

'Caserol,' meddai Lewis, 'neis iawn. Pryd mae Arthur yn priodi?'

'Briododd o Anita, ei gariad, wythnos yn ôl erbyn hyn. Maen nhw'n canlyn ers tro, mae hi'n hogan neis iawn.'

'Oeddwn i'n meddwl ei fod o wedi mynd i'r fyddin.'

'Oedd o wedi mynd,' meddai Apphia Davies, 'ond mae o wedi bod adre'n priodi.'

'Lle mae o rŵan?' meddai Lewis. 'Ydi o'n dal yn Llanrwst?'

'Na, mae o wedi mynd yn ôl i Alfreton,' meddai Apphia Davies, 'mae o wedi bod yno'n dysgu gyrru lorri ac maen nhw'n sôn y byddan nhw'n mynd i Ffrainc cyn bo hir.' Ers dechrau'r rhyfel roedd y BEF, y British Expeditionary Force, wedi bod yn symud o Loegr i Ffrainc, lle roedd y milwyr yn adeiladu amddiffynfeydd ar ffiniau Gwlad Belg a gogledd Ffrainc.

'Wnaiff o'r tro fel'na, dach chi'n meddwl?' meddai Apphia Davies.

'Gwnaiff am wn i,' meddai Lewis. Mewn gwirionedd roedd y parsel yn dal yn ddigon di-lun, y papur wedi rhwygo a'r llestr i'w weld drwyddo.

'Mi af i â hwn draw at ei fam o ar ôl te,' meddai Apphia Davies.

'Mae'n siŵr bydd Arthur yn ddigon saff efo'r transbort,' meddai Lewis.

'Gobeithio'ch bod chi'n iawn,' meddai Apphia Davies. 'Mae golwg ar y parsel yma o hyd. Na, wnaiff o mo'r tro. Bydd yn rhaid i mi gael mwy o bapur i lapio'r hen beth yn iawn.'

★   ★   ★

Pan alwodd Lewis i weld Eirwen fis Chwefror dywedodd Eirwen wrtho fod Vivian wedi mynd i Lundain, i glirio rhai o'r pethau oedd ar ôl yn swyddfa'r New Housing Trust. Roedd hi'n fis Mawrth cyn y gwelodd Lewis Vivian eto.

Eglurodd Vivian ei fod wedi gofyn i Dafydd Price y gweinidog fod yn gadeirydd menter yr Ydfaes, ac er bod Price wedi cytuno, nid oedd wedi dangos llawer o frwdfrydedd. Roedd wedi dweud wrth Vivian bod ganddo ofn digio rhai o'i gynulleidfa.

'Dafydd Price ydi'r mwyaf cefnogol o'r gweinidogion lleol,' meddai Vivian, 'doedd Archie Griffiths ddim yn awyddus i fod yn drysorydd. Fedrwn ni wneud hebddo fo.'

Roedd Vivian wedi gosod rhan o dir yr Ydfaes i gymydog am gyfnod ar y ddealltwriaeth ei fod yn plannu tatws ar gae wrth ymyl y tŷ, yn barod i'r dynion newydd eu codi yn yr hydref. Byddai'r Parchedig J P Davies, Porthmadog yn cadeirio cyfarfod heddwch ym Mae Colwyn ddiwedd y mis, meddai

Vivian, ond cyfarfod cyffredinol fyddai hwnnw. Dywedodd Vivian ei fod yn bwriadu trefnu cyfarfod arall yn benodol i helpu i gefnogi mentrau fel yr Ydfaes.

'Mae'r tribiwnlysoedd wedi dechrau ar eu gwaith,' meddai Vivian, 'ac mae'n edrych i mi eu bod nhw am wneud eu gwaith yn iawn. Maen nhw'n medru trafod pobl efo cydymdeimlad, a'u heithrio nhw o wasanaeth milwrol os medran nhw egluro eu gwrthwynebiad.'

'Ond dim Tystion Jehova,' meddai Lewis, 'a dim dadleuon gwleidyddol.'

'Na,' meddai Vivian, 'fedrwch chi ddim disgwyl iddyn nhw wrando ar ddadleuon gwleidyddol. Beth sy'n bwysig ydi eu bod nhw'n fodlon gwrando ar heddychwyr a Christnogion a naill ai eu heithrio nhw'n gyfan gwbl neu o dan amodau.'

'Fel gweithio ar y tir,' meddai Lewis.

'Ie,' meddai Vivian, 'dwi'n meddwl bydd angen llefydd fel yr Ydfaes yn fuan iawn.'

'Ydach chi wedi gorffen yn Llundain erbyn hyn?' meddai Lewis.

'Ydw, am y tro,' meddai Vivian.

'A dach chi heb fod yn unman arall?' meddai Lewis.

'Lle dach chi'n feddwl?' meddai Vivian.

'Lle gawsoch chi'r sigaréts,' meddai Lewis.

'Efallai 'mod i,' meddai Vivian, 'does dim rhaid i chi boeni amdanaf i.'

'Dach chi wedi bod yn y lle arall yna!' meddai Lewis. 'Gwlad y Sweet Aftons.'

'Es i yno ar y ffordd yn ôl o Lundain,' meddai Vivian. Gwenai ar Lewis fel petai'n mwynhau gweld ei ymateb, ac yn cymryd y peth yn ysgafn iawn.

'Fedra i ddim eich rhwystro chi rhag gwneud beth bynnag y mynnoch chi'i wneud,' meddai Lewis, 'ond dwi'n meddwl eich bod chi'n gwneud peth peryglus ac annoeth. Byddwch yn ofalus, da chi.'

Eglurodd Vivian ei fod wedi hwylio o Gaergybi i Ddulyn ac wedi aros noson yng Ngwesty Wynn's, yn agos at Theatr yr Abbey. Daeth aelod o staff cenhadaeth yr Almaen ato yn y gwesty gyda llythyr oddi wrth Wernher. Ysgrifennodd Vivian ateb yn y fan a'r lle i'w anfon at Wernher drwy law'r genhadaeth.

'Beth ddigwyddodd i lythyr Wernher?' meddai Lewis.

'Mi wnes i ei rwygo'n ddarnau mân a'u taflu i afon Liffey yn hwyr y noson honno!' meddai Vivian. 'Dwi'n sylweddoli bod yn rhaid i mi fod yn ofalus. Fe wyddwn i'n iawn beth oeddwn i eisio'i ddweud wrth Wernher. Roedd hi mor braf i glywed ganddo fo unwaith eto.'

★　　★　　★

Ddiwedd Mawrth derbyniodd Apphia Davies lythyr oddi wrth Arthur Elis yn Ffrainc yn diolch am yr anrheg. Dangosodd hithau'r llythyr i Lewis. Dywedai Arthur iddo ef a'i wraig gael mis mêl byr iawn yn Sir Fôn cyn iddo orfod dychwelyd i'r fyddin. Erbyn hyn roedd yn mwynhau tywydd braf yn Ffrainc, meddai.

'Bydd yn rhaid i mi ateb,' meddai Apphia Davies. Ysgrifennodd yn ôl yr wythnos honno a gofynnodd Lewis iddi ddweud wrth Arthur ei fod ef, Lewis, yn cofio ato.

Pennod 9

DUNKIRK

Y DIWRNOD Y daeth Winstone Churchill yn Brif Weinidog, 10 Mai 1940, ymosododd yr Almaen ar yr Iseldiroedd a Gwlad Belg. Ddau ddiwrnod wedyn ymosododd yr Almaen drwy'r Ardennes i mewn i Wlad Belg gan amgylchynu cyfran fawr o fyddinoedd Ffrainc a Phrydain. Erbyn diwedd mis Mai roedd byddinoedd Prydain yn ffoi rhag yr Almaenwyr ac yn chwilio am longau i'w cario adref o borthladdoedd Ffrainc, yn arbennig o Dunkirk.

'Rhyfel fydd hi rŵan,' meddai Vivian wrth Lewis, 'mae pethau ofnadwy o'n blaenau ni. Does dim gobaith am heddwch buan rŵan.'

'Mae'n anodd deall pethau,' meddai Lewis, 'dim ond rhyw ugain mlynedd yn ôl fuon ni'n byw yn y ffosydd am fisoedd. Prin bod neb yn medru symud ymlaen o gwbl. Dyma nhw rŵan wedi sgubo drwy ogledd Ffrainc i'r môr heb i ni fedru gwneud dim i'w stopio nhw.'

Bu llwyddiant ysgubol yr Almaen yn syndod i bawb. Newidiodd awyrgylch y wlad wrth i bawb sylweddoli beth fedrai ddigwydd nesaf. Gwell peidio ymddiried mewn arian papur, meddai rhai, dim ond arian sychion, aur neu arian, sy'n ddibynadwy. Byddai'r brenin a'r frenhines yn gadael am Ganada a byddai Hitler yn rhedeg y wlad yn well na'r rhai oedd mewn grym yn Llundain, meddai ambell un.

Roedd y rhan fwyaf o bobl yn gefnogol i'r llywodraeth a'r

lluoedd arfog, ac weithiau'n ddig gyda phobl nad oeddynt mor gefnogol. Dywedodd un esgob fod bodolaeth gweriniaeth Iwerddon yn beth hurt – 'ridiculous'. Mewn llythyrau i'r wasg eglurodd offeiriad arall mai'r unig ffordd i drafod yr Almaen oedd difa'r holl genedl drwy ladd pob un Almaenwr ac Almaenwraig.

'Mae hyn yn siŵr o gael effaith ar y tribiwnlysoedd,' meddai Vivian. 'Hyd yn hyn maen nhw wedi bod yn rhesymol iawn, ond os aiff hi'n waeth fyth efo'r rhyfel debyg iawn na fyddan nhw mor garedig o hyn ymlaen.'

'Pryd mae'r un nesa?' meddai Lewis. 'Oes rhywun o Lanrwst o flaen ei well?'

'Bydd Idris a Stanley o flaen tribiwnlys Caernarfon y mis nesaf,' meddai Vivian. 'Mae'r ddau yn heddychwyr ac yn Gristnogion ond maen nhw'n genedlaetholwyr hefyd. Gawn ni weld beth fydd agwedd y tribiwnlys at hynny.'

26 oed oedd Idris Edwards a Stanley Corfield. Athro daearyddiaeth yn yr ysgol ramadeg oedd Idris a swyddog gyda'r dreth incwm oedd Stanley. Roedd y ddau yn aelodau o Gymdeithas Heddwch Llanrwst, yn gapelwyr ac yn genedlaetholwyr.

O'r dechrau bu rhai yn hawlio na ddylid gorfodi'r Cymry i ymladd dros yr Ymerodraeth Brydeinig. Mewn achos o flaen tribiwnlys yn Southark, Llundain, dywedodd dyn o'r enw John Legonna mai Celt o Gernyw ydoedd: Cymraes oedd ei fam, ac nid oedd ef yn fodlon ymladd dros yr Ymerodraeth a oedd yn tra-arglwyddiaethu dros y gwledydd Celtaidd. Yng Nghymru, dywedodd un gwas fferm nad oedd dim gwahaniaeth rhwng y Tsieciaid oedd yn gorfod ymuno â byddin yr Almaen a'r Cymry oedd yn gorfod ymuno â byddin Prydain. Gwrthododd y tribiwnlys eu dadleuon a'u gosod ar y rhestr filwrol.

Wrth i'r ofn gynyddu, roedd y gwrthwynebwyr cydwybodol, y 'conshies', yn dargedau amlwg. Ymosodwyd yn gorfforol ar bobl oedd yn dosbarthu'r *Peace News*. Beirniadwyd gweinidogion Anghydffurfiol am gefnogi'r gwrthwynebwyr cydwybodol – 'Comfortable shirkers,' meddai'r papur. Ddiwedd Mai amgylchynwyd y Parch. J P Davies, oedd yn heddychwr amlwg, gan dorf ym Mhorthmadog. Dywedodd y papur newydd fod dros 200 o bobl, merched yn bennaf, wedi taflu tomatos ato. Clywodd Lewis gan Stanley Corfield y byddai J P Davies yn tystio drosto yn y tribiwnlys yng Nghaernarfon ganol Mehefin.

Yn ystod y dyddiau ofnadwy hyn ni chlywyd dim am hogiau Llanrwst oedd gyda'r fyddin yn Ffrainc. Ddechrau Mehefin meddiannwyd Dunkirk gan yr Almaen, ar ôl i dros 300,000 o filwyr ddianc o'r porthladd yn ôl i Loegr. Unwaith i'r milwyr gyrraedd yn ôl i Brydain aethant yn ôl at eu hunedau. Ymhen amser cafodd rhai ddod adref ar egwyl, a chlywodd Llanrwst straeon am y brwydro. Roedd sôn bod Jac Zecareia, dyn ifanc o Lanrwst, wedi cyrraedd Dunkirk ar gefn ceffyl gwyn. Doedd dim sôn o gwbl am Arthur Elis.

Galwodd Lewis heibio i Eirwen a Vivian y dydd Sadwrn ar ôl y tribiwnlys yng Nghaernarfon i weld sut aeth pethau. Yno gyda hwy roedd Marian Clements a Lloyd Owen.

'Bydd Lloyd yn dod yn nes atom ni fis Medi nesa,' meddai Vivian, 'mae o wedi cael swydd ddysgu yn Llandudno.'

'Llongyfarchiadau,' meddai Lewis. 'Ydach chi wedi gorffen yn Wrecsam?'

'Bron â gorffen, diolch i'r Tad,' meddai Lloyd. 'Dwi wedi cael hen ddigon arnyn nhw, wir.'

'Sut aeth y tribiwnlys?' meddai Lewis wrth Vivian.

'Digon anodd ar adegau,' meddai Vivian.

Eglurodd Vivian fod Idris Edwards wedi dweud wrth y tribiwnlys ei fod yn Gristion ac yn Gymro. Bu'n cefnogi'r Peace Pledge Movement ac roedd yn gwrthwynebu gorfod lladd ei gyd-ddynion. Roedd yn gwrthwynebu ar sail grefyddol, moesol a chenedlaetholgar.

'Gwrthwynebu ar sail grefyddol yn bennaf yr ydach chi?' meddai'r Cadeirydd, Syr Artemus Jones.

Cadarnhawyd hynny gan Idris, a thystiodd y Parchedig Dafydd Price, gweinidog Idris, i wirionedd ei ddatganiad a didwylledd ei egwyddorion Cristnogol. Cafodd Idris ei eithrio o wasanaeth milwrol ar yr amod ei fod yn parhau yn ei waith presennol fel athro.

Pan ddaeth Stanley Corfield ger bron y tribiwnlys dywedodd ei fod ef yn gwrthwynebu fel Cymro, Cristion a heddychwr. Doedd dim hawl gan y llywodraeth i orfodi Cymry i ymladd, meddai. Nid oedd gorfodaeth filwrol ar Wyddelod o'r de na'r gogledd, felly pam na ddylai'r Cymry fedru dewis yn yr un ffordd? Roedd yn fodlon cadw gwenyn er mwyn cynhyrchu bwyd i'r wlad, meddai Stanley, ond dyna'r cyfan roedd yn fodlon ei wneud.

'Gwrthwynebu fel heddychwr ynta fel cenedlaetholwr ydach chi?' meddai Artemus Jones.

'Fel cenedlaetholwr,' meddai Stanley.

Pan glywyd mai dyn y dreth incwm oedd Stanley dywedodd aelod o'r tribiwnlys fod y syniad o was y Goron – yn arbennig swyddog gyda'r dreth incwm – yn troi'n genedlaetholwr Cymreig yn jôc. Er i'r aelodau weld hynny'n beth doniol, a chwerthin ymysg ei gilydd, pan eglurodd Stanley mor bwysig i'r wlad oedd cadw gwenyn dywedyd wrtho am beidio bod mor ddigywilydd. Pan ddaeth y Parch. J P Davies, Porthmadog ger bron y tribiwnlys i dystio i ddilysrwydd daliadau Stanley fel heddychwr, torrodd y Cadeirydd ar ei draws.

'Dyw'r dyn ddim yn gwrthwynebu ar sail heddychol nac ar sail Gristnogol, nag yw?' meddai. 'Wyddoch chi pam?'

'Mi rydw innau wedi gofyn yr un cwestiwn,' meddai J P Davies, 'ac rwy'n credu bod Mr Corfield yn teimlo bod y gyfraith yn gofyn iddo fod yn sant.'

Daeth y tribiwnlys i'r casgliad fod Stanley yn cymryd mantais o'r gyfraith er mwyn creu propaganda gwleidyddol. Ni welai'r tribiwnlys un arwydd o gydwybod yn ei dystiolaeth nac yn ei ymddygiad. Dywedwyd wrth Stanley am beidio bod mor haerllug a gosodwyd ef ar y rhestr filwrol.

Daeth arlunydd o'r enw John Petts ger bron y tribiwnlys ac egluro nad oedd yn gweld pam y dylid gorchymyn iddo ddatgan ei wrthwynebiad i wasanaeth milwrol o gwbl. Nid oedd ef ond dyn cyffredin, meddai, nad oedd yn dymuno lladd pobl eraill. Onid oedd hi'n beth ofnadwy gorchymyn i unrhyw ddyn ladd ei gyd-ddyn?

'Am wn i mai fo oedd yn iawn,' meddai Lewis.

'Efallai ei fod o'n iawn,' meddai Vivian, 'ond roedd y tribiwnlys yn gwneud ei orau. Mae Artemus Jones yn llawn cydymdeimlad at yr heddychwyr. Wn i ddim pam oedd yn rhaid i Stanley fod mor bryfoclyd. Doedd dim dewis gan y tribiwnlys, roedd yn rhaid iddyn nhw ddangos nad oeddan nhw'n derbyn dadleuon gwleidyddol fel yna.'

Daeth llawer o ddynion ifainc eraill ger bron y tribiwnlys y diwrnod hwnnw. Gwrthodwyd y rhai a oedd, fel Stanley, wedi seilio eu dadleuon ar eu cenedligrwydd fel Cymry, ond dangosodd y tribiwnlys gydymdeimlad â'r rhan fwyaf o'r dynion ifainc oedd wedi seilio eu gwrthwynebiad ar eu ffydd Gristnogol.

'Fyddwch chi'n gofyn am gael eich eithrio?' meddai Lewis wrth Lloyd Owen.

'Fyddai'r fyddin ddim gwerth i mi,' meddai Lloyd, 'dydw i ddim eisio lladd neb.'

'Mae'r tribiwnlys wedi bod yn ystyriol iawn o artistiaid,' meddai Vivian.

'Ydach chi'n artist?' meddai Lewis.

'Wrth gwrs,' meddai Lloyd, 'tenor ydw i.'

'Yn yr hydref bydd Lloyd yn cofrestru,' meddai Marian.

'Yn yr hydref fydda i'n cofrestru,' meddai Lloyd. 'Oes raid i mi gofrestru?' meddai wedyn. 'Oes 'na ddim ffordd arall i gael?'

'Mae'n rhaid i bob dyn ifanc gofrestru,' meddai Vivian. 'Pan fyddwch chi'n cofrestru mi gewch chi ffurflen i'w llenwi i ofyn am gael eich eithrio.'

'Fydd hynny'n ddigon hawdd i mi,' meddai Lloyd.

'Bydd gofyn i chi egluro eich gwrthwynebiad ar y ffurflen,' meddai Vivian. 'Bydd yn rhaid i'r tribiwnlys weld eich bod chi o ddifri, nid dim ond am osgoi mynd i'r fyddin.'

'Mae pawb yn gwybod 'mod i wedi bod yn ganwr proffesiynol efo'r Carl Rosa,' meddai Lloyd.

'Dydi hynny ddim yn ddigon ar ben ei hunan,' meddai Vivian, 'bydd yn rhaid i chi ddangos bod gennych chi wrthwynebiad moesol neu grefyddol i wasanaeth milwrol.'

'Wrth gwrs bod gen i,' meddai Lloyd, 'dydw i ddim eisio mynd i'r fyddin, fasa fo ddim yn fy siwtio i o gwbl. Eisio canu ydw i. Maen nhw'n siŵr o weld hynny, yn tydyn nhw?'

'Petasech chi ddim yn medru canu,' meddai Vivian, 'a fyddech chi'n dal yn gwrthwynebu mynd i'r fyddin?'

'Mae'n gas gen i feddwl am y peth,' meddai Lloyd.

'Mae'n rhaid i chi fod yn hollol sicr,' meddai Vivian, 'bydd yn rhaid i chi egluro eich gwrthwynebiad yn ofalus.'

'Ia, wrth gwrs,' meddai Lloyd, 'dyna be wna i.'

Yn ddiweddarach, pan oedd Lloyd wedi gadael yr ystafell gydag Eirwen, ymddiheurodd Marian amdano.

'Mae'n ddrwg gen i,' meddai hi, 'dydi Lloyd ddim mor anystyriol ag y mae o'n ymddangos. Gwthio pethau annifyr allan o'i feddwl mae o. Mae o wedi bod yn poeni am gael ei alw i fyny, ond dydi o ddim wedi deall y drefn yn iawn eto.'

'Fedra i roi help iddo fo efo'r ffurflen,' meddai Vivian, 'ond bydd yn rhaid iddo fo egluro ei ddaliadau cydwybodol ef ei hunan.'

'Wrth gwrs,' meddai Marian, 'dwi'n gwybod sut mae'r tribiwnlys yn gweithio. Roedd Lloyd yn gobeithio y byddai'n ddigon iddo fo egluro mai canwr oedd o, ond pan fydd o'n ystyried dwi'n siŵr y bydd o'n gweld sut mae pethau.'

'Ydi o'n dal i ganu dipyn?' gofynnodd Vivian.

'Ddim cymaint ag yr hoffai,' meddai Marian, 'mae dysgu yn mynd â'i amser i gyd. Mae hi wedi bod yn anodd iddo fo, mae o wrth ei fodd o flaen cynulleidfa.' Yna daeth Lloyd yn ôl i'r ystafell gydag Eirwen, a'r ddau yn hapus iawn.

'Mae Lloyd yn mynd i ganu i ni!' meddai Eirwen.

'Mae'n rhaid i mi fynd,' meddai Lewis.

'Peidiwch â mynd yn syth,' meddai Eirwen, 'arhoswch am un gân.' Felly arhosodd Lewis ac aeth Eirwen at y piano gyda'i thaflenni cerddoriaeth yn barod i gyfeilio i Lloyd. Safodd Lloyd wrth y piano yn gwenu.

'Beth petaswn i'n canu cân i'r tribiwnlys,' meddai Lloyd, 'iddyn nhw gael gweld 'mod i'n denor?'

'Gwell peidio,' meddai Vivian, 'dwi'n berffaith sicr bydd popeth yn iawn i chi.'

'Ydach chi?' meddai Lloyd. 'Wir?'

'Dim ond i chi egluro eich bod chi'n Gristion o argyhoeddiad,' meddai Vivian, 'dwi'n hollol sicr bydd y tribiwnlys yn eich helpu.'

'Da iawn,' meddai Lloyd. 'Mae'r peth wedi bod ar fy meddwl i, wyddoch chi, roedd gen i ofn y bydden nhw am i mi fynd yn soldiwr.'

'Mae'n bosib y byddan nhw'n eich eithrio chi ar yr amod eich bod chi'n parhau yn eich gwaith presennol,' meddai Vivian.

'Beth, dysgu?' meddai Lloyd.

'Dyna beth maen nhw'n arfer ei wneud,' meddai Vivian.

'O Dduw annwyl,' meddai Lloyd, 'efallai dylwn i fynd i'r RAF wedi'r cwbl.'

'Lloyd!' meddai Marian.

'Dydw i ddim o ddifri,' meddai Lloyd, 'jôc oedd o. Mi fues i'n meddwl mynd i'r RAF ar un adeg ond dydw i ddim erbyn hyn.'

'Paid â gwneud jôcs fel'na,' meddai Marian, 'ddim wrth neb.'

'Wrth gwrs na wna i,' meddai Lloyd, 'dim ond jôc oedd o, wir.'

'"You are my heart's delight?"' meddai Eirwen. 'Ydi o'n gwybod honna?'

'Ydi, mae o,' meddai Marian.

'Wrth gwrs fy mod i,' meddai Lloyd.

Felly canodd Lloyd 'You are my heart's delight' i gyfeiliant Eirwen, yn ysgafn ac yn ddisglair ac yn bleser i'w glywed. Roedd pawb yn ei werthfawrogi ac roedd yntau wrth ei fodd yn derbyn eu canmoliaeth, fel arfer. Roedd yn amlwg bod cyfeilyddes dda ganddo, yn addasu ei chwarae i siwtio'r canwr fel pe bai hi wedi hen arfer. Y diwrnod hwnnw gwelodd hyd yn oed Lewis Huws fod Eirwen yn gyfeilyddes fedrus a phrofiadol.

Gadawodd Lewis Lwynawelon yn fuan wedyn, tra bod y

canu'n dal i fynd yn ei flaen. Er bod llais arbennig a greddf gerddorol naturiol gan Lloyd, roedd yn ymddangos yn ddyn ifanc anaeddfed.

Bu Stanley Corfield yn anlwcus i ymddangos ger bron y tribiwnlys ar 14 Mehefin, diwrnod drwg iawn, y diwrnod y syrthiodd Paris i'r Almaen. Yn ddiweddarach clywodd Lewis newydd da, bod Stanley mewn swydd neilltuedig, *reserved occupation*, ac yntau'n 26 mlwydd oed. Oherwydd ei fod dros 25 mlwydd oed ni fyddai'n cael ei alw i'r lluoedd arfog tra byddai'n parhau yn ei swydd bresennol gyda'r dreth incwm. Ond pe bai'r rheolau yn newid a'r oed eithrio o wasanaeth milwrol yn codi i gynnwys Stanley, yna byddai'n cael ei alw i ymladd, a byddai'n rhaid iddo ddewis rhwng y fyddin a charchar.

Pennod 10

SWASTICAS

'MAE ARTHUR BACH ar goll,' meddai Apphia Davies.
'Cafodd Anita, ei wraig o, lythyr yn dweud hynna
wythnos yma. Dyna bechod, ynte?'

'Ia wir,' meddai Lewis, 'druan â fo.' Roedd hi'n fis Gorffennaf
ac ni chafwyd dim hanes am Arthur Elis ers mis Mai. Bellach
roedd yr Almaen yn rheoli cyfandir Ewrop ac yn paratoi i
ymosod ar Brydain.

Drwy fis Mehefin ddaeth dim gair am Arthur Elis. Yna
derbyniodd Anita y llythyr ffurfiol yn nodi fod ei gŵr yn
swyddogol ar goll – 'missing'. Doedd dynion byw ddim yn
aml yn mynd ar goll a gellid tybio bod Arthur yn farw.

'Mae Arthur Elis ar goll,' meddai Lewis wrth Vivian yn nes
ymlaen. 'Ddaeth o ddim yn ôl o Dunkirk a dydi o ddim yn
cael ei restru fel carcharor. Mae o'n aelod yn Penuel, capel Mrs
Davies. O hogia Llanrwst, mae'n bosib mai fo ydi'r cyntaf i
gael ei ladd.'

'Mae'n ddrwg gen i,' meddai Vivian, 'dydi hi ddim yn
edrych yn debygol mai fo fydd yr olaf.'

'Fydd hi ddim mor hawdd i chi fynd i Iwerddon o hyn
ymlaen,' meddai Lewis, 'mae'n rhaid i bawb sydd am fynd i
Iwerddon gael caniatâd arbennig.' Roedd y llywodraeth wedi
gosod cyfyngiadau ar deithio rhwng Prydain ac Iwerddon.

'Glywais i,' meddai Vivian. 'Efallai bydd yn rhaid i mi aros
adre am y tro.'

'Diolch i'r Tad am hynny,' meddai Lewis, 'dyna un newydd da, beth bynnag. Mae gennych chi ddigon i'w wneud yma. Pryd mae'r cyfarfod i drefnu cefnogaeth i'r Ydfaes?'

'Ddiwedd y mis yma, yn Llandudno,' meddai Vivian. 'Mi fydd yn rhaid i mi siarad a dwi'n gobeithio cawn ni griw go dda. Mi hoffwn i weld cadwyn o ffermydd yn cyflogi dynion sy'n gorfod gweithio ar y tir. 'Dan ni wedi bod yn lwcus bod yr Ydfaes wedi dod yn wag ond bydd yn rhaid cael arian i rentu tir a ffermydd eraill.'

Daeth diwrnod y cyfarfod yn Llandudno ac yn ddiweddarach darllenodd Lewis adroddiad amdano yn y papur lleol. Roedd y cyfarfod wedi'i hysbysebu fel un oedd yn agored i bawb ac nid oedd wedi mynd fel y bwriadwyd o gwbl. Roedd criw o ferched wedi mynd yno ac wedi eistedd yn un grŵp yng nghefn yr ystafell. Pan ddechreuodd y cyfarfod roeddynt wedi hedfan baneri Jac yr Undeb ac wedi tarfu ar y trafodaethau drwy heclo'r siaradwyr. Aeth hi'n ffraeo a gweiddi rhwng y merched a'r heddychwyr yn y gynulleidfa. Pan gododd Vivian i siarad cafodd yntau ei heclo. Roedd Vivian yn dal wrthi'n ceisio siarad pan ddaeth y Cadeirydd â'r cyfarfod i ben yn gynnar ac yn ddiganlyniad. Wrth i'r heddychwyr adael roedd y merched wedi canu 'Rule Britannia'.

Yn fuan wedyn galwodd Lewis yn Llwynawelon i weld Eirwen. Wrth fynd at y tŷ gwelodd Daniel Benjamin, y garddwr, wrthi'n peintio'r giât bren a'r wal frics.

'Angen côt o baent?' meddai Lewis.

'Ia wir,' meddai Daniel Benjamin, 'yn y tŷ mae Mrs Morris.'

Agorodd Eirwen y drws i Lewis ac aeth y ddau i mewn i'r parlwr.

'Glywsoch chi am yr helynt yna yn Llandudno?' meddai Eirwen.

'Do, glywais i,' meddai Lewis, 'doedd y merched yna ddim yn heddychwyr. Wedi mynd yno i greu helynt oeddan nhw.'

'Wrth gwrs eu bod nhw,' meddai Eirwen, 'gafodd Vivian drafferth ofnadwy. Roedd o'n teimlo ei fod o wedi methu trafod y gynulleidfa. Ar ben hynny mae Dafydd Price wedi ymddiswyddo fel Cadeirydd yr Ydfaes, yn dweud bod gormod o'i gynulleidfa efo meibion yn y fyddin. Piti bod Vivian wedi gofyn iddo fo yn y lle cyntaf.'

'Ydi Vivian yma?' meddai Lewis. 'Gaf i ei weld o'n nes ymlaen?'

'Mae o yma,' meddai Eirwen, 'ond ar ei ben ei hun yn ei ystafell mae o. Dywedodd o nad oedd o ddim am weld neb. Mae o'n mynd yn isel iawn weithiau ac mae'n cymryd amser iddo fo ddod yn ôl ato'i hun. Mae'n siŵr y bydd o'n iawn mewn rhai dyddiau. Fedrwch chi aros tan hynny?'

'Wrth gwrs,' meddai Lewis, 'mae'n ddrwg gen i.'

'Mae'n well i mi ddweud y cyfan wrthych chi,' meddai Eirwen. 'Welsoch chi Daniel yn peintio'r giât? Bore 'ma roedd rhywun wedi marcio swasticas ar hyd y giât a'r wal mewn sialc. Dechreuodd Vivian eu rhwbio nhw i ffwrdd, ond doedd o ddim yn medru eu dileu nhw. Peidiwch â dweud wrth neb, cofiwch.'

'Ddyweda i ddim gair wrth neb,' meddai Lewis.

'Oedd Vivian yn isel iawn ar ôl y cyfarfod yna,' meddai Eirwen, 'ac wedyn mae rhywun yn gwneud peth fel yna. Ddywedais i wrth Daniel am beintio drostyn nhw i gyd ar unwaith. Doeddwn i ddim am i neb eu gweld nhw.'

'Ddaru chi wneud y peth iawn,' meddai Lewis.

'Diolch,' meddai Eirwen. 'Mae'n well gadael llonydd i Vivian nes ei fod o'n well. Mae o'n bownsio yn ôl yn gyflym weithiau.'

Wythnos yn ddiweddarach roedd Lewis yn cerdded drwy sgwâr Llanrwst ar ddiwedd y pnawn pan welodd Gruffydd yn sefyll gyda'r sarjant lleol. Gadawodd Gruffydd y sarjant ac aeth at Lewis i gael sgwrs.

'Sut mae dy ffrind di,' meddai Gruffydd, 'Vivian Williams?'

'Glywaist ti am y cyfarfod yn Llandudno?' meddai Lewis. 'Doeddan nhw ddim am adael iddo fo siarad.'

'Wyt ti'n synnu?' meddai Gruffydd. 'Mae o wedi bod yn gofyn am drwbl. Fasat ti ddim yn coelio beth sy'n digwydd y dyddiau yma. Dydw i erioed wedi gweld dim byd tebyg.'

'Dim ond eisio gweithio dros heddwch mae Vivian,' meddai Lewis.

'Dywed di wrtho fo am gadw ei geg ar gau,' meddai Gruffydd, 'mae eisio iddo fo fod yn ofalus. Mae hi'n amser peryglus i bobl fel fo.'

'Mae ganddo fo'i farn,' meddai Lewis. 'Fedra i ddim newid ei feddwl o, ond doedd o ddim yn hapus o gwbl ar ôl y cyfarfod yna.'

'A beth arall?' meddai Gruffydd. 'Ai ti fuodd wrthi'n peintio'r giât iddo fo?'

'Be glywaist ti?' meddai Lewis.

'Fy musnes i ydi clywed a dweud dim, cofia,' meddai Gruffydd. 'Wyt ti'n gwybod yn iawn beth oedd ar y giât, yn dwyt ti? Mae pobl wedi cael llond bol o ofn ac maen nhw'n chwilio am bobl i'w beio. Mae'n well i dy ffrind di gadw'n dawel iawn, wir i ti.'

'Mi ddyweda i wrtho fo,' meddai Lewis. 'Dydi pethau ddim yn dda, nac ydyn nhw?'

'Os daw Hitler draw fydd pethau'n waeth fyth,' meddai

Gruffydd. Doedd yr heddlu ddim yn medru dod i ben â phopeth, meddai. Roedd yr Almaen wedi dechrau bomio Lloegr. Ofnai Gruffydd y medrai pethau fynd yn llawer iawn gwaeth yn fuan iawn.

'Ond fydda i'n gadael y cyfan cyn bo hir,' meddai Gruffydd, 'fydda i'n mynd i Lundain i'r Royal Masonic Hospital i fynd o dan y gyllell. Fydda i'n falch o gael gwared â'r blydi cerrig yma.'

'Mi wnân nhw job dda i ti yn fanna,' meddai Lewis. 'Efallai nad ydyn nhw wedi dewis yr amser gorau.'

'Mae o'n amser iawn i mi,' meddai Gruffydd, 'mi gaf i fynd o 'ma a chael llonydd am sbel. Mae'r ysbyty'n lle mawr crand, popeth yn fodern iawn. Fyddan nhw'n edrych ar fy ôl i, bomio neu beidio. Cofia di siarad efo Vivian Williams rŵan. Dywed wrtho fo mai plant oedd wedi bod wrthi.'

'Dydw i ddim yn meddwl mai plant wnaeth hynna,' meddai Lewis.

'Na, ond gwell gadael iddo fo feddwl mai plant oeddan nhw,' meddai Gruffydd. 'Dyna'r math o beth fyddai plant bach drwg yn ei wneud, ynte?'

'Mi wna i ddweud wrtho fo,' meddai Lewis. 'Gobeithio bydd popeth yn iawn yn yr ysbyty.'

★   ★   ★

Y tro nesaf i Lewis alw yn Llwynawelon roedd Vivian yn well, ond yn dal yn dawel ac yn isel.

'Fel hyn ydw i weithiau,' meddai Vivian, 'mae'n ddrwg gen i dros y bobl sy'n gorfod fy nioddef i. Dwi'n berson rhyfedd iawn.' Nid oedd wedi gadael y tŷ ers pythefnos. Roedd yn ddigalon, a doedd ganddo ddim i'w ddweud wrth neb. Doedd ganddo ddim diddordeb mewn mynd am dro, a phan geisiodd Lewis ddweud wrtho am beidio poeni am y swasticas oherwydd mai plant oedd wedi bod wrthi, ddangosodd Vivian ddim diddordeb yn hynny chwaith.

Yr wythnos ganlynol daeth yr heddlu i arestio Vivian.

Am naw o'r gloch y bore agorodd Lewis Huws ddrws ffrynt Everton House a daeth dyn a dynes i mewn. Wrth eistedd yn yr ystafell aros dywedodd y ddau yr hanes. Yn fuan iawn y bore hwnnw, cyn y wawr, roedd tri char modur mawr o eiddo'r heddlu wedi gyrru'n araf drwy ganol Llanrwst, eu goleuadau wedi'u tywyllu a'u gorchuddio yn unol â'r gyfraith. Gyrrodd y ceir drwy'r sgwâr, ar hyd Ffordd Dinbych a throi i'r chwith wrth Ysgol y Sir. Yna roedd y tri char modur wedi aros am ychydig funudau. Wrth i'r wawr dorri gyrrodd y tri ymlaen unwaith eto, heibio efail Tal-y-bont ac i fyny Ffordd Llanddoged at Lwynawelon.

Ffoniodd Lewis Eirwen yn syth ar ôl clywed y stori, ond roedd y lein yn brysur a doedd dim modd iddo siarad â hi. Galwodd y person cyntaf i mewn i'r syrjeri. Ar ôl gorffen gyda hi ffoniodd eto, a siaradodd ag Eirwen. Dywedodd hithau fod yr heddlu wedi galw ac wedi mynd â Vivian i ffwrdd gyda hwy. Eglurodd Lewis ei fod ar ganol syrjeri'r bore, a dywedodd y byddai'n dod ati'n syth ar ôl gorffen. Bu'n brysur y rhan fwyaf o'r bore ac roedd hi bron yn ddeuddeg arno'n mynd i weld Eirwen.

Yn Llwynawelon gwelodd Lewis y drws ffrynt yn agor cyn iddo gyrraedd y tŷ. Gwahoddodd Eirwen ef i mewn i'r parlwr a dywedodd yr hanes wrtho. Cyrhaeddodd yr heddlu gyda'r wawr, meddai. Erbyn iddi hi godi roedd y tŷ'n llawn plismyn. Aethant i mewn i bob ystafell ac edrych ar bob dim.

'Welsoch chi arolygydd efo nhw – Gruffydd Jones?' meddai Lewis. 'Ydach chi'n ei adnabod o?'

'Mi wn i pwy ydi o,' meddai Eirwen, 'dach chi'n ei adnabod

o, yn tydach chi? Na, doedd o ddim yn un ohonyn nhw.'

Ar ôl codi roedd Vivian wedi gofyn i Jane Benjamin baratoi brecwast, ac am ychydig bu Eirwen a Vivian yn bwyta brecwast yn yr ystafell fwyta, tra bod plismyn yn chwilio drwy'r tŷ. Yna daeth y plismyn atynt a mynnu bod Vivian yn mynd i ffwrdd gyda hwy i'w holi, heb roi cyfle iddo orffen ei frecwast.

'Pam na wnaethoch chi fy ffonio fi?' meddai Lewis.

'Dywedodd Vivian am beidio'ch ffonio chi,' meddai Eirwen. 'Dywedodd wrthyf i am ffonio Hywel Davies, y cyfreithiwr, ac y byddech chi'n siŵr o glywed yn fuan iawn.'

'Ydach chi wedi siarad efo Hywel Davies?' meddai Lewis.

'Ydw,' meddai Eirwen, 'a bron iawn na fasa'n well gen i fod wedi'i dagu o, y gwalch bach.' Cododd Eirwen ei dyrnau a'u hysgwyd yn ffyrnig yn yr awyr. 'Does gan yr hen gnaf ddim cywilydd,' meddai, 'ar ôl popeth 'dan ni wedi'i wneud drosto fo.'

'Fo ydi eich cyfreithiwr chi?' meddai Lewis.

'Wrth gwrs!' meddai Eirwen. 'Busnes fy nhad oedd hi, a bu Vivian ac Arthur yn gweithio yno am flynyddoedd. Gennym ni y cafodd Hywel Davies y busnes ar ôl y Rhyfel Mawr, ond doedd o ddim eisio gwneud dim dros Vivian o gwbl. Hyd ei din ddaru o gytuno yn y diwedd, fel petai o'n gwneud ffafr fawr â ni. Mae'n talu'n dda i dwrnai gadw'n agos at yr heddlu, yn tydi hi? Dach chi wedi dod yma ar ganol eich gwaith, ond lle mae o?'

'Mi ddaw o,' meddai Lewis, 'peidiwch â phoeni. Mae'n beth da ei fod o am gynrychioli Vivian.'

'Aethon nhw â bob math o bethau i ffwrdd gyda nhw,' meddai Eirwen, 'bocseidiau o bethau, llyfrau a lluniau a phapurau a phob math o bethau eraill.'

Cofiodd Lewis am ymweliadau Vivian ag Iwerddon ac

am y llythyrau oddi wrth Wernher von Wehlau. Yn sydyn, daeth i'r casgliad y byddai Vivian yn sicr o fod wedi cadw rhywbeth bach i'w atgoffa am Wernher. O adnabod Vivian, roedd hynny'n gwbl eglur i Lewis. Pan siaradai Vivian am ei gyfaill, roedd holl oslef ei lais yn newid. Gwenai'n hapus bob tro y soniai am Wernher. Bu mor falch i ddod i gysylltiad ag ef eto nes na fyddai wedi medru difetha pob tystiolaeth o'r cysylltiad rhyngddo ef a Wernher yn y ffordd y dywedodd.

A fyddai Wernher wedi ysgrifennu ar bapur swyddogol gweinyddiaeth dramor yr Almaen, yr Auswärtiges Amt? Os felly byddai cyfeiriad ar ben y dudalen ac ynddo enw Gweinidog Tramor y Nazïaid, Joachim von Ribbentrop. Byddai swastica ar y papur yn rhywle. Byddai'r heddlu wrth eu bodd yn dod o hyd i lythyr at Vivian gydag eryr mawr Almaenig a swastica anferth ar ben y dudalen. Byddai Vivian yn bownd o fod wedi cadw rhywbeth a gafodd gan Wernher, *souvenir*, llythyr yn ei atgoffa am ddyddiau da ym Merlin gyda'i gyfaill, y dyn ifanc a oedd yn byw yn y fflat dymunol yn Nollendorfplatz, y dyn ifanc bonheddig o'r hen deulu enwog gyda thiroedd eang yn Silesia.

Roedd Vivian yn dal yn ddigalon ac yn y cyflwr gwaethaf posib i wynebu'r heddlu. Byddai'r Prif Gwnstabl Emrys Wynne-Bevan yn llawenhau o weld y fath lythyr. Pe bai cysylltiadau Vivian gyda Freiherr Wernher von Wehlau a'i bennaeth Reichsaussenminister ac SS-Gruppenführer von Ribbentrop yn dod i'r golwg byddai'r cyfan ar ben arno. Byddai Wynne-Bevan yn cloi Vivian mewn carchar am fil o flynyddoedd.

'Ydach chi'n iawn?' meddai Eirwen wrth Lewis. 'Dach chi'n edrych yn welw yn sydyn.'

Gadawodd Lewis Eirwen yn Llwynawelon. Nid oedd arni angen dim gan Lewis, meddai hi, byddai'n ffonio pawb i'w hannog i wneud rhywbeth dros Vivian. Byddai'n ffonio ei aelod seneddol, meddai, a Lloyd George hefyd, hen bryd iddo yntau wneud rhywbeth i lawr yn fanna yn ne Lloegr. 'Bron y De wir,' meddai Eirwen, 'ych y fi!'

Pennod 11

CARCHAR

Y PRYNHAWN HWNNW gyrrodd Lewis i Landudno yn y Morris a galw yn swyddfa'r heddlu. Aeth at y cownter a gofyn am weld yr Uwch-arolygydd Gruffydd Jones. Dywedodd y sarjant wrtho nad oedd yr Uwch-arolygydd ar gael, ac na fyddai ar gael am beth amser. Gofynnodd Lewis wedyn am weld y Prif Gwnstabl Emrys Wynne-Bevan. Holodd y sarjant ef ynghylch ei fusnes gyda'r Prif Gwnstabl. Dywedodd Lewis fod yr heddlu wedi galw yn Llanrwst y bore hwnnw, ac wedi cymryd Vivian Williams oddi yno. Roedd yn bwysig iawn iddo weld Vivian ar unwaith ynglŷn â mater meddygol pwysig oedd yn hollol gyfrinachol, meddai Lewis.

Dywedodd y sarjant fod yr heddlu yn dal i ddilyn eu hymholiadau ynglŷn â materion difrifol. Ni fyddai modd i Lewis weld neb, am resymau meddygol na rhesymau eraill. Daliodd Lewis ati i ddadlau, ond roedd yn glir na fyddai'n llwyddo. Doedd dim pwrpas gwylltio na bod yn gas gyda'r sarjant. Wrth iddo adael swyddfa'r heddlu daliodd rhyw ddyn arall y drws yn agored iddo a dod drwy'r drws ar ei ôl.

Clywodd Lewis y dyn yn pesychu. Trodd ato. Roedd mewn dillad cyffredin ond roedd ei wyneb yn gyfarwydd. Tebyg iawn mai plismon ydoedd.

'Doctor Huws?' meddai'r dyn. 'O Lanrwst?'

'Ia,' meddai Lewis.

'Mae Gruffydd Jones yn yr ysbyty yn Llundain,' meddai'r plismon yn dawel, 'y Royal Masonic.'

'Wrth gwrs,' meddai Lewis. 'Pryd aeth o?'

'Dros wythnos yn ôl,' meddai'r plismon. ''Dan ni ddim yn ei ddisgwyl o'n ôl yn y gwaith am fis arall o leiaf.'

'Ydach chi wedi gweld Vivian Williams?' meddai Lewis.

'Naddo,' meddai'r plismon, 'maen nhw wedi dod â sawl un i mewn i'w holi. Bydd yn dda gan bawb weld Gruffydd Jones yn ei ôl. Diawl mewn croen ydi Wynne-Bevan. Mae'n well cadw'n glir oddi wrth ddyn fel'na, wir i chi.'

Ffoniodd Lewis Eirwen bob dydd a galw i'w gweld yn Llwynawelon yn ogystal. Doedd ganddi ddim hanes am Vivian, ond roedd hi wedi mynd ati'n drefnus i weithio drosto. Yn y stydi ar y ddesg wrth ymyl y teleffon roedd llyfr ysgrifennu lle roedd hi'n nodi pob un galwad ffôn i'r tŷ ac allan o'r tŷ. Roedd ganddi restr hir o bobl roedd hi'n bwriadu ysgrifennu atynt: pob un cynghorydd sir, pob aelod seneddol Cymreig, a phobl roedd Vivian yn gyfarwydd â hwy yn y cymdeithasau heddwch a'r capeli.

Pan gyrhaeddodd Lewis Llwynawelon ar y dydd Gwener roedd Hywel Davies, y cyfreithiwr, yn y parlwr gydag Eirwen. Tra safai Lewis gyda Jane Benjamin yn y cyntedd medrai glywed llais Eirwen yn dweud y drefn wrtho. Pan adawodd Hywel Davies aeth Lewis ato.

'Ydach chi wedi siarad â Chadeirydd Pwyllgor yr Heddlu?' meddai.

'Do, dwi wedi siarad efo fo ond all o wneud dim,' meddai Hywel Davies, 'does yr un ohonyn nhw'n medru trafod Wynne-Bevan. Fedr neb siarad efo'r dyn. Wnaiff o ddim gwrando ar neb.'

'Beth ydi'r cyhuddiadau yn erbyn Vivian?' meddai Lewis.

'Does dim cyhuddiadau hyd yn hyn,' meddai Davies, 'ond mae Cymal 18B o'r Ddeddf Amddiffyn yn caniatáu iddyn nhw gadw pobl dan glo heb fynd o flaen llys. Mae'r ddeddf yn diddymu *habeas corpus*. Fedran nhw gadw Vivian dan glo am fisoedd, hyd y gwelaf i.'

Eto i gyd, doedd y newydd ddim mor ddrwg ag y medrai fod. Er gwaethaf Cymal 18B, roedd yn bosib nad oedd yr heddlu wedi dod o hyd i dystiolaeth beryglus ymysg papurau Vivian. Pe bai'r heddlu wedi darganfod llythyr oddi wrth Wernher gydag eryr a swastica arno byddai Wynne-Bevan wedi cyhuddo Vivian ar unwaith, a byddai pawb wedi cael gwybod erbyn hyn. Efallai nad oedd Vivian wedi cadw tystiolaeth o'i deithiau i Iwerddon wedi'r cyfan.

★   ★   ★

Fore Sadwrn daeth car yr heddlu i Lwynawelon, a chamodd Vivian Williams allan ohono. Ar ôl ei gadw mewn cell am bum niwrnod roedd yr heddlu wedi ei ryddhau a hyd yn oed wedi dod ag ef adref. Ffoniodd Eirwen Lewis gyda'r newydd da a galwodd yntau yn Llwynawelon y prynhawn hwnnw. Syndod mawr iddo oedd gweld Vivian mewn hwyliau mor dda. Dywedodd Vivian nad oedd yn deall pam roedd yr heddlu wedi ei arestio, nac ychwaith pam yr oedd wedi'i ryddhau. Yr wythnos ganlynol y gwelodd Lewis Vivian ar ei ben ei hun a chael yr holl stori ganddo.

Pan arestiwyd Vivian aeth yr heddlu ag ef i Landudno. Yno cafodd ei archwilio a chymerodd yr heddlu ei eiddo, gan gynnwys ei felt a chareiau ei esgidiau, ac yna gadawyd ef mewn cell, gyda gwely caled, blanced a bwced, ag olion carthion ar bopeth, meddai Vivian. Doedd dim ffenestr yn y gell ac ychydig iawn o olau a ddeuai i mewn iddi o'r coridor y tu allan i'r drws. Er gwaetha'r tywydd braf y tu allan roedd hi'n oer yn y gell. Deuai swyddogion yr heddlu â bwyd a diod iddo'n achlysurol. Byddai pobl yn dod at ddrws y gell weithiau, yn rhoi'r golau ymlaen ac yn edrych i mewn drwy'r twll bach yn y drws, cyn gadael heb ddweud gair. Roedd swits y golau y tu allan i'r drws ac weithiau byddai pobl yn anghofio ei ddiffodd. Doedd hi ddim yn hawdd gwybod faint o'r gloch oedd hi, na gwybod a oedd hi'n ddydd neu'n nos, meddai Vivian. Credai iddo fod yn y gell ar ei ben ei hun am ddau ddiwrnod cyn i neb ei holi.

Yna daeth dau blismon ato, a'i ddeffro. Aed ag ef ar hyd coridorau'r adeilad, i fyny'r grisiau ac ar hyd mwy o goridorau, nes bod yr adeilad yn ymddangos yn anferth, llawer yn fwy nag ydoedd mewn gwirionedd. Roedd hi'n dywyll y tu allan fel petai'n oriau mân y bore. O'r diwedd safodd y plismyn a churo ar ddrws, yna agor y drws a hebrwng Vivian i mewn i'r ystafell. Yno rhoddwyd ef i eistedd ar gadair gyda golau llachar yn disgyn arno. Gadawodd y ddau blismon a gwelodd Vivian fod y Prif Gwnstabl, Emrys Wynne-Bevan, yn eistedd yn y cysgod yr ochr draw i ddesg yn edrych arno. Ar y ddesg gwelai bapurau, potel o wisgi, jwg o ddŵr, gwydr a *revolver*. Wrth holi Vivian byddai Wynne-Bevan yn parhau i yfed o'r gwydr ac i fyseddu'r gwn.

'David Vivian Williams,' meddai Wynne-Bevan, 'dyma chi o'r diwedd.' Ddywedodd Vivian ddim gair. 'Ai chi yw David Vivian Williams?' meddai Wynne-Bevan.

'Ie, dyna fy enw,' meddai Vivian. 'A wnewch chi egluro i mi, os gwelwch chi'n dda, pam eich bod chi wedi dod â fi yma?'

'Dach chi yma i ateb cwestiynau, nid i'w gofyn nhw,' meddai Wynne-Bevan. 'Beth sydd gennych chi i'w ddweud drosoch eich hunan?'

'Hyd y gwn i,' meddai Vivian, 'dydw i ddim wedi torri'r gyfraith, ac rwy'n gofyn i chi eto pam eich bod chi wedi dod â fi yma.'

'Ai Iddew ydach chi?' meddai Wynne-Bevan.

'Nage, Cristion ydw i,' meddai Vivian.

'*Fifth columnist!*' meddai Wynne-Bevan. 'Dach chi'n cynorthwyo'r gelyn, y ffasgwyr a'r comiwnyddion a'r budreddi yna i gyd.'

'Dydw i ddim yn ffasgydd nac yn gomiwnydd,' meddai Vivian, 'Cristion a heddychwr ydw i.'

'Pobl fel chi sydd yn cynorthwyo'r gelyn,' meddai Wynne-Bevan, 'fedrwch chi ddim gwadu'r peth. Chi a'ch teip sy'n gweithio'r tu fewn i'r wlad hon i'w difetha hi. Maen nhw'n dweud wrthyf i eich bod chi wedi bod yn swyddog yn y fyddin, ac mae gen i gywilydd ohonoch chi. Mae dyn fel chi yn dwyn gwarth ar y wlad hon, yn dwyn cywilydd arnom ni i gyd. Sawl swastica oedd gennych chi yn eich tŷ? Sawl swastica ydach chi'n meddwl cawsom ni hyd iddyn nhw yn eich cartref chi?'

'Dim un,' meddai Vivian.

'Celwydd!' meddai Wynne-Bevan. 'Edrychwch!' ac yna cododd Wynne-Bevan bapur newydd oedd ar y ddesg, gyda map o'r brwydro. Yn y papur newydd argraffwyd lluniau nifer mawr o faneri bychain, gan gynnwys y swastica a Jac yr Undeb, fel bod modd eu torri allan. Gwelai Vivian fod rhywun – plismyn, mae'n rhaid – wedi bod wrthi'n torri allan yr holl swasticas yn ofalus, a'u bod yn gorwedd ar y ddesg mewn un swp bach.

'Edrychwch ar y rhain,' meddai Wynne-Bevan, 'pedair ar hugain o swasticas o'ch cartref chi, prawf mai ffasgydd ydach chi. Fedrwch chi ddim gwadu mai chi biau'r rhain. Pedair ar hugain o faneri'r Nazïaid o gartref Mr David Vivian Williams, cyfaill Hitler a gelyn ei bobl ei hun.'

'Mae rhywun wedi eu torri nhw allan o'r papur newydd,' meddai Vivian, 'o'r *Daily Express*.'

Cododd Wynne-Bevan o'r gadair a'r *revolver* yn ei law. Cerddodd yn araf o gwmpas yr ystafell yn galw Vivian yn ffasgydd ac yn fradwr a phethau eraill, ac wrth gerdded, symudodd y gwn yn ôl ac ymlaen o un llaw i'r llall. Yn y diwedd safodd y tu ôl i Vivian, yn agos iawn, ac yna trodd silindr y *revolver* nes clywai Vivian sŵn y clician wrth ymyl ei glust. Daliodd Vivian i edrych yn ei flaen. Ar ôl cadw'n dawel am ychydig, dychwelodd Wynne-Bevan at ei gadair. Wrth fynd i eistedd i lawr bu bron iddo golli ei falans nes gwneud iddo gydio yn y gadair. Tebyg iawn bod y dyn yn feddw.

'Edrychwch beth arall ges i yn eich cartref chi,' meddai Wynne-Bevan, 'papurau bradwrus y buoch chi yn eu dosbarthu.' Gwelodd Vivian y *Peace News* yn nwylo'r plismon. 'Faint dalon nhw i chi?' meddai.

'Does neb wedi talu dim i mi,' meddai Vivian.

'Mae'n rhaid i mi gael manylion llawn eich cyfrif banc dros y pum mlynedd diwethaf,' meddai Wynne-Bevan. 'Bydd hynny'n dangos i mi pwy sydd wedi bod yn eich talu chi.'

'Mi faswn i'n fodlon rhoi gorchymyn i'r banc anfon y cyfrif atoch chi,' meddai Vivian.

'Fasach chi wir!?' meddai Wynne-Bevan. 'Dach chi'n bwriadu rhoi gorchymyn, ydach chi? Gewch chi weld pwy fydd yn rhoi gorchmynion o hyn ymlaen. Fydd ddim angen eich gorchymyn chi ar neb byth eto, deallwch chi. Mi fydda i'n eich rhoi chi ger bron llys.'

'Ar ba gyhuddiad?'

'Ar unrhyw gyhuddiad sy'n fy siwtio i!' meddai Wynne-Bevan. 'Mae gen i ddigon o gyhuddiadau yn eich erbyn chi a does dim angen yr un ohonyn nhw arna i. Dach chi wedi achosi llawer iawn o drafferth i mi, ac mi fydda i'n gwneud yn siŵr na fyddwch chi'n trafferthu neb o hyn ymlaen. Byddwch chi'n mynd i gamp arbennig i bobl fel chi, lle maen nhw'n gwybod sut i'ch trin chi. Dach chi'n meddwl nad ydw i'n gwybod sut i drafod Nazïaid a chomiwnyddion?'

'Os gallwch chi ddweud ym mha ffordd dach chi'n credu i mi dorri'r gyfraith,' meddai Vivian, 'rwy'n siŵr y medrwn esbonio.'

'Esbonio!' meddai Wynne-Bevan. 'Pam dach chi'n meddwl 'mod i eisio esboniad gennych chi? Dach chi'n codi cyfog arna i! Pobl fel chi ydi'r pydredd y tu fewn i'r wlad yma! Ond dwi'n eich deall chi'n iawn, a rŵan mae hi ar ben arnoch chi, coeliwch chi fi!'

Ac ar hynny camodd Wynne-Bevan at ddrws yr ystafell a churo arno. Agorodd y drws a daeth dau blismon i mewn i'r ystafell. Cododd Vivian o'i gadair ac aeth allan o'r ystafell gyda'r ddau blismon, yna cerdded ymlaen ar hyd y coridorau ac yn ôl i'w gell.

'Ofynnodd o ddim un cwestiwn call i mi,' meddai Vivian, 'dim ond arthio a gweiddi a dweud pethau gwirion. Dwi'n siŵr bod y dyn wedi meddwi. Ar ôl hynny wnaeth neb holi dim arna i. Yn y diwedd dyma nhw'n rhoi fy eiddo yn ôl i mi, i mi gael gwisgo, ac wedyn dod â fi adref yn y car, yn gwrtais iawn. Roedd popeth drosodd. Wn i ddim beth oedd yn mynd ymlaen.'

Nid Vivian oedd yr unig un i'w arestio'r wythnos honno. Roedd Wynne-Bevan wedi arestio tri dyn arall yn ogystal. Arweinydd undeb oedd un, dyn oedd wedi ysgrifennu at y wasg yn beirniadu'r heddlu oedd yr ail, a chyn-swyddog rheilffordd o Crewe o'r enw Berger a oedd wedi ymddeol i Landudno oedd y trydydd. Roedd Mr Berger yn arfer mynd am dro gan wisgo côt laes at ei draed, *beret* ar ei ben a sbectol drwchus. Nid oedd neb tebycach yr olwg i ysbïwr nag ef. Rhyddhawyd pob un o'r carcharorion yn ystod yr wythnos. Vivian oedd yr olaf i'w ryddhau.

'Wnaeth neb holi dim am Iwerddon?' meddai Lewis.

'Na, dim gair,' meddai Vivian. 'Oedd gen i ofn eu bod nhw wedi clywed rhywbeth, ond yn amlwg doeddan nhw ddim. Oedd hynny'n eich poeni chi?'

'Wrth gwrs ei fod o,' meddai Lewis. 'Beth am yr holl bapurau ddaru'r plismyn gymryd o'r tŷ?'

'Dim byd o bwys,' meddai Vivian, 'biliau a hen bethau diwerth.'

'Er i chi ddweud eich bod chi wedi cael gwared â llythyrau Wernher,' meddai Lewis, 'roedd gen i ofn nad oeddach chi wedi dweud y gwir. Roeddwn i bron yn siŵr y byddech chi wedi cadw llythyr ac y byddai'r plismyn yn dod o hyd iddo.'

'Oeddach chi wir?' meddai Vivian. 'Pam oeddach chi'n meddwl hynny?'

'Roeddwn i wedi gweld mor falch oeddach chi i glywed gan Wernher,' meddai Lewis, 'doeddwn i ddim yn medru credu y basach chi wedi taflu popeth. Roeddwn i'n meddwl y basach chi wedi cadw rhywbeth bach i gofio amdano.'

'Arhoswch yma am funud,' meddai Vivian. Gadawodd yr ystafell a daeth yn ôl gyda geiriadur Almaeneg, yn un gyfrol fawr. Agorodd y gyfrol i ddangos rhyw ddail sychion a oedd wedi'u gwasgu rhwng y tudalennau. Cododd Vivian rai o'r dail a'u dangos i Lewis.

'Gan Wernher ges i'r rhain,' meddai Vivian. 'Dail y pisgwydd, y *linden, die Linde,* o'r Tiergarten, lle fuon ni'n cerdded gyda'n gilydd.' Trodd y tudalennau a dod ar draws mwy o ddail, 'A'r rhain?'

'Draenen wen,' meddai Lewis.

'*Der Weißdorn*, o lannau'r Wannsee,' meddai Vivian, 'lle fuon ni'n nofio. Dach chi'n graff iawn, i feddwl na fyddwn i wedi taflu popeth. Dwi'n anfon rhywbeth tebyg yn ôl yn fy llythyrau i hefyd, i atgoffa Wernher am bethau nad oes neb ond fo a finnau'n gwybod amdanynt.'

'Fuoch chi'n ddoeth i feddwl am wneud hynna,' meddai Lewis.

'Chi ydi'r un doeth,' meddai Vivian, 'yn gweld bod yn rhaid i mi gadw rhywbeth. Dach chi'n gwybod y cwbl rŵan.'

'Pan fod popeth yn ffitio dach chi'n medru bod yn siŵr o'ch diagnosis,' meddai Lewis.

'Dach chi fel ditectif,' meddai Vivian, 'yn deall sut mae pobl yn gweithio ac wrth eich bodd yn gwneud diagnosis, yn tydach chi?'

'Ydw, mae'n debyg 'mod i,' meddai Lewis, 'mae'n beth braf pan fod popeth yn dod at ei gilydd a dach chi'n medru gweld bod y diagnosis yn iawn.'

'Dach chi'n medru gweld drwyddof i'n llwyr,' meddai Vivian. 'Mae'n debyg mai dyna pam ydw i mor hoff ohonoch chi. Dach chi'n fy neall i, dach chi'n gweld y tu ôl i'r mwgwd.'

Wrth edrych yn ôl, dyna oedd uchafbwynt cyfeillgarwch Lewis a Vivian. O hynny ymlaen byddai amgylchiadau'n gweithio'n groes i'r cyfeillgarwch hwnnw. Pe bai diagnosis Lewis wedi bod yn gwbl gywir, efallai y byddai wedi medru rhagweld hynny ar y pryd.

BRAWD A MAB

Fis Medi 1940 bu farw David, brawd Apphia Davies, oedd yn byw ger Corwen. Pe bai'n rhaid i Apphia Davies fynd i Gorwen ar y bws, gwelodd Lewis y byddai'n anodd iddi gyrraedd yr angladd mewn pryd, felly cynigiodd ei gyrru yno. Byddai'n gohirio'r syrjeri'r bore hwnnw, meddai. Gwerthfawrogai Apphia Davies ei gynnig yn fawr ac fe'i derbyniodd.

Fore'r angladd aeth Lewis ac Apphia Davies i ffwrdd ar hyd Dyffryn Conwy tua'r de, heibio Betws-y-coed ac yna i fyny'r allt ar hyd y ffordd fawr, yr A5. Dangosodd Apphia Davies iddo'r ddwy stabl *mail* lle byddai'r goets fawr yn newid ceffylau er mwyn dringo'r allt, ac ar ôl pasio'r stabl *mail* uchaf dangosodd i Lewis y ffordd oedd yn troi i'r chwith at Dy'n y Gerddi, cartref Sioned.

Yno y ganed hi, meddai Apphia Davies, ac roedd ganddi atgofion o'r lle, ond pan oedd hi'n blentyn symudodd y teulu oddi yno i dyddyn ychydig gwell yn agos at bentref bychan Llanddoged. Tan-y-bryn, Llanddoged, oedd capel y teulu, ac roedd Apphia yn amlwg yn falch ohono. Dechreuodd sôn am weinidogion ei henwad, y Bedyddwyr. Doedd dim pall ar yr hanes.

Am unwaith, gadawodd Lewis iddi siarad heb geisio rhoi taw ar ei hatgofion am achosion y Bedyddwyr. Nid oedd gweinidog â gofal am Penuel, Llanrwst, ac roedd y capel yn dibynnu ar amrywiaeth o bregethwyr i gynnal gwasanaeth. Fel arfer byddai myfyriwr o'r Coleg Diwinyddol ym Mangor yn dod yno, weithiau byddai Principal Evans ei hun yn dod draw, a byddai gweinidogion oedd wedi ymddeol hefyd yn dod i bregethu. Soniodd Apphia am Samuel Valentine, tad Lewis Valentine, am Gwyddno Williams a Hywel Cernyw Williams. Y rhain oedd ei harwyr hi, dynion oedd wedi treulio oes yn gweithio dros enwad y Bedyddwyr mewn capeli bychain ar draws Cymru mewn llefydd fel Corwen, Llanddoged a Llanrwst. Roedd hi'n hoff o Hywel Cernyw, oedd yn ewythr i Gwyddno Williams, brawd i'w dad, meddai. Clywodd Lewis am orchestion Hywel Cernyw fel bardd, llenor, emynydd, hanesydd a golygydd cylchgronau, ac am ei wasanaeth diwyd i'r enwad fel gweinidog capel y Bedyddwyr, Corwen am bron i hanner canrif.

'Teulu Tyn y Ffos, Llangernyw,' meddai Apphia Davies. 'Mae dynion da iawn wastad wedi dod o Langernyw, dynion disglair iawn. Glywsoch chi Hywel Cernyw yn pregethu?'

'Dwi'n meddwl 'mod i wedi ei glywed o,' meddai Lewis, 'ond wrth gwrs, plentyn oeddwn i.' Roedd ganddo frith gof o'i glywed yn pregethu yn Ninbych adeg y Rhyfel Mawr, ac roedd yn hen ddyn bryd hynny.

'Heddychwr,' meddai Apphia Davies, 'dyn dewr.' Cytunodd Lewis.

'Fuodd o'n dod atom ni yn Penuel am flynyddoedd,' meddai Apphia, 'unwaith yn y gwanwyn ac unwaith yn yr hydref. Dyn da iawn. Ond prin oeddach chi'n medru ei glywed o'n siarad erbyn y diwedd. Dydi o ddim gwerth i neb fynd i wrando ar rywun os na fedrwch chi glywed beth mae o'n ddweud. Fuodd o farw rhyw dair blynedd yn ôl. Oedd o'n hen iawn.'

Byddai Apphia Davies wastad yn rhoi gwybod i Lewis

beth oedd ei barn am bregethwyr y Sul yn Penuel. 'Myfyriwr o Fangor, MA, un sâl iawn hefyd.' 'Stiwdant mawr tew fel ffarmwr, pregeth dda.' Roedd hi'n codi gweinidogion y Bedyddwyr i fyny'n arwyr, hyd yn oed yn saint, ond yn barod hefyd i'w collfarnu am unrhyw fai neu fethiant personol. Ac os na fedrai hi glywed y pregethwr yn siarad, doedd o werth dim, yn amlwg.

Cyn pen awr daeth Corwen i'r golwg, ac ar gyfarwyddyd Apphia Davies gyrrodd Lewis yn ei flaen nes cyrraedd capel bychan y Bedyddwyr yr ochr draw i'r dref. Hwn oedd Capel Cernyw, Ffordd Llundain, Corwen. Parciodd Lewis y car ar y ffordd fawr ac aeth y ddau i mewn i'r capel. Dilynodd Lewis Apphia Davies i'r sedd lle roedd Edward yn aros, y tu ôl i'r seddau gwag oedd wedi'u cadw ar gyfer teulu eu brawd David: ei weddw, ei blant a'i wyrion. Edrychodd Apphia Davies yn ofalus iawn ar Edward, i fyny ac i lawr. Am unwaith, fe wnaeth y tro.

Ar ôl y gwasanaeth aethant ymlaen i'r fynwent lle claddwyd David Jones, 65 mlwydd oed, brawd Apphia Davies ac Edward Jones. Safodd Apphia Davies yn syth ac yn syber drwy'r cyfan. Cyn gadael y fynwent aeth â Lewis draw i weld bedd Hywel Cernyw. Roedd yn dda ganddi weld David yn gorwedd yn agos at y gweinidog, meddai.

Arhosodd Lewis gydag Apphia Davies drwy'r gwasanaeth a'r claddu a thrwy'r pryd bychan o fwyd wedyn. Wrth gwrs, roedd hi'n aelod o'r teulu, ac felly roedd yn rhaid iddo yntau gwrdd â'r holl deulu ac ysgwyd llaw â phawb.

Wedi dychwelyd i Lanrwst, gwnaeth Apphia Davies ymgais i gynnig arian i Lewis am fynd â hi i'r angladd. Gwrthododd yntau'n bendant, a'i gwneud yn glir na fyddai'n derbyn arian ganddi.

'Diolch yn fawr iawn i chi am fynd â fi,' meddai Apphia Davies, 'roeddwn i'n falch iawn o gael eich cwmni chi. Dach chi'n ŵr bonheddig, *gentleman*.' Am wythnosau wedi hynny, bu Apphia Davies yn hynod gwrtais wrth Lewis Huws. Pan oedd popeth yn iawn roedd Lewis a hithau'n tynnu 'mlaen yn dda. Ond wrth gwrs, doedd popeth ddim wastad yn iawn.

★   ★   ★

'Dydi Arthur bach byth wedi dod i'r fei,' meddai Apphia Davies yn fuan wedyn.

'Na,' meddai Lewis, 'trueni.' Erbyn hyn roedd pawb yn ofni'r gwaethaf.

Yna daeth y newydd fod Walter, mab Apphia, yn mynd i'r RASC fel Arthur Elis druan.

'Fuodd Arthur yn anlwcus iawn,' meddai Lewis, 'dwi'n siŵr bydd Walter yn iawn. Mae pethau gwaeth na'r transbort.'

Drwy 1940 galwyd dynion ifainc i gofrestru yn y swyddfeydd llafur, ac ar ôl pasio archwiliad meddygol byddai pob un yn derbyn ei bapurau ac yn gorfod mynd i'w uned briodol. Gwelwyd dynion ifainc Llanrwst yn gadael y dref fesul un.

Un peth da oedd yn deillio o hyn oedd bod gobaith i Lewis a sawl hen ddyn arall gael gêm o griced unwaith eto. Roedd Lewis wedi cadw cysylltiad â'r tîm ac wedi derbyn swydd trysorydd y clwb. Aeth Edwin Edwards, y plymar a chapten y tîm, i'r fyddin a gwnaed Walford yn gapten yn ei le. Ar ôl i Richie Rees, clerc cwmni bysiau Crosville a wicedwr cyson y tîm, fynd i'r RAF, ac i George Bebb fynd i'r Royal Welsh Fusiliers, daeth y galwad i Lewis gadw wiced. Unwaith eto'r haf hwnnw bu Lewis yn mwynhau pnawn dydd Sadwrn ar gae criced Llanrwst, ac wedyn yn dathlu'r yrfa newydd oedd o'i flaen ef a'r hen ddynion eraill tra bod y rhyfel yn parhau.

Fis Medi daeth newydd am suddo dwy long ar Fôr Iwerydd. Clywodd pawb am suddo'r *City of Benares*, llong fawr oedd yn cludo plant bach o deuluoedd cyfoethog i Ganada. Ychydig iawn o bobl glywodd am suddo'r *Invercargill Star*. Roedd holl forwyr y llong ar goll, wedi boddi heb os, a Neil Dixon, gŵr Margaret Dixon, yn un ohonyn nhw. Bu Apphia Davies yn fawr ei helynt ynghylch Margaret a'i theulu bach. Am gyfnod gwrthododd wrando ar y newyddion ar y weiarles. Gwnâi'r newyddion iddi deimlo'n sâl, meddai, gwyn fyd na stopiai'r hen ryfel greulon yma.

Wedyn daeth Walter adref ar 'embarkation leave' cyn mynd dramor gyda'i gatrawd. Doedd neb yn cael gwybod i ble roeddynt yn mynd, meddai. Roedd rhai'n disgwyl mynd i India neu'r Dwyrain Pell, ond roedd y rhan fwyaf o bobl yn amau mai'r Aifft fyddai pen y daith. Yn naturiol roedd yn ddrwg iawn gan ei fam ffarwelio ag ef, ond roedd Walter i'w weld mewn hwyliau da. Dyn ifanc gobeithiol ydoedd, yn gweld yr ochr orau i bopeth ac yn edrych ymlaen at hwylio i wledydd pell.

Ymhen rhai wythnosau daeth Walter yn ôl i Lanrwst eto, ar 'survivor's leave' y tro hwn. Nid oedd ei fordaith wedi para'n hir. Dywedodd Walter sut yr anfonwyd ef a'i gatrawd i'r Maryhill Barracks, Glasgow. Ymhen ychydig ddyddiau rhoddwyd hwy ar fwrdd llong o'r enw *SS Oronsay*, a hwyliodd i lawr y Clyde. Cafodd Walter ei hun yn un o gannoedd o ddynion oedd wedi'u gwasgu at ei gilydd ym mol y llong, peth cas, meddai. Yr ail ddiwrnod, pan ganiatawyd iddynt fynd allan ar y dec, daeth awyren Almaenig ac ymosod arnynt. Saethodd yr awyren ar hyd y dec, gan anafu nifer o ddynion, yna gollyngodd dorpedos a ffrwydrodd ar un ochr i'r llong. Dechreuodd yr *Oronsay* bwyso i'r ochr yn y dŵr. Yn araf iawn, newidiwyd cwrs y llong er mwyn anelu'n ôl am Glasgow, a llong arall yn dilyn yn agos rhag ofn i'r *Oronsay* droi ar ei hochr. Gorchmynnwyd i'r milwyr i gyd fynd i lawr i fol y llong, lle roedd y trydan a'r golau wedi methu, ac yno y bu pawb yn eistedd yn y tywyllwch am oriau maith, a phrin neb yn dweud gair. Dyna'r profiad mwyaf ofnadwy a gafodd erioed, meddai Walter. O'r diwedd cyraeddasant yn ôl yn y Clyde, lle trosglwyddwyd pawb i'r lan mewn llongau bach.

Ar ôl pythefnos dychwelodd Walter at ei uned oedd erbyn hynny yn y Seaforth Barracks, Lerpwl, er mwyn rhoi ail gynnig ar y fordaith. Bellach nid oedd cystal hwyliau arno. Unwaith eto, yr oedd yn ddrwg iawn gan ei fam ei weld yn mynd, yn waeth na'r tro cyntaf, meddai Am ddyddiau wedyn bu'n dawel iawn o gwmpas y tŷ. Wythnosau'n ddiweddarach cyrhaeddodd cerdyn post o Durban, De Affrica, oddi wrth Walter. Yn ei gerdyn dywedodd ei bod hi'n gynnes braf yn Ne Affrica. Roedd ef a'i ffrindiau wedi bod yn y pictiwrs yn gweld Myrna Loy ac yn cael amser da.

'Myrna Loy, wir,' meddai Apphia Davies, 'hy!' Erbyn hynny roedd y cyfnod tangnefeddus ar ôl angladd Edward Jones, ei brawd, wedi dod i ben a bu Apphia Davies yn bigog iawn yn yr wythnosau ar ôl i Walter hwylio i ffwrdd. Er na wyddai Lewis hynny ar y pryd, roedd gwaeth i ddod.

Pennod 13

MYND AM DRO

'BUODD LLOYD OWEN yma nos Sadwrn,' meddai Eirwen wrth Lewis ddiwedd Medi. 'Tydi o'n bleser dod ar draws rhywun fel Lloyd?'

'Ydi o wedi dechrau yn Llandudno?' meddai Lewis

'Ydi,' meddai Eirwen, 'mae o wedi cael lojin ac mae o'n dysgu yn y National School. Mi wnes i ei wahodd o a Miss Clements draw dydd Sadwrn er mwyn iddo fo gael canu. Oedd Vivian yn falch o'i weld o.'

'Sut mae Vivian erbyn hyn?' meddai Lewis. 'Dydw i heb ei weld o ers tro.'

'Go lew ydi o,' meddai Eirwen, 'wnaeth o gymryd ato'n ofnadwy ar ôl helynt y swasticas yna, ac wedyn y polîs yn ei arestio fo. Mae o'n well ond dydi o'n dal ddim yn iawn.'

'Dywedwch wrtho fo y baswn i'n falch o fynd am dro efo fo eto rhyw ddydd Sadwrn,' meddai Lewis. 'Dwi wedi gofyn iddo fo o'r blaen ond doedd dim awydd arno fo, medda fo.'

'Mi wna i sôn wrtho fo,' meddai Eirwen, 'mae eisio codi ei ysbryd o. Bydd cwmni dyn ifanc fel Lloyd yn gwneud byd o les iddo fo. Mae gan Lloyd lais mor berffaith mae'n codi'ch calon chi ar unwaith. A fedra Vivian a fo ganu *duets* efo'i gilydd. Rhaid i ni eich gwahodd chi draw yma rywbryd i glywed Lloyd yn canu.'

'Dydw i ddim yn un mawr am gerddoriaeth,' meddai

Lewis, 'dydw i ddim yn gerddorol nac yn artistig o gwbl, a dweud y gwir.'

'Na, dydach chi ddim, nac ydach?' meddai Eirwen. 'Mae 'na rai pobl sydd ddim yn gwerthfawrogi cerddoriaeth, mae'n debyg. Mae'n bechod o beth, wyddoch chi ddim faint eich colled.'

Daeth Lloyd Owen yn ymwelydd cyson yn Llwynawelon dros y Sul. Fel arfer byddai Lloyd a Marian yn galw yno brynhawn Sadwrn a byddai Lloyd yn treulio'r noson yn Llwynawelon tra bod Marian yn mynd yn ôl i'w hystafelloedd. Fore Sul byddai Lloyd, Eirwen a Vivian yn cerdded o'r tŷ i Seion, capel y Methodistiaid Calfinaidd, lle byddai Marian yn cwrdd â nhw.

Bythefnos yn ddiweddarach daeth Lewis ar draws Marian yng Nghaffe Bebb, a chymryd y cyfle i gael sgwrs â hi ar ei phen ei hun. Dywedodd Marian fod Vivian ac Eirwen wedi bod yn garedig iawn wrth Lloyd, a bod Lloyd wastad yn edrych ymlaen at ddod i Lanrwst atynt dros y Sul. Roedd Lloyd newydd fod ger bron y tribiwnlys, a Vivian wedi mynd gydag ef i dystio i'w gymeriad. Ni fu modd iddi hi fynd, meddai Marian, oherwydd bod yn rhaid iddi fod yn yr ysgol wrth ei gwaith.

'Sut aeth hi?' meddai Lewis. 'Aeth popeth yn iawn?'

'Aeth popeth yn dda iawn,' meddai Marian. 'Roedd Vivian wedi cael Lloyd i egluro ei wrthwynebiad ar y ffurflen a dywedodd wrtho am gadw at hynny a pheidio dweud dim byd arall, dim gair am ganu na'r Carl Rosa na dim byd felly. Wedyn tystiodd Vivian drosto a sôn ei fod yn denor addawol oedd wedi canu gyda'r Carl Rosa. Roedd y tribiwnlys yn llawn cydymdeimlad. Fydd ddim rhaid i Lloyd ymuno â'r lluoedd arfog, dim ond iddo ddal ymlaen i ddysgu.'

'Oedd o'n hapus efo hynny?' meddai Lewis.

'Oedd,' meddai Marian, 'doeddan ni ddim yn disgwyl iddo fo gael ei ryddhau yn ddiamod a dim ond dros gyfnod y rhyfel bydd yn rhaid iddo fo weithio fel athro. Eisio canu mae Lloyd, wrth gwrs, ond roedd hi'n well mai Vivian oedd yn egluro mai tenor oedd o.'

'Llawn cystal na wnaeth Lloyd ddweud dim byd gwleidyddol chwaith,' meddai Lewis.'

Dydi Lloyd ddim yn wleidyddol o gwbl,' meddai Marian. 'Byw i ganu mae o a dwi'n meddwl weithiau nad ydi o'n cymryd fawr o sylw o bethau eraill. Mae'n rhaid i chi fod yn benderfynol iawn i fynd o flaen y tribiwnlys fel cenedlatholwr.'

'Fel Stanley Corfield,' meddai Lewis.

'Ddaru nhw ei roi o ar y rhestr filwrol,' meddai Marian. 'Wnân nhw ond eithrio cenedlatholwyr os dywedan nhw mai eu gwrthwynebiad crefyddol neu foesol sydd bwysicaf iddyn nhw.'

'Ond mae Lloyd yn iawn, beth bynnag,' meddai Lewis.

'Ydi,' meddai Marian, 'mae o'n hapus iawn rŵan ar ôl rhoi sioe dda o flaen y tribiwnlys. Mae Lloyd wastad yn rhoi perfformiad da.'

Wrth ei thraed yn y caffe roedd gan Marian fag mawr trwm yn llawn llyfrau ysgrifennu yn barod i'w marcio. Soniodd hi am broblemau'r ysgol a'r athrawon. Roedd rhai o'r dynion wedi gadael i ymuno â'r lluoedd arfog ac nid oedd yn hawdd dod o hyd i bobl i gymryd eu lle.

'Mae gan Lloyd job saff,' meddai Lewis. 'Oeddwn i'n meddwl efallai y byddech chi'ch dau yn setlo i lawr yma rŵan ei fod o'n gweithio yn Llandudno.'

'O na,' meddai Marian, 'medrai Lloyd gael y sac yfory petasai'r Cyngor yn penderfynu diswyddo'r gwrthwynebwyr cydwybodol. Mae sawl cyngor wedi gwneud hynny'n barod, ac mae ambell un wedi rhoi sac i'w gwragedd hefyd.'

'Gwael iawn,' meddai Lewis, 'ofnadwy.'

'Dim ond athro cynorthwyol yn y National School ydi Lloyd,' meddai Marian, 'a dydi ei swydd o ddim yn saff o gwbl. Yn y sir yma mae'n rhaid i ferched orffen gwaith pan fyddan nhw'n priodi, felly fedrwn ni ddim meddwl priodi.'

'Mae'n ddrwg iawn gen i,' meddai Lewis, 'doeddwn i heb sylweddoli sut oedd pethau arnoch chi.'

'Wn i ddim be fasa Lloyd wedi'i wneud heb Vivian ac Eirwen,' meddai Marian. 'Dydi o ddim yn hapus yn Llandudno ac mae o'n falch iawn o gael mynd atyn nhw dros y Sul.'

★   ★   ★

Ar brynhawn Sadwrn ddiwedd Tachwedd aeth Lewis i'r Odeon yn Llandudno i weld *The Prisoner of Zenda*. Pan ddaeth allan o'r sinema ar ddiwedd y ffilm cerddodd yn ôl tuag at Stryd Mostyn. Yno gwelodd Gruffydd Jones, yn ei lifrai, yn sefyll yr ochr arall i'r stryd, yn agos at Woolworths, yn cadw llygad ar blismon ifanc oedd wrth y groesffordd yn rheoli'r traffig.

Croesodd Lewis y ffordd a cherddodd at Gruffydd. Nid oedd wedi ei weld ers misoedd, ddim ers i'r heddlu arestio Vivian. Roedd wedi penderfynu y byddai'n rhaid ei holi'n galed iawn. Ni fyddai Wynne-Bevan wedi gweithredu fel y gwnaeth heb gael gair â Gruffydd ymlaen llaw.

'Mi wnaeth y Royal Masonic ei gwaith yn iawn, i bob golwg,' meddai Lewis.

'Do,' meddai Gruffydd, 'mae'r hen gerrig yna wedi mynd o'r diwedd.'

'Teulu'n iawn?'

'Da iawn, wir.'

Ac yna aeth Lewis amdani.

'Beth oedd yn mynd ymlaen pan ddaru chi arestio Vivian?' meddai.

'Ddim fi ddaru ei arestio fo,' meddai Gruffydd, 'doeddwn i ddim yn agos i'r lle. Yn yr ysbyty yn Llundain oeddwn i.'

'Beth oeddat ti wedi bod yn ddweud wrth Wynne-Bevan?' meddai Lewis.

'Doedd dim gofyn i mi ddweud dim,' meddai Gruffydd. 'Doedd dy ffrind di, Vivian, wedi gwneud enw iddo'i hun yn barod?'

'Mae'n rhaid dy fod di a Wynne-Bevan wedi siarad efo'ch gilydd,' meddai Lewis. 'Beth ddywedaist ti wrtho fo am Vivian?' Daliodd Gruffydd i wadu unrhyw gyfrifoldeb, tra daliodd Lewis yntau i ofyn yr un cwestiwn sawl gwaith, nes bod pobl yn y stryd yn dechrau hel o'u cwmpas i syllu ar y ddau ohonynt.

'Fedra i ddim siarad fan hyn,' meddai Gruffydd o'r diwedd. 'Roedd dy ffrind di'n lwcus iawn ein bod ni wedi'i adael o'n rhydd. Ddylsen ni fod wedi'i gloi o mewn carchar am fisoedd er ei les ei hunan. Wyt ti'n meddwl nad oes gen i ddim byd gwell i'w wneud na meddwl am ryw greadur fel'na, pan fod pobl yn cael eu lladd a'u cartrefi nhw'n cael eu bomio? Beth ar y ddaear wyt ti a dy heddychwyr yn meddwl dach chi'n ei wneud pan fod y Jerries yn bomio Lerpwl yn deilchion? Mae dy ffrind di wedi bod yn lwcus iawn, dallta di, yn lwcus iawn.'

Trodd Gruffydd ei gefn ar Lewis a cherdded at y cwnstabl oedd ar ganol y groesffordd yn cyfarwyddo'r traffig. Trodd Lewis a cherdded y ffordd arall, tuag at orsaf y rheilffordd. Peth anodd oedd ffraeo gyda Gruffydd, ei ffrind hynaf, ond roedd yn fodlon ei fod wedi gwneud yr hyn a oedd, yn ei farn ef, yn angenrheidiol iddo'i wneud.

'Ydach chi wedi cyfarfod Robert a Glyn eto?' meddai Vivian pan alwodd Lewis yn Llwynawelon ychydig cyn y Nadolig. Roedd y ddau wedi symud i'r Ydfaes rai wythnosau ynghynt.

'Do wir,' meddai Lewis, 'fues i draw yn yr Ydfaes pan oeddan nhw ar ganol codi tatws.'

'Yn tydan ni wedi bod yn ffodus i'w cael nhw?' meddai Vivian. 'Maen nhw wedi gwneud gwahaniaeth mawr i'r lle yn barod a thros y gaeaf bydd digon o waith ganddyn nhw'n gosod trefn ar y tŷ fferm a'r adeiladau.'

'Ydach chi'n disgwyl cael mwy o bobl i symud yna?' meddai Lewis.

'Yn y gwanwyn efallai bydd lle i un neu ddau arall,' meddai Vivian.

Cymro Cymraeg 24 mlwydd oed o Sir Frycheiniog oedd Robert Morris, a Chymro di-Gymraeg 29 mlwydd oed o Gastell-nedd oedd Glyn Morgan. Dyn araf a phwyllog oedd Glyn tra bod Robert yn un bach prysur a chyflym. Pan aeth Lewis i'r Ydfaes i'w cyfarfod fe'u cafodd yn bobl ddymunol a difrifol.

'Sut dach chi'r dyddiau yma?' meddai Lewis wrth Vivian. 'Dach chi'ch gweld yn well eich hwyliau.'

'Dwi dipyn gwell, diolch yn fawr,' meddai Vivian.

'Roeddach chi'n sôn am fynd i Lundain i weld meddyg,' meddai Lewis. 'Oedd hynny'n help?'

'Oedd,' meddai Vivian, 'dwi wedi ei weld o o'r blaen. Mae o'n arbenigo mewn iselder.'

'A sut oedd Llundain?'

'Dychrynllyd,' meddai Vivian, 'mae'r difrod yn anghredadwy. Mae'r Almaen wedi bod yn bomio Llundain bron bob nos ers misoedd. Ac wrth gwrs, mae Coventry a Lerpwl wedi'i chael hi hefyd erbyn hyn.'

'Roeddach chi'n mentro yn mynd yno o gwbl,' meddai Lewis.

'Roeddwn i am weld bod popeth yn iawn yn y fflat,' meddai Vivian, 'ac roedd un noson yno'n llawn digon i mi. Mae pobl Llundain yn dal i fynd o gwmpas eu gwaith fel arfer, wyddoch chi.'

Doedd dim dwywaith bod Vivian yn well nag y bu yn yr haf. Pan oedd popeth yn wirioneddol ddigalon a dinasoedd mawr Prydain yn cael eu chwalu, dyna pryd roedd hwyliau Vivian Williams wedi dechrau gwella.

Yn Llanrwst bryd hynny gellid clywed awyrennau yn y nos, fel petai'r Almaenwyr ar eu ffordd i fomio Lerpwl. Pan fyddai'r gelyn yn yr awyr byddai'r ARP yn seinio'r seiren, ac ymhen rhyw awr neu ddwy fel arfer byddai seiren arall yn seinio i nodi'r 'all-clear'. Yn y dyddiau tywyll cyn y Nadolig, y cymylau'n isel ac yn fygythiol, a dim addurniadau na goleuadau bach yn unman oherwydd y blacowt, prin fod unrhyw arwydd o ddathlu'r ŵyl. Roedd yn anodd cofio Nadolig mor ddigalon â hwn.

Yn gynnar yn y flwyddyn newydd cafwyd angladd mwy nag a welwyd yn Llanrwst ers blynyddoedd, ar ôl i Ivor King Parry-Jones, mab prifathro Ysgol Sir Llanrwst, gael ei ladd mewn damwain awyren yn ne Lloegr. Roedd Lewis a bron pawb arall yn Llanrwst yn adnabod Ivor, a oedd wedi mynd i'r RAF ar ôl graddio yng Ngholeg yr Iesu, Rhydychen. Bu'n chwarae pêl-droed i dîm Llanrwst yn ogystal ag i Brifysgol Rhydychen. Daethpwyd â'i gorff yn ôl i Lanrwst i'w gladdu a chludwyd yr arch, a Jac yr Undeb drosti, o Dŷ'r Ysgol drwy'r dref i fynwent Capel Seion, y Capel Mawr, gyda'r Home Guard ac eraill yn gorymdeithio. Daeth y dref i stop, ac aeth Lewis Huws ac Apphia Davies allan o Everton House i ymuno yn y dorf oedd yn sefyll yn barchus yr holl ffordd o'r ysgol i'r fynwent. Pe bai angen aberth lle roedd gofyn lladd y mwyaf disglair ac addawol, ni ellid bod wedi dewis yn well nag Ivor King Parry-Jones.

Pan alwodd Lewis yn Llwynawelon fis Mawrth 1941 roedd Vivian yn llawn syniadau a chynlluniau ac yn ailgydio mewn pethau. Bu'n pregethu mewn capeli unwaith eto, yn ymweld â'r Ydfaes ac yn siarad â ffermwyr a phobl eraill er mwyn dwyn perswâd arnynt i gefnogi'r heddychwyr ar y ffcrm yn y flwyddyn oedd i ddod. Roedd Vivian yn hyderus bod gobaith am heddwch unwaith eto. Byddai cyfaddawd yn beth da i bawb, meddai, llawer yn well na buddugoliaeth lwyr i'r naill ochr neu'r llall.

'Bydd yn rhaid i bawb ddysgu ymddwyn yn gall eto,' meddai Vivian, 'a pheidio meddwl am fuddugoliaeth.'

'Ond does dim rheswm i'r Almaen gyfaddawdu, oes 'na,' meddai Lewis, 'pan eu bod nhw'n ennill ym mhobman?'

'Petasan nhw'n fodlon gwneud heddwch rŵan fyddan nhw'n ennill mwy na neb o'r rhyfel,' meddai Vivian. 'Mae'n hen bryd i mi gysylltu â Wernher eto.'

'Rhaid i chi gael caniatâd arbennig i fynd i Iwerddon erbyn hyn,' meddai Lewis. 'Anghofiwch am y peth, da chi.'

'Y cyfan sydd angen ydi dod â rhai pobl ddylanwadol o'r Almaen a Phrydain i eistedd i lawr gyda'i gilydd mewn gwlad niwtral fel Iwerddon, mewn plasty braf yn agos at Ddulyn efallai. Os oes ganddyn nhw'r ewyllys i wneud hynny fedran nhw ddod â'r rhyfel i ben o fewn dyddiau.'

'Dach chi'n gwybod bod yr heddlu yn cadw llygad arnoch chi,' meddai Lewis.

'Os medra i wneud rhywbeth er mwyn heddwch, yna dyna beth sy'n rhaid i mi wneud,' meddai Vivian. Yn amlwg, roedd wedi codi allan o'r iselder y bu'n dioddef ohono ers misoedd.

Y mis canlynol, Ebrill 1941, dangosodd Vivian i Lewis lythyr swyddogol yn ateb ei gais am ganiatâd i ymweld ag Iwerddon. Yn ei achos ef, meddai'r llythyr, penderfynwyd caniatáu ei gais fel achos eithriadol oherwydd bod arno angen gweld llawysgrif o'r unfed ganrif ar ddeg oedd yng Ngholeg y Drindod, Dulyn.

'Roedd yn rhaid i mi egluro pam oeddwn i am fynd i Iwerddon, a dyna wnes i,' meddai Vivian. 'Dywedais i fy mod i ar ganol gwaith ymchwil ysgolheigaidd ar hanes copïo testunau beiblaidd yn y cyfnod canoloesol. Mi fydda i'n hapus iawn i dreulio pnawn yng Ngholeg y Drindod yn darllen y llawysgrif, ac os bydd angen mynd eto mae'n siŵr y medraf ddod o hyd i lawysgrif arall.'

'Meddyliwch faint o ddrwg fyddai'n ei wneud i'r mudiad heddwch petasech chi yn cael eich dal a'ch carcharu,' meddai Lewis. 'Os bydd rhywun yn dechrau eich amau chi bydd yn rhaid i chi roi'r gorau i hyn, o ddifri rŵan.'

Dywedodd Vivian wrth Eirwen ei fod yn mynd i Lundain, a dim ond Lewis a wyddai nad i Lundain y byddai'n mynd ond i'r cyfeiriad arall, o Gyffordd Llandudno i Gaergybi a dros y dŵr i Dún Laoghaire a Dulyn.

Trefnodd Lewis i weld Eirwen pan oedd Vivian wedi cyrraedd yn ôl o'i siwrne. Ar ôl iddo weld Eirwen daeth Vivian i'r golwg. Roedd yn amlwg bod rhywbeth wedi'i siomi. Bu Lewis yn cerdded o gwmpas gerddi Llwynawelon gyda Vivian tra bu yntau'n dweud ei hanes.

'Mae gen i ofn bod Wernher wedi mynd i'r fyddin,' meddai

Vivian. 'Roeddwn i'n siomedig iawn, doeddwn i ddim wedi disgwyl iddo wneud dim byd o'r fath.'

Daeth aelod o staff y genhadaeth Almaenig yn Nulyn i'w westy gyda llythyr at Vivian oddi wrth Wernher, ond bu'r llythyr yn aros amdano yn Nulyn ers misoedd, meddai Vivian. Yn y llythyr eglurodd Wernher ei fod yn bwriadu gadael y weinyddiaeth dramor er mwyn cofrestru mewn *Kriegsschule*, ysgol filwrol, gan obeithio mynd yn filwr gyda'r Panzers. Anogodd Vivian i barhau ei ymdrechion i sicrhau heddwch. Gyda'i lythyr ef ei hun cyflwynodd Wernher lythyr byr gan gyd-weithiwr yn cynnig ei wasanaeth i Vivian pe bai'n dymuno parhau â'r cysylltiad. Ymddiheurodd Wernher na fyddai ef yn bersonol yn medru bod o gymorth i Vivian o hynny ymlaen. Gobeithiai'n fawr y byddai'r ddau ohonynt yn cwrdd eto ryw ddiwrnod pan fyddai'r holl frwydro drosodd.

'Mae'n rhyfedd meddwl y medrai Wernher fod mewn tanc yn rhywle erbyn hyn,' meddai Vivian. 'Petasech chi'n ei adnabod o fasach chi byth yn dychmygu y byddai'n mynd yn agos at y fath beth. Fedra i ddim credu ei fod o wedi gwneud hyn o'i wirfodd.'

'Be wnewch chi rŵan?' meddai Lewis. 'Ewch chi'n ôl i Ddulyn o gwbl?'

'Na,' meddai Vivian, 'roedd Wernher yn ffrind y medrwn i ymddiried ynddo fo. Fyddai neb arall yn medru cymryd ei le.'

'Efallai bod trafodaethau heddwch wedi dechrau beth bynnag,' meddai Lewis. 'Mae'n siŵr gen i mai dyna pam fod Rudolf Hess wedi glanio yn yr Alban.'

'Ar y dechrau roeddwn i'n meddwl ei fod o wedi dod i drafod heddwch,' meddai Vivian, 'mae tiroedd gan y Duke of Kent yn yr Alban. Ond erbyn hyn wn i ddim beth sy'n mynd ymlaen.'

Rudolf Hess oedd dirprwy Führer yr Almaen, a fis Mai 1941

syfrdanwyd pawb gan y newyddion ei fod wedi cael ei saethu i lawr dros yr Alban. Roedd wedi hedfan o'r Almaen ac wedi torri ei goes wrth ddisgyn i'r ddaear gyda pharasiwt. Doedd dim esboniad pellach.

'Os bu 'na drafodaethau heddwch mae'n glir erbyn hyn eu bod nhw wedi methu,' meddai Vivian, 'a rŵan bod Wernher druan wedi mynd i'r fyddin does 'na ddim fedra i wneud o gwbl.'

'Mae digon o'ch angen chi yma efo'r Ydfaes a'r tribiwnlysoedd a'r capeli,' meddai Lewis.

'A Lloyd,' meddai Vivian.

Erbyn hynny roedd Lloyd yn treulio pob penwythnos yn Llwynawelon ac i'w weld yn mwynhau.

Y tro nesaf i Lewis alw yn Llwynawelon doedd dim golwg o Vivian. Holodd Lewis amdano.

'Mae Vivian wedi mynd i gerdded gyda Lloyd,' meddai Eirwen, 'mae'r ddau ohonyn nhw'n hoff iawn o fynd i gerdded gyda'i gilydd.'

'Dw innau'n hoff o gerdded hefyd,' meddai Lewis.

'Wyddoch chi, Dr Huws, mae angen llawer iawn o help ar Lloyd,' meddai Eirwen. 'Mae o wedi bod yn sâl yr wythnos hon ac yn methu mynd i'w waith. Efallai ei fod i'w weld yn hyderus, ond mewn gwirionedd mae o'n ddyn ansicr iawn, a dydi o ddim yn hyderus o gwbl. Mae Lloyd druan yn teimlo ar goll. Roedd popeth yn dibynnu ar ei yrfa fel canwr, pan oedd o'n cael perfformio o flaen cynulleidfa a chael y sylw i gyd. Ers i hynny ddod i ben dydi o ddim yn gwybod beth i'w wneud.'

'Dydw i ddim yn ei adnabod o'n dda,' meddai Lewis.

'Pan ddaw o yma mae o'n cael gyrru'r car,' meddai Eirwen, 'mae o wrth ei fodd yn dysgu gyrru'r Sunbeam. Dwi wedi bod yn cyfeilio iddo mewn cyngerdd hefyd. Mae o'n gwneud lles i bob un ohonom ni ei gael o yma.'

'Sut mae o'n dod ymlaen yn Llandudno?' meddai Lewis

'Ddim yn dda iawn,' meddai Eirwen. 'Dydi o ddim yn hoff o ddysgu. Mae'n rhaid iddo fo wneud y gwaith, wrth gwrs, neu mi fyddai'n rhaid iddo fo fynd i'r fyddin, ond mae o'n anhapus iawn. Mae plant yn medru bod yn ddrwg, wyddoch chi. Fydd Lloyd byth yn gwneud athro.'

'Doeddwn i heb ddeall,' meddai Lewis.

'Mae llond gwlad o broblemau gan Lloyd,' meddai Eirwen. 'Mae gan Marian ei gyrfa ei hunan, a dydi hynny'n helpu dim, a dweud y gwir. Dwi'n gobeithio gall Vivian fod o help i Lloyd drwy gyfnod anodd iawn yn ei fywyd.'

'Debyg iawn,' meddai Lewis.

'Ac mae'n help i godi calon Vivian hefyd,' meddai Eirwen. 'Mae o'n canu *duets* efo Lloyd weithiau ac mae'r ddau mor hapus yn perfformio efo'i gilydd.'

'Mae gan Vivian lais canu da,' meddai Lewis.

'Oes, ond dim byd tebyg i Lloyd, wrth gwrs,' meddai Eirwen. 'Dydi hi ddim o bwys gennych chi, ydi hi, os bydd Vivian yn mynd i gerdded gyda Lloyd?'

'Na, dwi'n deall yn iawn,' meddai Lewis, 'mae Lloyd yn ffodus iawn eich bod chi a Vivian yn gwneud cymaint drosto fo.'

'Diolch yn fawr, Dr Huws,' meddai Eirwen, 'caredig iawn, wir. Pryd ddewch chi yma nesa?'

'Mewn rhyw chwech wythnos efallai,' meddai Lewis.

'Dewch cyn hynny, da chi!' meddai Eirwen.

'Does dim angen i mi ddod mor aml erbyn hyn,' meddai Lewis. 'Dydach chi ddim wedi cael tro gwael ers amser ac mae gennych chi gwmni yn y tŷ erbyn hyn.'

'Mae gennych chi ddigon o amser i fynd i gerdded efo Vivian,' meddai Eirwen, 'ond mae'n bwysicach i mi eich bod chi'n edrych ar fy ôl i, wyddoch chi.'

'Mi ddof i'ch gweld mewn rhyw bedair wythnos, ynte, Mrs Morris,' meddai Lewis.

'Ia wir, mae'n well i chi wneud hynny,' meddai Eirwen.

Tybiai Lewis fod Eirwen newydd egluro iddo fod ei deithiau cerdded ef a Vivian wedi dod i ben am byth. Ond o leiaf roedd anturiaethau Vivian yn Iwerddon wedi gorffen. Pe bai gan Vivian ryw gyfrinach arall i'w rhannu, gobeithio y byddai'n ei rhannu nid gydag ef ond gyda'i gyfaill newydd, y tenor disglair, Lloyd Owen, gyda'r llygaid gleision a'r gwallt golau.

Pennod 14

ROY A BERTIE

PAN GYRHAEDDODD LEWIS yn ôl yn Everton House un pnawn daeth Apphia Davies ato a dweud ei bod wedi siarad â Mrs Dixon, oedd yn byw yn hen gartref Apphia Davies yn Stryd Siôr. Bellach roedd Mrs Dixon yn wraig weddw gyda dau o blant bach, Eileen a Roy. Roedd Roy wedi bod yn sâl, meddai Apphia Davies, ac roedd Mrs Dixon wedi mynd ag ef at Dr Roberts, ond doedd Roy ddim gwell. Roedd Apphia Davies wedi cymryd arni ei hun i ddweud wrth Margaret Dixon am alw i weld Dr Lewis Huws y prynhawn hwnnw, er mai Roberts oedd meddyg y teulu. Cytunodd Lewis i'w gweld cyn dechrau ar syrjeri'r nos.

Pan ddaeth Margaret Dixon â Roy at Lewis, gwelodd ar unwaith fod yr hogyn bach yn symol iawn. Dioddefai o asthma ac roedd ganddo ryw haint ar ben hynny. Edrychodd Lewis ar ei frest a'r glands a'r tonsils. Roedd ei dymheredd yn uchel iawn ac nid oedd yn dda o gwbl. Dylai fod yn ei wely.

Dywedodd Mrs Dixon iddi fod â Roy at Roberts ddwywaith, ond nad oedd wedi gwella. Dangosodd y ffisig a gafodd gan Roberts. *Chlorodyne* ydoedd, ffisig pinc melys oedd yn cynnwys dŵr licris, clorofform ac ether, gydag ychydig o alcohol, morffia a chanabis indica i roi mymryn o gic iddo. Roedd yn dda ar gyfer *diarrhoea* a thrafferthion gyda'r stumog, ond mewn afiechydon eraill ni wnâi ddim ond codi calon y claf am gyfnod byr. *Chlorodyne* fyddai pob meddyg yn ei roi i glaf pan na wyddai am ddim byd gwell i'w wneud.

'Mae Roy yn debyg i'w dad, Neil,' meddai Margaret Dixon. 'Roy ydi'r unig beth sydd ar ôl i gofio amdano fo, a dydw i ddim am ei golli o.' Am ennyd roedd hi'n edrych fel pe bai'n mynd i grio, ond yna syllodd i fyw llygaid Lewis Huws nes bod yn rhaid iddo ef edrych i ffwrdd.

Yr ail dro iddi weld Roberts roedd Margaret Dixon wedi ei holi am Prontosil. Prontosil oedd y cyntaf o'r cyffuriau newydd a oedd yn cynnwys *sulphonamide*, ac fe'i datblygwyd yn yr Almaen gan gwmni Bayer. Roedd wedi dod yn adnabyddus oherwydd i fab Franklin D Roosevelt, Arlywydd America, wella o salwch difrifol ar ôl cael ei drin gyda'r cyffur. Doedd dim angen unrhyw beth o'r fath, meddai Roberts pan soniodd Margaret am Prontosil, cadwch at y ffisig pinc, roedd gormod o gymhlethdodau a pheryglon o gymryd y *sulphonamides*.

Gwyddai Lewis fod Roberts wedi cael trafferthion annisgwyl wrth drin un person gyda Prontosil. Roedd y cyffur wedi crisialu o fewn yr arennau a bu'r claf mewn poen mawr am gyfnod. Ar ôl gwella roedd hwnnw wedi dweud yr hanes wrth bawb a bu Roberts yn amharod i ddefnyddio Prontosil byth oddi ar hynny.

Pe bai Mrs Dixon wedi gweld Walford yn lle Roberts, byddai Roy wedi cael Prontosil neu rywbeth tebyg a byddai ar y ffordd i wella erbyn hyn. Doedd y ffisig pinc werth dim yn achos yr hogyn bach. Ar ôl i ddynion disglair dreulio blynyddoedd yn datblygu cyffuriau newydd daliai Dr Caleb Roberts o Lanrwst, gogledd Cymru, i gredu ei fod ef yn gwybod yn well. Ei anwybodaeth a'i gwnâi'n haerllug.

Eglurodd Lewis i Mrs Dixon fod ganddo ofn i gyflwr Roy ddatblygu'n niwmonia. Ei ddewis ef, meddai, fyddai M&B 693, cyffur newydd tebyg iawn i Prontosil. Roedd sgileffeithiau yn bosibl, ond yn ei farn ef roedd angen ei ddefnyddio er mwyn gwella haint oedd erbyn hyn yn beryglus.

Ni chafodd Mrs Dixon ei pherswadio ar unwaith a bu'n holi Lewis ymhellach. Nid oedd yntau wedi cael ei holi mor fanwl gan neb erioed o'r blaen.

'Dwi eisio bod yn siŵr 'mod i'r gwneud y peth iawn,' meddai Margaret, 'mae'n rhaid i mi ofyn y cwestiynau yma.' Atebodd Lewis ei chwestiynau yn amyneddgar ac mor onest ac eglur ag y medrai, ac yn y diwedd penderfynodd Mrs Dixon ddilyn ei gyngor. Dywedodd y byddai'n dda ganddi newid doctor a dod at Lewis fel teulu. Er na ddymunai Lewis ddwyn pobl oddi wrth Roberts roedd yn fodlon cymryd y teulu bach hwn. Cafodd Roy M&B 693 y noson honno. Dywedodd Lewis wrth Margaret am ei alw pe bai Roy yn gwaethygu o gwbl. Fel arall addawodd ddod i'r tŷ i weld Roy ryw bnawn ymhen wythnos.

Erbyn hynny roedd Lewis wedi gweld Roberts ac wedi sôn wrtho am y Dixons.

'O, nhw,' meddai Roberts, 'dynes drafferthus, wastad yn gofyn cwestiynau. Croeso i chi gael nhw.'

Pan alwodd Lewis i weld Margaret yn Stryd Siôr ymhen yr wythnos, roedd Roy Dixon yn sicr yn well. Dywedodd Lewis wrth Margaret am adael iddo godi o'r gwely ond i'w gadw'n dawel, gan ei fod yn dal yn wan.

Cynigiodd Margaret baned o de i Lewis, ac am unwaith fe dderbyniodd yntau'r cynnig. Eisteddodd ef a Margaret yn y parlwr bach i yfed eu te. Roedd yr ystafell yn lân ac yn olau, gyda bowlen o flodau wrth y ffenestr, ac arogl leilac yn ysgafn o gwmpas y lle.

'Dach chi wedi gwneud y tŷ 'ma'n gartref cysurus iawn,' meddai Lewis, 'mae'r ystafell yma yn olau i gyd.'

'Nellie sydd wedi bod wrthi efo'r brws paent,' meddai Margaret. 'Mae hi wastad yn brysur iawn o gwmpas y tŷ. Dydw i ddim yn agos mor egnïol â hi. Hi sy'n gosod y blodau hefyd. Blodau gwyllt ydi'r rhain bron i gyd. Roedd hi'n gwybod eu henwau nhw i gyd, a finnau dim ond yn gwybod ambell un.'

Eglurodd Margaret mai un o Knowsley, ger Lerpwl, oedd Nellie, a bod ganddi fodryb yn byw yn Llandudno. Nellie oedd wedi bod eisiau symud o Lerpwl a hi oedd wedi dod o hyd i'r tŷ ar rent yn Llanrwst. Cynigiodd i Margaret a'r plant ddod gyda hi a chytunodd hithau. Roedd Nellie wrth ei bodd yn Nyffryn Conwy, meddai Margaret, er mai hogan o'r dref oedd hi.

Ac yntau'n yfed ei de, teimlai Lewis yn gyfforddus yng nghwmni Margaret. Yna dechreuodd pethau annisgwyl ddigwydd. Gwelodd ddwy lygad fawr yn syllu arno o'r tu ôl i'r blodau. Eisteddodd i fyny yn sydyn a bu'n rhaid iddo achub ei gwpan a'i soser a'u gosod yn saff ar y bwrdd.

'Oes 'na ryw anifail yn fanna, y tu ôl i'r blodau?' meddai. Trodd Margaret i weld beth oedd wedi cymryd ei sylw.

'Brian ydi hwnna,' meddai. 'Ydach chi eisio mwy o de?'

'Na, dim diolch,' meddai Lewis ar unwaith, heb feddwl.

Estynnodd Margaret y llyffant o'r tu ôl i'r fowlen a'i gyflwyno i Lewis. Anifail plastr wedi'i beintio ydoedd, llyffant pot, tipyn mwy ei faint na llyffant byw. Roedd ganddo ddwy lygad fawr ar dop ei ben a gwên fawr ddwl ar draws ei wyneb. Roedd ei gorff wedi'i beintio bob lliw dan haul, gwyrdd a glas a choch a melyn a phiws.

'Oeddan ni wedi meddwl ei alw fo'n Llywelyn y Llyffant,' meddai Margaret, 'ond mae Brian y Broga yn ei siwtio fo'n well rywsut.'

'Efallai gaf i ychydig bach mwy o de, diolch yn fawr,' meddai Lewis.

'Ges i lwyth o glai gan fy mrawd,' meddai Margaret, 'roedd Mostyn yn arfer dysgu mewn ysgol ym Mhrestatyn cyn cael ei alw i fyny. Fuon ni wrthi'n gwneud bob math o bethau bach allan o'r clai, ac wedyn ar ôl iddyn nhw sychu roedd yn rhaid eu peintio nhw i gyd. Fuon ni wrthi am ddyddiau. Mae'n rhaid gwneud rhywbeth i gadw'r plant yn hapus weithiau.'

Dynes gymharol fechan oedd Margaret, gyda gwallt a llygaid oedd bron yn ddu. Roedd hi'n ddynes dlos, ac yn ddigon hyderus i holi Roberts a Lewis Huws mewn ffordd nad oedd neb wedi eu holi o'r blaen.

'Does dim rhaid i chi fod ag ofn Brian y Broga,' meddai Margaret wrth Lewis, 'wnaiff o ddim eich brathu chi.'

★   ★   ★

Erbyn hynny roedd y swyddog llety wedi galw yn Everton House. Bu Lerpwl a'r ardal yn dioddef o'r bomio ers mis Awst 1940, a bu'r bomio yn drwm iawn o gwmpas Nadolig 1940. Yn Llanrwst bu'r seiren yn seinio sawl noson bob mis ar ôl y Nadolig, a gellid clywed awyrennau yn hedfan yn y nos. Ddechrau'r flwyddyn 1941 codwyd *barrage balloon* dros dref Llanrwst.

Fis Mai 1941 cafodd Lerpwl a'r ardal eu bomio am wyth noson yn olynol. Lladdwyd cannoedd a gwnaed degau o filoedd yn ddigartref. Gwelwyd effaith y bomio ym mhentrefi a threfi gogledd Cymru wrth i drigolion Lerpwl a Manceinion ffoi o'r dinasoedd a chwilio am loches yn y wlad.

Eglurodd y swyddog llety i Lewis fod angen rhannu'r baich o gartrefu'r efaciwîs. Rhaid i bawb gymryd rhywun yn eu tro, meddai. Gwnaeth Lewis ei orau i wrthod ei gais, ond roedd y swyddog yn bendant bod angen cymryd un plentyn yn Everton House. Daeth Lewis ag Apphia Davies i mewn i'r sgwrs i weld a fedrai hi fod o help i newid barn y swyddog llety, ond methu wnaeth hithau.

Yn y diwedd bu'n rhaid cymryd un plentyn. Roedd lwfans o 10/6 yr wythnos am dderbyn plentyn, a dywedodd Lewis y byddai Mrs Davies yn cael cadw'r cyfan o'r arian a'i roi at yr *housekeeping*. Yr wythnos ganlynol daeth y swyddogion llety â bachgen bach wyth oed o'r enw Albert Neville i Everton House. Y pnawn hwnnw aeth Apphia Davies ag ef i'r dref a phrynu esgidiau newydd iddo am 6/6. Y diwrnod wedyn daeth mam Bertie o Lerpwl i Lanrwst ar y trên am y dydd i wneud yn siŵr bod ei mab yn iawn.

★   ★   ★

Yr ail dro i Lewis alw i weld Margaret Dixon gwnaeth hynny ddiwedd y pnawn ar ôl gorffen ei alwadau. Eglurodd Margaret nad oedd modd cadw Roy yn y gwely o gwbl. Roedd M&B 693 yn amlwg wedi gwneud ei waith ac roedd Roy wedi gwella.

Unwaith eto derbyniodd Lewis gynnig o baned o de gan Margaret ac aeth y ddau i eistedd yn y parlwr bach. Roedd Brian y Broga yn dal i eistedd yn y fowlen, y tu ôl i ddetholiad newydd o flodau.

Margaret ddechreuodd sôn am ei gŵr, oedd wedi boddi yng nghanol Môr Iwerydd ar yr *Invercargill Star*.

'Dwi'n meddwl bod hi'n haws i mi nag i'r rhan fwyaf o wragedd,' meddai Margaret, 'dwi wedi arfer bod ar ben fy hun efo'r plant am wythnosau. Dydw i erioed wedi disgwyl gweld fy ngŵr yn dod yn ôl i'r tŷ bob nos. Mae gwragedd llongwyr yn helpu ei gilydd, wyddoch chi, 'dan ni wastad wedi gwneud.'

'Roedd Neil wrth ei fodd efo'r môr,' meddai Margaret. 'Faswn i byth wedi medru'i berswadio fo i adael y môr, llongwr oedd o a dyna'r cwbl oedd o eisio'i wneud. Oeddwn i wastad yn falch o'i weld o pan oedd o'n cyrraedd adra, ond doedd o byth yn aros adra'n hir iawn. Rhyw ddiwrnod fydda i'n dod i dderbyn na welaf i o byth eto, ond mae hynny'n dal i'w weld yn beth rhyfedd iawn ar hyn o bryd.'

Pan oedd Lewis ar fin gadael, pwy gerddodd i mewn i'r tŷ ond Siani, yn flew i gyd ac yn fawreddog, fel petasai hi bia'r lle. Edrychodd y gath ar Lewis fe pe bai'n tresbasu.

'Be mae'r gath 'ma'n wneud yma?' meddai Lewis wrth Margaret Dixon.

'Siani, cath Mrs Davies, ydi hi,' meddai Margaret.

'Dwi'n gwybod hynny,' meddai Lewis.

'Mae hi'n dal i ddod yma weithiau,' meddai Margaret, 'ond dydan ni ddim yn ei bwydo hi o gwbl, ddim un tamaid, rhag ofn iddi beidio mynd yn ôl at Mrs Davies.' Ac yna dechreuodd Siani rwbio yng nghoesau Margaret Dixon i gael mwythau, ac wedyn canu grwndi wrth gael sylw. Prin fod y gath erioed wedi dioddef i Lewis Huws ei chyffwrdd hi o gwbl.

'Mae Eileen a Roy eisio ci,' meddai Margaret Dixon, 'ond mae ci yn ormod o drafferth gen i, a dydw i ddim eisio cath oherwydd bod Siani'n dal yn galw yma i'n gweld ni weithiau.'

'Beth am gael ieir?' meddai Lewis. 'Mae ieir gan Mrs Davies ac mae'n dda iawn cael yr wyau.'

'Dydw i ddim yn hoff o ieir,' meddai Margaret Dixon. 'Mae teimlo'u plu nhw yn mynd drwyddof i, wyddoch chi, fedra i ddim dioddef adar o unrhyw fath, mae gen i ofn.'

'Na finna chwaith,' meddai Lewis, 'mae'n gas gen innau hen blu, wir.'

Doedd Lewis ddim wedi meddwl galw eto ar ôl hynny, ond un pnawn roedd yn digwydd bod yn Stryd Siôr pan oedd Margaret Dixon, Eileen a Roy yn cyrraedd yn ôl i'r tŷ ar ôl bod allan. Gwahoddodd Margaret ef i mewn, a chafodd yntau olwg cyflym ar Roy. Roedd y bachgen llawer yn well a phopeth yn iawn. Gwrthododd baned, ond mynnodd Margaret iddo ddod i'r ardd gefn i weld cwningen fach oedd newydd gyrraedd. Tynnodd Roy hi allan o'i chwt bach a'i rhoi i Lewis i'w mwytho. Un wen oedd hi, a digon dof.

"Dan ni wedi'i galw hi'n Myfanwy,' meddai Margaret.

'Dim ci, felly,' meddai Lewis.

'Na,' meddai Margaret, 'mae'r plant yn ddigon bodlon efo cwningen. Mae angen bwydo hen gi drwy'r amser ond mae hon yn hapus efo glaswellt a dant y llew.'

'Dydi cwningen ddim yn gwneud llawer iawn,' meddai Lewis, 'dim ond eistedd yn fanna'n cnoi glaswellt drwy'r dydd.'

'Ia,' meddai Margaret, 'ond mae 'na un fantais fawr efo Myfanwy.'

'Beth?' meddai Lewis. Edrychodd Margaret i fyw ei lygaid.

'Fedrwch chi fwyta cwningen!' meddai, a gwenu arno unwaith eto. Un ddireidus a hoff o jôcs oedd Margaret. Roedd ei llygaid duon yn disgleirio bob tro y byddai hi'n gwenu, ac roedd hi'n gwenu'n aml.

Dim ond ers chwe mis oedd Margaret yn weddw ac roedd ganddi ddau o blant bach. Nid oedd y BMA yn cymeradwyo meddyg oedd yn troi cwsmeriaid yn gariadon, a phe bai pobl Llanrwst yn gweld Lewis yng nghwmni Margaret byddai pawb yn siarad. Felly bu Lewis yn ofalus ac yn bwyllog, ac aeth y cyfle heibio.

Tawelodd y seirens a'r bomio bron yn llwyr ddiwedd Mai am ryw reswm, a chafwyd tywydd braf a chynnes am wythnosau. Ar ôl symud y clociau ddwy awr ymlaen ddechrau'r mis rhyddhad rhyfeddol oedd ei chael hi'n olau braf am wyth y nos. Bron nad oedd hi'n bosib anghofio am y rhyfel am ychydig. Bu tywydd mis Mai 1941 yn hyfryd a bu Lewis, Walford a holl hen ddynion y clwb criced yn brysur yn paratoi am un tymor arall ar y cae criced.

Fis Mehefin daeth y tywydd braf i ben ac aeth hi'n oer. Roedd gwaeth i ddod. Ar 22 Mehefin 1941 ymosododd yr Almaen ar yr Undeb Sofietaidd yn yr ymgyrch filwrol fwyaf erioed, gyda thair miliwn o filwyr yn cymryd rhan. O'r Môr Du i'r Môr Baltig, ffrynt o bron ddwy fil o filltiroedd, gyrrodd yr Almaenwyr tua'r dwyrain.

Er bod Roy Dixon wedi gwella a'r gwanwyn wedi cyrraedd Llanrwst, roedd yr holl fyd ar chwâl a'r byddinoedd yn ymgynnull eto ar draws y cyfandiroedd.

Pennod 15

TE PARTI

FIS GORFFENNAF 1941 gwahoddwyd Lewis i de parti yn Llwynawelon. Roedd Vivian wedi derbyn llythyr gan heddychwr ifanc o'r enw Simon Protheroe Evans oedd wedi ei eithrio o wasanaeth milwrol ar yr amod ei fod yn gweithio ar y tir. Dywedodd Simon yn ei lythyr ei fod wedi clywed Vivian yn siarad ac wedi'i ysbrydoli ganddo. Iddo ef roedd y posibilrwydd o weithio mewn cymuned fechan Gristnogol yn ymddangos fel darlun o'r nefoedd, meddai Simon, a byddai'n hynod ddiolchgar i Vivian yn dragwyddol pe bai modd iddo ei helpu yn ei awr o gyfyngder.

Bu Vivian yn holi barn aelodau'r bwrdd rheoli a'r gweithwyr, a chytunwyd i wahodd Simon i gwrdd â hwy. Pe bai pawb yn fodlon byddai modd i Simon symud i'r Ydfaes.

Pan gynhaliwyd y te parti yn Llwynawelon roedd y tywydd yn boeth ac yn drymaidd, felly agorwyd y *French windows* yn y parlwr. Gosodwyd y bwyd ar fyrddau y tu mewn. Ar y teras y tu allan, wrth gefn y tŷ, yn edrych i lawr dros Ddyffryn Conwy, gosodwyd cadeiriau a byrddau eraill. O dan y teras roedd lawnt yn ymestyn o un ochr i'r tŷ i'r llall.

Wrth gyrraedd y tŷ gwelodd Lewis Robert a Glyn, o'r Ydfaes, yn sefyll ar y teras, yn edrych yn anghyfforddus yn eu dillad gorau. Doedd dim golwg o Vivian na Lloyd. Aeth Lewis i gael sgwrs gyda Robert a Glyn, a phan ysgydwodd law â hwy gwelodd fod gwaith fferm wedi gwneud eu dwylo'n fawr a'r croen yn galed. Dywedodd Glyn fod popeth yn dod ymlaen yn iawn, ond bod angen arian i brynu gwrtaith, hadau a stoc. Holodd Lewis ef ynghylch yr ieir. Roedd ieir yr Ydfaes wastad i'w gweld yn fwy graenus na ieir Apphia Davies.

'Buff Orpingtons,' meddai Glyn, 'fuon ni'n lwcus iawn i'w cael nhw gan deulu Robert.'

'Adar mawr cyfeillgar,' meddai Robert, 'maen nhw'n dodwy'n dda ac yn dda i'w bwyta hefyd.'

Robert oedd y ffermwr, ond roedd Glyn yn hŷn a chanddo fwy o brofiad o'r byd. Bu'n gweithio yn y diwydiant tun yn ne Cymru am sawl blwyddyn cyn mynd i'r brifysgol yn Abertawe. Bu Glyn yn sicr o'r dechrau na fyddai byth yn ymuno â'r lluoedd arfog. Cafodd Robert drafferth i benderfynu beth i'w wneud, eglurodd i Lewis, pa un ai mynd i'r lluoedd arfog ai peidio, ond fe ddaeth i benderfyniad yn y diwedd a mynd o flaen y tribiwnlys fel heddychwr.

Daeth Eirwen atynt a chyflwyno Simon Protheroe Thomas, dyn llydan gydag wyneb crwn.

Roedd Lewis wedi bod yn edrych ymlaen at holi Vivian am y rhyfel yn y dwyrain ac am Rudolf Hess, oedd bellach wedi'i garcharu. Holodd ef Eirwen am Vivian ac eglurodd hithau ei fod wedi mynd i gerdded gyda Lloyd. Byddai'n siŵr o gyrraedd cyn bo hir, meddai. Ac ar y gair pwy ddaeth i'r golwg ond Vivian a Lloyd, a'r ddau mewn hwyliau da iawn. Ymddiheurodd Vivian yn fonheddig wrth i Eirwen ei geryddu'n ysgafn am fod yn hwyr. Yna aeth y ddau ddyn i ymolchi a newid eu dillad cyn dychwelyd at y cwmni.

Cafodd Lewis ei hun yn siarad â Simon, oedd fel pe bai'n talu sylw arbennig i bob gair a ddywedai. Bob tro y byddai Lewis yn mynegi barn byddai Simon yn nodio'i ben i fyny ac i lawr. Er bod Simon eisoes wedi cael gwaith ar y tir roedd yn anhapus iawn yn ei swydd.

'Dywedodd fy nghyflogwr y cawn i bob math o gyfleoedd,' meddai Simon, 'ond erbyn hyn dydw i'n neb yno, a does gan fy nghyd-weithwyr ddim cydymdeimlad, a dweud y lleiaf.'

'Fyddwch chi'n iawn fan hyn,' meddai Lewis, 'mae Robert a Glyn yn ddynion da iawn.'

'Braint i mi fydd cael bod yng nghwmni dynion o ewyllys da unwaith eto,' meddai Simon.

'Maen nhw'n gweithio'n galed, cofiwch,' meddai Lewis.

'Peth i'w groesawu yw gwaith i mi,' meddai Simon, 'rhaid i mi gyfri fy mendithion. Ymddiried yn yr Arglwydd a wnes i â'm holl galon, ac efe a'm harweiniodd yma.'

Erbyn hynny roedd Marian wedi cyrraedd a chyflwynodd Lewis Simon iddi. 'Mae Miss Clements yn dysgu Saesneg yn Ysgol y Sir,' meddai wrth Simon, 'mae hi ar y bwrdd rheoli hefyd.'

'Rwy'n falch iawn o gwrdd â chi,' meddai Simon, 'rwy'n hynod ddiolchgar i chi am roi'r fath sylw i ddyn fel fi. Diolch i chi o galon, wir. Ac rwy'n ddiolchgar iawn i Mr Vivian Williams hefyd wrth gwrs, ac i Mrs Morris ac i chi, Doctor Huws, ac i holl aelodau'r bwrdd.'

Pan ddaeth Eirwen atynt a mynd â Simon i gwrdd â Vivian cafodd Lewis gyfle i siarad â Marian. Roedd yr ysgol newydd orffen am yr haf, meddai. Pan fyddai gwaith yr ysgol drosodd am y flwyddyn teimlai ryddhad mawr, meddai Marian, rhyddhad yn ogystal â blinder.

'Byddaf yn mynd i Sir Aberteifi cyn bo hir,' meddai, 'dwi'n edrych ymlaen at eu gweld nhw yno eto.'

'Ydi Lloyd yn dod efo chi?' meddai Lewis.

'Na, fydd o'n aros yma yn Llwynawelon efo Vivian ac

Eirwen,' meddai Marian. 'Mae gwaith drosodd iddo fo hefyd. O leiaf mae o wedi cyrraedd diwedd y tymor.'

Aeth Lewis a Marian i eistedd ar y teras, a soniodd Marian am ei gwaith. Roedd hi wrth ei bodd yn trafod Shakespeare gyda rhai o'r disgyblion hŷn, meddai. Y flwyddyn ganlynol byddai'n cymryd mwy o gyfrifoldeb am y dosbarthiadau hŷn, ac roedd hi'n edrych ymlaen at hynny.

Tra bod y ddau yn siarad gwelodd Lewis Vivian yn cerdded yn yr ardd gyda Lloyd y naill ochr iddo a Simon yr ochr arall, yn dal i nodio'i ben i fyny ac i lawr. Wedyn aeth y dynion ati i chwarae badminton ar y lawnt o flaen y teras. Chwaraeodd Robert a Glyn yn erbyn Vivian a Lloyd, tra safai Simon i'r naill ochr, yn syllu arnynt yn astud ac yn symud ei ben yn brysur o un ochr i'r llall yn dilyn y chwarae.

Roedd Vivian i'w weld yn mwynhau ei hun. Er ei fod lawer yn hŷn na'r dynion eraill roedd yn gwbl gysurus yn eu cwmni. Doedd y gwahaniaeth oed ddim i'w weld yn tarfu ar Vivian o gwbl. Mewn rhai ffyrdd roedd Vivian yn dal i ymddwyn fel dyn ifanc. Efallai mai dyna pam roedd mor hoff o gwmni Lloyd Owen.

Hyd yn oed ar ôl i'r badminton ddod i ben ni chafodd Lewis gyfle i siarad â Vivian. Roedd Simon wedi cael croeso cynnes gan Glyn a Robert a bu Vivian yn trafod y fferm a'r trefniadau gyda hwy. Erbyn diwedd y pnawn roedd yn amlwg bod y parti wedi bod yn llwyddiant a phawb yn falch fod Simon yn dod i'r Ydfaes.

'Lle fuoch chi'ch dau heddiw,' meddai Eirwen wrth Vivian a Lloyd, 'i chi fod mor hwyr yn cyrraedd?'

'Fuon ni yn eglwys Llanrhychwyn,' meddai Vivian. 'Fues i a Lewis yno unwaith, ond dydw i ddim yn meddwl eich bod chi wedi gwerthfawrogi'r lle o gwbl, naddo?'

'Naddo wir,' meddai Lewis. 'Dwi'n eich cofio chi'n dweud mai dyna'r lle mwyaf sanctaidd yn y byd, ond mae gen i ofn nad oeddwn i'n gweld dim heblaw hen gwt o le.'

'Ddaru chi werthfawrogi, Lloyd?' meddai Vivian.

'Do, diolch yn fawr,' meddai Lloyd, a gwenodd y ddau yn gynnes ar ei gilydd am ryw reswm. Wedyn tynnodd Eirwen Lloyd a Marian i ffwrdd i'r tŷ i drafod cerddoriaeth. Am y tro cyntaf y pnawn hwnnw cafodd Lewis gyfle i siarad â Vivian ar ei ben ei hun. Eisteddodd y ddau ar y teras.

'Mae'n debyg bod yr Almaen yn agos at Smolensk yn barod,' meddai Lewis.

'Felly oeddwn i'n clywed,' meddai Vivian.

'Dyna pam fod y bomio wedi tawelu ym Mhrydain, ynte?' meddai Lewis. 'Mae'r Luftwaffe wedi mynd â'r awyrennau i gyd i'r dwyrain, yn tydyn nhw?'

'Mae'n siŵr eich bod chi'n iawn,' meddai Vivian.

'Ac mae hi'n amlwg pam ddaeth Hess draw rŵan, yn tydi hi?' meddai Lewis. 'Roeddan nhw eisio heddwch yn y gorllewin cyn ymosod yn y dwyrain.'

'Debyg iawn,' meddai Vivian.

'Yng ngorllewin Rwsia mae'r ardaloedd diwydiannol bron i gyd,' meddai Lewis. 'Os gall Hitler gymryd y rheini eleni efallai bydd yn rhaid i Rwsia ofyn am heddwch. Wedyn bydd yn rhaid i Brydain drafod heddwch hefyd, a bydd yr Almaen wedi ennill y rhyfel.'

'Mae'n bosib eich bod chi'n iawn,' meddai Vivian, gan edrych o'i gwmpas. Roedd yn amlwg bod ei feddwl ar bethau eraill.

'Mae Simon i'w weld yn hapus yma,' meddai Lewis, 'bydd Robert a Glyn yn falch o'i gael o.'

'Bydd pâr arall o ddwylo yn help.'

'Ac mae o'n edrych yn ddigon cryf i wneud ffarmwr da.'

'Ydi.'

Yna daeth Lloyd allan o'r tŷ ac wrth ei weld ymledodd gwên fawr dros wyneb Vivian.

'Help!' meddai Lloyd. 'Mae'r merched am i mi ganu drwy'r amser!'

Cododd Vivian ar ei draed a sefyll wrth ymyl Lloyd, yn dal i wenu fel petai heb weld Lloyd ers blynyddoedd. Mewn gwirionedd roedd y ddau wedi bod gyda'i gilydd drwy'r dydd a doedd dim pum munud ers i Lloyd adael Vivian.

'Mae'n rhaid gadael i'r merched gael eu ffordd weithiau,' meddai Vivian, yn wên i gyd.

Dechreuodd Lewis godi o'i sedd i ymuno yn y sgwrs pan drodd Vivian ato.

'Esgusodwch fi,' meddai. Ac yna trodd ei gefn ar Lewis, rhoi ei law dros ysgwydd Lloyd a'i arwain i ffwrdd.

Eisteddodd Lewis eto. Yn amlwg, nid oedd Vivian ag awydd sgwrsio ag ef, ac roedd gweld Vivian mor eithriadol o hapus yng nghwmni Lloyd yn syndod. Pan ddaeth Lloyd o'r tŷ roedd Vivian yn pefrio gyda boddhad. Roedd y peth yn annisgwyl ac yn ormodol.

Wrth i'r parti ddod at ei derfyn gadawodd Robert a Glyn a dechrau cerdded yn ôl i'r Ydfaes. Roedd y fferm yn bell, o leiaf tair milltir i ffwrdd, ond gwrthododd y ddau gynnig i fynd â hwy adref yn y car modur. Ar ôl i Lewis ffarwelio ag Eirwen dechreuodd gerdded i lawr y lôn tua'r dre yng nghwmni Marian. Roedd Lewis yn dal i feddwl am ymddygiad Vivian, tra siaradodd Marian am ei pherthnasau yn Sir Aberteifi ac am ei chynlluniau ar gyfer yr haf. Ni fu angen i Lewis ddweud fawr o gwbl. Pan ddaethant at Ffordd yr Orsaf trodd Marian i'r dde i fynd i'w llety a throdd Lewis i'r chwith tuag at Everton House a chanol y dref.

Drwy'r noson honno bu Lewis yn pendroni ac yn hel meddyliau am David Vivian Williams. Roedd wedi meddwl yn sicr bod cyfeillgarwch Vivian a Lloyd yn beth cwbl ddiniwed, a pherthynas Vivian gyda Wernher hefyd. Er ei fod yn beth rhyfedd nad oedd Vivian erioed wedi dod yn agos at briodi, nac, i bob golwg, erioed wedi cael perthynas rywiol â merch, roedd yn ddyn anghyffredin ac roedd yn anodd dychmygu dyn mor annibynnol gyda gwraig.

Yn Lerpwl roedd Lewis wedi dod i adnabod dyn dymunol iawn o'r enw Dr Daniel Feldman, a oedd yn bennaeth y clinig clefydau rhywiol. Ganddo ef y cafodd Lewis y swydd yn y dauddegau, a daeth Lewis i'w barchu'n fawr ac i'w hoffi. Ar y pryd roedd y clinigau yn bethau newydd, arloesol. Roedd gan Lewis ddiddordeb yn y clefydau rhywiol, yn arbennig yn y clefyd siffilis. Ac wrth gwrs, cofiai'n dda am ei brofiad ef ei hun yn ystod y Rhyfel Mawr.

Dynion oedd y rhan fwyaf o'r bobl a ddeuai i'r clinig yn Lerpwl, a'r rhan fwyaf ohonynt yn ddynion cyffredin oedd wedi bod yn anlwcus. Peth drwg i gorff ac enaid dyn oedd bod ar ei ben ei hun heb ddynes am yn hir. Roedd i ddyn dibriod fynd i weld dynes a thalu am ei gwasanaeth yn beth dealladwy. Yn y ffosydd roedd hynny wedi bod yn beth angenrheidiol iddo ef ac i'r rhan fwyaf o ddynion. Doedd dim modd i ddyn normal, iach, fyw ei holl ddyddiau heb gymar o ryw fath.

Yn y fyddin ac ers hynny roedd Lewis wedi dod ar draws dynion oedd yn adnabyddus am chwilio am brofiadau rhywiol gyda dynion eraill yn hytrach na gyda merched. Doedd Vivian ddim byd tebyg i'r dynion hynny. Roedd ambell un o'r dynion a welodd Lewis yn y clinig yn ymddangos yn ferchetaidd.

Pan fyddai briwiau yn gysylltiedig â heintiau rhywiol yn ymddangos ar y din neu'r geg – 'rectal or pharyngeal lesions' – medrai hynny fod yn arwydd o ryw rhwng dynion.

Wrth drafod hyn gydag eraill o staff y clinig, cafodd Lewis yr argraff bod gan y rhan fwyaf ohonynt fwy o gydymdeimlad â dynion o'r fath nag oedd ganddo ef. Iddo ef roedd y peth yn ymddangos yn groes i natur.

Unwaith, wrth siarad â Daniel Feldman, digwyddodd fynegi barn ar un o'r cleifion; 'mae'n bosib mai *homosexual* ydi o beth bynnag,' meddai.

'Ydi hynny'n gwneud gwahaniaeth?' meddai Feldman.

'Dach chi'n teimlo eich bod chi'n gwastraffu eich amser efo nhw,' meddai Lewis.

'Dach chi braidd yn ddiamynedd gyda rhai o'r cleifion, wyddoch chi,' meddai Feldman wrtho. 'Mae'n bosib eich bod chi braidd yn ddiamynedd gyda phobl yn gyffredinol, ond yn arbennig gyda'r dynion yma. Mae o yn eu natur nhw i fod fel hyn, wyddoch chi.'

'Mae'n debyg eich bod chi'n iawn,' meddai Lewis, 'creadur difynedd ydw i.'

'Fedrwch chi ddim cydymdeimlo â nhw? Ydach chi heb erioed, un tro yn eich bywyd, deimlo unrhyw deimlad rhywiol tuag at ddyn arall?'

'Duw mawr, naddo,' meddai Lewis, a dyna oedd y gwir.

Roedd elfen o wirionedd yn y feirniadaeth. Gwyddai Lewis ei fod yn ddyn diamynedd. Ond ni fedrai ddychmygu teimlo unrhyw chwant rhywiol am ddyn o gwbl, dim ond am ddynes. Roedd hi'n amlwg i bawb bod y weithred rywiol rhwng dyn a dynes yn beth naturiol a hynod ddymunol, ac i Lewis roedd pob gweithred rywiol arall, pa un ai gyda dyn neu ddafad, yn beth dieithr ac annaturiol.

Yn fuan wedi hynny daeth cyfle iddo fynd yn feddyg teulu, a gadawodd y clinig o fewn wythnosau. Bu'r clinigau yn llwyddiannus ac ymhen amser, drwy eu gwaith hwy, gostyngodd cyfran afiechydon rhywiol yn y boblogaeth yn sylweddol, hyd yn oed cyfran y clefyd gwaethaf i gyd, siffilis, y bu cymaint o bobl yn dioddef ohono ar un adeg. Roedd gwaith y clinigau yn waith arloesol, arwrol, ac roedd Lewis Huws yn falch o'r ychydig bach a gyfrannodd ef ei hun ato.

A bellach dyma Lewis wedi gweld Vivian a Lloyd gyda'i gilydd a Vivian yn glafoerio dros y tenor ifanc golygus. Roedd ymddygiad Vivian wedi ei synnu'n fawr iawn. Dros y dyddiau nesaf daeth i'r casgliad bod rhywbeth mwy na chyfeillgarwch yn mynd ymlaen rhwng Vivian a Lloyd. Pan soniodd Vivian am Wernher von Wehlau gyda'r fath hoffter roedd Lewis wedi deall y byddai'n teimlo rheidrwydd i gadw rhywbeth i'w atgoffa amdano: dail y ddraenen wen o'r Wannsee a dail y pisgwydd o'r Tiergarten. Roedd wedi sylweddoli peth arall bryd hynny'n ogystal. Pan siaradai Vivian am bobl y bu'n hoff iawn ohonynt, ac yr oedd yn amlwg ei fod yn eithriadol o hoff o Wernher, nid merched oedd y bobl hynny ond dynion. Roedd wedi gweld bod Vivian yn hoff iawn nid o ferched ifainc, ond o ddynion ifainc, dynion flynyddoedd yn iau nag ef ei hun.

Roedd natur Vivian wedi bod yn amlwg bryd hynny mewn gwirionedd, ond roedd Lewis wedi methu â'i weld, neu efallai wedi methu derbyn y peth. Roedd hyn yn egluro llawer o bethau nad oedd Lewis wedi gwerthfawrogi eu harwyddocâd ynghynt: pam roedd Vivian wastad yn sôn am ryw pan fyddai ef a Lewis ar eu pen eu hunain, pam roedd Vivian wedi bachu ar y gair 'voluptuous'. Roedd Lewis wedi methu cydnabod yr hyn oedd i'w weld o flaen ei lygaid, a hynny'n bennaf oherwydd ei fod wedi meddwl cymaint o Vivian ac wedi bod mor hoff o'i gwmni.

Am flynyddoedd bu Lewis yn ystyried Vivian yn gyfaill da. Roedd wedi bod yn awyddus i wybod barn Vivian am faterion y dydd ac am ddatblygiadau diweddaraf y rhyfel. Roedd wedi bod yn orawyddus i fod yn gyfaill i Vivian. Oni bai am y cyfeillgarwch hwnnw ni fyddai Gruffydd wedi cymryd sylw o Vivian ac wedi'i ddrwgdybio. Ni fyddai Wynne-Bevan wedi gwybod dim amdano nac wedi meddwl ei arestio.

Bellach gwelai Lewis nad oedd ei gyfeillgarwch â Vivian wedi bod yr hyn y credai iddo fod. Ni fedrai ef a Vivian fod yn gyfeillion mor glòs o hyn ymlaen. Penderfynodd Lewis y byddai'n parhau i alw i weld Eirwen ac y byddai'n berffaith gwrtais wrthi hi a'i brawd, ond o hyn ymlaen byddai'n rhaid iddo beidio dibynnu ar Vivian a'i farn yn y ffordd y bu. Suddai ei galon yn is ac yn is wrth feddwl am y dyfodol. Ni fedrai ddim da ddod o hyn. Beth ar y ddaear fyddai'n dod o Vivian, o Lloyd ac o Marian?

Pennod 16

BLWYDDYN BERTIE

ROEDD ALBERT NEVILLE i'w weld wedi setlo'n dda yn Everton House. Byddai'n mynd i'r ysgol gyda'r efaciwîs eraill, ond yn y tŷ ar ei ben ei hun y byddai'n treulio'r rhan fwyaf o'i amser. Unig blentyn oedd Bertie, ac i bob golwg roedd yn ddigon bodlon ar ei ben ei hun. Fel arfer byddai'n treulio'i amser yn dawel yn tynnu lluniau tanciau a gynnau a milwyr yn ymladd, neu fomiau yn disgyn o awyrennau ac awyrennau eraill yn saethu'r rheini i lawr.

Ar ddydd Sul byddai Apphia Davies yn mynd â Bertie gyda hi i Penuel, ac yno byddai Bertie'n adrodd adnod yn Gymraeg, peth a wnâi er na wyddai fawr o'r iaith. Weithiau byddai ei dad neu ei fam, neu'r ddau, yn dod i Lanrwst i'w weld. Cyflwynodd mam Bertie *tea-cosy* yn anrheg pen-blwydd i Apphia Davies.

Pan ddaeth gwyliau'r haf byddai Apphia Davies weithiau yn mynd â Bertie i'r pictiwrs neu am dro i'r wlad. Un diwrnod ym mis Awst aeth Lewis ag ef am dro ar draws y dyffryn, heibio Castell Gwydir ac i fyny drwy'r goedwig. Pan oedd y ddau yng nghanol y goedwig, Lewis ar y blaen a Bertie yn llusgo ar ei ôl, arhosodd Lewis i adael iddo ddal i fyny. Roedd y goedwig yn dywyll ac yn hollol dawel. Bron nad oedd y tawelwch fel gorchudd byw yn gorwedd yn drwm dros y gornel honno o'r byd. Cyn cyrraedd at Lewis safodd Bertie ac edrych o'i gwmpas yn y llonyddwch. Yna, heb unrhyw reswm eglur, dechreuodd feichio crio. Aeth Lewis ato i'w gysuro, ond beichio crio y bu

Bertie am funudau. Nid aeth Lewis ag ef i'r goedwig wedi hynny, a chyn bo hir daeth y gwyliau i ben.

Fis Medi aeth Bertie yn ôl i'r ysgol. Yna cafodd frech yr ieir, a bu farw un o'r ieir. Tra bu Bertie'n sâl pisodd yn ei wely. 'Gwalch bach,' meddai Apphia Davies ar ôl rhoi ffrae ddifrifol iddo. Pan wellodd Bertie aeth Apphia Davies ag ef i'r pictiwrs eto ac un noson aethant i hel cnau gyda'i gilydd. Un diwrnod ysgol a hithau'n dywydd braf, daeth Bertie adref yn gynnar iawn a'i bocedi'n llawn cnau. Roedd wedi bod yn chwarae triwant a chafodd ei anfon i'r gwely gan Apphia Davies am fod yn hogyn drwg.

'Fy nau fab yn bell oddi cartref,' meddai Apphia Davies, 'a hogyn bach o Loegr yma'n cysgu'n dawel. Beth maen nhw'n feddwl am eu mam, heno, yn bell oddi yma?'

'Dwi'n siŵr eu bod nhw'n meddwl llawer iawn amdanoch chi,' meddai Lewis, 'maen nhw'n hogia da.'

Ar ôl colli'r cyfle a gafodd yn y gwanwyn i ddod i adnabod Margaret Dixon yn well, yn ystod yr haf penderfynodd Lewis ofyn i Margaret a'i phlant ddod gydag ef i Landudno un pnawn Sadwrn. Byddent yn medru cael reid yn y car, mynd i'r pictiwrs efallai, neu gerdded ar y promenâd cyn cael te mewn caffe. Ond ar ôl dod i'r penderfyniad gofalus hwn, welodd Lewis ddim golwg o Margaret yn y syrjeri nac o gwmpas y dref.

Yn ystod 1941 bu Thomas, mab hynaf Apphia Davies, yn dal i alw i weld ei fam yn gyson. Unwaith neu ddwywaith bob mis byddai'n gyrru o St Helens i Lanrwst ar ddydd Sadwrn mewn hen Austin 10, a wastad yn dod â rhywbeth gydag ef i'w fam. Fel rheol byddai'n aros y nos ac yn mynd i'r capel gyda'i fam a Bertie ar y Sul. Weithiau byddai ei gariad Marjorie Williams yn dod i Lanrwst gydag ef ac wedyn byddai Thomas yn gorfod cysgu ar y soffa.

Er bod Apphia Davies a Marjorie Williams yn dod ymlaen yn iawn gyda'i gilydd, digiodd Apphia Davies yn arw pan ddywedodd Thomas wrthi ei fod ef a Marjorie wedi dyweddïo ac yn mynd i briodi. Wrth i ddyddiad y briodas agosáu bu Apphia Davies a'i mab yn ffraeo'n gas gyda'i gilydd.

'Mae Thomas yn dweud ei fod o eisio byw ei fywyd ei hun,' meddai Apphia Davies wrth Lewis, 'wn i ddim beth sydd wedi dod drosto fo, wir.'

Fis Hydref 1941 priodwyd Thomas Davies a Marjorie Williams yn ei chapel hi yn St Helens. Nid aeth Apphia Davies yn agos at y briodas. Defnyddiodd bresenoldeb Bertie Neville fel esgus, ond mewn gwirionedd roedd hi wedi digio â'i mab. Dywedodd bethau rhyfedd iawn wrth Lewis y dyddiau hynny.

'Mae Thomas yn ymbriodi ag eilun ei fynwes,' meddai, 'a dyma fi yma fy hunan, yn unig ac amddifad, yn trystio yn fy nefol dad.'

'Does dim eisio i chi fod yn ddigalon,' meddai Lewis, 'dwi yma efo chi.'

'Yma fy hunan fel pererin,' meddai Apphia Davies wedyn, 'wrthyf fy hun yn y byd ar ôl mynd yn hen, "O na chuddit fi yn y bedd! na'm cedwit yn ddirgel".'

Wedi'r briodas byddai Thomas yn dal i ddod i Lanrwst, naill ai ar ei ben ei hun neu gyda Marjorie, ond ym meddwl Apphia Davies ni fyddai pethau byth yr un fath. Roedd Thomas wedi'i gadael am ddynes arall.

Roedd Thomas yn ddyn prysur, yn swyddog glanweithdra gyda chyngor bwrdeistref fawr St Helens, wrth ei waith drwy'r dydd ac yn gorfod treulio nosweithiau ar ben neuadd y dref yn cadw llygad am danau. Ac wedyn byddai'n dal i ddod adref at ei fam ac yn dangos gofal mawr amdani. Pan fyddai'r tywydd yn oer ac yn wlyb byddai'n rhaid iddo dreulio amser mawr yn chwarae gyda'r *carburettor* a'r coil a'r *spark plugs* cyn i beiriant yr Austin 10 danio. Nid oedd yn hawdd dod i adnabod Thomas, ond roedd i'w werthfawrogi am ei ffyddlondeb i'w fam.

*   *   *

Yn wahanol i Bertie Neville yn Everton House, nid oedd Simon Protheroe Evans wedi setlo'n dda yn yr Ydfaes. I gapel Seion ym mhentref Tafarn-y-fedw yr âi'r ddau oedd yno'n barod, Robert a Glyn. Y capel bach Methodistaidd hwnnw oedd y capel agosaf at yr Ydfaes. Nid oedd yn gwneud y tro i Simon, a mynnai ef fynd i Seion, capel y Methodistiaid yn Llanrwst, capel mwya'r dref, y Capel Mawr. Roedd Simon hefyd yn anfodlon â'i ystafell wely, oedd yn oer iawn, meddai. Dywedodd wrth Lewis fod Robert a Glyn eisoes wedi cymryd yr ystafelloedd gwely gorau yn y tŷ.

Y tro nesaf i Lewis alw yn yr Ydfaes aeth Simon ag ef i'r llofft i ddangos ei ystafell wely iddo. Yno gwelodd Lewis garped mawr coch patrymog yn llenwi'r lle, ag un ymyl i'r carped wedi'i blygu oddi tano er mwyn gwneud iddo ffitio o fewn yr ystafell.

'Mae Mr Vivian Williams wedi rhoi'r carped hyfryd hwn i mi,' meddai Simon. 'Doedd hynny'n garedig?'

'Oedd, caredig iawn,' meddai Vivian. 'Beth ydi o, Arabian?'

'O na, nid *Arabian*, nage wir!' meddai Simon. 'Nid Arabian, na, *Persian carpet* yw e, carped hen iawn ac o ansawdd arbennig o dda. Mae e'n garped gwerthfawr iawn. Dywedodd Mr Vivian Williams ei fod am i mi ei gael e am ei fod yn siŵr y baswn i'n ei werthfawrogi.'

Er bod Simon yn ymddangos yn ddyn cryf, nid oedd wastad yn weithiwr bodlon. Hoffai fwydo'r ieir a chasglu'r wyau, ond nid oedd am lanhau'r cwt ieir ar ei ben ei hun, felly roedd yn rhaid i'r tri wneud hynny gyda'i gilydd. Ceisiodd Simon gynnal cyfarfod gweddi yn yr Ydfaes bob bore ar ôl brecwast. Pan benderfynodd Glyn nad oedd am gymryd rhan digiodd Simon, a daeth y cyfarfodydd gweddi i ben. Pan aeth y tri ohonynt ati i godi tatws yn yr hydref, dechreuodd Simon gwyno am ei gefn. Dywedodd Lewis wrtho am aros yn y gwely a chymryd aspirin.

Fis Tachwedd 1941 daeth un person arall at y tri yn yr Ydfaes, ond y tro hwn ni chafwyd te parti. Bu Vivian yn siarad â'r gweithwyr a gydag aelodau o'r bwrdd, ac yna dywedodd y byddai Jeremy Hailsham yn dod i fyw i'r Ydfaes. Dim ond ar ôl apelio y cafodd Jeremy ei gofrestru fel gwrthwynebydd cydwybodol, a hynny ar yr amod ei fod yn gweithio ar y tir. Pan fethodd Jeremy â chael gwaith addas yn agos at ei gartref rhoddwyd ar ddeall iddo y byddai'n cael ei gosbi oni fyddai'n dod o hyd i waith yn fuan. Nid fedrai Vivian wrthod Jeremy.

Pan gyflwynwyd Lewis i Jeremy, gwelodd ar unwaith pam ei fod wedi cael y fath anhawster wrth chwilio am waith. Roedd yn ddyn tal iawn ac yn fain, gyda thrwyn hir, trawiadol. Ar ben hynny roedd yn Gristion ffwndamentalaidd, a doedd ganddo ddim llawer i'w ddweud wrth bobl nad oeddynt o'r un farn yn union ag ef yn grefyddol, gan gynnwys y tri arall yn yr Ydfaes. Roedd yn ddigon cwrtais, ond i'w weld yn byw ei fywyd ei hun ar wahân i bawb, hyd yn oed o fewn cymuned fach o bedwar o bobl. Weithiau byddai'n rhoi'r argraff ei fod yn edrych i lawr ar feidrolion nad oeddynt mor gadwedig ag ef ei hun. O ran golwg ac ymddygiad roedd Jeremy yn anorfod yn ddieithryn ymhlith ei gyd-ddynion.

Erbyn iddo gyrraedd yr Ydfaes, roedd Jeremy eisoes wedi dod i wybod am ambell un arall yn y cylch oedd o'r un lliw ag ef yn grefyddol. Ym Metws-y-coed y byddai'n treulio'r Sul, gyda theulu o'i gyd-grefyddwyr oedd â merch roedd Jeremy yn hoff ohoni. Roedd ganddo feic mawr du, ac yn aml, ar ôl gorffen ei waith am y dydd, byddai'n neidio ar y beic ac yn diflannu i gyfeiriad Betws-y-coed. Roedd Jeremy yn feiciwr eithriadol, yn reidio'r beic yn gyflym a'i ddwy goes yn symud i fyny ac i lawr yn bwerus. Weithiau byddai'n hwyr y nos arno'n dychwelyd. Roedd Jeremy yn amlwg i bawb mewn unrhyw gynulleidfa, ac o'r pedwar yn yr Ydfaes ef a ddaeth fwyaf adnabyddus yn yr ardal. Dechreuodd y plant sylwi arno a galw 'conshie' ar ei ôl.

Ar ddydd Mawrth y cynhelid marchnad Llanrwst a byddai gweithwyr yr Ydfaes yn arfer dod yno i brynu a gwerthu. Byddai Jeremy yn dod yno ar ei feic, ond pan ddechreuodd y plant ymyrryd â'r beic gofynnodd i Lewis a fyddai'n cael ei adael y tu ôl i Everton House, wrth ymyl y cwt ieir, i'w gadw'n saff tra bod y farchnad ymlaen.

'Cewch, wrth gwrs,' meddai Lewis, 'mae'n ddrwg gen i. Dylai'r plant yna wybod yn well.'

'Does dim disgwyl gwell,' meddai Jeremy, a dechrau adrodd: '"Gwyn eich byd pan y'ch gwaradwyddant, ac y'ch erlidiant, ac y dywedant bob drygair yn eich erbyn er fy mwyn i, a hwy yn gelwyddog. Byddwch lawen a hyfryd, canys mawr yw eich gwobr yn y nefoedd: oblegid felly yr erlidiasant hwy y proffwydi o'ch blaen chwi. Chwi yw halen y ddaear."'

'Ia wir,' meddai Lewis Huws, 'wel, ffwrdd â chi i'r farchnad rŵan.'

Po fwyaf y byddai Jeremy yn adrodd o'r Beibl, mwyaf anodd oedd hi i gymryd at y dyn. Yn y diwedd cafodd Lewis gyfle i holi Robert a Glyn, y ddau ddyn call, ynghylch Jeremy.

''Dan ni'n cael trafferth efo fo weithiau,' meddai Glyn. 'Pan mae o'n aros allan yn hwyr efo'i ffrindiau dydi o ddim eisio codi yn y bore.'

'Mae o wastad yn llwglyd,' meddai Robert, 'mi wnaiff o fwyta popeth os caiff o gyfle.'

'Does ganddo fo ddim llawer o ddiddordeb mewn ffermio,' meddai Glyn, 'ond mae o'n weithiwr iawn.'

'Unwaith mae o wedi codi mae o'n gweithio'n galed,' meddai Robert, 'nes bydd o'n diflannu ar gefn ei feic.'

''Dan ni'n gwneud yn iawn efo Jeremy,' meddai Glyn, 'mae o'n cadw ni i fynd.'

Ar ôl dyfodiad Jeremy gwellodd perthynas Simon gyda Robert a Glyn. Efallai fod Simon am wneud yn glir nad oedd o'n ddim byd tebyg i'r dyn tal gyda'r trwyn main a'r daliadau eithafol. Rywsut daeth Jeremy â balans i'r Ydfaes.

★   ★   ★

Erbyn 1941 roedd bechgyn Llanrwst wedi'u gwasgaru ar draws y byd. Llwyddodd Walter, mab ieuengaf Apphia Davies, i gyrraedd yr Aifft. Yng ngogledd Affrica treuliai ei amser yn gyrru lorri ar hyd yr arfordir rhwng llefydd fel Tobruk, Sidi Barrani, Mersa Matruh, El Alamein ac Alexandria.

Milwyr a llongwyr oedd y rhan fwyaf o fechgyn Llanrwst erbyn hyn. Yn yr hydref lladdwyd gŵr o Lanrwst o'r enw John Middleton Birse a oedd wedi gwirfoddoli i ymuno â'r RAF. Hefyd yn yr RAF roedd Richie Rees, y wicedwr a'r clerc gyda chwmni Crosville, a Geraint, mab hynaf Gruffydd Jones. Darllenodd Lewis yn y papur fod Edward Wynne-Bevan, mab y Prif Gwnstabl Emrys Wynne-Bevan a swyddog gyda chatrawd oedd yng ngogledd Affrica, wedi ennill y Military Cross am wasanaeth dewr a nodedig.

Bu Emrys Wynne-Bevan yntau yn y papur newydd. Roedd y Prif Gwnstabl wedi mynnu bod angen lifrai penodol ar y plismyn arbennig, dynion cyffredin oedd yn gweithio'n rhan-amser gyda'r heddlu yn ystod y rhyfel. Fel arfer byddai cwnstabl arbennig yn gwisgo *armband* ar ei fraich i ddynodi ei fod yn gweithredu fel plismon. Roedd Wynne-Bevan bellach wedi recriwtio wyth gant o gwnstabliaid arbennig, ac yn mynnu bod y Cyngor yn prynu lifrai i bob un ohonyn nhw ar gost o £2.19.6 yr un, sef cyfanswm o dros ddwy fil o bunnoedd. Bu'n rhaid iddo ofyn i Bwyllgor yr Heddlu am yr arian, ac roedd y Pwyllgor wedi gwrthod y cais ar ei ben, a hynny'n unfrydol. Dyma'r tro cyntaf i'r cynghorwyr sefyll i fyny yn erbyn Emrys Wynne Bevan, ac yn ôl y sôn roedd yntau'n ddig iawn gyda'r penderfyniad. Nid oedd Lewis wedi gweld Gruffydd ers y ffrae a gafodd y ddau yn Llandudno yn y gwanwyn.

Pan oedd holl ddynion ifainc y dref wedi gadael i fynd i'r rhyfel, cyrhaeddodd George Bebb yn ôl yn Llanrwst. Gwelodd Lewis ef ar y sgwâr un diwrnod ac aeth ato i gael gair. Eglurodd George ei fod wedi treulio dros flwyddyn mewn gwahanol wersylloedd, ac wedi cael ei ryddhau yn y diwedd am resymau meddygol. Bu'n cael poenau yn ei law dde oedd yn achosi problemau iddo wrth saethu gwn. Pan fyddai'n anelu at darged roedd yn saethu'n gam bob tro. Anfonwyd ef at feddygon y fyddin. Yna dangosodd ei law i Lewis. Roedd craith fawr ar gledr y llaw ac roedd siâp y llaw wedi newid.

'Dydw i ddim yn medru symud fy mysedd yn iawn,' meddai George, 'a dweud y gwir mae'r llaw yn waeth nag oedd hi. Roeddan nhw'n dweud bod dim gwerth cael milwr oedd yn methu saethu gwn.'

Yn amlwg, bu rhyw fwtsiwr o lawfeddyg milwrol yn torri'r

cyhyrau a'r gewynnau mewn ymgais rhyfygus ac anobeithiol i wella rhywbeth a fyddai, fwy na thebyg, wedi gwella'i hun ymhen amser.

Digwyddodd y llawdriniaeth fisoedd ynghynt. Bu George yn aros i'w law wella, ond pan ddaeth hi'n amlwg na fyddai'r llaw byth yn gwella'n iawn caniatawyd iddo adael y fyddin. Roedd George ei hun yn ymddangos yn ddigon bodlon bod y clwyf wedi'i ryddhau o'r fyddin mewn ffordd anrhydeddus.

'Yn yr Aifft mae fy ffrindiau i gyd,' meddai, 'faswn i yna rŵan oni bai am fy llaw.'

'Be wnei di rŵan, George?' meddai Lewis.

'Dydi Mam ddim wedi bod yn dda,' meddai George, fel petai hynny'n ateb y cwestiwn.

'Wyt ti am edrych ar ôl y caffe yn ei lle hi?' meddai Lewis.

'O na,' meddai George, 'faswn i ddim eisio gwneud hynna. Oeddwn i'n meddwl mynd i'r Home Guard.'

Bellach nid oedd Mrs Bebb yn sefyll yn y caffe drwy'r dydd bob dydd fel y bu. Nid oedd hi byth yn cymryd gwyliau ac anaml iawn roedd hi wedi bod yn absennol o'r caffe ers iddo agor, flynyddoedd mawr yn ôl.

Tra bu George a Lewis yn sefyllian ar ochr bella'r sgwâr, yr ochr agosaf at y Bont Fawr, gwelodd Lewis Margaret Dixon yn dod i mewn i'r sgwâr yr ochr draw i neuadd y farchnad, yn cerdded heibio'r King's Head tuag at Stryd Dinbych, yng nghwmni gŵr ifanc tal. Roedd gan y dyn lond pen o wallt tywyll ac roedd yn gwisgo sbectol. Nid oedd Lewis wedi'i weld erioed o'r blaen. Roedd Margaret ac yntau'n brysur yn siarad a'r ddau i'w gweld yn cael sbort. Tebyg iawn bod Margaret wedi cael cariad o rywle. Nid oedd Lewis wedi ei gweld hi ers misoedd, ac roedd y bwriad i'w gwahodd hi a'i phlant i Landudno am y diwrnod wedi gorwedd yn segur yn ei feddwl ers yn hir iawn. Bellach dyna gyfle arall wedi mynd heibio i Lewis Huws.

Os na fedrai George Bebb saethu gwn yn y fyddin, ni fyddai'n medru saethu dim gwell yn yr Home Guard, ac ni fyddai'n medru cadw wiced chwaith. Yn Llanrwst roedd yr Home Guard yn drwm dan ddylanwad cyn-filwr o'r enw Brian Walpole, dyn oedd yn cadw siop barbwr yn y dref. Sais oedd Brian a phan fyddai'n torri gwallt roedd ganddo wastad sgwrs ddifyr, ysgafn, ac ambell i jôc. Roedd yn ddyn mawr yn gorfforol, gyda llais cyhyrog. Prin fod neb addasach ar gyfer trafod milwyr amatur na Brian Walpole.

Er gwaetha'i anafiadau, daeth George yn aelod ffyddlon o'r platŵn lleol o'r Home Guard dan gyfarwyddyd Sarjant yr Home Guard, Brian Walpole. Landlord siop barbwr Brian Walpole yn Stryd Watling, Llanrwst, oedd Mrs Bebb.

★   ★   ★

Yn ystod 1941 daeth Apphia Davies â'r newydd drwg i Lewis bod Anita Elis, y ferch ifanc oedd wedi priodi Arthur Elis cyn iddo adael am Ffrainc gyda'r BEF yn 1940, wedi derbyn llythyr swyddogol yn rhoi gwybod iddi fod ei gŵr wedi marw.

'Druan o Arthur bach,' meddai Apphia Davies. 'Gafodd o ddim lwc o gwbl, naddo?'

Lladdwyd Arthur yng ngogledd Ffrainc ar 20 Mai 1940. Claddwyd ef ym mhentref Candas, tua deg milltir i'r gogledd o Amiens ac afon Somme, yn bell iawn o Dunkirk. Bellach dyma gadarnhad swyddogol o'r hyn roedd pawb wedi dod i'w dderbyn yn barod. Rhoddodd y llythyr derfyn ar unrhyw obaith am weld Arthur Elis yn fyw unwaith eto.

Erbyn diwedd 1941 roedd y rhyfel wedi tawelu yn Nyffryn Conwy. Penderfynodd rhai o bobl Lerpwl ei bod hi'n saff iddynt adael Llanrwst a dychwelyd i'r ddinas. Y rheswm am y tawelwch oedd bod yr Almaen bellach yn canolbwyntio ei nerth milwrol yn Rwsia, lle roeddynt yn agosáu at Mosgo. Yna, fis Rhagfyr, yng nghanol rhew ac eira ac oerfel ofnadwy, gwrthymosododd y Fyddin Goch gan yrru byddinoedd yr Almaen yn eu holau.

Ddau ddiwrnod yn ddiweddarach ymosododd Japan ar Pearl Harbour a daeth America i mewn i'r rhyfel. Bellach roedd yr Undeb Sofietaidd, yr Unol Daleithiau a'r Ymerodraeth Brydeinig i gyd yn ymladd yn erbyn yr Almaen a Japan. Ond parhau yr oedd colledion yr Ymerodraeth.

Cyn y Nadolig yn 1941 penderfynodd rhieni Bertie ei bod yn ddigon diogel iddo ddychwelyd i Lerpwl. Daeth y ddau ohonynt i Lanrwst i'w nôl ac aeth Bertie yn ôl adref gyda hwy. Tawel iawn fu Nadolig 1941 yn Everton House ar ôl i Bertie Neville adael. Rhyddhad i Apphia Davies oedd gweld Bertie'n mynd adref, ond yn fuan gwelodd golli'r 10/6 a gawsai gan Bert bob wythnos. Dyna pryd y dechreuodd Apphia Davies gwyno am arian. Nid oedd arian y tŷ yn ddigon iddi ddod i ben, meddai wrth Lewis, heb arian Bertie bach. Fe ddylai Lewis Huws fod wedi cymryd ei chwynion o ddifri o'r dechrau, ond wnaeth o ddim.

Pennod 17

SPAM HASH

'BETH YDI HWN?' gofynnodd Lewis i Apphia Davies wrth iddo edrych ar blatiad o fwyd oedd wedi ymddangos o'i flaen amser cinio.

'*Spam hash*,' meddai Apphia Davies, 'o'r *Woman's Weekly*.'

'Beth sydd ynddo fo?' meddai Lewis.

'Ychydig o Spam, hanner nionyn bach a thatws,' meddai Apphia Davies. 'Chi oedd yn dweud eich bod chi eisio tipyn o gig weithiau.'

'Doeddwn i ddim wedi meddwl am rywbeth fel hyn,' meddai Lewis, gan bigo'n ofalus o gwmpas y cigach pinc, meddal, yng nghanol y tatws ar y plât.

'Mae'n anodd iawn cael unrhyw fath o gig,' meddai Apphia Davies, 'mae'n rhaid i mi dderbyn beth sydd ar gael neu chawn ni ddim byd.'

'Mae'r Spam 'ma fel rhywbeth sydd wedi syrthio oddi ar yr *operating table*,' meddai Lewis.

'Petasech chi'n talu *allowance* iawn i mi fasa gobaith i chi gael rhywbeth gwell,' meddai Apphia Davies. 'Dwi wedi dweud digon wrthych chi am yr arian ac mae o i fyny i chi i wneud rhywbeth am y peth.' Ac aeth Apphia Davies allan o'r ystafell yn ddrwg ei hwyl.

Roedd y Spam wedi atgoffa Lewis o ddarn o'r iau dynol, yr afu byw yn gorwedd y tu mewn i'r abdomen ac yn sgleinio.

Camgymeriad oedd iddo sôn am yr *operating table* wrth Apphia Davies.

Erbyn gwanwyn 1942 roedd y dogn bwyd yn tynhau yn raddol. Bach iawn oedd y dogn wythnosol, dim llawer mwy nag y byddai dyn iach a llwglyd yn medru ei fwyta mewn diwrnod arferol cyn y rhyfel. Weithiau nid oedd modd cael gafael hyd yn oed ar y dogn wythnosol. Pe bai llongau tanfor yr Almaen yn dal i suddo'r llongau oedd yn dod â bwyd i Brydain ar draws Môr Iwerydd, medrai newyn ddod i'r wlad. Bu Apphia Davies yn paratoi un cawl llysiau ar ôl y llall nes i Lewis ddweud wrthi y byddai'n dda ganddo gael cig weithiau. Os na fedrai Lewis fwyta bwyd Apphia Davies, roedd yn rhaid iddo ddweud hynny wrthi rhag ofn y byddi'n paratoi'r un peth eto. Nid oedd hithau'n croesawu ei sylwadau o gwbl.

Roedd fel petai'r rhyfel yn meddiannu'r holl fyd. Doedd dim diwedd i'w weld o gwbl, a'r argoelion cyn waethed ag y buont erioed. Fis Chwefror 1942 hwyliodd llongau'r Almaen heibio Dover o borthladd Brest i'r Almaen heb i holl alluoedd yr Ymerodraeth fedru gwneud dim i'w rhwystro: y *Scharnhorst*, y *Gneisenau* a'r *Prinz Eugen*. Ddau ddiwrnod yn ddiweddarach syrthiodd Singapore i Japan, y golled filwrol waethaf yn hanes yr Ymerodraeth Brydeinig.

Bellach roedd gwirodydd o bob math yn anodd eu cael a byddai tafarnau weithiau'n rhedeg yn sych o gwrw, yn arbennig pan fyddai'r milwyr o'r gwersyll yn dod i yfed. Roedd yn well cymryd gofal wrth siarad mewn tŷ tafarn oherwydd bod rhai pobl yn teimlo'n gryf iawn ynghylch materion yn ymwneud â'r rhyfel. Roedd gofyn bod yn ofalus yn ogystal wrth drafod swyddogion llety a bwyd, wardeiniaid yr ARP, yr Home Guard ac unrhyw un arall mewn lifrai.

Cadwai Lewis fwy a mwy o fewn ei fyd ei hunan. Yn lle

mynd i dafarn byddai'n paratoi *cocktail* yn seiliedig ar alcohol pur o'r disbensari. Roedd y dyfodol yn edrych yn dywyll iawn. Medrai'r dynion a'r merched a oedd wedi'u galw i wneud 'gwasanaeth cenedlaethol' fod yn gaeth i'w dyletswyddau am flynyddoedd, a hynny'n orfodol, fel caethweision.

Pigodd Lewis yma ac acw ar y Spam. Yn y diwedd symudodd weddillion y Spam i ochr y plât a rhoi'r gorau iddi. Medrai fynd i Gaffe Bebb yn nes ymlaen gan obeithio cael paned o de a chacen. Caffe Bebb oedd un o'r ychydig bethau da oedd yn dal i fynd drwy flynyddoedd llwm y rhyfel. Diolch i'r drefn nad oedd dim dogni mewn tai bwyta.

Pan gyrhaeddodd Lewis Gaffe Bebb ar ddiwedd y pnawn gwclodd Idris Edwards a Stanley Corfield yno gyda'i gilydd. Aeth atynt a chlywed eu bod newydd fynychu cyfarfod yng Nghaernarfon i groesawu dau genedlatholwr allan o garchar. Ar ddechrau'r flwyddyn carcharwyd Ffred Jarman o Fangor a Hywel Lewis o Landysul am dri mis yr un am wrthod gwasanaeth milwrol ar sail cenedlatholdeb Cymreig, a bellach roedd y ddau wedi'u rhyddhau.

'Roedd yn dda gan Ffred gael cwmni ar ôl y carchar,' meddai Idris, 'roedd o'n fwy siaradus nag arfer.'

'Un penderfynol ydi Hywel,' meddai Stanley, 'all neb ei gadw fo'n dawel.'

Roedd y cyfarfod wedi bod yn galondid i bawb, meddai'r ddau, ond doedd pethau ddim yn gwella o safbwynt hawliau cenedlaethol y Cymry. Y Barnwr Walter Samuel oedd wedi cymryd lle Artemus Jones fel Cadeirydd Tribiwnlys Gogledd Cymru. Roedd ei agwedd at yr heddychwyr yn wahanol i'w ragflaenydd, ac yn galetach.

'Mae o'n gweld bai ar y Cymry am fod yn bobl heddychlon,' meddai Idris, 'mae o am i bawb fod eisio lladd Almaenwyr.'

Roedd Samuel wedi dweud mai dymuniad y Cymry oedd 'cael byw yn eu cymunedau bychain, mynd i'w capeli, a chael bywyd heddychlon', ac iddo ef roedd hynny'n beth cywilyddus ac annerbyniol adeg rhyfel.

'Maen nhw'n gyrru'r dynion ifainc i'r fyddin,' meddai Stanley Corfield, 'ac yn gorfodi merched i fynd i weithio mewn ffatrïoedd yn Lloegr.'

'Maen nhw wedi gorfodi teuluoedd Cymraeg i symud o'u ffermydd,' meddai Idris. Roedd Lewis eisoes wedi clywed gan Robert yn yr Ydfaes bod y fyddin wedi cymryd tir ym Mynydd Epynt ac wedi gyrru cannoedd o Gymry o'u cartrefi. Yn lle'r Cymry deuai Saeson i ymarfer mewn gwersylloedd ac i fyw fel efaciwîs.

'Mae Gwyn Vincent wedi gwrthod mynd am archwiliad meddygol,' meddai Stanley, 'efallai mai fo fydd y nesaf.'

'Yn doedd Gwyn a Marian yn canlyn ar un adeg?' meddai Idris.

'Oeddan, mae'n debyg,' meddai Stanley, 'pan oeddan nhw yn y coleg ym Mangor.'

'Oedd yn well ganddi hi Lloyd Owen?' meddai Lewis.

'Oedd,' meddai Stanley, 'mae Gwyn Vincent yn dal yn hoff ohoni. Dach chi'n ei weld o efo hi yn yr ysgolion haf.'

'Ydach chi'n adnabod Lloyd Owen?' meddai Lewis.

''Dan ni wedi'i gyfarfod o,' meddai Idris, 'dydi o ddim yn genedlaetholwr.'

'Na,' meddai Lewis, 'ond mae'n rhaid bod Marian yn gweld rhywbeth ynddo fo.'

Newyddiadurwr gyda phapur lleol oedd Gwyn Vincent. Cyn y rhyfel roedd wedi dod yn adnabyddus fel awdur cyfrol o straeon byrion. Roedd tua'r un oed â Marian ac yn ddyn ifanc talentog. Ambell waith roedd i'w weld yn Llanrwst ar gefn beic modur mawr, yn paratoi stori i'r wasg.

'Dach chi'n adnabod Gwyn Vincent?' meddai Lewis wrth Apphia Davies y noson honno.

'Dwi'n gwybod pwy dach chi'n feddwl,' meddai Apphia Davies. 'Mae o wedi sgrifennu llyfr, tydi?'

'Ydi,' meddai Lewis. 'Glywais i heddiw ei fod o a Marian Clements wedi bod yn canlyn ei gilydd pan oeddan nhw yn y coleg.'

'Dwi'n gweld,' meddai Apphia Davies, 'dydi hynny ddim yn syndod mawr, am wn i.'

'Roedd yn well ganddi Lloyd Owen, mae'n debyg,' meddai Lewis.

'Mae'r ddau ohonyn nhw'n ddynion smart iawn,' meddai Apphia Davies. 'Mae Gwyn Vincent yn dalach, wrth gwrs, ond mae gan Lloyd Owen wallt melyn a llygaid gleision, yn does?'

'Dwi'n meddwl basa hi wedi bod yn well efo Gwyn Vincent,' meddai Lewis.

'Efallai bod Marian yn cael Lloyd Owen yn gwmni mwy cyfforddus na Gwyn Vincent,' meddai Apphia Davies.

'Cyfforddus!' meddai Lewis. 'Ai dyna mae merched eisio?'

'Efallai bod Marian Clements angen rhywun tawelach na Gwyn Vincent,' meddai Apphia Davies. 'Pysgotwr yng Nghonwy oedd ei thad hi, Jac Clements. Oedd o'n arfer dod yma i werthu pysgod yn y farchnad weithiau.'

'Glywais i mai un o Gonwy oedd hi,' meddai Lewis.

'Fuodd ei mam hi farw pan oedd Miss Clements yn fach iawn,' meddai Apphia Davies. 'Hen gymeriad diddorol oedd Jac Clements ond wn i ddim sut un fasa fo am fagu merch fach. Mae'n siŵr ei bod hi wedi cael amser rhyfedd yn tyfu i fyny efo'i thad. Mae hi wedi troi allan yn dda iawn ac ystyried, ond mae plentyndod fel'na yn gadael ei ôl yn aml iawn. Welais i Mrs Dixon heddiw, gyda llaw, roedd hi'n sôn ei bod hi am ddod i'ch gweld chi yfory.'

'Be sy'n bod arni?'

'Dydi'r hogan fach, Eileen, ddim wedi bod yn dda,' meddai Apphia Davies. 'Roedd hi wedi meddwl dod i'ch gweld chi'r wythnos ddiwethaf, medda hi, ond mae hi wedi bod yn brysur achos bod ei brawd hi wedi bod yn aros efo hi cyn iddo fo fynd i ffwrdd efo'r fyddin.'

'Ei brawd hi?'

'Ia.'

'Dyn tal efo sbectols a gwallt?'

'Ia, dyna chi, lot fawr o wallt blêr iawn, wir. Dach chi'n ei nabod o?'

Pan ddaeth Margaret i mewn i'r syrjeri'r bore wedyn, gwelodd Lewis fod gan Eileen annwyd go drwm, ond dim mwy. Rhoddodd ffisig pinc iddi. Edrychodd ar Roy wedyn, a chael ei fod yn iach. Yna aeth ati i ofyn y cwestiwn y bu'n aros yn hir i'w ofyn.

'Roeddwn i wedi gobeithio'ch gweld chi cyn hyn,' meddai Lewis wrth Margaret. 'Dwi prin wedi eich gweld chi o gwbl ers y llynedd pan oedd Roy yn sâl.'

''Dan ni i gyd wedi bod yn iach,' meddai Margaret, 'dyna pam 'dan ni heb eich gweld chi.'

'Mi roeddwn i wedi meddwl gofyn rhywbeth i chi pan fyddwn i'n eich gweld chi,' meddai Lewis. 'Dwi'n mynd i Landudno ar bnawn dydd Sadwrn weithiau. A fyddech chi i gyd yn leicio dod efo fi rywbryd? Gawn ni fynd am reid yn y car a chael te yn Llandudno cyn dod yn ôl?'

Edrychodd ar Margaret ac wedyn ar y plant, a oedd i'w gweld yn hapus i dderbyn y cynnig. Gwell fyth, roedd Margaret hithau yn croesawu'r gwahoddiad.

Aeth Margaret Dixon a'i phant gyda Lewis i Landudno ar brynhawn Sadwrn braf ddiwedd mis Mai 1942. Buon nhw'n cerdded ar hyd y promenâd ac wedyn yn eistedd ar lan y môr. Tra bod y plant yn chwarae cafodd Lewis glywed dipyn o hanes Margaret a'i theulu. Athrawon oedd Margaret a'i brawd iau, Mostyn. Roedd ganddi ddwy chwaer dipyn hŷn na hi yn ogystal. Bu hi a'i brawd yn ffrindiau mawr o'r dechrau, meddai Margaret. Un doniol, hapus oedd Mostyn, byth yn cyffroi ond wastad yn flêr ac yn barod i chwarae triciau. Tyfodd fel polyn o dal yn ifanc iawn a bu ei wallt yn afreolus erioed. Erbyn hyn roedd Mostyn ar fin mynd yn dechnegydd gyda'r RAF mewn maes awyr yn ne Cymru.

Wedyn aeth y pedwar ohonyn nhw i gaffe Clare's yn Stryd Mostyn. Ar lawr isaf Clare's roedd siop yn gwerthu cacennau, ac i fyny'r grisiau roedd y tŷ bwyta, lle parchus a'r waliau yn bren derw tywyll. Daeth y morynion â *toasted tea cakes* iddynt.

Wrth eistedd yno gyda'i gilydd, Margaret, Eileen, Roy a Lewis, roedden nhw'n edrych i bawb fel teulu bach: tad a mam a dau o blant. Daeth y weinyddes â dogn ychwanegol o fenyn i'r plant o rywle a rhoi winc fawr i Eileen. Roedd hithau i'w gweld yn hapus iawn yn eistedd wrth y bwrdd yn mwynhau *toasted tea cake* melys gyda digon o fenyn am unwaith.

Ar ôl te, dechreuodd y pedwar gerdded yn ôl yn araf ar hyd Stryd Mostyn, y ddau blentyn ar y blaen a Lewis a Margaret yn eu dilyn. Stryd Mostyn oedd prif stryd Llandudno, yn rhedeg yn gyfochrog â'r promenâd ac yn llawn siopau. Roedd y stryd a'r palmentydd yn llydan, a'r canopi gwydr oedd uwchben bron pob siop yn adlewyrchu'r haul gan oleuo'r holl stryd, er bod y siopau bellach yn brin o nwyddau a hithau'n drydedd flwyddyn y rhyfel.

'Mae Llandudno wastad yn lle braf, yn tydi?' meddai Lewis.

'Ydi,' meddai Margaret, 'wn i ddim pa mor hir fydda i'n dal yn medru dod yma chwaith.'

'Be dach chi'n feddwl?' meddai Lewis.

'Mae Nellie'n sôn am fynd i fyw yn nes at ei rhieni,' meddai Margaret. 'Hebddi hi dydw i ddim yn meddwl y byddwn i'n medru aros yn Llanrwst. Faswn i ddim yn medru fforddio'r rhent, heb sôn am ddim byd arall.'

'Be fasach chi'n wneud?' meddai Lewis. 'Lle fasach chi'n mynd?'

'Mynd yn ôl i Goedpoeth at fy rhieni, mae'n debyg,' meddai Margaret.

'Ydach chi eisio gwneud hynny?' meddai Lewis.

'Na, ddim o gwbl,' meddai Margaret. 'Dwi'n dal eisio bod yn annibynnol ac mae'r plant yn hapus yma, ond mae'n bosib bydd yn rhaid i mi fynd o 'ma.'

Eglurodd Margaret fod mam Nellie yn pwyso arni i ddod yn ôl i fyw i Knowsley, ger Lerpwl, lle roedd cartref y teulu. Byddai byw yno'n help i Nellie weld mwy o'i gŵr pan fyddai yntau adref o'r môr.

'Mae Nellie'n llawn syniadau,' meddai Margaret, 'ac mae hi'n meddwl am bethau newydd drwy'r amser. Efallai bydd hi wedi newid ei meddwl erbyn wythnos nesa.'

'Gobeithio bydd hi,' meddai Lewis.

'Ia,' meddai Margaret, 'dyna ydw innau'n gobeithio hefyd. Fyddai bom ar ganol Knowsley ddim yn ddrwg i gyd. Peidiwch â dweud hynna wrth neb rŵan. Bom fechan iawn fyddai orau. Dydw i ddim am weld bom fawr yn disgyn ar ben neb, ddim hyd yn oed ar ben mam Nellie Beresford, go dario hi.'

Roedd pawb wedi mwynhau'r trip. Ar ôl cyrraedd adref,

dywedodd Lewis wrth Apphia Davies ei fod wedi bod yn Llandudno gyda Margaret a'r plant, ac yr oedd hithau wedi cymeradwyo.

★   ★   ★

Ar brynhawn cynnes ym mis Mehefin daeth Lewis allan o dŷ un o'i gleifion oedd yn byw yn agos at orsaf rheilffordd Llanrwst. Wrth gyrraedd at y car gwelodd ddyn yn cerdded yn bwrpasol o'r orsaf. Roedd bag yn ei law a'r peth mwyaf trawiadol amdano oedd ei wallt gwyn, oedd yn sgleinio'n llachar yn yr haul. Vivian ydoedd. Arhosodd Lewis amdano. Penderfynodd y byddai'n mynnu gyrru Vivian adref i Lwynawelon yn y car.

Safodd Lewis wrth y car yn edrych ar Vivian yn agosáu. Roedd dros ei drigain oed erbyn hyn ond edrychai'n iau. Roedd ei gerddediad wrth ddod o'r orsaf fel dyn ifanc, nid fel dyn yn ei chwedegau. Pan ddaeth Vivian at y car gwenodd ei wên fawr gynnes ar Lewis yn gyfeillgar iawn, ac ysgydwodd y ddau ddwylo.

'Dwi'n benderfynol o fynd â chi adre yn y car,' meddai Lewis, 'chewch chi ddim gwrthod.'

'Diolch yn fawr,' meddai Vivian, 'byddai'n dda iawn gen i gael lifft yn y gwres yma.'

Aeth y ddau i mewn i'r car. Dywedodd Vivian ei fod wedi dod ar y trên o Gaernarfon. Roedd wedi bod mewn cyfarfod o'r tribiwnlys, ac wedi aros yng Nghaernarfon dros nos.

'Mae'n dda gweld eich gwaith chi'n cael effaith ar fywydau pobl ifainc,' meddai Vivian. 'Does gan Walter Samuel ddim yr un cydymdeimlad â nhw ag oedd gan Artemus Jones ac mae angen help arnyn nhw.'

'Dach chi ddim yn mynd i Iwerddon erbyn hyn?' meddai Lewis.

'Na,' meddai Vivian, 'daeth hynny i ben pan glywais i hanes Wernher.'

'Dal i golli ydan ni o hyd yn y rhyfel yma,' meddai Lewis. 'Does yna ddim newyddion da yn dod o unman yn y byd, nag oes?' Erbyn hyn roedd brwydro yn Rwsia, o gwmpas Kharkov, ac yng ngogledd Affrica, yn ardal Gazala. Doedd y naill frwydr na'r llall yn mynd o blaid y Cynghreiriaid.

Nid oedd Vivian yn obeithiol ynghylch y rhyfel chwaith. Dyma'r sefyllfa waethaf i gyd, meddai, rhyfel a allai barhau am flynyddoedd, a dim diwedd i'w weld. Nid oedd yn amlwg bod neb yn ennill, ond roedd yr ymladd yn dwysáu a'r colledion yn gwaethygu.

'Mae'r rhyfel yn rhy fawr erbyn hyn i un dyn fedru gwneud llawer,' meddai Vivian. 'Mae chwilio am heddwch drwy gytundeb yn bwysicach nag erioed, ond wn i ddim sut awn nhw o'i chwmpas hi.'

Parciodd Lewis y car o flaen Llwynawelon a diffodd y peiriant er mwyn iddynt ddal i siarad.

'Dydi o ddim fel y Rhyfel Mawr,' meddai Vivian, 'lle roedd y bobl oedd yn gwrthod ymladd yn dioddef yn ofnadwy. Mae'r llysoedd yn trafod gwrthwynebwyr cydwybodol gyda chydymdeimlad fel arfer. Dydw i ddim yn teimlo'i bod hi'n briodol i ni brotestio gormod. Mae'n rhaid i ni dderbyn y sefyllfa fel y mae hi a pharchu'r bobl gyffredin sy'n gorfod dioddef ac aberthu.'

'Beth, cadw'n dawel?' meddai Lewis.

'Mae gen i ofn ei bod hi wedi dod i hynny,' meddai Vivian. 'Pan fod rhieni'n poeni am eu meibion yn y lluoedd arfog dwi'n siŵr ei bod yn well i ni beidio gwneud gormod o stŵr. Yr unig beth fedra i wneud rŵan ydi gwneud fy ngorau dros y dynion ifainc sy'n cael eu galw i fyny,' meddai, 'a Lloyd, wrth gwrs.'

'Ydi Lloyd yn dal i ddod atoch chi?'

'Ydi,' meddai Vivian, 'mae o wastad yn aros efo ni yn Llwynawelon dros y Sul. Mae o mewn sefyllfa anodd iawn. Dydi o ddim yn hapus o gwbl.'

'Ydi o'n dal i ddysgu yn Llandudno?'

'Ydi,' meddai Vivian, 'mewn gwirionedd, dyna'r broblem. Mae Lloyd yn casáu dysgu, ond mae o wedi cael ei ryddhau o wasanaeth milwrol ar yr amod ei fod o'n dal i ddysgu. Mae'n mynd i'r ysgol bob bore pan ei bod hi'n gas ganddo fo wneud hynny. Mae'n siŵr bod plant yn synhwyro agwedd fel'na, dach chi ddim yn meddwl?'

'Debyg iawn.'

'Dydi o ddim yn dod ymlaen yn dda gyda'r athrawon eraill chwaith,' meddai Vivian. 'Mae'n anodd iddyn nhw, wrth gwrs, achos bod Lloyd fel y mae o. Mae'n biti garw na allwn ni gael rhyw waith arall iddo fo. Pan ddaw Lloyd yma i Lwynawelon mae o'n cael canu eto. Mae Eirwen yn dysgu caneuon newydd iddo fo i ehangu ei *repertoire*. Mae hynny'n lles mawr i'r ddau ohonyn nhw. Dydi Lloyd ddim yn hapus os nad ydi o'n cael sylw bob munud.'

'Wn i ddim be wnewch chi, wir,' meddai Lewis.

'Mi wnawn ni'n gorau,' meddai Vivian, 'Eirwen a finnau. Yr unig beth fedrwn ni wneud ydi cefnogi Lloyd nes ei fod o'n derbyn bod yn rhaid iddo ddysgu mewn ysgol am y cyfnod yma yn ei fywyd, a dod i ddygymod â hynny. Mi fuodd yna amser pan oeddwn i mewn sefyllfa debyg, wyddoch chi, cyn y Rhyfel Mawr, pan oeddwn i'n gyfreithiwr ifanc yn Llanrwst ac yn anhapus iawn.'

'Mae Lloyd yn lwcus iawn i'ch cael chi,' meddai Lewis, 'dach chi'n dda iawn wrtho fo.'

'Dwi'n teimlo 'mod innau'n ffodus hefyd,' meddai Vivian,

'i fedru bod o gymorth i Lloyd ar amser anodd iawn. Mae hynny'n fraint, wyddoch chi. Dwi'n falch fy mod i wedi cael fy hun mewn sefyllfa lle mae fy angen i unwaith eto. Mae'n ddrwg gen i 'mod i wedi bod mor ddieithr efo chi ers tro. Beth ydi'ch hanes chi erbyn hyn? Dach chi wedi gweld Angela'n ddiweddar, ynta oes rhywun newydd?'

'Na, does neb o gwbl,' meddai Lewis. 'Dydw i ddim wedi gweld Angela ers blynyddoedd.'

'Rhaid i chi ddod atom ni i Lwynawelon rywbryd, i chi glywed Lloyd yn canu,' meddai Vivian.

Felly y daeth y sgwrs i ben. Ysgydwodd Vivian law Lewis unwaith eto cyn gadael y car.

Roedd agwedd Vivian at y rhyfel a'r mudiad heddwch wedi newid. Bellach nid oedd yn gweld ffordd iddo ef ei hun gyfrannu at sicrhau heddwch na rhwystro'r ymladd.

Pan welodd Lewis Vivian yn gwenu ar Lloyd yn Llwynawelon ar ôl y te parti, penderfynodd gadw hyd braich oddi wrtho, ac roedd wedi gwneud hynny. Ers y te parti hwnnw nid oedd Vivian wedi galw unwaith yn Everton House chwaith. Roedd yntau wedi cadw draw oddi wrth Lewis, ac erbyn hyn roedd ganddo gyfaill newydd oedd yn ganolbwynt ei holl sylw.

Pennod 18

TINCTURA ZINGIBERIS

Y N YSTOD HAF 1942 gwelodd Lewis dipyn mwy o Margaret
Dixon. Unwaith aeth i Stryd Siôr am bryd o fwyd gyda
Margaret, ei ffrind Nellie, a phlant y ddwy ohonynt, a
mwynhau eu cwmni. Erbyn hynny roedd Nellie Beresford
wedi bod adref yn Knowsley am rai dyddiau gyda'i theulu.
Doedd ei mam ddim yn gwybod sut i drin yr hogyn bach,
meddai Nellie. Doedd o ddim yn cael chwarae pêl yn yr
ardd ganddi na gwisgo esgidiau yn y tŷ. Roedd ei mam wedi
anghofio sut i ymddwyn gyda phlant. Ni fyddai Nellie'n
medru dioddef cwmni ei mam am fwy na diwrnod neu ddau
ar y tro. Felly byddai Margaret a Nellie yn aros yn Llanrwst.
Gwenodd Lewis a Margaret ar ei gilydd pan ddywedodd
Nellie y newydd.

Aeth Lewis a Margaret a'r plant i Fetws-y-coed un dydd
Sadwrn a chael te yno. Yna perswadiodd Lewis Margaret i
ddod am dro gydag ef un min nos dros Bont Gower i Drefriw
ac yn ôl, a daeth Nellie a'r tri phlentyn gyda nhw. Roedd pobl
Llanrwst bellach wedi gweld Lewis a Margaret gyda'i gilydd,
er nad oeddynt yn dal i fod yn ddim mwy na chyfeillion.

Er bod Margaret yn un ddireidus, yr un pryd roedd hi'n
berson gofalus. Roedd yn dda gan Lewis gael rhywun y medrai
drafod pethau â hi, person call y medrai ymddiried ynddi. Ond
roedd rhywbeth yn ei ddal yn ôl. Pe bai ef yn dechrau canlyn
gyda hi o ddifri, ni fyddai ganddo'r un ffordd yn ôl. Nid oedd

wedi meiddio cyffwrdd yn Margaret na'i chusanu. Roedd y berthynas hon yn wahanol i bob carwriaeth a gafodd cyn hynny. Araf iawn, mor araf â'r falwoden, y tyfodd y berthynas rhwng y ddau. Dri mis ar ôl y trip cyntaf i lan y môr roedd Lewis yn dal yn ansicr. Byddai mentro cyboli gyda Margaret yn naid enfawr, bron fel gofyn iddi ei briodi, ac yn sicr nid oedd yn barod i wneud hynny. Weithiau meddyliai y byddai'n gallach iddo gadw hyd braich oddi wrthi. Doedd bod yn hen lanc ddim yn ddrwg i gyd.

* * *

Ar ôl cyfnod o dywydd cymylog a glawog daeth diwrnod heulog braf fel bendith ar ddiwedd mis Awst, a galwodd Lewis yng Nghaffe Bebb i ddathlu'r heulwen. Bob tro y gwelai Mrs Bebb erbyn hyn byddai'n edrych arni gyda llygad broffesiynol. Pe bai rhywbeth yn digwydd iddi hi byddai'n ddrwg ar bawb. Ni fyddai George Bebb yn medru rhedeg y caffe. Doedd George druan yn dda i ddim ond i hel rhent a chwarae Home Guard.

Wrth fynd i mewn i'r caffe gwelodd Stanley Corfield yn eistedd ar ei ben ei hun yn edrych yn drist iawn, fel petai holl boenau'r byd ar ei ysgwyddau. Aeth Lewis ato.

'Ydi popeth yn iawn?' meddai. 'Dach chi'n edrych yn ddigalon fan hyn ar ben eich hunan ar ddiwrnod braf.'

'Dwi'n iawn,' meddai Stanley, 'ond 'mod i wedi cael hen ddigon o'r rhyfel yma, wir.'

'Tydi pawb?' meddai Lewis. 'Be 'di hanes Gwyn Vincent erbyn hyn? Dwi heb ei weld o ers tro. Dach chi wedi'i weld o?'

'Ddim ers wythnosau,' meddai Stanley. 'Ym Manceinion mae o, yng ngharchar Strangeways.'

'Ydi o?' meddai Lewis. 'Pryd mae o'n dod allan?'

'Mae o wedi bod yno ers rhyw ddau fis,' meddai Stanley, 'felly mae ganddo fo fis ar ôl. Roedd Gwyn wastad wedi gwneud yn glir beth oedd o'n bwriadu ei wneud, ac mae o wedi gwneud hynny, chwarae teg iddo fo.'

'Fuoch chi ger bron y tribiwnlys fel cenedlaetholwr, do?' meddai Lewis.

'Do,' meddai Stanley, 'a chael fy rhoi ar y rhestr filwrol.'

'Gafodd Idris Edwards ei eithrio?' meddai Lewis.

'Do,' meddai Stanley, 'mae Idris yn heddychwr go iawn ac yn Gristion, ond dydw i erioed wedi bod mor siŵr o bethau ag Idris.'

'Dach chi'n mynd i'r un capel â Mrs Davies, tydach?' meddai Lewis. 'Bedyddiwr ydach chi?'

'Ia,' meddai Stanley. 'Dwi rywle yn y canol, rhwng yr heddychwyr a'r cenedlaetholwyr sydd eisio efelychu'r Gwyddelod.'

'Efelychu'r Gwyddelod?' meddai Lewis. 'Beth, dach chi'n bwriadu ymosod ar swyddfa'r post?'

'Byddai hynny'n dangos ein bod ni o ddifri,' meddai Stanley, 'ac nad *Empire Loyalists* ydi'r Cymry.'

'Byddech chi'n cael eich gweld fel ffrindiau i Hitler,' meddai Lewis.

'Mae'n rhaid i chi sefyll i fyny weithiau,' meddai Stanley. 'Pan fod pobl yn wirion bost dros y rhyfel maen nhw'n siŵr o weld bai ar unrhyw un sydd ddim mor ffôl â hwythau.'

'Dwi'n gwybod be dach chi'n feddwl,' meddai Lewis, 'mae pobl yn colli arnyn nhw eu hunain.'

'Mae pobl yn gwirioni'n llwyr,' meddai Stanley, 'ar ôl i'r Almaen fomio Lerpwl mae pobl yn llawenhau o weld Lübeck a Cologne yn cael eu chwalu. Maen nhw wrth eu bodd yn gweld miloedd o bobl ddiniwed yn marw ac mae'n rhaid i chithau gau eich ceg a dweud dim pan wyddoch chi mai gwallgofrwydd noeth ydi'r cyfan.'

'Digon gwir,' meddai Lewis, 'mae'n anodd i bobl beidio mynd efo'r llif i ryw raddau. Fyddwch chi ddim yn cael eich galw i fyny, fyddwch chi?'

'Roedd gen i ofn cael fy ngalw eleni,' meddai Stanley, 'roedd 'na sôn y bydden nhw'n newid y rheolau unwaith eto. Am y tro mae fy ngwaith efo'r dreth incwm yn fy nghadw i allan o'r fyddin.'

'Fuoch chi'n lwcus,' meddai Lewis.

'Do, ond dydi hi ddim wastad yn teimlo felly,' meddai Stanley, 'dach chi'n teimlo eich bod chi'n aros i rywbeth ddigwydd heb wybod beth.'

Roedd Stanley wedi bod yn byw oddi cartref ers ymuno â swyddfa'r dreth incwm yn un ar bymtheg oed, ond yn dod yn ôl i Lanrwst bob cyfle gâi.

'Fedran nhw wneud i mi ymuno â'r Home Guard,' meddai Stanley, 'mae'n debyg byddan nhw'n fy ngorfodi fi i wneud hynny.'

'Mae hynny'n well na mynd i'r fyddin,' meddai Lewis.

'Ond mi fyddai'n anghyson,' meddai Stanley, 'ac yn rhagrithiol, dach chi ddim yn meddwl?'

'Does neb yn medru bod yn hollol gyson ym mhob peth,' meddai Lewis, 'mae'n rhaid i bawb gyfaddawdu weithiau. Ambell waith mae rhywun yn cael ei ddal mewn sefyllfa lle mae'n rhaid dewis rhwng un peth sy'n ddrwg a pheth arall sy'n waeth fyth.'

'Meddyliwch am fartsio o gwmpas efo gwn tra bod dyn fel Brian Walpole yn gweiddi,' meddai Stanley. 'Allech chi wneud hynny?'

'Dydi hyd yn oed Brian Walpole ddim yn ddrwg i gyd,'

meddai Lewis, 'a phetasech chi'n gwrthod byddai pethau'n waeth fyth.'

'Dwi'n meddwl y basa'n well gen i fynd i'r carchar,' meddai Stanley, 'beth bynnag fyddai'n dod o'm swydd i a phopeth arall. Fyddai hynny'n gyson â bod yn genedlaetholwr ac yn gwneud safiad i ddangos bod rhai o'r Cymry yn fodlon sefyll i fyny.'

'Roeddwn i'n siarad efo Vivian dro'n ôl,' meddai Lewis, 'roedd o'n teimlo bod pethau wedi newid. Doedd o ddim am wneud gormod o stŵr pan fod pobl "yn dioddef ac aberthu". Dyna ddywedodd o. Roedd yn well ganddo fo gadw'n dawel er mwyn parchu colledion pobl eraill.'

'Po fwyaf anodd mae hi, mwyaf yw gwerth y brotest yn fy meddwl i,' meddai Stanley. 'Pan fod pawb yn wallgof, dyna pryd mae'n rhaid sefyll i fyny, beth bynnag am bawb arall. I'r diawl â nhw ddywedwn i.'

'Meddyliwch, da chi, cyn gwneud rhywbeth allech chi ei ddifaru,' meddai Lewis. 'Mae'n rhaid i chi edrych ar ôl eich hunan weithiau, os dim ond er mwyn eich mam.' Roedd mam Stanley yn weddw ac yn un o ffrindiau Apphia Davies.

'Petasech chi'n siŵr beth ddylech chi wneud mi fyddai popeth yn hawdd,' meddai Stanley, 'yr ansicrwydd 'ma sy'n gwneud popeth mor anodd.

'Nid oedd amgylchiadau Stanley yn rhwydd. Roedd yn ddyn ifanc difrifol ac yn amlwg mewn cyfyng-gyngor. Ond medrai pethau fod yn waeth arno. Un peth oedd trafod egwyddorion a chydwybod, ond roedd ymladd a chael eich clwyfo neu eich lladd yn waeth. Roedd yn anodd iawn ar y bechgyn ifainc oedd yn tyfu'n ddynion yn yr amser hwn. Beth bynnag a wnâi Stanley, gellid ei gollfarnu. Roedd pob dewis oedd ganddo'n ddewis anghywir mewn rhyw ffordd.

Gadawodd Lewis Stanley yn y caffe a cherdded yn yr haul tuag at y syrjeri, drwy'r sgwâr i Ffordd yr Orsaf. Cyn cyrraedd swyddfa'r post cafodd gipolwg ar ddynes yn siop y groser oedd yn gwisgo ffroc haf lachar. Arhosodd Lewis ac edrych i mewn i'r siop yn fwy gofalus. Gwelodd Marian Clements. Nid oedd wedi'i gweld ers tro, ac arhosodd amdani'r tu allan i'r siop. Pan ddaeth hi allan tywynnai'r haul arni. Ffroc sidan liw hufen oedd amdani a honno'n llac ac yn dangos lliw haul hyfryd ei chroen. Roedd Marian yn wirioneddol hardd, ond nid oedd i'w gweld yn hapus ei byd.

'Helô Marian,' meddai Lewis. 'Be sy'n bod?'

'Dach chi heb weld Vivian nac Eirwen?' meddai Marian.

'Naddo,' meddai Lewis, 'ddim ers wythnosau. Dwi heb eich gweld chi ers oesoedd chwaith.'

'Mae Lloyd a minnau wedi gwahanu,' meddai Marian, 'dwi wedi bod yn Sir Aberteifi. Roedd yn rhaid i mi fynd o 'ma i osgoi Lloyd. Mae o wedi bod yn ymddwyn yn ddrwg iawn. Mae'r tymor ysgol yn dechrau wythnos nesaf a dim ond heddiw y cyrhaeddais i'n ôl. Mae'r holl beth wedi bod yn brofiad ofnadwy, ond doeddwn i ddim yn medru gwneud dim byd arall. Fuon ni'n canlyn ers blynyddoedd ond doedden ni ddim yn iawn i'n gilydd. Roedd yn rhaid i mi orffen efo fo.'

'Pryd ddigwyddodd hyn?' meddai Lewis.

'Ddiwedd y tymor diwethaf,' meddai Marian. 'Dwi wedi bod eisio gorffen efo fo ers amser ond roedd hi mor anodd dweud wrtho fo.'

'Dwi'n siŵr ei bod hi,' meddai Lewis.

'Roedd Lloyd mor anhapus yn yr ysgol ac yn ei lojin,' meddai Marian, 'ac mi wnes i benderfynu bod yn rhaid i mi ddweud wrtho fo cyn diwedd y tymor. Bob tro roeddwn i'n dechrau egluro byddai ganddo fo ryw broblem newydd.'

'Mae'n debyg nad oedd o ddim eisio clywed beth oedd gennych chi i'w ddweud,' meddai Lewis.

'Doedd o ddim yn medru gwneud dim efo'r plant yn yr ysgol,' meddai Marian, 'a doedd o ddim wedi bod yn mynd i'r ysgol bob dydd. Weithiau byddai'n cerdded o gwmpas Llandudno yn lle mynd i'r ysgol. Pan ddywedais i wrtho fo bod yn rhaid i ni wahanu daeth popeth i'r golwg. Roedd popeth llawer yn waeth nag yr oeddwn i wedi meddwl.'

'Lle mae Lloyd rŵan?' meddai Lewis.

'Symudodd o i fyw efo Vivian ac Eirwen,' meddai Marian.

'Yn Llwynawelon?' meddai Lewis. 'Wyddwn i ddim.'

'Maen nhw wedi bod yn dda iawn wrtho fo,' meddai Marian.

Roedd Lewis a Marian wedi bod yn cerdded ar hyd Ffordd yr Orsaf ac wedi cyrraedd Everton House a'r syrjeri. Gwahoddodd Lewis Marian i ddod i mewn i'r tŷ, ond gwrthododd hithau, felly safodd y ddau y tu allan i'r drws yn siarad.

'Gawsom ni ffrae ofnadwy un diwrnod, yn y stryd,' meddai Marian, 'doedd o ddim yn fodlon derbyn beth oeddwn i'n ddweud wrtho. Ddaru o geisio torri mewn i fy ystafelloedd i ac wedyn ymosod ar rywun mewn siop. Dyna pryd wnes i benderfynu bod yn rhaid i mi fynd o 'ma.'

'Ydi Lloyd yn dal yn Llwynawelon?' meddai Lewis.

'Am wn i ei fod o,' meddai Marian. 'Mae'n debyg ei fod o wedi rhoi notis iddyn nhw yn yr ysgol. Wn i ddim beth wnaiff o a dydi o ddim o'm busnes i erbyn hyn. Dim ond gobeithio y caf i lonydd ganddo fo ydw i.'

'Wrth gwrs,' meddai Lewis, 'mae'n ddrwg iawn gen i, wyddwn i ddim eich bod chi wedi cael y fath drafferth.'

Tra bu Marian Clements a Lloyd Owen yn mynd drwy holl helynt yr ymwahanu anodd hwn bu Lewis yn llawn o'i bethau ei hunan. Pan welodd mor anhapus oedd Marian teimlai dosturi o'r mwyaf drosti, yn cael y fath helbul gyda'i chariad, a hwnnw'n werth dim i neb.

'Pryd welaf i chi eto?' meddai Lewis.

''Dan ni'n siŵr o weld ein gilydd yn fuan,' meddai Marian, 'lle bach ydi Llanrwst.'

'Cadwch mewn cysylltiad,' meddai Lewis. 'Dwi yma ar ben fy hun fel arfer ar ddiwedd y pnawn, tua'r adeg yma, cyn dechrau syrjeri'r nos.'

Y noson honno ar ôl gorffen gwaith ni fedrai Lewis feddwl am ddim ond am Marian a'i phroblemau. Roedd y newyddion wedi ei synnu'n fawr iawn. Yn amlwg, roedd Marian wedi cael amser caled iawn gyda Lloyd. Arferai Lewis feddwl am Marian fel person hyderus, hunanfeddiannol, rhywun oedd wastad yn medru rheoli ei hun a'i theimladau. Bellach roedd ef wedi'i gweld yn ofidus ac yn llawn pryderon, ac roedd hynny'n gwneud iddo gydymdeimlo'n fawr â hi. Roedd Marian yn ferch wirioneddol fonheddig ac urddasol a phan welai hi'n dioddef, dymunai ei chysuro ym mhob ffordd bosib. Dymunai ddweud wrthi ei bod hi wedi gwneud y peth iawn, y bu'n rhaid iddi gael gwared â Lloyd ac y byddai popeth yn iawn iddi o hyn ymlaen. Nid oedd yn bosib iddo deimlo fel arall, roedd popeth amdano yn gwneud iddo estyn o'i galon at Marian yn ei gofid. Roedd yn ddig gyda Lloyd am boeni cymaint ar Marian. Dylai Lloyd fod wedi medru gofalu am Marian ac edrych ar ei hôl. Yn lle hynny nid oedd wedi gwneud dim ond achosi trafferth iddi. Pe bai Lloyd wedi caru Marian mewn gwirionedd byddai wedi gweld ei fod wedi ei gadael i lawr. Roedd Lloyd wedi ymddwyn fel plentyn gwan, hunanol. Roedd wedi achosi poen a loes i Marian ac wedi dangos nad oedd yn meddwl dim am neb ond ef ei hun.

Os oedd Lewis yn ddig gyda Lloyd roedd yn ddig gyda Vivian

yn ogystal. Vivian oedd wedi croesawu Lloyd i Lwynawelon. Bellach roedd Lewis yn sicr bod perthynas Lloyd a Vivian yn rhywbeth mwy na chyfeillgarwch. Roedd yn gas ganddo feddwl am hynny. Nid oedd yn dymuno gwybod beth oedd yn mynd ymlaen rhwng y ddau, ond roedd yn beth ofnadwy iawn bod Marian, merch hardd a deallus, yn dioddef mewn unrhyw ffordd oherwydd ymddygiad Lloyd a Vivian.

Yr oedd elfen arall i deimladau Lewis y noson honno hefyd, elfen oedd fe pe bai'n cryfhau bob munud a dreuliai'n meddwl am Marian. Cynyddai llawenydd a gorfoledd o'i fewn drwy gydol y noson. Os oedd Marian yn rhydd oddi wrth Lloyd ar ôl yr holl flynyddoedd, yna roedd hi bellach yn rhydd i ddewis rhywun arall. Er ei bod yn ddrwg ganddo dros Marian yn ei gofid, roedd hi bellach yn bosibl iddo ef ei hennill hi. Po fwyaf y meddyliai Lewis, mwyaf penderfynol y deuai mai ef fyddai cariad newydd Marian. Roedd rheidrwydd arno i wneud pob dim o fewn ei allu i'w hennill hi.

Drwy'r noswaith honno bu Lewis mewn math o wewyr. Doedd dim lle yn ei feddyliau i ddim ond Marian. Roedd wedi'i hadnabod ers blynyddoedd, ac wedi'i hedmygu'n fawr o'r diwrnod cyntaf, ond ers y dechrau bu hi'n waharddedig iddo. Y noson honno daeth y gwaharddiad i ben yn sydyn ac yn annisgwyl, nes gwneud iddo deimlo bod yn rhaid iddo fentro popeth er mwyn Marian. Roedd fel petai wedi bod yn teithio ers blynyddoedd drwy ryw goedwig ddudew a newydd ddod allan ohoni i'r haul a'r awyr iach. Bellach gwelai dir agored o'i flaen, ac yn y canol ryw ucheldir rhyfeddol oedd yn cynnig dimensiwn newydd o fyw. Y lle dieithr a sanctaidd hwn oedd ei wir gartref, ei gartref tragwyddol. Efallai y byddai'n syrthio ar ei ffordd ymlaen i'r tir newydd ond ni fyddai dim yn rhwystro'r ymdrech.

Y noson honno, er mwyn gwneud yn siŵr na fyddai'n gorwedd yn ei wely yn hel meddyliau, cymysgodd Lewis ddracht bach i wneud iddo ymlacio gyda'r nos. Roedd ganddo reswm i longyfarch Marian a llawenhau gyda hi oherwydd ei bod hi o'r diwedd wedi gwneud y peth iawn ac wedi cael gwared â Lloyd Owen o'i bywyd. Cymysgodd Lewis alcohol meddygol o burdeb 90% gyda dŵr a *glycerine*, ac ychwanegu ato ddogn helaeth o ganabis indica a *morphine hydrochloride*. Yn olaf ychwanegodd arlliw o *capsicum* gydag ychydig bach o sinsir, *tinctura zingiberis,* nes bod blas y ddiod yn dderbyniol. Hyd yn oed ar ganol y rhyfel ddychrynllyd hon gellid cael dathliad bychan.

Pennod 19

Byd newydd

Pan ddeffrodd Lewis y bore wedyn cofiodd gyda syndod beth oedd wedi digwydd iddo'r diwrnod cynt. Wrth iddo ymolchi, gwisgo a bwyta'i frecwast roedd y teimladau newydd yn dal i lenwi ei feddwl. Wrth iddo edrych ar y llythyrau yn y post, darllen y papur a thrafod y cleifion a oedd wedi dod i'w weld y bore hwnnw, roedd ei feddwl yn troi at Marian Clements drwy'r amser.

Bu'n fore tawel a daeth i ben yn y syrjeri cyn un ar ddeg. Yna eisteddodd ar ei ben ei hun gyda'i waith papur yn ei ystafell, yn ysgrifennu llythyrau ac yn dal i ryfeddu at y ffordd roedd popeth yn ei fywyd wedi newid y noson gynt.

Roedd yr eglurhad yn syml – roedd wedi syrthio mewn cariad. Bore ddoe nid oedd mewn cariad â Marian Clements a bore heddiw roedd ben a chlustiau mewn cariad â hi. Ym mha ffordd bynnag roedd y pethau hyn yn gweithio o fewn yr ymennydd neu'r galon, roedd hynny wedi digwydd iddo dros nos. Roedd yn rhyw fath o wallgofrwydd, ond roedd yn wallgofrwydd a groesawai ac na fynnai fod hebddo. Hyd at ddoe bu ei deimladau a'i emosiynau yn dawel, bron yn cysgu, nes iddynt ddeffro neithiwr yn llawn bywyd a nerth. Bu pryderon Marian a'i bodlonrwydd i ymddiried ynddo ef yn ddigon i'w hadfer o'u llonyddwch hir. Ddoe bu fel petai'n cerdded yn ei gwsg drwy ei fywyd, heddiw roedd yn effro, yn ddisglair effro ac yn llawn awydd byw.

Bellach roedd popeth yn glir i Lewis Huws. Medrai weld cwrs ei fywyd yn eglur o'i flaen, yn hollol amlwg o'r diwedd. Tan ddoe bu ei fywyd yn oer ac yn unig. Bu'n hen lanc hunanol, yn troi'n fwy anodd bob dydd. Dim ond un peth oedd ganddo yn ei fywyd, a'i waith oedd hwnnw. Bellach roedd gorwelion byw wedi agor iddo. Medrai gael rhywun arall yn ei fywyd, cwmni rhywun diddorol, caredig, deallus a hyfryd. Byddent yn medru cael teulu ac edrych ymlaen at weld babanod a phlant o'u cwmpas. Byddai angen iddo brynu tŷ arall, braf, yn agos at Lanrwst, a byddai modd ei lenwi gyda phlant ac anifeiliaid anwes, cŵn a chathod ond nid ieir. Ni fyddai angen ieir.

Dymunai Lewis afael yn y byd newydd hwn ar unwaith. Dymunai fynd at Marian Clements a rhannu ei weledigaeth gyda hi. Ond ni fyddai hynny'n beth rhwydd i'w wneud. Roedd Marian newydd ddarfod ag un cariad trafferthus ac ni fyddai'n debygol o groesawu un arall ar unwaith. Roedd ei meddwl ar y tymor newydd oedd o'i blaen yn yr ysgol, ar osgoi Lloyd Owen ac ar sefydlu ei bywyd ei hunan eto. Ni fedrai ef redeg ati a dweud wrthi ei bod hi'n mynd i'w briodi'r wythnos nesaf. Byddai'n rhaid iddo'i hennill, a defnyddio amynedd, hunanreolaeth a dyfalbarhad, er mwyn cael mwy a mwy o'i chwmni nes y byddai hi'n barod i'w dderbyn. Er bod yn rhaid iddo fod yn ofalus, ni fedrai beidio dweud rhywbeth wrthi cyn bo hir.

Pasiodd y Sul hwnnw a daeth yr wythnos ganlynol. Dechreuodd yr ysgol ar y dydd Mercher, ac o hynny ymlaen bu Lewis yn cadw llygad am Marian ddiwedd y pnawn wrth iddi gerdded yn ôl o'r ysgol i'w chartref. Weithiau byddai'n mynd am dro bryd hynny tuag at yr ysgol neu at Gaffe Bebb, ond ni welodd Marian yn unman. Y dydd Sadwrn hwnnw gwelodd

Gwyn Vincent yn y dref ar gefn ei Royal Enfield mawr. Tebyg iawn ei fod yntau wedi clywed yr hanes am Marian.

Nid tan yr wythnos ganlynol y gwelodd Marian eto. Roedd Lewis yn y car ar ei ffordd yn ôl i'r syrjeri ar ddiwedd y pnawn pan welodd Marian yn cerdded drwy'r sgwâr gydag athrawes arall. Gyrrodd Lewis yn ei flaen a heibio iddynt wrth iddynt gyrraedd Ffordd yr Orsaf. Ar ôl parcio'r Morris o flaen y syrjeri arhosodd ar y pafin nes y daeth y ddwy ato. Roedd Marian gyda'i ffrind Gwen Price.

'Oeddwn i wedi gobeithio'ch gweld chi eto cyn hyn,' meddai Lewis. 'Ydi popeth yn iawn?'

'Mae popeth yn dda iawn,' meddai Marian, 'mae Gwen yn dod i gael te efo fi heddiw. Mae'n braf cael cwmni.'

'Galwch heibio,' meddai Lewis, 'fel arall mae gen i ofn na welaf i chi cyn diwedd y tymor.' Yng nghwmni Gwen Price doedd dim mwy y medrai ei wneud. Ffarweliodd â hwy a cherddodd y ddwy yn eu blaenau.

Yr wythnos wedi hynny bu Lewis yn dal i edrych am Marian. Erbyn dydd Iau doedd heb ei gweld, dim ond Gwyn Vincent unwaith eto. Ar y dydd Gwener gwelodd Marian yn y caffe gyda nifer o athrawon eraill. Cododd ei law arni. Pan adawodd Marian, gadawodd gyda Gwen Price a dwy ferch arall.

Roedd Marian wedi troi'n berson cymdeithasol iawn ar ôl gwahanu â Lloyd, ac roedd ei chyfeillion i'w gweld yn gwneud ymdrech i'w chynnal. Penderfynodd Lewis na fedrai pethau fynd ymlaen fel hyn, o wythnos i wythnos. Byddai'n rhaid iddo fynd yn syth at Marian.

Ar y dydd Mawrth canlynol bu Lewis yn yr ysbyty lleol, yr Inffirmari, lle bu'n brysur, ac wedyn galwodd i weld claf cyn dod yn ôl i'r syrjeri. Roedd wrthi'n bwyta'i de, a hynny ar frys, cyn agor syrjeri'r nos, pan glywodd rywun yn galw. Marian oedd yno. Roedd y drws ffrynt ar agor, ac roedd Marian wedi'i weld ar agor ac wedi dod i mewn. Ar unwaith aeth Lewis â hi i'w ystafell. Eisteddodd Marian a doedd 'run lle arall i Lewis eistedd ond y tu ôl i'w ddesg, yr ochr draw i Marian, fel petai hi'n glaf.

'Dwi'n falch o'ch gweld chi,' meddai Lewis, 'diolch am alw. Sut ydach chi?'

'Dwi'n dda iawn,' meddai Marian, 'mae popeth llawer gwell ar ôl mynd yn ôl i'r ysgol.'

'Beth am Lloyd?' meddai Lewis.

'Dwi heb weld dim ohono fo,' meddai Marian, 'teimlo'n ddiolchgar ydw i am gael llonydd.'

'Dwi'n falch o'ch gweld chi'n hapusach,' meddai Lewis, 'oedd o'n beth ofnadwy eich gweld chi'n gofidio cymaint.'

'Fuodd pethau'n anodd iawn,' meddai Marian. 'Roeddwn i'n teimlo mor euog, ond erbyn hyn dwi'n dechrau teimlo na ddylwn i deimlo'n euog o gwbl.'

'Os oeddach chi'n gwybod na fedrech chi ei briodi o, doedd dim byd arall i'w wneud,' meddai Lewis. 'Rhaid i chi symud ymlaen rŵan ac anghofio amdano fo.'

'Dydi rhai o fy ffrindiau i ddim yn gweld pethau mor glir â chi,' meddai Marian, 'maen nhw'n teimlo fy mod i wedi gadael Lloyd i lawr. Oeddan ni wedi bod efo'n gilydd am gymaint o amser, ond mi roeddwn i'n gwybod yn iawn nad oeddan ni'n mynd i'r unlle.'

'Dwi wedi bod yn meddwl llawer iawn amdanoch chi,' meddai Lewis.

'Dwi'n meddwl bod Lloyd wedi cymryd gormod yn ganiataol,' meddai Marian. 'Oedd o wedi meddwl y byddwn i'n cytuno i wneud popeth fyddai'n ei siwtio fo.'

Clywai Lewis bobl yn siarad yn yr ystafell aros. Roedd yn bryd iddo ddechrau'r syrjeri. Er y dymunai siarad â Marian yn fawr iawn roedd hynny'n amhosib y funud honno.

'Fedrwn ni gael sgwrs rywbryd,' meddai Lewis, 'ar ben ein hunain yn rhywle?'

'Mae'n well i mi adael i chi fynd ymlaen â'ch gwaith,' meddai Marian.

'Beth am ddydd Sadwrn?' meddai Lewis. 'Beth am fynd i gael cinio yn Llandudno?'

'Mae dydd Sadwrn yn anodd i mi,' meddai Marian.

'Bob tro y gwelaf i chi dach chi efo'ch ffrindiau,' meddai Lewis.

''Dan ni'n siŵr o weld ein gilydd cyn bo hir,' meddai Marian, 'mae'n well i mi fynd. Mae pobl yn aros amdanoch chi.'

Cododd Marian i adael a methodd Lewis â meddwl am ddim i'w chadw. Dilynodd hi o'r ystafell i'r cyntedd. Roedd ambell un yn eistedd yn yr ystafell aros erbyn hyn, a phob un ohonynt yn cymryd sylw o Marian. Aeth Lewis gyda Marian at y drws ffrynt i ffarwelio, yna galwodd ei gwsmer cyntaf.

Ar ôl gorffen y syrjeri roedd Lewis yn flin gydag ef ei hun am adael i'r cyfle fynd yn ofer. Roedd Marian wedi galw, ac roedd yntau wedi gadael iddi fynd heb ddweud dim o bwys wrthi a heb drefnu i'w gweld eto. Bu'r hon a ddymunai fwyaf yn y byd yno o'i flaen, a rywsut fe adawodd ef iddi lithro drwy ei ddwylo heb wneud na dweud dim o bwys o gwbl.

Y bore wedyn, ar ôl i Lewis orffen ei frecwast a chyn iddo ddechrau ar syrjeri'r bore, gofynnodd Apphia Davies iddo am gael sgwrs amser cinio ynghylch arian. Cytunodd yntau, ac amser cinio cyflwynodd Apphia Davies restr iddo o'r gwahanol fwydydd a nwyddau tŷ oedd eu hangen arnynt mewn wythnos. Dangosai'r rhestr, meddai hi, faint o arian roedd yn rhaid iddi ei wario ar y pethau sylfaenol bob wythnos, heb sôn am bethau eraill oedd ar gael o bryd i'w gilydd. Casgliad y cyfan, wrth gwrs, oedd bod y lwfans wythnosol yn annigonol a bod angen i Lewis dalu mwy o arian iddi.

Yn ddiweddarach, ni fedrai Lewis ddeall pam na chododd y lwfans wythnosol yr adeg honno. Efallai y byddai hynny wedi gwella safon y bwyd yr oedd ef yn ei fwyta bob dydd. Ond ni wnaeth hynny. Cafwyd trafodaeth anodd. Yn y diwedd dywedodd Apphia Davies y medrai gael mwy o gyflog gyda rhywun arall.

'Peidiwch â gadael i mi eich rhwystro chi, Mrs Davies,' meddai Lewis wrthi. 'Os cewch chi gynnig gwell gan rywun arall, mae'n siŵr y dylech chi dderbyn.'

Oherwydd bod gan Lewis ofn i Apphia Davies ddechrau ei reoli ef, roedd am ei chadw yn ei lle. Nid oedd am adael iddi hi ddweud wrtho ef faint ddylai ei dalu iddi. Efallai fod y lwfans wythnosol yn is nag y dylai fod, a thebyg iawn y byddai'n talu mwy iddi ryw ddiwrnod, ond yn ei amser ef ei hun y byddai'n gwneud hynny. Roedd yn bwysig iddo ddangos iddi nad drwy ddod ato ef yn swnian ac yn dweud y drefn y byddai hi'n cael mwy o arian.

'Beth wna i am yr ieir?' meddai Apphia Davies. 'Mae dwy ohonyn nhw newydd farw. Mae angen o leiaf dwy iâr arall i ni gael digon o wyau. Dach chi am i mi brynu mwy o ieir?'

'Pam lai?' meddai Lewis.

'Bydd un iâr yn costio chweugain,' meddai Apphia Davies. 'Wnewch chi dalu hanner?'

'Eich ieir chi ydyn nhw,' meddai Lewis. Chafodd y sylw hwnnw ddim croeso o gwbl.

★　　　★　　　★

Ffoniodd Eirwen Everton House. Nid oedd Lewis wedi galw ers wythnosau, meddai, roedd hi'n hen bryd iddo ddod i'w gweld ar ôl ei hesgeuluso cyhyd. Aeth yntau i'w gweld ddiwedd y pnawn. Agorodd Jane Benjamin y drws iddo a'i hebrwng i'r parlwr. Daeth Eirwen ato ac aeth yntau drwy'r broses arferol o'i harchwilio.

'Mae eich pwysedd gwaed chi ychydig yn uwch,' meddai Lewis. 'Fedrwch chi feddwl am unrhyw reswm pam ei fod yn uwch na fuodd o? Ydach chi wedi bod yn brysur?'

'Ddim yn brysur iawn,' meddai Eirwen, 'am wn i fy mod i gystal ag y byddaf i byth.'

Ychydig o flynyddoedd ynghynt ni fyddai Eirwen wedi dweud peth o'r fath. Byddai ganddi lu o symptomau amrywiol i'w hadrodd, a phroblem newydd i Lewis bob tro y'i gwelai. Erbyn hyn roedd hi'n hŷn a doedd ei hiechyd ddim gwell o gwbl, ond roedd hi'n medru dygymod â'i thrafferthion. Roedd hi'n dod i ben, chwarae teg iddi, ac yn llawer haws ei thrin nag y bu hi.

'Sut mae Vivian?' meddai Lewis.

'Mae o'n iawn,' meddai Eirwen, 'ond roedd yn ddrwg iawn ganddo glywed am farwolaeth y Duke of Kent. Roedd Vivian yn ei adnabod o, wyddoch chi.' Bu farw Dug Caint ddiwedd Awst, mewn damwain awyren ryfedd yn yr Alban. 'Doedd Vivian ddim yn medru deall beth oedd wedi digwydd iddo farw yn y fath ddamwain. Glywsoch chi fod Lloyd wedi symud i fyw yma, mae'n debyg?'

'Do,' meddai Lewis, 'glywais i gan Marian Clements. Doedd hi ddim yn hapus o gwbl, druan â hi.'

'Efallai nad ydi Miss Clements yn hapus,' meddai Eirwen,

'ond ddaru hi helpu dim ar Lloyd. Mae o wedi'i chanlyn hi ers dwn i'm sawl blwyddyn ac erbyn hyn wnaiff o mo'r tro iddi o gwbl. Hi ddaru orffen efo fo heb egluro dim. Druan â Lloyd, ddywedaf i. Wn i ddim beth oedd Miss Clements yn meddwl roedd hi'n ei wneud ar hyd yr holl flynyddoedd. Yr unig reswm aeth Lloyd yn ôl i ddysgu oedd er ei mwyn hi. Mae Lloyd wedi cael amser caled iawn, wyddoch chi. Doedd o ddim yn hapus o gwbl yn Llandudno. Pan orffennodd Miss Clements efo fo daeth popeth allan. Doedd o ddim wedi bod yn mynd i'r ysgol bob dydd, dach chi'n gweld. Wn i ddim beth oedd y prifathro yna'n wneud, a doedd yr athrawon eraill werth dim i Lloyd chwaith.'

'Ydi o wedi mynd yn ôl i'r ysgol ddechrau'r tymor?' meddai Lewis.

'Na, wrth gwrs dydi o ddim,' meddai Eirwen, 'ddaru o roi ei notis i mewn cyn diwedd y tymor diwethaf. Ddylsa fo fod wedi aros, achos dydi o ddim wedi derbyn cyflog dros wyliau'r haf. Y prifathro oedd wedi'i bryfocio fo, medda fo, ac wedyn aeth hi'n ffrae ofnadwy rhwng y ddau ohonyn nhw nes bod Lloyd wedi dweud wrtho fo beth i'w wneud efo'i job. Mae'r Cyngor Sir wedi bod yn bygwth rhoi sac i wrthwynebwyr cydwybodol ers misoedd. Oedd Lloyd yn dweud bod o fel byw ar ochr folcano, doedd o ddim yn gwybod beth oedd yn mynd i ddigwydd. A dyna lle roedd y prifathro yn sôn am ddisgyblu Lloyd druan â'r holl athrawon eraill yn edrych i lawr eu trwynau arno fo.'

'Lle mae Lloyd rŵan?' meddai Lewis.

'Mae o a Vivian wedi mynd i Lundain,' meddai Eirwen. 'Oeddwn i'n meddwl byddai hynny'n gwneud lles i'r ddau ohonyn nhw. Mae Lloyd wedi bod mewn stad ofnadwy. Dwi'n dal i boeni amdano fo.'

'Efallai bod hynny rywbeth i'w wneud efo'ch pwysedd gwaed,' meddai Lewis.

'Faswn i'n synnu dim,' meddai Eirwen.

'Rhaid i chi beidio cynhyrfu oherwydd trafferthion pobl eraill,' meddai Lewis, 'dach chi wedi gwneud eich gorau dros Lloyd ac yn dal i wneud. Yn y diwedd mae'n rhaid i bob un ohonom ni fod yn gyfrifol am ei fywyd ei hunan.'

'Digon gwir, Dr Huws,' meddai Eirwen, 'mae pobl yn creu eu trafferthion eu hunain yn aml iawn a dwi'n gwybod nad Lloyd yw'r person mwyaf doeth yn y byd. Ond mae artistiaid yn aml yn bobl gymhleth, ac weithiau eu gwendidau sy'n eu gyrru nhw i wneud pethau yn y byd yma. Mae Lloyd angen sylw'n ofnadwy a dwi'n meddwl mai dyna sy'n ei wneud o'n berfformiwr mor dda. Mae ganddo fo lais eithriadol, ond dwi'n teimlo mai ei gymeriad o, ei wendidau o efallai, sy'n gwneud ei berfformiadau o ar lwyfan mor gynhyrfus. Dwi wedi gweld y goreuon, wyddoch chi, ac mae Lloyd Owen gystal artist â'r un ohonyn nhw, wir i chi.'

'Beth wnaiff o nesa?' meddai Lewis.

'Beth bynnag wnaiff o, rhaid iddo fo beidio dysgu,' meddai Eirwen.

'Oes yna le iddo fo weithio yn yr Ydfaes?' meddai Lewis.

'Lloyd?' meddai Eirwen. 'Ydach chi am wneud ffarmwr o Lloyd?'

'Dydi'r lleill ddim yn ffermwyr chwaith,' meddai Lewis, 'ond mae'n rhaid iddyn nhw wneud gwaith ar y tir am y tro.'

'Byddai gorfod gwneud gwaith fel yna'n lladd Lloyd,' meddai Eirwen. 'Dach chi ddim yn deall Lloyd o gwbl, Dr Huws, mae angen llawer iawn o help ar Lloyd drwy'r amser. Mae'n rhaid iddo fo gael digon o sylw a mwythau cyn ei fod o'n medru blodeuo, fel'na mae o. Efallai eich bod chi'n meddwl bod *temperament* artistig yn wendid, wrth gwrs, ond peth gwirion dros ben fyddai disgwyl i Lloyd ddod i ben â dosbarth o blant neu gae llawn maip.'

'Dach chi'n adnabod Lloyd llawer yn well nag ydw i,' meddai Lewis.

'Ydw,' meddai Eirwen. 'Pan fod popeth yn iawn i Lloyd, fe all wneud pethau gyda chynulleidfa nad oes ond ychydig iawn, iawn o bobl yn medru eu gwneud. Mae ganddo ddawn amhrisiadwy ond mae'n rhaid iddo fo gael y sylw i gyd.'

'Am wn i fod rhai pobl angen sylw mwy nag eraill,' meddai Lewis.

'Mae Lloyd yn ysu am sylw,' meddai Eirwen, 'dydi o ddim yn berson cryf iawn. Ond pan ei fod o'n hapus a'r gynulleidfa i gyd yn ei ddwylo fo mae o'n medru cymryd eich enaid chi a'i ddyrchafu i'r nefoedd.'

'Rhaid i'r rhan fwyaf ohonom ni weithio am ein bywoliaeth,' meddai Lewis, '*temperament* artistig neu beidio.'

'Ia wir, Doctor Huws, tebyg iawn y basech chi'n dweud hynny,' meddai Eirwen. 'Erbyn hyn dwi'n eich adnabod chi'n ddigon da i beidio disgwyl i chi ddweud dim byd gwell, ond y gwir ydi nad ydach chi'n artistig o gwbl, ydach chi?'

Pennod 20

TE YN BETWS

DIODDEFODD LEWIS WYTHNOS anodd arall heb weld Marian. Bu'n ymarfer yr hyn oedd ganddo i'w ddweud wrthi drosodd a throsodd. Gwyddai nad oedd Marian yn teimlo amdano ef yn y ffordd y teimlai ef amdani hi, ond ni fedrai fynd ymlaen heb egluro iddi gymaint roedd yn ei feddwl ohoni. Efallai fod Marian yn ddigon bodlon i'w weld yma ac acw bob hyn a hyn, ond byddai hynny'n artaith iddo ef. Roedd pob diwrnod âi heibio heb iddo weld neu siarad â Marian yn boendod iddo.

Ers iddo ef ei hadnabod gyntaf roedd Marian wastad wedi bod yn gyfeillgar ac yn groesawgar, wastad wedi bod yn barod i gael gair ag ef a hyd yn oed i ymddiried ynddo. Tebyg iawn ei bod hi'n deall yn barod ei fod yn hoff ohoni. Pam na ddylai ef syrthio mewn cariad â hi? Medrai edrych ar ei hôl hi, a gofalu amdani hi a'u teulu. Nid oedd ef mor ifanc â Gwyn Vincent, nac mor dalentog a golygus, ond medrai gynnig iddi ei gwmni, ei gariad a sicrwydd at y dyfodol. Onid oedd hynny'n gynnig go lew?

Penderfynodd Lewis aros am Marian wrth iddi adael yr ysgol, a mynd ati i siarad pa un a oedd ganddi gwmni ai peidio. Roedd yn rhaid iddo'i gweld pa un a oedd yr ystryw yn amlwg iddi ai peidio.

Ar ôl i fis Medi ddechrau'n braf roedd hi wedi oeri, ac wedi troi'n lawog ac yn wyntog, felly aeth yn y car ac aros ar ochr y ffordd ger yr ysgol. Bu'n ffodus y tro cyntaf. Wrth iddo aros dechreuodd lawio eto a phan edrychodd yn nrych y car gwelodd Marian yn cerdded o'r ysgol, yn llwythog gyda'i bagiau, ar ei phen ei hun. Neidiodd allan ac agor drws y car iddi. Aeth hithau i mewn a dychwelodd yntau at sedd y gyrrwr. Gellid clywed y glaw yn gwaethygu'r tu allan, a'r gwynt yn chwythu yn erbyn y ffenestri. Yn y car, a'r ddau yn eistedd ochr yn ochr ar seti lledr y Morris, roedd hi'n glyd iawn, a gwenodd y cwpl ar ei gilydd.

'Dyna lwcus!' meddai Marian. 'Bron i mi gael fy nal yn y glaw yma.'

'Ddim lwc oedd o, a dweud y gwir,' meddai Lewis, 'aros amdanoch chi oeddwn i.'

'Ia wir?' meddai Marian. 'Wel mae hi'n dal yn lwcus i mi eich bod chi wedi gwneud hynny.'

Gyrrodd Lewis drwy Lanrwst yn y glaw, drwy'r sgwâr ac ar hyd Ffordd yr Orsaf, heibio'r syrjeri. Arhosodd y tu allan i'r tŷ lle roedd Marian yn byw a diffoddodd y peiriant.

'Dwi wedi bod eisio siarad efo chi ers dechrau'r tymor,' meddai Lewis, 'ond mae hi wedi bod bron yn amhosib eich dal chi ar ben eich hun. Oeddwn i mor falch o'ch gweld chi pan ddaru chi alw, ond doedd dim cyfle i ni siarad, felly mi wnes i benderfynu aros amdanoch chi pnawn yma. Ydi popeth yn iawn? Ydi popeth wedi setlo i lawr?'

'Ydi, mae popeth yn iawn,' meddai Marian, 'mae'n beth braf mynd yn ôl at drefn arferol bywyd. Fedrwch chi ddim hel meddyliau pan eich bod chi'n sefyll o flaen dosbarth o ddeugain o fechgyn pedair ar ddeg oed.'

'A dach chi heb gael dim trafferth pellach efo Lloyd?'

'Naddo,' meddai Marian, 'dydw i heb ei weld o ers dechrau'r tymor, diolch byth.'

'Oedd yn rhaid i mi eich gweld chi,' meddai Lewis, 'mae hi'n wythnosau ers i mi'ch gweld chi ddiwethaf.'

'Dwi wedi bod yn brysur yn yr ysgol,' meddai Marian. 'Mae hynny'n beth da achos mae'n eich cadw chi i fynd drwy'r amser.'

'Faswn i'n leicio i ni gael gair ambell waith, ar ben ein hunain,' meddai Lewis. 'Ddewch chi allan efo fi rywbryd, i ni gael sgwrs? Os awn ni i Gaffe Bebb fydd pawb ar ein traws ni. Efallai fedrwn ni fynd allan o Lanrwst?'

'Byddai hynny'n iawn,' meddai Marian, 'byddai'n braf mynd i rywle.'

'Beth am fynd i gael te ym Metws-y-coed rhyw bnawn?' meddai Lewis.

'Byddai Betws-y-coed yn iawn,' meddai Marian.

'Dwi wastad yn falch o'ch gweld chi,' meddai Lewis. 'Dach chi'n cofio pan ddaethoch chi'n ôl yma? Roeddach chi'n gwisgo ffroc sidan hyfryd ac yn llawn gofidiau, dach chi'n cofio?'

'Mae pawb yn cymryd sylw o'r ffroc yna,' meddai Marian, 'mae'r lliw hufen yn hyfryd a'r sidan mor berffaith. Newydd gyrraedd yn ôl oeddwn i ac roedd gen i ofn gweld Lloyd. Wn i ddim pam ddewisais i wisgo'r ffroc yna ar ôl cyrraedd yn ôl. Doeddwn i ddim yn gwybod beth oeddwn i'n ei wneud. Mae fy ffrindiau i wedi bod yn dda iawn wrthyf i.'

'Mae eich hapusrwydd chi yn cael effaith ar lawer iawn o bobl,' meddai Lewis. 'Efallai nad ydach chi'n sylweddoli cymaint o ddylanwad sydd gennych chi ar bobl eraill. Roedd yn gas gen i'ch gweld chi mor anhapus y diwrnod hwnnw. Dwi am i chi ddeall mor bwysig ydach chi i mi.'

'Mae gen i ffrindiau da iawn,' meddai Marian, 'dwi'n ffodus iawn.'

'Dwi'n gobeithio y byddwch chi'n fy ystyried i yn ffrind,'

meddai Lewis, 'ac efallai, rhyw ddiwrnod, yn rhywbeth mwy na hynny.'

'O,' meddai Marian, 'wn i ddim am hynny.'

'Na, wrth gwrs,' meddai Lewis, 'ond roedd yn rhaid i mi ddweud hynny wrthych chi. Fedrwch chi fod yn ffrindiau efo llawer iawn o bobl heb deimlo'n gryf amdanyn nhw o gwbl. Dwi'n meddwl llawer iawn ohonoch chi, a doeddwn i ddim eisio i chi gamddeall.'

'Dydw i ddim eisio dod yn agos iawn at unrhyw ddyn ar hyn o bryd,' meddai Marian, 'gobeithio y medrwch chi ddeall hynny.'

'Dwi'n deall yn iawn,' meddai Lewis, 'gobeithio eich bod chithau'n sylweddoli sut ydw i'n teimlo amdanoch chi. Pan oeddwn i'n eich gweld chi efo pobl eraill oeddwn i gymaint o eisio siarad efo chi ar ben eich hunan, ac mae hynny wedi bod yn anodd.'

'Wn i ddim be wnaf i nesa,' meddai Marian. 'Dwi eisio mwynhau bywyd efo fy ffrindiau a rhoi trefn ar bethau cyn meddwl dim pellach.'

'Wrth gwrs,' meddai Lewis, 'ac mi ddewch chi efo fi am de i Fetws-y-coed cyn bo hir?'

'Bydd hynny'n braf iawn,' meddai Marian, 'mewn wythnos neu ddwy, efallai.'

Ceisiodd Lewis drefnu dyddiad pendant, ond nid oedd Marian yn sicr a fyddai ar gael, felly bu'n rhaid iddo aros. Ni fedrai bwyso arni'n ormodol. Roedd y glaw wedi arafu ac aeth Marian i mewn i'r tŷ.

Nid oedd Marian wedi syrthio i mewn i'w freichiau, ac ni fu modd iddo ei chyffwrdd na'i chusanu chwaith, ond o'r diwedd roedd wedi dweud wrthi ei fod yn teimlo'n gryf amdani, ac nid oedd hi wedi'i wrthod yn llwyr.

Daliai Lewis i obeithio gweld Marian a chael sgwrs â hi, ond yn ofer. Pan fyddai'n ei gweld byddai hi gyda'i ffrindiau. Pwy welodd dro ar ôl tro oedd Gwyn Vincent ar ei feic modur. Daeth i adnabod sŵn arbennig Royal Enfield a bob tro y clywai un byddai'n disgwyl gweld Gwyn Vincent. Dechreuodd fynd am dro o Everton House i'r sgwâr ar yr adeg pan ellid disgwyl i Marian gerdded adref.

Yn y diwedd gwelodd Marian ar ei ffordd adref a chafodd air â hi. Trefnodd i fynd â hi i Fetws-y-coed ddydd Mercher yr wythnos ganlynol. Dywedodd hithau y byddai'n galw yn y syrjeri ar ei ffordd adref o'r ysgol.

Erbyn hydref 1942 roedd 'teithio er mwyn pleser' yn erbyn y gyfraith, ond roedd Lewis yn benderfynol o fynd â Marian i Fetws-y-coed yn y car. Roedd Betws-y-coed yn ganolfan ymwelwyr gyda gwestai a chaffes. Erbyn hyn roedd yn llawn pobl o Lerpwl ac yn fwy prysur nag erioed.

Ar y dydd Mercher parciodd Lewis y car o flaen drws ffrynt y tŷ. Pan gyrhaeddodd Marian roedd popeth yn barod ac i ffwrdd â nhw. Roedd glaw mân yn disgyn pan ddaethant i mewn i bentref Betws-y-coed. Parciodd Lewis y Morris y tu allan i gaffe Tan-lan a brysiodd y ddau i mewn i gael te. Yn fuan iawn trodd y sgwrs at Lloyd.

'Wnes i erioed addo priodi Lloyd,' meddai Marian, 'wedi cymryd hynny'n ganiataol oedd o. Roedd o wedi rhoi modrwy yn anrheg i mi ond doeddwn i byth yn ei gwisgo hi. Rhywbeth dros dro oedd mynd allan efo Lloyd i mi, ond ein bod ni wedi dal ymlaen am yn hir. Yn y diwedd doedd dim byd arall i'w wneud heblaw gorffen efo fo.'

'Y tymor diwethaf roeddwn i'n benderfynol bod yn rhaid

i ni siarad,' meddai Marian, 'ond doedd o ddim yn fodlon gwrando ar beth oedd gen i i'w ddweud. Fe ddechreuodd o fynnu bod yn rhaid i mi wneud pethau nad oeddwn i am eu gwneud o gwbl. Oedd o hyd yn oed am i mi roi'r gorau i ddysgu yn yr ysgol.'

'Roedd o'n gwybod 'mod i'n mynd i Gaffe Bebb efo'r athrawon eraill ar ôl gwaith,' meddai Marian, 'a doedd o ddim am i mi wneud hynny. Doedd o ddim am i mi wneud dim â neb ond fo'i hun. Oedd o'n gwbl amhosibl. Y peth gwaethaf i gyd ydi'r chwerwder o ymrannu. Mae hynny'n gwneud popeth yn waeth ac yn eich symud chi'n bellach fyth oddi wrth eich gilydd. Unwaith dach chi'n penderfynu gorffen mae o'n difetha popeth. Fyddai'n amhosib mynd yn ôl rŵan, mae popeth wedi newid.'

'Os oeddach chi'n gwybod yn iawn na fasach chi byth yn medru priodi Lloyd, doedd dim byd arall i'w wneud,' meddai Lewis. 'Roeddach chi'n gwybod beth oedd angen ei wneud ac mi wnaethoch chi hynny.'

'Ychydig iawn o bobl sy'n deall hynny,' meddai Marian. 'Dach chi'n deall, ac un neu ddau o rai eraill. Mae gen i ffrindiau da iawn.'

'Dach chi'n haeddu ffrindiau da,' meddai Lewis, 'a dach chi'n deall fy mod i'n teimlo'n gryf iawn amdanoch chi, tydach chi?'

'Ydw,' meddai Marian, 'ond dwi'n medru bod yn ddigon *discrete*.' Nid oedd Lewis yn croesawu'r gair 'discrete'. Roedd ei deimladau am Marian mor bwysig iddo fel nad oedd eu cadw'n breifat yn poeni dim arno.

Dywedodd Marian ei bod wedi dechrau dilyn cwrs o wersi gyda'r nos ar lenyddiaeth Gymraeg gyda Mrs Catherine Williams o Ddinbych, oedd yn awdur dan yr enw Miss Kate

Roberts. Roedd y gwersi'n ddiddorol iawn, meddai. Soniodd Lewis am waith gŵr Kate Roberts, Morris Williams, oedd yn argraffu ac yn cyhoeddi'r *Faner*. Ar y dudalen flaen roedd erthyglau 'Cwrs y Byd', gwaith Saunders Lewis, yn dadansoddi'r rhyfel yn ofalus.

'Mae "Cwrs y Byd" yn well na dim gewch chi yn Saesneg,' meddai Lewis, 'dydi'r *Peace News* ddim cystal ag y buodd o.'

Ac yna daeth tair gwraig o Lanrwst i mewn i'r caffe, gan gynnwys Mrs Archie Griffiths, gwraig y rheolwr banc. Doedd dim syndod bod pobl o Lanrwst yno gan fod y ddau le mor agos at ei gilydd. Pan sylwodd Marian ar y gwragedd tawelodd y sgwrs rhwng Lewis a hithau. Pan holodd Lewis am gefndir Marian dechreuodd hi siarad unwaith eto.

'Dwi wedi bod yn meddwl cryn dipyn am fy nhad yn ddiweddar,' meddai. 'Dywedodd o wrthyf i iddo syrthio mewn cariad â fy mam ar yr olwg gyntaf, ond does gen i ddim cof ohoni hi o gwbl. Buodd hi farw pan oeddwn i'n ddyflwydd.'

Dywedodd iddi dyfu i fyny yn agos at y môr yng Nghonwy, ac mai pysgotwr oedd ei thad. Roedd y dref wedi tyfu ers hynny, meddai, a channoedd o Saeson wedi dod i fyw i'r tai newydd.

'Dim ond fy nhad oedd gen i,' meddai Marian, 'roedd o wastad yn chwarae triciau. Cwmni da, ond anghyfrifol.'

Cyn gorffen te gofynnodd Lewis i Marian ddod allan gydag ef eto cyn bo hir. Gallent fynd i lawr at lan y môr, meddai, i Gonwy efallai, neu i Fae Colwyn, un dydd Sadwrn neu ddydd Sul. Ddywedodd Marian ddim. Nid oedd hi wedi croesawu'r gwahoddiad. Arafodd y sgwrs rhyngddynt unwaith eto.

'Dwi'n hapus i fod ar fy mhen fy hun am dipyn,' meddai Marian.

Ar ôl gorffen y te aeth y ddau yn ôl i Lanrwst yn y Morris ac aros y tu allan i ystafelloedd Marian yn Ffordd yr Orsaf.

'Gobeithio na fyddwch chi ar frys i ddod o hyd i rywun newydd,' meddai Lewis, 'wyddoch chi ddim be ddaw mewn bywyd.' Yr hyn a olygai mewn gwirionedd oedd, 'rho amser i mi, paid â mynd i ffwrdd efo rhywun arall.' Tebyg iawn bod Marian yn deall hynny'n iawn.

Nid oedd y trip wedi bod yn llwyddiant mawr. Ni fu'n bosib i Lewis ddweud dim byd o bwys wrth Marian oherwydd iddo weld nad oedd hi'n croesawu hynny. Ni fedrai wneud dim mwy.

O leiaf roedd Marian unwaith eto wedi dweud ei hanes wrtho ac wedi bod yn fodlon ymddiried ynddo. Roedd hi wastad wedi bod yn agored ac yn agos ato fel petai'n gwbl ffyddiog ohono. Tybed oedd hi'n ymddwyn felly gyda phobl eraill yn ogystal? Lle bynnag yr âi, byddai'r dynion a'r merched o'i chwmpas yn sicr o sylwi ar y ddynes ifanc brydferth hon. Roedd hi'n hyfryd yr olwg, yn hyderus, ac eto'n ddiymhongar. Byddai hi wedi hen arfer derbyn edmygedd pawb o'i chwmpas ym mhobman. Roedd Lewis o leiaf deuddeg mlynedd yn hŷn na Marian. Duw a'i helpo, doedd ganddo ddim awydd bod fel hen ewythr iddi. Nid oedd deuddeg mlynedd yn wahaniaeth oed mawr iawn. Dylai hi ddeall hynny.

Bellach doedd dim byd amlwg y medrai ei wneud. Ni fedrai fynd yn ôl at Marian yn fuan. Byddai'n rhaid iddo fod yn amyneddgar ac aros ei gyfle, ond roedd yn rhaid iddo ddal ati oherwydd na fedrai wneud dim byd arall.

Dros yr wythnosau nesaf bu Lewis yn ddrwg iawn ei hwyl. Bob nos byddai'n eistedd yn ei ystafell ac yn meddwl am Marian. Gwelai hi gyda'i ffrindiau weithiau ac er iddo geisio'i gweld ar ei phen ei hun, methodd siarad â hi. Roedd popeth yn ei fywyd wedi dod i hyn, a phopeth mor dywyll iddo oni fyddai Marian yn ei dderbyn. Medrai popeth fod mor berffaith petai hi'n cytuno i ddod allan gydag ef, ond ofnai yn ei galon na fyddai hynny ddim yn digwydd, byth.

Heb Marian nid oedd Lewis yn gweld gobaith am y dyfodol o gwbl, dim ond dyddiau di-raen a diffrwyth. Ar ôl ei holl ymdrechion yn y byd roedd yn dal ar ei ben ei hun. Bob nos byddai'n yfed yn drwm ac yn profi cyffuriau eraill yn ogystal.

Un peth oedd yn cadw gobeithion Lewis yn fyw: dawns y clwb criced cyn y Nadolig.

Pennod 21

TWO CONVICTIONS

BU'N ARFER I Glwb Criced Llanrwst drefnu cinio bob Nadolig yng Ngwesty'r Eryrod. Pan ddaeth Edwin Edwards yn gapten newidiwyd y drefn a chafwyd dawns yn y Neuadd Goffa yn lle cinio yn y gwesty. Bu'r dawnsfeydd yn llwyddiannus iawn.

Er bod llawer o'r cricedwyr iau wedi gadael y dref, penderfynwyd cael dawns unwaith eto. Pan gafwyd cyfarfod fis Hydref i drefnu'r ddawns roedd y bechgyn iau eisiau band *jazz* o'r enw The Jack Turner Orchestra. Milwyr oedd y cantorion, yn aros mewn gwersyll milwrol yng ngogledd Cymru ac yn gwneud arian o'u cerddoriaeth. Lewis oedd trysorydd y clwb criced ac roedd y band yn gofyn crocbris am ddod i chwarae. Fe ofynnodd sawl cwestiwn cyn bodloni ei hun y byddai bechgyn iau'r clwb yn gwerthu'r holl docynnau. Ar ôl y cyfarfod eisteddai yng Ngwesty'r Eryrod gyda Walford Evans.

'Doedd dim rhaid i ti boeni,' meddai Walford, 'bydd y ticedi yna'n gwerthu'n syth.'

Holodd Lewis Walford ynghylch ei deulu. Roedd Katie wedi addo dod i'r ddawns, ond gan na hoffai hi fiwsig *jazz* byddai'n rhaid i Walford fynd â hi adref yn gynnar.

'Dwi wedi addo mynd â hi i siopa hefyd,' meddai Walford.

'Does dim llawer werth ei gael yn y siopau erbyn hyn,' meddai Lewis, 'nac yn y tafarnau chwaith.'

'Nag oes,' meddai Walford. 'Glywaist ti hanes y canwr 'na? Yr un sy'n byw efo Vivian Williams?'

'Lloyd Owen?' meddai Lewis. 'Beth amdano fo?'

'Gafodd o drafferth yn y New Inn,' meddai Walford, 'roedd y soldiwrs o'r camp wedi cael llond bol ohono fo. Wnaeth 'na un ohonyn nhw roi cweir iddo fo nos Wener diwethaf.'

'Pam?' meddai Lewis. 'Beth oedd o wedi'i wneud?'

'Mae o wedi bod yn mynd i'r dre gyda'r nos ers amser,' meddai Walford, 'yn mynd o un dafarn i'r llall yn canu am ei ddiod. Wyt ti ddim wedi'i glywed o?' Doedd Lewis ddim wedi'i glywed.

'Does dim pres gan y creadur,' meddai Walford, 'mae o'n dibynnu ar bobl eraill i brynu cwrw iddo fo. Mae o wedi bod yn hel diod efo'r soldiwrs o'r camp, yn yr Albion a'r New Inn gan amlaf. Oeddan nhw'n gadael iddo fo ganu,' meddai Walford, 'wedyn yn tynnu arno fo nes bod o'n mynd o 'na. Doedd yntau ddim yn gwybod beth i'w wneud, nag oedd?'

'Beth oeddan nhw'n wneud?' meddai Lewis.

'Oeddan nhw'n ei gael o i ganu "God Save the King",' meddai Walford. Doedd o methu gwrthod, nag oedd? Pan oedd o'n gorffen roeddan nhw i gyd yn gweiddi arno fo efo'i gilydd, "Now piss off, conshie!" a ffwrdd â fo, ha ha! Wedyn mae'n debyg bod John Tŷ Coch wedi gofyn iddo fo ganu 'Hen Wlad fy Nhadau', ond doedd fiw iddo fo wneud, nag oedd, gormod o ofn y soldiwrs. Wedyn roedd John a'r hogia ar ei ôl o am beidio canu ei anthem ei hun. Does dim syndod bod o wedi cael cweir, wir.'

'Druan â fo,' meddai Lewis, 'wn i ddim be ddaw ohono fo.'

'Fasa'n well iddo fo fynd i'r armi,' meddai Walford, 'does fiw iddo fo fynd i dafarnau Llanrwst erbyn hyn.'

'Dwi heb weld Mrs Bebb ers tro,' meddai Lewis. 'Ydi hi'n iawn?'

'Dydi hi ddim yn dda,' meddai Walford, 'ddim yn dda o gwbl.'

'Be sy'n bod arni?' meddai Lewis.

'Canser,' meddai Walford, 'bron yn sicr.'

'Trueni,' meddai Lewis. 'Fedr George wneud rhywbeth i'w helpu hi yn y caffe?'

'Dim diddordeb,' meddai Walford, 'na dim siâp chwaith. Y peth gorau fedrith o wneud ydi cadw draw. Dydw i ddim yn ei gweld hi'n para'n hir. Bydd yn rhaid gwerthu'r caffe am wn i. Does neb yn gwybod. Dim gair rŵan.'

'Na, wrth gwrs,' meddai Lewis, 'piti garw, ynte?

★   ★   ★

Y mis Hydref hwnnw clywodd Lewis fod Walter, mab Apphia Davies, wedi'i ddyrchafu'n gorporal a'i symud o'r Aifft i Balesteina. Yn yr haf roedd Apphia Davies wedi dangos i Lewis luniau o Walter ar egwyl yn sefyll o flaen y pyramidiau. Fis Hydref dangosodd hi luniau newydd ohono gyda dwy streipen ar ei fraich, yn eistedd ar feic modur ar yr arfordir ger dinas Jaffa.

'Fuodd o'n cyfarfod efo gŵr Molly yn y King David Hotel,' meddai Apphia Davies, 'lle drud iawn, meddai Walter.'

Lladdwyd dau ddyn ifanc arall o Lanrwst bryd hynny. Cyn dechrau'r rhyfel gwirfoddolodd Leslie Nock i fynd i'r fyddin. Ef oedd unig fab y teulu Nock, oedd yn cadw siop swîts yn Stryd Dinbych, Llanrwst. Erbyn 1942 roedd wedi'i ddyrchafu'n Quartermaster Sergeant ac yn gwasanaethu ar Ynys yr Iâ, lleoliad diogel iawn yn ôl pob golwg. Ond fe'i lladdwyd gan lorri mewn damwain ffordd. Yn yr RAF roedd Owen Glynne Edwards, a laddwyd yn Burma. Claddwyd y ddau yn bell iawn o Lanrwst.

Prin iawn oedd unrhyw newydd da yr hydref hwnnw. Roedd yr Almaen wedi ymosod eto ac wedi cyrraedd Stalingrad, yn bell iawn i'r dwyrain. Pe bai'r Almaen yn cipio Stalingrad a Rommel yn ennill yn yr Aifft byddai Hitler yn teyrnasu o'r Môr Coch i'r Arctig ac o'r Volga i Fôr Iwerydd.

★   ★   ★

Fis Tachwedd gwelodd Lewis Gruffydd yn y sgwâr, yn cerdded o gwmpas gyda phlismon lleol. Nid oedd wedi'i weld ers dros ddeunaw mis. Aeth ato a holi am ei deulu. Roedd pawb yn iawn, meddai Gruffydd, a Geraint wedi dechrau hyfforddi fel peilot yn yr RAF.

'Maen nhw'n ofalus iawn ohonyn nhw,' meddai Gruffydd. 'Mae o wedi pasio'i arholiadau, ac maen nhw'n dweud bod ei lygaid o'n iawn. A'i ddannedd hefyd, maen nhw'n cymryd sylw mawr o'r dannedd.' Cerddodd Gruffydd gyda Lewis beth o'r ffordd tuag at Everton House.

'Dwi'n falch o dy weld di,' meddai, ''dan ni heb weld ein gilydd ers talwm iawn. Oeddwn i eisio holi dy farn di ar ambell i beth.' Nid oedd Gruffydd am ddod i mewn i'r tŷ, ac nid oedd am egluro beth oedd ganddo mewn golwg. 'Fydda i'n ôl yma wythnos nesa,' meddai, 'mi wna i alw i dy weld di.'

'Mae'n rhaid i mi fynd i'r Inffirmari ddechrau'r wythnos,' meddai Lewis. 'Gad o tan ddiwedd yr wythnos, dydd Iau fasa orau.'

Cytunodd Gruffydd. Peth anghyffredin oedd iddo drefnu galw ar amser penodol.

Soniodd Lewis wrth Apphia Davies fod Gruffydd yn debyg o alw ddiwedd yr wythnos. Pan gyrhaeddodd yn ôl i Everton House bnawn dydd Iau gwelodd Humber mawr o flaen y drws ffrynt, a Gruffydd Jones yn eistedd yn sedd y gyrrwr. Roedd

Apphia Davies wedi cloi'r drws ffrynt yn ystod y prynhawn. Aeth Lewis a Gruffydd i'r tŷ a dechreuodd Gruffydd sôn am ei fab yn yr RAF.

'Buodd o yng Nghernyw i ddechrau, wedyn yn Kinloss yn yr Alban,' meddai Gruffydd. 'Mae o wedi bod yn hedfan Tiger Moths ac mae o'n disgwyl mynd i America neu i Affrica nesa i ddysgu'n iawn. Maen nhw yn eu dysgu nhw'n iawn hefyd, dim byd tebyg i beth gawsom ni. Mae o wrth ei fodd yn hedfan.'

'Da iawn,' meddai Lewis. 'Sut mae Wynne-Bevan?'

'Dydi o ddim yn y gwaith,' meddai Gruffydd, 'mae o wedi troi ei ben-glin a dydi o ddim yn medru cerdded. Baglu ar y grisiau wnaeth o, mae'n debyg. Dydi o ddim wedi bod mor hapus ers yr helynt yna efo Pwyllgor yr Heddlu am yr iwnifforms.'

'I'r plismyn arbennig?' meddai Lewis.

'Maen nhw'n disgwyl i ddynion fynd ar batrôl mewn hen ddillad,' meddai Gruffydd, 'yn gwisgo macs a cardigans, wir i ti. Wn i ddim sut maen nhw'n disgwyl i neb eu cymryd nhw o ddifri. Oedd y Pwyllgor wedi penderfynu ei dynnu o i lawr, ac mi wnaethon nhw hynny.'

'Sut faglodd o?' meddai Lewis. 'Yfed?'

'Mae o'n gwneud mwy o waith mewn bore na mae rhai pobl yn ei wneud mewn wythnos,' meddai Gruffydd. 'Dwi'n gwneud ei waith o pan mae o i ffwrdd, ac mae hynny'n iawn gen i achos dwi'n gwybod y caf i gefnogaeth ganddo fo. Dim ond i'r cynghorwyr beidio tynnu'n groes, ynte?'

Siaradai Gruffydd a Lewis fel hen ffrindiau unwaith eto. Arhosodd Lewis i weld pam roedd Gruffydd mor awyddus i'w weld.

'Wyt ti ddim yn gweld cymaint o dy ffrind Vivian Williams erbyn hyn, wyt ti?' meddai Gruffydd o'r diwedd.

'Anaml iawn ydw i'n ei weld o,' meddai Lewis. 'Dwi'n trin ei chwaer o, Mrs Morris, a dwi'n dal i ddod ar ei draws o ambell waith.'

'Mae yna rywun arall yn byw yna efo nhw rŵan, does?' meddai Gruffydd.

'Lloyd Owen,' meddai Lewis, 'roedd o'n arfer canu efo'r Carl Rosa cyn y rhyfel.'

'Cariad Marian Clements ers talwm,' meddai Gruffydd. 'Sut un ydi o?'

'Un go wirion,' meddai Lewis, 'wn i ddim beth oedd Marian yn ei weld ynddo fo.'

'Gad di lonydd i Marian Clements,' meddai Gruffydd, 'fyddai hi byth yn dy siwtio di. Ac mae'n debyg byddai'n well gan rai pobl Lloyd Owen na hi, beth bynnag.'

'Mae Mrs Morris yn hoff iawn ohono,' meddai Lewis.

'Mae rhywun arall yn hoff ohono hefyd,' meddai Gruffydd. 'Vivian, ynte?'

'Debyg iawn,' meddai Lewis.

'Oeddwn i'n gwybod bod rhywbeth o'i le efo'r Vivian yna,' meddai Gruffydd, 'mae hi wedi cymryd blynyddoedd i mi wybod beth sy'n bod arno fo.'

'Beth wyt ti'n feddwl?' meddai Lewis.

'Wyt ti'n siŵr dy fod di eisio clywed?' meddai Gruffydd. 'Oeddat ti a fo'n ffrindiau mawr ar un adeg.'

'Mae blwyddyn neu ddwy ers hynny,' meddai Lewis.

'Mae hyn yn gyfrinachol,' meddai Gruffydd, 'dim gair wrth neb, cofia. Wyt ti'n cofio'r helynt yna pan ddaeth o i mewn i gael ei holi?'

'Wrth gwrs 'mod i'n cofio,' meddai Lewis.

'Doedd hynny ddim byd i wneud efo fi,' meddai Gruffydd. 'Oedd yn rhaid i'r heddlu gael eu gweld yn gwneud rhywbeth, felly ddaru Wynne-Bevan godi ambell un lletchwith. Gawson nhw i gyd fynd yn rhydd o fewn dyddiau. Ar ôl hynna mi ddechreuais i holi yma ac acw i gael dipyn o hanes Vivian Williams. Yn y diwedd ges i'r ateb yn ddamweiniol. Oedd rhywun wedi bod yn torri ffenestri capel Methodist yn Llanfairfechan dro ar ôl tro, ac es i gael sgwrs efo'r gweinidog. Oedd o wedi bod yn y coleg yn Aberystwyth efo David Vivian Williams, medda fo. Dyma fi'n gofyn iddo fo wedyn pam nad oedd Vivian Williams wedi mynd i'r weinidogaeth. Wyt ti'n gwybod beth ddywedodd o?'

'Na,' meddai Lewis, 'dim syniad.'

'Dywedodd o fod yna helynt wedi bod o achos Vivian Williams,' meddai Gruffydd. 'Ddaru nhw gadw popeth yn dawel, wrth gwrs, ond roedd rhai pobl yn gwybod. Buodd Vivian Williams yn ffrindiau mawr iawn efo un dyn ifanc, meddai'r gweinidog yma, "gormod o ffrindiau o lawer", medda fo. Wyt ti'n gwybod be ydw i'n feddwl?'

'Dydi o ddim yn fy synnu i,' meddai Lewis.

'Oeddat ti wedi gweld drwyddo fo, oeddat ti?' meddai Gruffydd.

'Oeddwn i wedi dod i'w amau o,' meddai Lewis. 'Dyna'r cwbl?'

'Na, ddim o gwbl,' meddai Gruffydd. 'Buodd Vivian Williams yn ysgrifennu llythyrau at y bachgen yma. Bachgen ifanc oedd o, yn dal yn yr ysgol. Y llythyrau wnaeth ddal Vivian. Pan gafodd rhieni'r hogyn yma afael ar y llythyrau aethon nhw at y coleg i gwyno. Dyma nhw'n cael gair efo Vivian Williams wedyn, ac yn y diwedd gafodd o orffen ei gwrs yn y coleg a chael gradd ar yr amod na fyddai'n cynnig am y weinidogaeth.'

'Dim *buggers* budr yn y Methodistiaid Calfinaidd,' meddai Lewis.

Chwarddodd Gruffydd. Yn amlwg, roedd yn fodlon iawn gydag ymateb Lewis i'r stori. 'Dyna ti!' meddai. 'Oeddwn i'n gwybod o'r dechrau bod rhywbeth yn bod ar hwnna.'

'Paid rhoi popeth i lawr ar bapur,' meddai Lewis, 'dyna neges y stori yna.'

'Wyt ti'n iawn,' meddai Gruffydd, 'ond dydi'r stori ddim yn gorffen yn fanna. Dwi'n adnabod ambell un yn y Met, roeddwn i wedi gwneud ambell beth drostyn nhw, a dyma fi'n cael cyfle i ofyn ffafr yn ôl. Mi ofynnais i iddyn nhw edrych drwy eu llyfrau am y math o beth sy'n mynd ymlaen mewn toiledau dynion.'

'Oeddan nhw wedi dal Vivian?' meddai Lewis.

'*Two convictions*!' meddai Gruffydd.

Rai blynyddoedd ynghynt roedd David Vivian Williams wedi cael ei ddal mewn toiledau yng nghanol Llundain, a'i ddirwyo am anweddduster dybryd, 'gross indecency'. Yn ddiweddarach yr un flwyddyn cafodd ei ddal eto mewn toiledau gwahanol, a'i ddirwyo unwaith eto.

Roedd gan Gruffydd hir brofiad o'r agweddau mwyaf truenus o fywyd dynion. Yn y diwedd roedd wedi deall natur Vivian a'i holl ragrith sanctaidd.

Am y gweddill o'r amser bu Gruffydd mewn hwyliau da, ar ôl gwneud yr hyn oedd ganddo mewn golwg. Roedd wedi adnabod dyn amheus yn syth, pan oedd Lewis heb weld dim o'i le arno. Tra bod Lewis bron iawn â gwneud sant o Vivian, roedd Gruffydd wedi gweld drwyddo o'r dechrau.

Peth digalon ofnadwy i Lewis oedd meddwl am Vivian yn hel toiledau canol Llundain am ei bleserau anghyfreithlon. Druan, druan ohono. Beth yn y byd oedd yn bod ar y dyn?

'Lle oeddach chi'n mynd pan fyddech chi'n mynd allan am dro efo'ch gilydd?' meddai Gruffydd.

'I fyny i'r mynyddoedd,' meddai Lewis, 'o gwmpas y llynnoedd a'r hen weithfeydd mwyn. Oedd o'n adnabod yr ardal yn dda.'

'Ddaru o drio rhywbeth efo ti?' meddai Gruffydd.

'Naddo, erioed,' meddai Lewis, 'ddim o gwbl. Wnes i amau dim nes daeth Lloyd Owen i'r golwg.'

'Vivian a Lloyd Owen?' meddai Gruffydd. 'Be ddigwyddodd?'

'Dim,' meddai Lewis, 'dim ond gweld y ddau ohonyn nhw efo'i gilydd wnes i. "Gormod o ffrindiau", ynte?'

'Siŵr iawn,' meddai Gruffydd.

'Mae'n well ganddo fo gwmni tenor bach del na hen foi fel fi,' meddai Lewis. Chwarddodd Gruffydd eto a throdd y sgwrs at bethau eraill nes cododd Gruffydd i adael.

Wrth y drws ffrynt trodd Gruffydd yn ôl at Lewis. 'Wyt ti'n siŵr o fod yn adnabod y mynyddoedd yn dda erbyn hyn,' meddai, 'ar ôl crwydro efo Vivian. Mae 'na lefydd diddorol i fynna fanna, yn does 'na? Oedd 'na unrhyw le arbennig?'

'Oedd o'n hoff iawn o eglwys Llanrhychwyn,' meddai Lewis, 'hen eglwys fach fudr yn y bryniau uwchben Trefriw. Doeddwn i ddim yn deall beth oedd o'n weld yn y lle.'

Pennod 22

DAWNS Y CLWB CRICED

FIS RHAGFYR 1942 cynhaliwyd Dawns y Clwb Criced.
Peth anghyffredin oedd cael band dawnsio, *dance-band*
go iawn, yn Llanrwst. Daeth bron pob aelod o'r clwb criced i'r
digwyddiad, a llawer o bobl ifainc eraill yn ogystal, o'r gwersyll
milwrol ac o hyd a lled Dyffryn Conwy a'r cyffiniau. Roedd y
tocynnau wedi gwerthu'n dda iawn. Lewis, y trysorydd, oedd
yn gyfrifol am yr arian.

Cyrhaeddodd Jack Turner a'i griw yn un o lorïau'r fyddin.
Roedd wyth yn y band i gyd, ac aethant i osod eu hoffer ar y
llwyfan ar unwaith. Dyn bychan o Bradford oedd Jack Turner.
Galwai'r lleill ef yn 'Jacko'. Erbyn wyth o'r gloch roedd y
Neuadd Goffa'n llenwi a rhes o bobl yn aros tu allan. 'Faint o
bobl gawn ni adael i mewn?' meddai'r bechgyn wrth y drws
wrtho.

'Gadewch nhw i gyd i mewn,' meddai Lewis, 'tri swllt yr un
a dau swllt i soldiwrs.'

Roedd gan y band dri sacsoffon, dau drwmped, trombôn,
drymiau a bas dwbl, a phan ddechreuodd y band chwarae
roedd y sŵn yn fyddarol. Jacko oedd yr arweinydd a'r
unawdydd ar y *soprano saxophone*. Yn amlwg, roedd y band
yn hoff iawn o Glenn Miller a'i ganeuon o America, pethau
fel 'Kalamazoo' a 'Chattanooga Choo Choo'. Roedd y band
fel peiriant perffaith, y chwarae'n wefreiddiol a'r sŵn yn

gyffrous eithriadol, nes bod bron pawb yn y lle yn ceisio dawnsio. Roedd Glyn a Robert wedi dod yno o'r Ydfaes ond nid Simon na Jeremy.

Roedd Katie yno, ac yn dawnsio. Roedd hi'n hŷn ac yn drymach nag y bu hi, ond roedd y pwysau yn ei siwtio hi ac roedd hi hyd yn oed yn fwy *voluptuous* erbyn hyn na phan oedd hi'n eneth ugain oed. Dawnsiodd Lewis gyda hi unwaith. Roedd Katie'n waharddedig iddo am byth, ac felly roedd yn rhaid i bethau fod, ond wrth ei gweld yn dawnsio roedd yn hawdd gweld pam ei fod wedi gwirioni cymaint arni flynyddoedd yn ôl.

Criw o ferched gyda'i gilydd ar gyrion y dawnsio oedd Marian a'i ffrindiau. Oherwydd y merched o'i chwmpas methodd Lewis fynd yn agos ati i gael gair. Roedd yn benderfynol o ofyn iddi ddawnsio ag ef cyn diwedd y noson. Bu'r cyfle yn hir yn dod, ond o'r diwedd llaciodd y cwlwm merched o gwmpas Marian ac aeth Lewis draw ati, a gofyn iddi ddawnsio. Nid oedd hi i'w gweld yn falch ei fod yn gofyn iddi, a gwrthododd. Gofynnodd yntau iddi unwaith eto, ac unwaith eto fe'i gwrthododd. Nid oedd wedi disgwyl iddi wrthod dawnsio. Roedd Marian yn barod i ddod i gael te gydag ef, ond nid oedd yn fodlon cael ei gweld yn dawnsio ag ef o flaen ei ffrindiau.

Am un ar ddeg y nos chwaraeodd Jack Turner a'i Orchestra 'God Save the King', a safodd pawb yn stond nes gorffen yr anthem. Talodd Lewis Jack Turner gyda'r arian a dderbyniwyd wrth y drws a diolchodd iddo. Aeth y milwyr â'u hoffer i mewn i'r lorri ac i ffwrdd â nhw. Erbyn hynny roedd y neuadd yn gwagu. Aeth y cricedwyr ati i dwtio ychydig ar y lle cyn i'w trysorydd, Dr Lewis Huws, gerdded adref ar ei ben ei hun, a'i bocedi'n llawn o hanner coronau a darnau deuswllt.

Roedd y ddawns wedi gwneud elw da i'r clwb criced er na fu'n llwyddiant iddo ef yn bersonol.

Ar ôl syrjeri'r bore canlynol, dydd Sadwrn, aeth Lewis â'r arian i'r banc ar y sgwâr. Ar ei ffordd yn ôl i Everton House gwelodd Marian yn cerdded tuag ato. Roedd yn falch o'i gweld ac o gael cyfle i fod yn ffrindiau eto ar ôl busnes y noson gynt. Cerddai'r ddau tuag at ei gilydd yr un ochr i'r ffordd, ac wrth iddynt agosáu dewisodd Marian groesi'r ffordd, yn gwbl fwriadol, i'w osgoi. Safodd yntau'n stond ac edrych arni. Edrychodd hithau'n ôl ond ni wnaeth ddim i'w gyfarch na gwenu arno. Ddywedwyd 'run gair gan y naill na'r llall.

★   ★   ★

Bu'r cyfnod cyn y Nadolig yn drychineb i Lewis Huws. Roedd Marian Clements wedi gwrthod dawnsio gydag ef a hyd yn oed wedi croesi'r ffordd i'w osgoi.

Fel Neville Chamberlain druan, a oedd bellach yn ei fedd ers dwy flynedd, barnai Lewis na fyddai wedi medru gwneud dim mwy, na dim byd gwahanol, a fyddai wedi bod yn fwy llwyddiannus. Nid fedrai guddio ei deimladau am Marian, ac roedd hithau wedi dangos na fynnai hi ef. Er bod y neges yn glir, ni fedrai ef ei derbyn. Roedd yn rhaid iddo ddal gafael ar ei obeithion.

Heb Marian ni welai Lewis fawr o ystyr i'w fywyd ar y ddaear. Ers iddo gyrraedd Llanrwst dros ddeuddeg mlynedd ynghynt roedd wedi dod yn hoff o'r dre ac o'r statws arbennig oedd ganddo fel meddyg. Roedd y practis wedi bod yn llewyrchus o'r dechrau ac erbyn hyn roedd bron â meddiannu ei fywyd. Ar wahân i'r gwaith roedd ei fywyd yn wag, a doedd ganddo neb, dim ffrind na chariad, y medrai droi ato yn ei ddigalondid. Ar ôl tair blynedd o ryfel roedd popeth yn llwm ac yn ddigalon a phawb wrthi'n chwilio am rywbeth neu'i gilydd drwy'r amser: petrol, batris, bylbiau trydan, llafnau rasel a bwyd o unrhyw fath. Doedd dim diwedd i'w weld ar y rhyfel a'r cyni.

Y rhyfel a ddaeth â Vivian Williams yn ôl i Lanrwst o Lundain, a heb y rhyfel yn fwy na thebyg byddai Marian a Lloyd Owen wedi priodi. Ni fyddai Marian wedi gadael Lloyd ac ni fyddai yntau wedi syrthio mewn cariad â hi.

Am gyfnod, ar ôl iddo syrthio mewn cariad â Marian, gwelai Lewis bwrpas i'w fywyd o'r diwedd. Yn sydyn, yr oedd ei brofiad o fod yn fyw wedi'i lenwi ag angerdd ac ystyr. Roedd yn rhaid iddo briodi Marian Clements – a dim ond hynny a wnâi'r tro. Roedd y peth yn amlwg fel yr haul iddo. Medrai ei yrfa, ei arian a phopeth roedd wedi'i wneud yn y byd ddod ynghyd i gynnal ei fywyd newydd gyda Marian Clements.

Am wythnosau wedyn bu mewn hwyliau drwg, yn fyr ei dymer a'i feddwl yn crwydro'n ôl at Marian drwy'r amser. Roedd yn anhapus iawn na fedrai fod yn ei chwmni, nac egluro ei deimladau iddi, heb sôn am ei chusanu na mynd i'r gwely gyda hi. Os na fynnai Marian wneud dim ag ef byddai'r gobaith a'r gorfoledd a deimlodd yn troi'n lludw.

Y dyddiau cyn y Nadolig bu Lewis yn yfed yn drwm. Yn ystod y dydd medrai aros yn sobr, ond ar ôl syrjeri bob nos byddai'n dechrau yfed ar unwaith, ac yn dal ati drwy'r nos. Bu'n ysmygu mwy nag a wnaeth ers y Rhyfel Mawr. Lle bu paced o ugain Players yn para dyddiau iddo, bellach doedd dau baced ddim yn para diwrnod. Bob bore byddai'n deffro gyda chur yn ei ben a blas annifyr yn ei geg.

Cyn mynd i'r gwely daeth yn arfer gan Lewis gymryd morffin mewn diod. Byddai hynny'n gwneud iddo ymlacio ac yn help iddo gysgu. Pan ddaeth galwad iddo godi yng nghanol nos i fynd allan i weld claf, cymerodd Benzedrine i'w ddeffro. Roedd y fyddin yn rhoi'r cyffur i filwyr i'w cadw'n effro mewn brwydrau. Mynnai'r gyfraith fod yn rhaid gorchuddio a thywyllu goleuadau'r car, felly roedd yn rhaid iddo ganolbwyntio a gyrru'r car yn araf iawn yn y tywyllwch. Sylwodd Lewis arno'i hun yng nghanol y nos, yn teimlo effaith y cyffuriau: cur pen oddi wrth yr alcohol a chyfuniad rhyfedd o forffin, oedd yn tawelu dyn, a Benzedrine, math o amffetamin oedd yn ei adfer a'i wneud yn rhyfedd o egnïol. Wedi cyrraedd yn ôl i Everton House methodd yn lân â chysgu nac ymlacio drwy'r nos na'r dydd canlynol.

Wrth iddo ofni na fyddai byth yn ennill Marian roedd bywyd bron â bod yn annioddefol i Lewis. Roedd yfed yn gwneud i'w ofidiau ymbellhau. Ni fedrai beidio smocio nac yfed. Gwell ganddo gymryd cyffuriau nag wynebu'r gwirionedd amdano'i hun a'i fywyd. Roedd morffin yn dwyn rhyddhad drwy'r cyhyrau i gyd, yn diffodd y meddwl ac yn symud rhywun yn bell oddi wrth y byd hwn. Dim ond iddo gymryd un gronyn cyfan o forffin ac un gronyn cyfan arall o gocên ac fe fyddai popeth yn iawn iddo, dim gofid na phoen byth eto, dim ond rhyddhad a gorffwys ac anghofio, nes bod ei gnawd yn gymysg â'r ddaear am byth.

Bellach roedd bron pob dewis o'i flaen yn ddewis drwg, anffodus. Doedd dim dewis cywir i'w gael. Gwelai bopeth fel petai'n llithro i lawr allt tuag at ryw bwll diwaelod, tywyll. Yn bedwar deg tair blwydd oed gwelai ei hun heb wraig, heb gymar, heb gariad na ffrind yn y byd. Methai ddeall sut roedd pethau wedi dod i hyn. Roedd ei fywyd personol wedi troi'n drychineb. Beth ar y ddaear a wnaeth o'i le?

ANRHEG O WLAD YR IORDDONEN

DRWY GYDOL 1942 bu Apphia Davies yn feirniadol o'i dau fab, Thomas a Walter. Nid oedd hynny'n beth newydd, yn arbennig yn achos Walter. Erbyn hyn roedd Walter yn gorporal yn gyrru motor-beic rhwng Jerwsalem a Damascus, gan groesi Pont Allenby 'nôl a 'mlaen dros yr Iorddonen. Roedd yn ysgrifennu adref yn aml, yn nhyb Lewis, ond byth yn ddigon aml i blesio'i fam.

Ers i Thomas ddechrau canlyn gyda Marjorie Williams, ac yna'i phriodi yn 1941, doedd gan Apphia Davies ddim cymaint i'w ddweud wrtho yntau chwaith. Roedd Thomas yn dal yn ffyddlon iawn i'w fam ac yn dal i ddod i'w gweld yn aml. Yn 1942 dywedodd wrth ei fam y byddai'n rhaid iddo roi'r Austin mewn garej cyn bo hir, a'i gadw yno tan ddiwedd y rhyfel.

'Mae o'n dweud na fedrith o gael petrol na theiars,' meddai Apphia Davies ddechrau'r flwyddyn honno, 'ond dach chi'n dod o hyd iddyn nhw, tydach chi?'

'Dwi'n cael mwy o betrol achos 'mod i'n ddoctor,' meddai Lewis, 'mae Thomas wedi gwneud yn dda i gadw'r car i fynd mor hir. Wn i ddim sut mae o wedi dod i ben.'

'Mae Thomas yn dda iawn am ddod i ben â phethau,' meddai Apphia Davies, 'pan ei fod o wirioneddol eisio dod i ben.'

Ceisiodd Lewis egluro mor anodd oedd hi i gadw car ar y ffordd. Yn ogystal â phetrol, meddai, roedd teiars newydd yn bethau prin eithriadol, a byddai hen deiars moel yn llithro ac yn cael *punctures*. Edrychai Apphia Davies arno fel pe bai'n palu celwydd.

Roedd y dogni petrol wedi tynhau'n raddol ers misoedd ac yn ystod haf 1942 daeth deddf i rym oedd yn gwahardd 'gyrru er mwyn pleser' yn llwyr. Bellach roedd yn rhaid cyfiawnhau hawlio dogn o betrol drwy egluro pam roedd hynny'n angenrheidiol i'r wlad adeg rhyfel. Wedyn pe bai rhywun yn cael y petrol i bwrpas gwaith ac yn defnyddio cerbyd i'w ddibenion ei hun, gellid mynd â'r gyrrwr o flaen llys a'i ddirwyo. Roedd sawl doctor wedi'i ddirwyo'n barod am ddefnyddio car i ddibenion personol yn hytrach nag ar gyfer gwaith.

Cyn i'r ddeddf ddod i rym ym mis Gorffennaf 1942 roedd Thomas wedi cadw'i gar yn ofalus mewn garej. Pan fyddai'n dod i Lanrwst deuai ar y trên. Yn y gwanwyn roedd wedi dweud wrth ei fam bod Marjorie yn disgwyl plentyn, a chafodd hynny ddim croeso gan Apphia Davies chwaith. Byddai plentyn yn cryfhau gafael Marjorie ar Thomas ac yn ei osod ymhellach oddi wrth ei fam. Nid oedd bod yn nain yn apelio dim at Apphia Davies.

Cyrhaeddodd y babi ar 30 Medi 1942, flwyddyn ar ôl y briodas.

'Maen nhw wedi galw'r babi yn David,' meddai Apphia Davies, 'ar ôl fy mrawd, ac maen nhw'n dweud ei fod o'n swnllyd iawn.'

Ysgrifennai Thomas adref unwaith yr wythnos a byddai ei fam yn cwyno os byddai llythyr yn hwyr yn cyrraedd. Un bore derbyniodd lythyr a'i digiodd ymhellach. Holodd Lewis hi a oedd popeth yn iawn. Yn y diwedd cafodd yr ateb.

'Mae o wedi bedyddio'r babi,' meddai Apphia Davies.

'Ydi o?' meddai Lewis. 'Neis iawn.'

'Nage, Doctor Huws,' meddai Apphia Davies, 'dydi o ddim yn *neis* o gwbl! Fe wyddoch chi'n iawn mai Bedyddiwr ydi o. Mae o'n gwadu ei broffes ei hun. Dim ond ffŵl fyddai'n gwneud y fath beth!'

Cyn Nadolig 1942 cyrhaeddodd pecyn mawr tun yn Everton House, wedi'i gyfeirio at Apphia Davies. Roedd wedi dod o bell, o Balesteina, ac roedd yn un o'r ddau barsel roedd gan Walter hawl i'w hanfon adref mewn blwyddyn. Roedd y parsel yn drwm iawn, a symudodd Lewis ef o'r drws ffrynt a'i osod ar y llawr yn yr ystafell aros, o flaen y tri pherson a oedd yno'n eistedd. Perswadiwyd Apphia Davies i'w agor, a bu pawb yn ei gwylio wrth iddi ymaflyd â'r tun. Pan agorwyd y caead i bawb gael gweld y cynnwys dechreuodd pawb siarad ar unwaith, gan fynegi syndod a phleser wrth weld beth oedd y tu mewn. Roedd y tun yn llawn orenau a lemonau, ffrwythau prin iawn adeg rhyfel. Tebyg iawn bod Walter wedi gosod y ffrwythau yn y tun pan nad oeddynt yn aeddfed. Erbyn hyn roeddynt yn berffaith aeddfed, yn llawn lliw a phersawr o Wlad yr Iorddonen.

Cafodd anrheg Walter effaith fawr a bendithiol ar Apphia Davies. Benthycodd gasyn gwydr helaeth, a bu'n rhaid aildrefnu'r ystafell aros er mwyn symud y bwrdd at y ffenestr a gosod y casyn ar ben y bwrdd. Wedyn llanwodd Apphia Davies y casyn gyda rhesi o orenau a lemonau bob yn ail, ac ar ben y casyn gosodwyd camel pren roedd Apphia Davies wedi'i dderbyn oddi wrth ei chyfnither Molly. Roedd y camel fel pe bai'n gwneud yr arddangosfa yn addas at y Nadolig, a byddai pobl yn sefyll yn y stryd ac yn syllu i mewn drwy'r ffenestr i weld y ffrwythau.

'Ffrwythau o Wlad yr Iorddonen,' meddai Apphia Davies

wrth bawb. 'Walter, fy mab iau, sydd wedi'u hanfon nhw i mi o Balesteina. Cartref Iesu Grist, ynte?' Sawl gwaith daeth Lewis ar ei thraws yn syllu'n dawel ar y ffrwythau. Ni chlywodd Lewis mohoni'n cymharu Walter â'i brawd Edward byth wedyn. 'Pob pren da sydd yn dwyn ffrwythau da,' meddai Apphia Davies.

Y diwrnod ar ôl y Nadolig, 1942, dydd Sadwrn, yng nghanol glaw a niwl y gaeaf oer, daeth Thomas a Marjorie ar y trên o St Helens i Lanrwst gyda'r babi. Gwelodd Apphia Davies ei hŵyr bach am y tro cyntaf. Fore trannoeth, bore Sul, aeth y teulu i Penuel, capel y Bedyddwyr, gyda'i gilydd. Yn y pnawn aeth Apphia Davies i orsaf y rheilffordd gyda'r fam a'r tad a David bach i ffarwelio â hwy wrth iddynt deithio'n ôl i Loegr ar y trên. Roedd Apphia Davies wedi dotio gyda'r hogyn bach ac o'r diwedd yn dechrau maddau i Thomas am feiddio priodi.

Wedi'r Nadolig tynnodd Apphia Davies yr arddangosfa ffrwythau o'r ffenestr a rhannu'r lemonau a'r orenau gyda'i chyfeillion a gyda chynulleidfa Penuel. Cafodd Lewis gip ohoni'n cyflwyno ffrwyth fel petai'n drysor. Gwnaeth seremoni fach o'r cyflwyniad a hyd yn oed traddodi araith fer.

'Ac wedi geni'r Iesu ym Methlehem Jwdea yn nyddiau Herod Frenin,' meddai, 'roedd hi'n amser drwg fel heddiw. Ond does yna ddim peth drwg na fedrwch chi ddim dod o hyd i ryw ddaioni ynddo fo yn rhywle, a dim peth da na fedrwch chi ddod o hyd i ryw ddrygioni ynddo fo chwaith.' Ac yna cyflwynodd Apphia Davies y lemon.

Tra parhaodd yr arddangosfa roedd fel crair cysegredig yng ngolwg Apphia Davies. Er na welodd Lewis unrhyw wyrthiau yn deillio ohono, llwyddodd yr anrheg i adfer barn ei fam am ei mab Walter ac efallai fod hynny'n wyrth ynddo'i hunan.

★   ★   ★

'Blwyddyn newydd dda,' meddai Apphia Davies.

'Blwyddyn newydd dda i chithau,' meddai Lewis, 'gobeithio bydd 1943 yn well blwyddyn na'r hen un.'

Ddechrau'r flwyddyn newydd clywodd Lewis fod Stanley Corfield mewn helynt. Cyn y Nadolig gorchmynnwyd i Stanley fynd i gyfarfod ym Mhorthmadog er mwyn cofrestru yn yr Home Guard. Yn lle hynny aeth am dro i ben Moel Hebog. Gwyddai ei gyflogwyr am ei safiad fel gwrthwynebydd cydwybodol ar sail cenedlaetholdeb Cymreig, a chyn gynted ag y daeth ei gamwedd gyda'r Home Guard i'r golwg trosglwyddwyd Stanley o swyddfa dreth incwm Porthmadog i weithio yn nhref Stockport, ger dinas Manceinion. Yno cyflwynodd Stanley ei ymddiswyddiad, ond fe'i gwrthodwyd o dan ddeddf rhyfel.

Wedyn bu'n rhaid i Stanley fynd ger bron llys yn Stockport ar gyhuddiad o fethu ufuddhau i orchymyn i gofrestru yn yr Home Guard. Gofynnodd am gael darllen y cyhuddiad yn Gymraeg a gwrthodwyd hynny gan ynadon Stockport. Gofynnodd wedyn am drosglwyddo'r achos i Gymru, lle digwyddodd y drosedd. Nid oedd yr ynadon yn fodlon â hynny chwaith, felly gwrthododd Stanley amddiffyn ei hun. Cafodd ddirwy a chostau, a gwrthododd dalu. Erbyn mis Ionawr 1943 roedd yng ngharchar Walton, Lerpwl, am wrthod ymuno â'r Home Guard. Tri mis oedd y ddedfryd arferol i wrthwynebydd cydwybodol a roddwyd ar y rhestr filwrol ac a wrthododd fynd i'r fyddin. Mis yn unig a gafodd Walter am wrthod ymuno â'r Home Guard.

Penderfynodd Lewis alw i weld Mrs Corfield, mam Stanley, tra bod ei mab yn y carchar. Gwraig weddw oedd hi, yn byw gyda brawd anabl yn nhŷ'r efail, Tal-y-bont, Llanrwst, lle bu ei gŵr yn of tan ei farwolaeth ddwy flynedd cyn dechrau'r rhyfel. Pan ddywedodd wrth Apphia Davies ei fod am fynd i weld Mrs Corfield mynnodd hithau iddo fynd â rhai o'r ffrwythau iddi.

'Oddi wrth Mrs Davies mae'r rhain,' meddai Lewis wrth gyflwyno dau oren a thri lemwn, 'oddi wrth ei mab Walter ym Mhalesteina.'

'Dywedwch wrthi 'mod i'n diolch yn fawr iddi,' meddai Mrs Corfield, 'gawsom ni ffrwythau ganddi drwy'r capel hefyd. Mae Walter a Stanley wastad wedi bod yn ffrindiau da. Mi wna i gadw un oren yn barod iddo fo pan ddaw o adra. Diolch yn fawr.'

'Mae Stanley mewn carchar dros egwyddor,' meddai Lewis. 'Roeddwn i am i chi wybod bod rhai ohonom ni'n parchu'r hyn a wnaeth o.'

'Mae ganddo fo swydd dda,' meddai Mrs Corfield, 'a fydd hyn yn helpu dim.'

Dangosodd i Lewis lythyr roedd Stanley wedi'i ysgrifennu ati o'r carchar. Yn y llythyr dywedai Stanley ei fod yn brysur drwy'r dydd gyda gwahanol orchwylion. Bob bore byddai'n cynnau tân, ac wedyn yn gweithio yn llyfrgell y carchar. Doedd y bywyd fawr gwaeth na byw mewn lojin, meddai Stanley, ond doedd ddim byd tebyg i fyw gartref. Roedd wedi bod yn ffodus i gael gwaith dymunol yn llyfrgell y carchar. Roedd hefyd wedi dod ar draws pobl ddiddorol iawn ymysg y carcharorion, rhai ohonynt yn ddihirod y tu allan i'r carchar ond yn wŷr bonheddig y tu mewn.

'Llythyr cywir iawn ei ramadeg, ynte?' meddai Mrs Corfield.
'Ie,' meddai Lewis, 'mae o'n ysgrifennu Cymraeg da iawn.'
'Wn i ddim am hynny,' meddai Mrs Corfield, 'ond mae

Stanley yn Gymro mawr erbyn hyn, efo'r cenedlaetholwyr a'u hysgolion haf.'

'Dach chi ddim yn poeni amdano fo, ydach chi?' meddai Lewis. 'Dwi'n siŵr bydd o'n iawn, wyddoch chi.'

'Bachgen styfnig fuodd Stanley erioed,' meddai Mrs Corfield, 'unwaith mae o'n cymryd rhywbeth yn ei ben does 'na ddim symud arno fo.'

'Mae'n driw i'w egwyddorion,' meddai Lewis, 'aeth o i'r carchar oherwydd ei egwyddorion.'

'Felly dach chi'n dweud,' meddai Mrs Corfield. 'Stanley ei hun sydd wedi dewis gwneud hyn, ac mae'n well arno fo nag ar sawl un o'i ffrindiau, wir. Meddyliwch am Arthur Elis druan.'

'Ddaru chi roi'r ffrwythau iddi?' meddai Apphia Davies pan gyrhaeddodd Lewis yn ôl i'r tŷ.

'Do,' meddai Lewis, 'ac mi roedd hi am i mi ddiolch yn fawr i chi ac i Walter.'

'Bachgen da ydi Walter,' meddai Apphia Davies, 'a Stanley Corfield hefyd er gwaetha'r busnes yma efo'r carchar. Maen nhw'n deulu iawn, y Corfields. Bedyddwyr ydyn nhw. Maen nhw'n dod i'n capel ni.'

'Maen nhw'n siŵr o fod yn bobl dda iawn, felly,' meddai Lewis.

'Ydyn wir,' meddai Apphia Davies, 'dach chi yn llygad eich lle am unwaith, Dr Huws.'

Pennod 24

LLYTHYR VIVIAN

UN BORE YM mis Ionawr 1943 eisteddodd Lewis Huws wrth fwrdd y gegin i fwynhau ei frecwast. Roedd y papur newydd yno'n barod a chymerodd gip cyflym drwyddo yn ôl ei arfer, cyn dechrau bwyta.

Gwelodd lythyr Vivian bron ar unwaith. Roedd golygydd y papur wedi gwneud yn siŵr ei fod mewn lle amlwg. Pan ddarllenodd Lewis y llythyr ni fedrai gredu ei lygaid. Safodd i fyny'n llawn cynnwrf.

'Oes rhywbeth yn bod?' meddai Apphia Davies.

'Mae yna lythyr yn y papur oddi wrth Vivian,' meddai Lewis, 'yn cefnogi'r rhyfel ac yn troi ei gefn ar yr heddychwyr. Dwi'n methu credu'r peth.'

Ymwneud ag Etholiad y Brifysgol, oedd i'w gynnal ddiwedd mis Ionawr 1943, yr oedd y llythyr. Roedd sedd etholiadol arbennig i raddedigion Prifysgol Cymru, ac roedd honno wedi dod yn wag oherwydd bod Ernest Evans, yr aelod, wedi derbyn swydd barnwr ar gylchdaith Gogledd Cymru, i gymryd lle Artemus Jones oedd newydd ymddeol oherwydd afiechyd. Safodd Saunders Lewis, arweinydd y cenedlaetholwyr Cymreig, yn yr isetholiad a dewiswyd yr Athro W J Gruffydd i sefyll dros y Blaid Ryddfrydol. Roedd gelyniaeth bersonol rhwng y ddau ysgolhaig Cymraeg ac roedd yr etholiad wedi tanio ffraeo cas rhwng y cenedlaetholwyr a chynrychiolwyr yr hen drefn Ryddfrydol, Anghydffurfiol. Mewn darllediad ar y BBC dywedodd un Cymro dylanwadol iawn, Thomas Jones, oedd yn gyfaill personol i sawl prif weinidog, fod y cenedlaetholwyr yn dymuno diorseddu Dewi Sant a gosod Adolff Sant yn ei le. Roedd Thomas Jones ei hun wedi cyfarfod Hitler. Bu'n gyfaill i Joachim von Ribbentrop pan oedd hwnnw'n llysgennad yr Almaen yn Llundain, a gyda'i gymorth ef y trefnwyd taith i Berchtesgaden lle cyfarfu Lloyd George a Hitler yng nghwmni Thomas Jones ei hunan.

Roedd David Vivian Williams yn un o raddedigion y Brifysgol ac felly â hawl i bleidleisio yn yr etholiad. Yn ei lythyr dywedodd Vivian ei fod wedi dod i amau safbwynt yr heddychwyr, a'i fod yn dymuno datgan yn agored ei fod wedi newid ei feddwl. Bellach roedd o'r farn y dylid ymladd y rhyfel i'w therfyn.

'Rhaid i ni beidio cael ein dallu gan ein gobeithion am heddwch,' meddai llythyr Vivian, 'na defnyddio cydwybod fel esgus i osgoi ein cyfrifoldebau. Mae Etholiad y Brifysgol yn gyfle i ni ddangos ein cefnogaeth i'r llywodraeth drwy bleidleisio dros yr ymgeisydd Rhyddfrydol, yr Athro W J Gruffydd. Fyddai pleidleisio dros y cenedlaetholwr yn gwneud dim ond cryfhau ein gelynion. Rhaid i ni i gyd ddod ynghyd i gefnogi'r dynion ifainc sy'n ymladd mor ddewr drosom ni ym mhob parth o'r byd.'

Gan fod newyddion yn brin ar ddechrau'r flwyddyn roedd y papur wedi gwneud yn fawr o lythyr Vivian. Soniai erthygl yng nghorff y papur am fethiant amlwg yr heddychwyr Cymreig ac am newid barn yr heddychwr amlwg a dylanwadol, David Vivian Williams. Dywedai erthygl olygyddol y papur fod y neges gan heddychwr adnabyddus i'w chroesawu'n fawr. Roedd ymddygiad yr Almaenwyr wedi dwyn anfri ar genedlaetholdeb fel egwyddor. Dylai pawb ddod ynghyd i ymladd fel un dyn dros yr Ymerodraeth Brydeinig a'r Goron, a'r ffordd i wneud hynny oedd cefnogi'r ymgeisydd Rhyddfrydol yn yr etholiad, llais undod a buddugoliaeth dros y gelyn.

Ac mae o'n sefyll dros ryfel, meddai Lewis, rhyfel a bomio dinasoedd a lladd pobl ddiniwed yn eu gwlâu. Concwest, llofruddiaeth, newyn, haint a marwolaeth oedd ffrwyth rhyfel. Vivian ei hun oedd wedi dweud hynny. Rhyfel sy'n gwneud bwystfilod ohonom, meddai Vivian, a bellach roedd wedi troi a bradychu ei gefnogwyr ei hunan. Cofiai Lewis eiriau Gruffydd, 'Mae dyn fel'na yn medru troi ei gôt mewn chwinciad, a phoeni dim am neb arall'. Gruffydd oedd wedi bod yn iawn o'r dechrau. Gruffydd oedd yn deall y byd a'i bobl gyda'u holl gymhellion hunanol.

Ni fedrai Lewis feddwl beth oedd wedi dod dros Vivian iddo ysgrifennu'r fath lythyr. Nid oedd wedi siarad ag ef ers misoedd. Beth oedd yr eglurhad dros y llythyr? Beth oedd wedi digwydd na wyddai ef, Lewis, ddim amdano?

Ddywedodd Apphia Davies ddim gair tra bu Lewis wrthi yn darllen y llythyr. Roedd adeg rhyfel yn amser drwg i bawb, a doedd dim byd i'w wneud ond gweddïo y byddai'r ymladd yn dod i ben yn fuan a'r amser drwg yn mynd heibio. Bu Dr Huws mewn hwyliau ofnadwy ers wythnosau. Trafferthion cariadol oedd wrth wraidd ei anawsterau, ond fe wnâi'r rhyfel bopeth yn waeth.

Ar ôl syrjeri'r bore hwnnw darllenodd Lewis y llythyr eto, yn fwy gofalus. Roedd yn dal i fethu deall pam roedd Vivian wedi rhoi ei enw i'r fath beth. Yna ffoniodd Lewis Mrs Eirwen Morris. Eglurodd ei fod wedi gweld llythyr Vivian yn y papur ac yn methu deall beth oedd wedi digwydd. Byddai'n falch o alw i weld Vivian, meddai, ond meddyliodd y byddai'n well iddo siarad ag Eirwen yn gyntaf.

'Dydi Vivian ddim yma,' meddai Eirwen, 'aeth o i Lundain ar ôl y Nadolig. Wn i ddim pryd fydd o'n ôl, na beth mae o'n bwriadu'i wneud. Wn i ddim os daw o'n ôl o gwbl a dweud y gwir.'

'Ydi popeth yn iawn?' meddai Lewis.

'Nac ydi, wir,' meddai Eirwen, 'na, dydi popeth ddim yn iawn, ond peidiwch â gofyn i mi beth sy'n bod achos wn i ddim beth sydd wedi bod yn mynd ymlaen. Dywedodd Vivian rywbeth am ysgrifennu llythyr, ond pan wnes i ei ddarllen doeddwn i ddim yn deall chwaith.'

'Ydi Lloyd yn dal efo chi?' meddai Lewis.

'Nac ydi,' meddai Eirwen, 'mae o wedi mynd i Lundain efo Vivian ac mae'n debyg ei fod o wedi cael lle yn yr RAF.'

'Yr RAF?' meddai Lewis. 'Pam ar y ddaear mae o wedi mynd i'r RAF?'

'Wn i ddim wir, Dr Huws,' meddai Eirwen, 'dydw i'n gwybod dim mwy na chithau.'

'Ydi Lloyd wedi bod yn perswadio Vivian i newid ei feddwl?' meddai Lewis.

'Wrth gwrs nad ydi o ddim wedi bod yn gwneud y fath beth,' meddai Eirwen.

'Oedd Lloyd wedi bod yn siarad am wleidyddiaeth?' meddai Lewis. 'Oedd o wedi bod yn dadlau efo Vivian o gwbl?'

'Dr Huws, doedd gan Lloyd ddim un syniad yn ei ben am bethau fel'na,' meddai Eirwen. 'Dydach chi ddim yn deall Lloyd druan o gwbl, wyddoch chi.'

'Gaf i ddod draw i'ch gweld chi,' meddai Lewis, 'nes ymlaen pnawn 'ma?'

Ar ôl gorffen ei alwadau i weld ei gleifion y pnawn hwnnw aeth Lewis Huws draw i Lwynawelon. Roedd Eirwen yn iawn, meddai hi, doedd dim byd yn bod arni a doedd hi ddim angen sylw meddygol. Yna dechreuodd ddweud wrth Lewis am Lloyd a'i helynt.

'Druan o Lloyd,' meddai. 'Roedd o'n iawn pan oedd o'n cael canu, wyddoch chi, hynny oedd yn rhoi pwrpas i'w fywyd o. Roedd o wrth ei fodd yn canu.'

Eglurodd Eirwen fod Lloyd wedi bod yn hapus iawn hefyd yn dysgu gyrru'r car, y Sunbeam, ond pan waharddwyd 'gyrru er mwyn pleser', daeth gyrru'r motor i ben i Lloyd. Roedd Dan Benjamin wedi cadw ychydig o betrol wrth gefn ac wedi gosod y car yn y garej, gan ddal i ofalu amdano, a'i gychwyn yn wythnosol, rhag ofn y byddai ei angen eto rywbryd.

Pan aeth pethau'n ddrwg yn yr ysgol bu Lloyd yn treulio mwy o amser yn Llwynawelon, meddai Eirwen. Yna gorffennodd Marian Clements ag ef a bu bron i Lloyd golli arno'i hun yn llwyr. Ar ôl iddo roi'r gorau i'w swydd ddysgu gadawodd ei ddigs yn Llandudno a symud i fyw i Lwynawelon. Bu Eirwen yn cyfeilio iddo ar y piano ac yn dysgu caneuon newydd iddo, a bu Lloyd yn mynd i gerdded gyda Vivian, ac yn mynd i ffwrdd gydag ef weithiau, ond nid oedd yn hapus. Doedd ganddo ddim gwaith a wyddai o ddim beth i'w wneud â fo'i hun. Pan fyddai yn y tŷ ar ei ben ei hun doedd o ddim yn medru setlo i wneud dim.

Erbyn yr hydref roedd Lloyd wedi dechrau mynd i'r dref gyda'r nos. Dywedodd wrth Eirwen ei fod yn mynd i weld ei ffrindiau. Roedd hithau'n deall ei fod am ymwneud â phobl yr un oed ag ef.

'Glywsoch chi am yr helynt yna gafodd Lloyd yn y New Inn, mae'n debyg?' meddai Eirwen. 'Oedd gen i ofn basa rhywbeth fel yna'n digwydd ar ôl iddo fo ddechrau mynd i yfed efo'r soldiwrs.'

Y Sul cyntaf ym mis Rhagfyr roedd hi'n arferiad i Vivian fynd i bregethu yng nghapel y Methodistiaid Cymraeg yn

Wavertree, Lerpwl, capel y bu'r teulu'n gysylltiedig ag ef ers cenedlaethau. Fe'i gwahoddwyd eto yn 1942 a chytunodd yntau i fynd. Nid oedd llu awyr yr Almaen wedi ymweld â Lerpwl ers misoedd lawer, felly penderfynodd Eirwen fynd gyda'i brawd, i siopa ychydig cyn y Nadolig. Ni fyddai Lloyd yn mynd gyda hwy i Lerpwl, ond yn aros yn Llwynawelon.

Ddydd Gwener gadawodd Eirwen a Vivian ar y trên am Lerpwl tra arhosodd Lloyd yn Llwynawelon gyda Dan a Jane Benjamin. Ddydd Sadwrn bu Dan Benjamin wrthi'n glanhau'r car, yn cychwyn y peiriant ac yn rhoi dŵr yn y batri i wneud yn siŵr bod popeth yn iawn. Dywedodd Dan fod Lloyd wedi bod yn aflonydd drwy'r dydd ac wedi mynd am dro gyda'r nos. Y tro nesaf i Dan fynd allan o'r tŷ gwelodd fod y garej yn wag a'r Sunbeam wedi mynd.

Nos Sul, pan gyrhaeddodd Vivian ac Eirwen yn ôl ar y trên o Lerpwl roedd car heddlu yn aros amdanynt o flaen gorsaf rheilffordd Llanrwst. Frank Benjamin, mab Dan a Jane Benjamin, a oedd bellach yn blismon, oedd y gyrrwr, ac roedd sarjant o'r heddlu yn y car gydag ef. Dywedodd y sarjant wrthynt fod Lloyd Owen yng ngorsaf yr heddlu yn Llandudno ar ôl digwyddiad yn ymwneud â'u car modur, y Sunbeam. Nid anafwyd neb, ond gofynnwyd i Vivian fynd i orsaf yr heddlu er mwyn cadarnhau rhai o'r manylion. Aeth Frank Benjamin ag Eirwen adref i Lwynawelon, yna aeth â Vivian i Landudno. Erbyn hynny roedd hi'n hwyr y nos.

Cyrhaeddodd Vivian a Lloyd yn ôl yn Llwynawelon yn gynnar iawn y bore wedyn, yn y Sunbeam, ac aeth y ddau i'w gwlâu ar unwaith. Yn ddiweddarach y diwrnod hwnnw dywedodd Vivian wrth Eirwen ei fod wedi penderfynu mynd yn ôl i Lundain. Dywedodd fod y dynion yn yr Ydfaes wedi sefydlu yno'n iawn, ac erbyn hyn doedd dim cymaint o achosion yn dod ger bron y tribiwnlysoedd. Nid oedd mo'i angen yn Llanrwst bellach, meddai.

'Roeddwn i'n meddwl ar y pryd na fyddai o'n dod yn ôl,' meddai Eirwen, 'ac roedd Lloyd druan yn dweud ei fod o am fynd i'r RAF.'

Roedd Lloyd wedi gadael y car yn Llandudno heb dynnu braich y *distributor*, meddai Eirwen, ac adeg rhyfel roedd y gyfraith yn mynnu bod yn rhaid i bawb dynnu'r fraich er mwyn rhwystro'r car rhag symud o gwbl. Roedd yr heddlu wedi mynd â Lloyd i swyddfa'r heddlu a'i holi, ac wedi dangos diddordeb arbennig yn y ffaith bod Lloyd yn wrthwynebydd cydwybodol oedd bellach ddim yn gwneud unrhyw waith o gwbl. Roedd felly wedi torri'r amodau a osodwyd arno gan y tribiwnlys.

Bu'r heddlu yn holi Lloyd drwy'r nos Sadwrn, meddai Eirwen, ac yn y diwedd roedd Lloyd wedi dweud ei fod yn fodlon rhoi'r gorau i'w wrthwynebiad cydwybodol. Nos Sul, pan aeth Vivian i mewn i swyddfa'r heddlu fe'i holwyd yntau hefyd. Yn y diwedd roedd Lloyd a Vivian wedi cael gadael heb unrhyw gyhuddiad, ar yr amod bod Lloyd yn ymuno â'r RAF.

Roedd y ddau wedi aros yn Llwynawelon dros y Nadolig, meddai Eirwen, ac wedi gadael am Lundain yn syth ar ôl y gwyliau.

'Roedd hi'n dal yn sioc pan welais i'r llythyr,' meddai Eirwen, 'roedd o'n troi ei gefn ar heddychiaeth, yn doedd? Mae'n debyg nad oedd o'n gweld bod dim byd i'w wneud erbyn hyn ond ymladd y rhyfel i'r diwedd.'

'Hyd yn oed os oedd o wedi newid ei feddwl,' meddai Lewis, 'dydi hynny ddim yn egluro pam ei fod o'n teimlo bod angen iddo ysgrifennu llythyr at y wasg.'

'Na,' meddai Eirwen, 'ond dyna ni, mae'r cwbl drosodd erbyn hyn. Mae'n debyg bod ffrind i Vivian wedi cael lle i Lloyd yn yr RAF.'

'Efallai bydd o'n hapus yno,' meddai Lewis.

'Gobeithio wir,' meddai Eirwen. 'Mae o oddi ar fy nwylo fi rŵan, druan â fo.'

Beth bynnag oedd wedi digwydd i Lloyd a Vivian cyn y Nadolig, roedd Lewis yn fodlon bod Eirwen wedi dweud wrtho'r cyfan a wyddai hi am y mater. Roedd Lloyd wedi cymryd y car, wedi torri'r gyfraith, ac wedi dod i sylw'r heddlu. O fewn oriau wedi i Vivian gyrraedd swyddfa'r heddlu roedd Lloyd yn rhydd ac wedi penderfynu rhoi'r gorau i'w wrthwynebiad cydwybodol er mwyn ymuno â'r RAF. Dyna bopeth wedi'i setlo'n rhwydd iawn, i bob golwg.

Roedd Lewis yn argyhoeddedig bod mwy i'r stori na hynny. Pam nad oedd yr heddlu wedi erlyn Lloyd? Pam roedd Vivian wedi ysgrifennu'r llythyr? Nid oedd yn debyg y byddai'n clywed yr hanes oddi wrth Vivian erbyn hyn. Roedd Eirwen yn siŵr o fod yn iawn na fyddai Vivian byth yn dod yn ôl i Lanrwst i fyw. Yn Llundain fyddai o bellach.

Tebyg iawn bod rhywun arall heblaw Vivian yn gwybod beth ddigwyddodd, a Gruffydd Jones oedd hwnnw. O adnabod Gruffydd, byddai am i Lewis wybod yr hanes er mwyn dangos pa mor ffôl y bu ef, Lewis Huws, ac mor graff y bu yntau, Gruffydd Jones.

Penderfynodd Lewis na fyddai'n mynd at Gruffydd i gael gwybod y stori. Roedd ofn ganddo wybod gan Gruffydd beth oedd wedi bod yn mynd ymlaen. Byddai Gruffydd yn sicr o alw rywbryd neu'i gilydd, ac wedyn byddai'n rhaid iddo ef, Lewis, wrando ar fersiwn Gruffydd o'r hyn oedd wedi digwydd i Lloyd a Vivian. Craidd y stori, mae'n siŵr, fyddai dameg y plismon doeth a'r heddychwyr ffôl.

Pennod 25

MARIAN YN GALW

YN FUAN AR ôl i Lewis gyrraedd yn ôl i Everton House ar ddiwedd y pnawn rai dyddiau'n ddiweddarach, galwodd Marian Clements i'w weld. Ni fedrai unrhyw beth yn y byd ei blesio'n fwy na hynny.

'Te a chacennau,' meddai wrth Apphia Davies.

'Mae gen i gacennau,' meddai Apphia Davies, 'diolch i'r ieir, ond ddim diolch i'r arian tŷ. Dydi'r arian tŷ ddim yn agos at fod yn ddigon erbyn hyn, fel y gwyddoch chi, Dr Huws.'

'Gwnewch eich gorau, Mrs Davies,' meddai Lewis, 'gwnewch y gorau medrwch chi, os gwelwch yn dda.'

'Dydw i ddim wedi eich gweld chi ers tro,' meddai Lewis wrth Marian, 'mae'n dda iawn gen i'ch gweld chi eto.'

'Mae'n rhaid eich bod chi heb fod yng Nghaffe Bebb,' meddai Marian.

'Dwi'n dal i fynd yno,' meddai Lewis, 'ond dydw i heb eich gweld chi.'

'Dydi Mrs Bebb ddim cystal y dyddiau yma,' meddai Marian.

'Na,' meddai Lewis. 'Sut mae pethau efo chi?'

'Da iawn,' meddai Marian. 'Dydi Mrs Bebb heb ddod i lawr i'r caffe o gwbl yr wythnos hon, dydi hi ddim yn dda.'

'Dach chi'n edrych yn dda iawn,' meddai Lewis, 'a gymaint hapusach.'

'Ydw, dwi llawer iawn hapusach erbyn hyn,' meddai Marian.

'Glywais i fod Lloyd Owen wedi mynd i'r RAF,' meddai Lewis, 'doeddwn i ddim wedi disgwyl hynny.'

'Balch ydw i ei fod o wedi gadael Llanrwst,' meddai Marian.

'Welsoch chi lythyr Vivian?' meddai Lewis. 'Doeddwn i ddim yn medru deall pam oedd yn rhaid iddo fo ysgrifennu ffasiwn beth, mae o mor wahanol i'r hyn oedd o'n arfer ei arddel.'

'Soniodd rhywun ei fod o wedi ysgrifennu llythyr,' meddai Marian.

'Mae o'n troi yn erbyn heddychiaeth,' meddai Lewis, 'ac o blaid y rhyfel. Doeddwn i ddim yn credu'r peth ar y dechrau. Mae o'n gadael i lawr pawb sydd wedi bod yn gwrando arno fo.'

'Am wn i fod yn rhaid iddo fo wneud beth mae o wedi dod i gredu sy'n iawn,' meddai Marian.

'A Stanley Corfield yn y carchar,' meddai Lewis.

'Dim ond am fis,' meddai Marian, 'fydd o allan cyn bo hir.'

'Ydach chi wedi gweld Gwyn Vincent?' meddai Lewis. 'Sut amser gafodd o yn y carchar?'

'Does dim eisio poeni am Gwyn,' meddai Marian, 'mae o wastad yn iawn.'

'Mae o wedi cyhoeddi llyfr, tydi?' meddai Lewis. 'Mae pobl yn ei ganmol o. Ydach chi wedi'i ddarllen o?'

'Mi ges i gopi gan Gwyn,' meddai Marian, 'ond dwi wedi bod rhy brysur i'w ddarllen o hyd yn hyn.'

Nid oedd yn glir pam roedd Marian wedi galw. Doedd ganddi fawr i'w ddweud. Dywedodd ei bod wedi treulio'r Nadolig yn Sir Aberteifi.

'Basech chi wedi medru dawnsio un ddawns efo fi,' meddai Lewis, 'yn nawns y clwb criced cyn y Nadolig.'

'Roedd y lle yn rhy llawn,' meddai Marian, 'ac mi roedd fy holl ffrindiau yna, i gyd yn eu *war-paint*.'

'Does dim rhaid i chi fod â fy ofn i,' meddai Lewis, 'a da chi, peidiwch byth croesi'r ffordd i fy osgoi, wir, roedd hynny'n beth ofnadwy.'

'Roeddwn i ar frys,' meddai Marian, 'roeddwn i'n meddwl mai dyna oedd y peth gorau i'w wneud ar y pryd.'

'Dach chi'n gwybod sut ydw i'n teimlo amdanoch chi,' meddai Lewis, 'faswn i byth yn medru gwneud dim i'ch brifo chi nac i fod yn drafferth i chi. Ond pan dach chi'n barod, a dim ond os byddwch chi yn dymuno hynny, byddwn i'n falch iawn i fynd allan i rywle eto rywbryd, i ni gael sgwrs.'

'Fyddai hynny'n iawn,' meddai Marian, 'ond mi fydda i'n bownd o'ch gweld chi yn y caffe cyn bo hir. Mae'n siŵr bydd Mrs Bebb yn ôl yna wythnos nesa.'

'Wn i ddim am hynny,' meddai Lewis.

'Ond mae hi'n siŵr o wella cyn bo hir, yn tydi hi?' meddai Marian.

'Wn i ddim wir,' meddai Lewis.

'Fasa Llanrwst ddim yr un fath heb Mrs Bebb a'r caffe,' meddai Marian.

'Mae'n siŵr byddai rhywun arall yn medru rhedeg y lle,' meddai Lewis.

'Ond mae hi'n siŵr o wella,' meddai Marian, 'fe all hi fod yno am flynyddoedd eto.'

'Wn i ddim,' meddai Lewis.

'Wir?' meddai Marian. 'Misoedd yn unig?'

'Fedra i ddim dweud,' meddai Lewis, 'ond dydw i ddim yn meddwl ei bod hi'n dda o gwbl.'

Gadawodd Marian yn fuan wedi hynny, ar ôl addo dod i Fetws-y-coed eto ryw ddiwrnod ond heb gytuno ar ddyddiad. Roedd y ffaith bod Marian wedi galw yn codi calon Lewis ac yn gwneud iddo feddwl bod siawns ganddo o hyd, er na fu fawr o raen i'w sgwrs. Nid oedd Marian wedi dangos fawr o ddiddordeb mewn dim ond iechyd Mrs Bebb, ac efallai ei fod yntau wedi dweud gormod wrthi.

Ddau ddiwrnod wedyn, ar ôl prynu sigaréts yn Llanrwst, roedd Lewis ar ei ffordd allan o'r siop pan fu bron iddo gerdded i mewn i George Bebb, oedd yn dod y ffordd arall, ar frys, yn ei lifrai Home Guard. Edrychodd George yn syndod o gas arno, er bod mwy o fai arno ef, George, nag ar Lewis.

Pnawn dydd Sadwrn aeth Lewis i Landudno a gweld *The Maltese Falcon*, ffilm dda iawn, yn yr Odeon, ar ei ben ei hun. Wrth iddo gerdded yn ôl at yr orsaf rheilffordd gwelodd George Bebb yn y pellter yn cerdded oddi wrtho, yn gwisgo dillad cyffredin am unwaith yn hytrach na lifrai'r Home Guard. Gydag ef, fraich ym mraich, roedd merch ifanc dalach nag ef, yn gwisgo het anghyffredin ar ei phen, het felen fechan drawiadol. Anodd oedd meddwl y byddai unrhyw ferch yn cael George yn ddyn atyniadol iawn. Er hynny, roedd y ferch ifanc hon yn fodlon treulio pnawn dydd Sadwrn oer ar ddechrau mis Chwefror yn cerdded fraich ym mraich gyda George Bebb yn Llandudno. Roedd brân i frân yn rhywle, yn wir.

Y dydd Iau canlynol aeth Lewis i Gaffe Bebb i gael te. Eisteddodd ar ei ben ei hun yng nghefn y caffe, ac oddi yno gwelodd y criw o bobl ifainc yn eu lle arferol wrth y gornel y naill ochr i'r drws. Y tro nesaf iddo sylwi arnynt gwelodd Marian Clements yn sefyll gyda hwy fel petasai hi'n aros am rywun. Wrth iddo edrych arni edrychodd hithau tuag ato ef, ac wedyn troi ei sylw yn ôl at y lleill. Yna gwelodd Lewis George Bebb yn dod i lawr y grisiau yng nghefn y caffe ac yn cerdded draw at ddrws y caffe ac at Marian. Gwenodd hithau arno, yna codi ei llaw a brwsio rhywbeth oddi ar ei ysgwydd.

Roedd y weithred yn amlwg yn dangos perchnogaeth. Trodd ei phen at Lewis a gwên ar ei hwyneb. Roedd Marian yn falch ohoni'i hun.

Wrth edrych ar Marian a George trodd stumog Lewis yn gwlwm y tu mewn iddo. Dymunai ffoi o'r caffe ar unwaith, ond roedd hynny'n amhosib. Byddai'n rhaid iddo sefyll i fyny a cherdded allan drwy'r drws heibio Marian a George. A chyn gadael byddai'n rhaid iddo dalu. Tynnodd arian o'i boced. Roedd ei ddwylo'n crynu a chwalodd y darnau arian ar draws y bwrdd.

Roedd Marian a George i'w gweld yn hapus iawn yng nghwmni ei gilydd, ac yn chwerthin gyda'r athrawon yn y gornel. Sylweddolodd Lewis eu bod ar fin gadael. Agorodd George ddrws y caffe i Marian, cododd Marian ei het, yr het felen a wisgodd yn Llandudno, a'i gosod ar ei phen. Edrychodd yn ôl at Lewis yn fodlon iawn ei byd, cyn gadael y caffe gyda George. Hyd yn oed wedyn ni fedrai Lewis ddioddef aros yn y caffe. Talodd am ei de a cherddodd allan drwy'r drws. I'r chwith yr aeth Marian a George, felly trodd Lewis i'r dde, allan o'r sgwâr, heibio Gwesty'r Eryrod a dros y Bont Fawr. Ar ôl croesi'r Bont Fawr trodd i'r chwith i ddilyn y llwybr ar hyd glan yr afon, gan gerdded cyn gyflymed ag y medrai, heibio'r cae criced, heibio'r lle roedd y llwybr yn dod i ben, ac ymlaen eto, cyn belled â phosib. Pan oedd o olwg Llanrwst, yn bellach nag y byddai pobl yn meddwl dod am dro, daeth o hyd i gornel rhwng dwy wal garreg. Yno taflodd ei hun ar y ddaear ac wylo.

Pennod 26

ARIAN SYCHION

Ers tro, bu Apphia Davies yn edrych ymlaen at berfformiad o'r ddrama *Arian Sychion* yn y Neuadd Goffa gan aelodau cwmni drama'r Capel Wesla. Roedd y cwmni'n adnabyddus yn y cylch, ac ni fu unrhyw drafferth cael caniatâd arbennig i'r perfformiad gan yr heddlu. Roedd hi'n naturiol wedi disgwyl gweld rhai o'i ffrindiau a chael sgwrs gydag ambell un. Ond nid felly y bu.

Pan oedd Apphia Davies ar fin mynd i weld y ddrama roedd Lewis Huws wedi dod i'r llofft i chwilio am ei fag meddygol. Nid oedd yn arfer dod â'r bag i fyny'r grisiau, ac nid oedd Apphia Davies wedi'i weld yno. Ar ôl chwilio o gwmpas y lle am dipyn aeth y ddau ohonynt i lawr i'r disbensari ac yno, wrth gwrs, yr oedd y bag. Erbyn hynny roedd rhywbeth wedi mynd o'i le gyda llenni'r blacowt yn y llofft ar ôl i Dr Huws fod yn twrio o gwmpas. Bu'n rhaid i Apphia osod cadair a dringo arni er mwyn ailosod y llenni. Wedyn aeth ati i'w chael ei hun yn barod eto cyn mynd allan.

Erbyn iddi gyrraedd y neuadd roedd yn lle wedi llenwi, a bu'n rhaid iddi eistedd gyda phobl ddieithr yn hytrach na gydag un neu ddwy o'i ffrindiau. Ar ôl y perfformiad darparwyd paned o de a bisgedi gan chwiorydd y capel, er gwaethaf y dogni bwyd, ac unwaith eto cafodd Apphia Davies ei hun gyda phobl na fyddai hi wedi eu dewis yn gwmni. Gwragedd oedd y rhain oedd dipyn yn uwch eu byd na hi ei hunan: Mrs Roberts, gwraig y doctor; ei chwaer hi, Mrs Bebb, perchennog y caffe; a Mrs Archie Griffiths, gwraig y rheolwr banc. Doedd ganddi hi ddim byd i'w ddweud wrthyn nhw, na nhw wrthi hithau.

'Oeddwn i'n clywed bod Dr Huws wedi cael ei siomi eto,' meddai Mrs Griffiths, yn wên i gyd, wrth Apphia Davies, 'efo Miss Clements. Dach chi wedi clywed, mae'n siŵr.'

Edrychodd Apphia Davies yn galed ar wraig y rheolwr banc. Roedd ganddi syniad go dda beth oedd y stori ond roedd hi'n benderfynol o beidio ymateb, yn arbennig yng ngŵydd y ddwy wraig arall. Dymunai symud i ffwrdd, ond fe'i hamgylchynid gan y tair.

'Ddylech chi ddim coelio popeth glywch chi am Dr Huws,' meddai Apphia Davies, 'mae o wastad wedi bod yn dda iawn wrthyf fi.'

Doedd gan Mrs Griffiths ddim consýrn am neb roedd hi'n hel straeon amdanynt. Roedd ei haerllugrwydd yn siarad fel hyn yn beth i resynu ato yng ngolwg Apphia Davies.

'O na, mae hyn yn berffaith wir,' meddai Mrs Griffiths, 'mi welais i nhw fy hunan cyn Dolig. Wedi mynd i gael te bach efo'i gilydd yng nghaffe Tan-lan yn Betws oeddan nhw. Ond erbyn hyn mae'n well gan Miss Clements rywun arall, yn tydi? Doeddwn i'n clywed rhywbeth amdani hi a'ch George chi?' meddai wrth Mrs Bebb.

'Mae George a Miss Clements wedi dechrau cerdded allan efo'i gilydd,' meddai Mrs Bebb.

'Maen nhw'n siwtio'i gilydd yn dda iawn, wir,' meddai Mrs Griffiths.

'Oeddwn i'n meddwl bod Dr Huws yn gweld y ddynes arall 'na, Mrs Dixon,' meddai Mrs Roberts.

'Dŵr dan y bont,' meddai Mrs Griffiths. 'Oedd yn well

ganddo fo Miss Clements, wyddoch chi, ond mae'n well ganddi hi rywun arall, yn tydi – George, mab Mrs Bebb.'

'Miss Clements?' meddai Mrs Roberts. 'Wyddwn i ddim am Miss Clements, wir. Be nesa!'

'Welwch chi mohonof fi'n mynd i'w weld o,' meddai Mrs Griffiths, 'dwi'n gwybod beth oedd o'n wneud yn Lerpwl, yn y clinig yna.'

'Ia,' meddai Mrs Roberts, 'mewn un o'r llefydd yna oedd o. Dydi merched ddim yn saff efo'r dyn, wir i chi.'

'Ddylsech chi o bawb ddim dweud pethau fel'na amdano,' meddai Apphia Davies.

'Yn tydi o'n ferchetwr ofnadwy?' meddai Mrs Roberts. 'Dach chi ddim yn cofio ei fod o wedi dyweddïo efo ein Katie ni?'

'Efallai ei fod o wedi bod yn anlwcus efo merched,' meddai Apphia Davies.

'Anlwcus! A Katie wedi gorfod rhoi'r fodrwy yn ôl pan ddaeth hi i wybod am ei holl ferched eraill o? Dach chi ddim yn gwybod hynny?'

'Mae pawb yn gwybod hynny, Mrs Roberts.'

'Dwi'n falch o glywed.'

'A phawb yn dweud mai dyna beth oedd dihangfa wyrthiol,' meddai Apphia Davies. 'Rhaid i mi fynd,' meddai cyn i neb ymateb, a gwthio'i ffordd yn egnïol heibio i'r tair ac ymlaen drwy'r dyrfa at ddrws y neuadd ac allan i'r awyr iach.

Brysiodd o'r neuadd, yn ddiolchgar am bob cam oedd yn ei gwahanu oddi wrth y tair gwraig ddrwg yr oedd hi newydd sgwrsio â nhw. Roedd yn falch bod y blacowt yn ei chuddio hi a'i theimladau. Pan ddeuai cymylau dros y lleuad roedd hi'n anodd gweld dim, ond camodd ymlaen drwy'r fagddu.

Bellach roedd hi wedi colli'r cyfle i weld ei ffrindiau. Roedd yn ddig gyda hi'i hunan am ymateb i'r sgwrs, yn ddig gyda'r gwragedd am eu clebran maleisus ac yn ddig gyda Dr Lewis Huws am fod mor wirion â rhoi sylwedd i'w straeon unwaith eto. Ni wnâi'r dyn ddim i'w helpu ei hun, dim ond gwneud popeth yn waeth ym mhob ffordd bosib, yr hen ffŵl gwirion â fo.

Cerddodd Apphia Davies yn ei blaen heibio'r Llew Coch i'r sgwâr, ac wedyn heibio'r New Inn, yr Albion a'r King's Head. Doedd dim prinder tafarnau yn Llanrwst, ond heno tawel iawn oedd pob un. Cerddodd allan o'r sgwâr i Ffordd yr Orsaf, a dilyn y ffordd wrth iddi gulhau a throi i'r dde tuag at y syrjeri.

Pan ddechreuodd Dr Huws weld Mrs Dixon, meddyliodd Apphia Davies fod gobaith iddo gael gwraig o'r diwedd. Byddai dynes gall fel Margaret wedi siwtio Dr Huws yn iawn, a byddai yntau wedi bod yn ffodus iawn i gael cymar mor ddymunol a bonheddig. Ond pan ddaeth Miss Marian Clements i'r golwg dechreuodd Lewis Huws yfed a smocio mwy nag oedd yn dda i neb, cau drysau gyda chlep a strancio fel llanc ifanc dwl, ac yntau ddim yn ifanc o gwbl. Er bod Miss Clements yn ferch gymeradwy iawn, nid hi oedd yr un i Dr Huws ym marn Apphia Davies. Ni fyddai dyn fel Lewis Huws yn siwtio Miss Clements o gwbl, ond doedd o ddim yn medru gweld hynny. Nid oedd ei helyntion carwriaethol ef yn ddim consýrn iddi hi fel arfer, ond roedd hi'n ddig iawn bod dynes ddigywilydd fel Mrs Griffiths yn medru defnyddio straeon felly amdano i'w phryfocio.

Beth oedd o gonsýrn iddi hi oedd y busnes arian. Dylai Lewis Huws wrando ar bobl eraill ambell waith, a doedd o ddim. Yn waeth na dim, doedd o ddim yn gwrando arni hi. Methu'n lân a wnâi Apphia Davies bob tro y byddai'n ceisio trafod arian â Dr Huws. Nid oedd ef am wrando arni hi oherwydd nad oedd yn cydnabod ei bod hi'n berson a oedd yn werth gwrando arni.

Roedd ef yn ddoctor gyda chymwysterau, eiddo a phrofiad o'r byd, a doedd hi'n ddim mwy na gwraig weddw dlawd yn cadw tŷ. Ofnai na fyddai fyth yn hawdd iddi ddwyn perswâd arno ynghylch unrhyw beth.

Erbyn hyn roedd bwyd yn brin a'r dogni'n tynhau, ac roedd yn rhaid i bawb chwilio'n galed ym mhobman am bob tamaid. Doedd dim modd i bethau barhau fel hyn. Roedd ei sefyllfa ymarferol yn afresymol ac yn beth roedd yn rhaid ei ddatrys.

Cyn iddi gyrraedd yn ôl at Everton House penderfynodd Apphia Davies ddefnyddio'r dulliau mwyaf beiddgar i gael Lewis Huws i drafod mater yr arian o ddifri. Nid oedd hi am golli ei lle – byddai hynny'n beth ofnadwy iddi – ond eto byddai'n rhaid iddi fentro popeth er mwyn dod â Dr Huws at ei goed.

Agorodd Apphia Davies ddrws Everton House, yna dringodd y grisiau i'w rhan hi o'r tŷ ar y llawr cyntaf. Roedd yn edifar ganddi ei bod wedi ymateb i'r sgwrs heno, ond os oedd hi wedi digio neb doedd hynny ddim o bwys. 'Ça ne fait rien,' meddai i'w chysuro'i hun, rhyw ffrae fach ddibwys oedd y cyfan: doedd o'n cyfri dim. 'Worse things happen at sea,' meddai wedyn, i geisio'i llonni ei hun ymhellach. Roedd meddwl am Moira Biggar a'i hymadroddion wastad yn help i godi ei chalon. Cofiodd beth roedd Moira wedi'i ddweud wrthi flynyddoedd yn ôl: 'Bydd gofyn i chi fod yn gryfach efo fo na mam na gwraig. Peidiwch â bod ag ofn dysgu gwers iddo fo os bydd angen. Efallai bydd o'n ddiolchgar i chi yn y pen draw!'

Eisteddodd Apphia Davies am yn hir yn yr ystafell oedd yn edrych dros Stryd yr Orsaf, yn ceisio tawelu ei hunan yn y tywyllwch. Wedyn aeth ati fel arfer i baratoi diod o ddŵr poeth iddi hi ei hun cyn mynd i'r gwely. Byddai'n aml yn gorwedd yn y tywyllwch am sbel yn gwrando ar sŵn y stryd gyda'r nos. Bu'n hir yn cysgu oherwydd bod ei meddwl ar beth i'w ddweud wrth Lewis Huws. Byddai'n rhaid cael popeth yn barod ar bapur a chyflwyno llythyr iddo, cyn codi'r mater gydag ef o ddifri. Medrai ddechrau'r ymosodiad un bore pan fyddai ar ganol ei frecwast. Os na fyddai yntau'n fodlon eistedd i lawr i drafod gyda hi yn ystod y dydd, byddai hynny'n dangos iddi'n blaen nad oedd yn ei chymryd hi o ddifri, ac fe wyddai hithau beth i'w wneud wedyn. Byddai'n cael gair â Sioned yn gyntaf, ond byddai'n rhaid dysgu gwers i'r dyn, costied a gostio. Roedd angen gwers ar y dyn iddo gael dysgu, a medrai dysgu gwers fod yn boenus iawn. Bellach roedd hi'n benderfynol o fentro ar y cwrs peryglus hwnnw.

Pennod 27

DECHRAU TROI'R GORNEL

AR ÔL YMDRECHU mor galed i weld Marian cyn y Nadolig, dechreuodd Lewis ei gweld ym mhob man o fis Chwefror 1943 ymlaen. Gyda George Bebb yr oedd hi bob tro. Byddai George yn codi yn y bore ac yn cerdded o'r caffe, heibio Everton House, i gasglu Marian wrth iddi adael y tŷ ger yr orsaf rheilffordd. Byddai'r ddau yn cerdded gyda'i gilydd drwy'r dref i Ysgol y Sir a George yn cario bagiau Marian drosti. Yn y pnawn byddai George yn aros am Marian y tu allan i'r ysgol ac unwaith eto'n cario'i bagiau drosti, naill ai drwy'r dref i ben gogleddol Ffordd yr Orsaf neu i Gaffe Bebb yn y sgwâr.

Pan fyddai'r ddau gyda'i gilydd yn y caffe byddent fel arfer o'r golwg i fyny'r grisiau gyda Mrs Bebb, oedd erbyn hynny'n amlwg yn gwaelu. Bob nos ar amser cau byddai Mrs Bebb yn dod i lawr y grisiau i'r caffe er mwyn casglu'r arian, ac wedyn yn llusgo'i hunan yn ôl i'r llofft i'w gyfri. Byddai'r ymdrech yn ei blino'n lân, ond bob bore byddai'r arian yno'n barod i George fynd ag ef i'r banc.

Ar ôl iddo weld bod Marian wedi setlo'n bendant ar George, a George arni hithau, gwelodd Lewis fod ei holl obeithion ynghylch Marian wedi darfod, a'i gynlluniau am y dyfodol wedi'u dryllio. Er iddo gael ei siomi, ac er nad oedd yn fodlon ei fyd, nid oedd mor angerddol o ddigalon ag y bu ar un adeg.

Roedd yn amlwg na fyddai neb yn gwahanu Marian a George.

'Mae Marian Clements a George Bebb yn selog iawn efo'i gilydd,' meddai Lewis wrth Apphia Davies. 'Oeddwn i'n methu credu'r peth.'

'Pam?' meddai Apphia Davies.

'Does dim llawer fedra neb ddweud dros George Bebb, oes yna?' meddai Lewis.

'Oni bai am y caffe mawr yna, ugeiniau o dai a lot fawr o arian,' meddai Apphia Davies. 'Dwi'n siŵr basa hynny'n ddigon i sawl merch ifanc.'

'Ia, debyg iawn,' meddai Lewis, 'ond wir, rŵan, meddyliwch, Marian Clements a George Bebb? Does dim synnwyr yn y peth.'

'Mae'n synnwyr da iawn,' meddai Apphia Davies, 'maen nhw'n gwbl wahanol i'w gilydd ac yn siwtio'i gilydd yn berffaith. Fel yna mae pethau'n gweithio weithiau.'

'Mae Gwyn Vincent yn dal yn hoff ohoni,' meddai Lewis, 'mae o'n ddyn galluog. Mi faswn i'n deall petasai hi'n ei briodi fo.'

'Ond mae'n well ganddi hi George Bebb,' meddai Apphia Davies.

'Pam fasa neb eisio priodi George,' meddai Lewis, 'oni bai am yr arian?'

'Bydd Miss Clements yn cael popeth ei ffordd ei hun efo George,' meddai Apphia Davies, 'bydd o'n gwneud popeth drosti ac yn addoli'r tir o dan ei thraed hi. Bydd o lawer iawn haws i'w drafod na'r dyn papur newydd yna ar ei feic modur.'

'Am beth fyddan nhw'n sgwrsio?' meddai Lewis.

'Twt, bydd ganddyn nhw ddigon o bethau i sgwrsio amdanyn nhw,' meddai Apphia Davies, 'dwi'n siŵr bydd hi'n briodas dda. Bydd George yn gwneud beth mae hi'n dweud wrtho fo am wneud, a bydd hithau'n edrych ar ei ôl o.'

'Fydd hi'n briodas ryfedd iawn,' meddai Lewis, 'fydd hi ddim yn bartneriaeth gyfartal o gwbl.'

'Na fydd wir,' meddai Apphia Davies, 'ond cafodd Miss Clements blentyndod anodd. Efallai bod arni hi angen cael popeth yn union fel mae hi'n dymuno eu cael nhw. Dydi partneriaeth ddim yn gwneud y tro i bawb, wyddoch chi, mae'n aml iawn yn haws i rywun fod yn was neu'n feistr.'

'Diddorol iawn,' meddai Lewis, 'doeddwn i ddim wedi meddwl am hynna.'

'Mae'n siŵr bod George rywbeth yn debyg i'r tenor yna, Mr Owen,' meddai Apphia Davies, 'roedd gofyn edrych ar ei ôl o hefyd yn ôl y sôn.'

'Lloyd Owen,' meddai Lewis, 'mae o wedi mynd i'r RAF.'

'Roedd gofyn iddo fo fynd i rywle,' meddai Apphia Davies.

Yn ddiweddarach clywodd Lewis fod George a Marian wedi dyweddïo. Roedd y cyfan wedi digwydd yn hynod o gyflym ond roedd y ddau yn sicr eu meddyliau a Mrs Bebb wedi rhoi sêl ei bendith ar yr uniad.

Y pnawn Sadwrn canlynol aeth Lewis i Landudno, ac wrth gerdded o'r orsaf rheilffordd tuag at y môr gwelodd Stanley Corfield. Roedd Stanley wedi dod yn rhydd o'r carchar yr wythnos honno, meddai, ac wedi dod adref i aros gyda'i fam dros y Sul. Dyn tenau fu Stanley erioed ond bellach roedd yn eithriadol o denau ag esgyrn ei wyneb yn amlwg o dan y croen.

'Diolch am alw i weld Mam,' meddai Stanley, 'roedd hi wedi cadw oren i mi.'

'Oren Walter oedd hwnna,' meddai Lewis, 'yr holl ffordd o Balesteina.'

'Yr oren gorau gefais i erioed!' meddai Stanley. Esboniodd

fod bywyd y carchar wedi bod yn galed ond ei fod wedi cael ei drin yn iawn. Nid oedd neb wedi bod yn gas gydag ef oherwydd ei fod yn wrthwynebydd cydwybodol a bu'n ffodus i gael gweithio yn llyfrgell y carchar.

'Sut oedd y bwyd?' meddai Lewis.

'Roeddwn i'n medru bwyta'r te a'r uwd yn y bore,' meddai Stanley, 'ond roedd y cocoa seimllyd gyda'r nos yn amhosib i'w fwyta na'i yfed.'

'Dim byd tebyg i fwyd cartref,' meddai Lewis.

'Ddim o gwbl,' meddai Stanley, 'roeddwn i'n cadw cwlffyn bach o fara yn fy mhoced drwy'r dydd er mwyn ei gnoi pan fyddwn i'n teimlo'n llwglyd.'

Roedd dau genedlaetholwr arall o Gymry yn y carchar hefyd, meddai Stanley: Jac Williams a Dic Rowlands o Lanystumdwy. Roedd y ddau yno am gyfnod o dri mis ac yntau dim ond am fis. Byddai'r tri yn sibrwd wrth ei gilydd wrth gerdded o gwmpas yr iard ymarfer, ac unwaith llwyddodd y tri i eistedd gyda'i gilydd yng ngwasanaeth y Sul.

'Roeddwn i wrth fy modd y tro cyntaf welais i'r ddau ohonyn nhw yna,' meddai Stanley, 'fasa hi wedi bod cymaint gwaeth i fod yna ar ben fy hun. Saer maen ydi Dic ac mi ddaru o gerfio draig goch fawr ar lechen ar lawr ei gell. Roedd hi'n werth ei gweld!'

'Collodd Saunders Lewis yn Etholiad y Brifysgol,' meddai Lewis.

'Ddaru ni wneud ein marc,' meddai Stanley, 'fyddan nhw ddim yn medru ein hanwybyddu ni o hyn ymlaen.'

'Faint o bobl o'r Blaid Genedlaethol sydd wedi cael carchar?' meddai Lewis.

'Rhyw ddeuddeg,' meddai Stanley.

'Llai nag oeddach chi wedi gobeithio?' meddai Lewis.

'Llawer iawn llai,' meddai Stanley.

'Dach chi ddim yn difaru?' meddai Lewis.

'Ddim o gwbl,' meddai Stanley, 'dyna roeddwn i am ei wneud, ac unwaith roeddwn i wedi gwneud y penderfyniad doedd pethau ddim mor ddrwg o gwbl.'

Am y tro roedd popeth drosodd iddo ef, meddai Stanley, ac roedd yntau'n ddiolchgar am hynny. Byddai'n dychwelyd i weithio yn swyddfa'r dreth incwm yn Stockport, ger Manceinion, y dydd Llun canlynol.

Er bod Stanley wedi colli pwysau roedd yn hapus ynddo'i hun ac mewn hwyliau da. Nid dyma'r dyn pryderus roedd Lewis wedi'i weld ychydig wythnosau ynghynt. O'i ddewis ei hun roedd Stanley wedi mynd i'r carchar a thrwy wneud hynny roedd wedi wynebu ei bryderon a'u gorchfygu. Yn ôl pob golwg roedd wedi dod drwy'r profiad yn ddyn cryfach a mwy hyderus.

Ar ôl cael golwg o gwmpas y dref a chrwydro ar y promenâd aeth Lewis i Clare's i gael te. Yno gwelodd Marian Clements, ar ei phen ei hun am unwaith, yn eistedd yno'n mwynhau cacen a phaned o de. Aeth ati ac eistedd gyda hi ar ôl gofyn ei chaniatâd. Y tro diwethaf iddo siarad â hi oedd pan oedd hi wedi galw i'w weld er mwyn ei holi am gyflwr iechyd Mrs Bebb.

'Llongyfarchiadau,' meddai Lewis, 'gobeithio byddwch chi'n hapus iawn gyda'ch gilydd.'

'Diolch,' meddai Marian. 'Dwi wedi bod yn chwilio'r siopau am bethau i'r briodas, ond mae hi'n anodd iawn. Dwi'n hoff iawn o ddillad ond mae'n rhaid i chi gael y *coupons*. Mae pobl wedi rhoi rhai i mi ond mae hi'n dal yn anodd achos bod cyn lleied o bethau yn y siopau.' Dywedodd Marian ei bod hi a George yn priodi yn y Capel Mawr, Llanrwst, ar ddydd Llun y Pasg, fis Ebrill 1943.

'Sut mae Mrs Bebb erbyn hyn?' meddai Lewis.

'Dydi hi ddim yn dda o gwbl,' meddai Marian. ''Dan ni'n priodi ar ôl diwedd y tymor. Oedden ni'n lwcus bod y capel yn medru'n cymryd ni ar ddydd Llun y Pasg.'

'Mae'r rhan fwyaf o bobl ag ofn Mrs Bebb,' meddai Lewis. 'Sut ydach chi'n dod ymlaen efo hi?'

''Dan ni'n dod ymlaen yn dda,' meddai Marian. 'Dywedodd hi ei bod hi'n bryd i George gael gwraig achos ei bod hi ddim yn medru edrych ar ei ôl o erbyn hyn.'

'Dach chi wedi clywed rhyw hanes am Lloyd?' meddai Lewis.

'Naddo wir,' meddai Marian, 'dwi wedi bod mor brysur efo'r ysgol a'r briodas. Gwen Price fydd fy morwyn briodas i ac mae hi'n brysur hefyd. Mae Dr Roberts wedi cytuno i fy hebrwng i yn y capel. Mae o'n frawd yng nghyfraith i Mrs Bebb.'

'Beth am Vivian?' meddai Lewis. 'Welsoch chi ei lythyr o wedyn?'

'Naddo,' meddai Marian. 'Does dim rhaid i ni boeni cymaint am George, wrth gwrs. Fydd o'n gwisgo dillad yr Home Guard a bydd ei blatŵn yn aros amdanom ni y tu allan i'r eglwys. Brian Walpole ydi'r sarjant a fo fydd y gwas priodas. Mae o'n ffrind mawr i'r Bebbs ac mae o'n drefnus iawn.'

Roedd pob un cwestiwn a ofynnai Lewis yn arwain yn ôl at y briodas. Byddai George a Marian yn cael mis mêl byr iawn, heb fynd yn rhy bell oddi cartref oherwydd cyflwr iechyd Mrs Bebb. Wedyn byddent yn byw uwchben y caffe am gyfnod.

'Ddim am yn hir iawn,' meddai Marian. 'Fe fyddwn ni'n chwilio am le gwell cyn bo hir, heb fod yn bell o'r môr.'

Pan oedd Marian wedi gorffen ac yn codi i adael, cododd Lewis yntau ac ysgwyd llaw â hi.

'Gobeithio byddwch chi a George yn hapus iawn gyda'ch

gilydd,' meddai, 'blynyddoedd lawer o hapusrwydd a phob lwc yn eich bywydau gyda'ch gilydd.'

Gadawodd Marian y tŷ bwyta ac eisteddodd Lewis yn ôl wrth y bwrdd i orffen ei de. Roedd ei sgwrs gyda Marian wedi canolbwyntio'n llwyr arni hi ei hunan ac ar drefniadau'r briodas. Dim ond ei phethau ei hunan oedd o ddiddordeb iddi: ei phriodas, ei darpar ŵr, ei hysgol, a'i darpar fam yng nghyfraith a oedd, yn gyfleus iawn, yn gorwedd ar ei gwely angau erbyn hyn.

Nid oedd Marian wedi dangos diddordeb yn hanes Lloyd na Vivian nac yn hanes Lewis ei hun. Mewn gwirionedd nid oedd Marian erioed wedi ei holi amdano ef ei hun, ddim un waith, ddim erioed. Bob tro y bu iddo siarad â Marian, roedd testun y sgwrs wastad wedi ymwneud â Marian ei hunan. Roedd Marian wedi arfer derbyn edmygedd y rhai o'i chwmpas fel pe bai hynny'n beth hollol naturiol i bawb.

Syndod mawr i Lewis oedd sylweddoli nad oedd Marian erioed wedi cymryd unrhyw ddiddordeb ynddo ef, Dr Lewis Huws. Tebyg iawn nad oedd hi'n gwybod llawer amdano ef na'i hanes o gwbl. Roedd ef yn meddwl ei fod yn adnabod Marian ond nid oedd Marian yn ei adnabod ef o gwbl, a gwaeth fyth, doedd dim arwydd bod ganddi unrhyw ddiddordeb mewn dod i'w adnabod chwaith. Pan fu ef yn meddwl am Marian bob munud o bob dydd, ni fu Marian yn meddwl dim amdano ef.

Pan fu ef yn dioddef y fath wallgofrwydd dirdynnol dros Marian, roedd wedi ei chamddeall hi'n llwyr. Er iddi ymddangos yn gyfeillgar ac yn groesawgar gydag ef, roedd yn bosib bod Marian yn ymddwyn felly gyda phawb, heb wahaniaethu rhyngddo ef a'r creadur nesaf. Nid oedd ei ffordd hi o ymddiried ynddo ef yn golygu dim, ac nid oedd yntau wedi llwyddo i ddod yn agos ati o gwbl. Prin ei fod wedi dod i'w hadnabod hi fel person cyflawn. Roedd cariad wedi'i wneud yn ddall, wedi gwneud iddo weld Marian fel y dymunai ef iddi fod, ac nid fel yr oedd hi mewn gwirionedd. Roedd wedi creu delw o Marian i'w blesio'i hunan. O wneud hynny roedd yn anorfod y byddai rhywbeth yn digwydd i'w siomi. Bellach byddai'n rhaid iddo fyw fel dyn cyffredin unwaith eto, heb eilun i'w addoli.

Er gwaethaf popeth, roedd Lewis yn dal i feddwl bod Marian yn ferch hyfryd. Ni chiliodd ei deimladau amdani am fisoedd lawer. Roedd yn dal yn anodd ganddo ddeall pam ei bod yn well gan Marian greadur diddim fel George Bebb na dyn dawnus fel Gwyn Vincent. Ond roedd meddwl am eiriau Apphia Davies yn help. Ni fyddai dyn ifanc â'i feddwl ci hun fcl Gwyn Vincent wedi siwtio Marian.

Efallai fod y ddynes ifanc brydferth hon fel *film star*, yn destun edmygedd gan bawb heb iddi hi orfod meddwl dim am neb arall. Roedd Marian wedi arfer cael y sylw i gyd heb fod angen iddi hi ei hun dalu fawr o sylw i bobl eraill. Heb os, dyn fel Lloyd Owen neu George Bebb oedd ei angen arni. Bellach roedd Marian wedi dewis treulio'i hoes gyda George Bebb yn troi o'i chwmpas. Ac fel yr awgrymodd Apphia Davies, nid partneriaeth fyddai'r briodas ond perthynas unochrog iawn.

Roedd rhywbeth ynghylch y darganfyddiad hwn yn ymddangos yn ddoniol i Lewis, yn chwerthinllyd. Yr oedd ef wedi camgymryd popeth, ac arno ef roedd y bai am fod mor bengaled a diddeall. Pan fydd dyn sy'n rhy llawn ohono'i hun yn mynnu gwneud peth gwirion ac yn cael ei faglu a'i lorio, mae'r peth yn ddoniol er gwaethaf unrhyw anafiadau i'r creadur ei hun. Iddo ef bu'r profiad yn drasiedi ond i bawb arall, comedi ydoedd.

Roedd syrthio mewn cariad â Marian wedi bod yn gamgymeriad, un arall i'w ychwanegu at y rhestr. Ymddiried yn ormodol yn David Vivian Williams oedd y camgymeriad cyntaf. Syrthio mewn cariad â Marian Clements oedd yr ail gamgymeriad.

Yn ddiweddar bu camgymeriad arall yn yr Ydfaes, lle doedd dim gwella wedi bod ar gefn Simon Protheroe Evans. Roedd Simon wedi bod yn cwyno drwy'r gaeaf a doedd Lewis heb wneud dim drosto ond rhoi mwy a mwy o Aspirins iddo. O'r diwedd aeth Lewis â Simon at Walford Evans i gael ei farn ef, ac roedd hwnnw wedi edrych ar gefn Simon yn ofalus am ryw funud yn unig.

'*Prolapsus disci intervertebralis!*' meddai Walford mewn llais awdurdodol.

'Ti'n siŵr?' meddai Lewis.

'Ydw. Drycha!' meddai Walford.

Edrychodd Lewis, ond er iddo graffu'n ofalus ni welodd ddim i'w argyhoeddi bod y diagnosis yn gywir. Yn ddiweddarach, pan aeth Simon i weld arbenigwr mewn ysbyty, cadarnhawyd mai disg llac neu *slipped disc* oedd gwraidd y problemau. Roedd Lewis wedi bod dan yr argraff nad oedd Simon yn hoff o waith caled. Roedd poen yn y cefn yn beth cyffredin ac roedd llu o achosion yn bosibl. Doedd adnabod disg llac ddim mor hawdd â hynny. Ond gwyddai Lewis mai ei ragfarn ef ei hun oedd wedi lliwio ei agwedd at Simon ac wedi achosi ei gamgymeriad diweddaraf.

Meddyliodd bryd hynny y byddai'n well iddo dalu mwy o lwfans i Apphia Davies rhag ofn iddo wneud camgymeriad arall. Nid oedd y lwfans presennol yn ddigon a byddai'n well iddo roi digon o bres iddi i'w chadw'n dawel er mwyn osgoi mwy o drafferth. Ond doedd dim brys.

Er gwaethaf ei gamgymeriadau roedd y pwysau a fu ar Lewis wedi dechrau llacio. Byddai Marian Clements yn priodi George Bebb a byddai'n rhaid iddo ef, Lewis, symud ymlaen a byw hebddi. Yn barod roedd yn gwneud ymdrech i yfed llai ac i gymryd llai o gyffuriau. Yn raddol bach roedd pethau'n dechrau gwella. Roedd problemau Vivian a Lloyd Owen wedi'u setlo, a bu'n dda ganddo weld Stanley Corfield mewn cystal hwyliau ar ôl ei ryddhau o garchar.

Doedd argoelion y rhyfel ddim mor ddrwg erbyn hyn chwaith. Fis Tachwedd 1942 trechwyd Rommel yn El Alamein, yn yr Aifft, ac yng ngogledd-orllewin Affrica glaniodd byddin gref o'r Cynghreiriaid. Ym mis Tachwedd hefyd yr amgylchynwyd y fyddin Almaenaidd oedd yn gosod gwarchae ar Stalingrad, ac yn ddiweddarach bu'n rhaid i'r fyddin honno ildio i'r Sofietiaid. Yn El Alamein parhaodd y brwydro am bythefnos. Yn Stalingrad parhaodd o fis Awst tan fis Chwefror, a bu'r ymladd yn eithriadol o galed a didostur drwy oerfel mawr y gaeaf.

Pennod 28

Ymweliad olaf Gruffydd Jones

CAFODD Y BOBL oedd yn adnabod Vivian eu synnu ac weithiau eu siomi gan ei lythyr, ond nid Vivian oedd yr heddychwr cyntaf i dynnu ei eiriau yn ôl yn gyhoeddus. Ni chafwyd ymateb i'r llythyr yn y wasg, ac ar ôl datgan canlyniad Etholiad y Brifysgol ddechrau Chwefror tawelodd y dadlau gwleidyddol.

Nid oedd Gruffydd Jones wedi gweld Lewis Huws ers hydref 1942, ond bu Lewis ar ei feddwl ers tro oherwydd yr helynt gyda Lloyd Owen a Vivian Williams cyn y Nadolig. Roedd Lewis wedi gweld drwy Vivian ac wedi ymwrthod ag ef. Bu'n falch o wybod y stori am Vivian a'r sgandal yn Aberystwyth, ac nid oedd wedi dangos syndod mawr fod Vivian wedi'i gael yn euog o gamymddwyn yn nhoiledau Llundain. Rywbryd neu'i gilydd roedd Gruffydd yn benderfynol o alw i'w weld er mwyn rhoi gwybod iddo beth oedd wedi digwydd cyn y Nadolig. Roedd Gruffydd a Lewis wedi bod yn ffrindiau ers bron i ddeng mlynedd ar hugain, ac roedd Gruffydd yn gweld Lewis bron fel brawd iau, bachgen da ond styfnig yr oedd angen ei gywiro weithiau.

Yn hwyr un prynhawn parciodd Gruffydd yr Humber y tu allan i Everton House a cherdded i mewn. Agorodd y drws i ystafell Lewis heb guro arno, a chael bod Lewis yno ar ei ben ei hun. Dechreuodd y ddau sgwrsio.

Holodd Lewis am deulu Gruffydd a dechreuodd Gruffydd

sôn am ei fab, Geraint. Daeth llythyrau a chardiau post oddi wrtho o Cape Town a Port Elizabeth.

'Mewn camp yn agos at Pretoria mae o rŵan,' meddai Gruffydd. 'Mae o wrth ei fodd yn hedfan.'

'Da iawn fo,' meddai Lewis. 'Mae'n siŵr bod hi'n dywydd braf yna hefyd.'

'Ydi, mae'n braf bob dydd ac mae o'n mwynhau bob munud,' meddai Gruffydd, cyn dod at y rheswm iddo alw i weld Lewis. 'Welaist ti lythyr Vivian Williams?' meddai. 'Wnaeth o droi ei gôt yn hawdd iawn, yn do?'

'Do am wn i,' meddai Lewis.

'Doedd hi ddim yn anodd ei berswadio fo,' meddai Gruffydd.

'Beth wyt ti'n feddwl?' meddai Lewis. Roedd Gruffydd yn gwenu fel pe bai'n gwybod rhyw gyfrinach fawr a bron â marw eisiau dweud yr hanes.

'Gafodd ei ffrind bach o dipyn o drafferth un noson,' meddai Gruffydd, 'Lloyd Owen, y tenor mawr. Wnes i ddal y diawl bach yn Llandudno a chael sgwrs hir efo fo.'

Yna dywedodd Gruffydd yr holl stori, gyda phleser, fel pe bai'n disgwyl i Lewis fwynhau'r hanes yn ogystal. Mewn gwirionedd fe wnaeth Gruffydd gamgymeriad difrifol. Roedd mor falch o'r ffordd yr oedd wedi trafod Lloyd Owen a Vivian Williams nes ei fod yn disgwyl i bawb arall weld y peth yn yr un ffordd yn union. Llwyddodd Gruffydd i'w gamarwain ei hun, ac i'w berswadio'i hun y byddai Lewis Huws yn llawenhau gydag ef yn ei lwyddiannau personol.

Doedd Lloyd Owen yn ddim mwy o wrthwynebydd cydwybodol nag yntau, meddai Gruffydd. A oedd Lewis yn gwybod yr hanes amdano yn y National School? Doedd neb â gair da drosto ac yn y diwedd roedd Lloyd wedi cerdded allan ar ôl rhegi a gweiddi ar y prifathro.

Wedyn aeth Lloyd Owen i fyw at Vivian Williams. A glywodd Lewis am yr helynt yn y New Inn? Roedd Lloyd yn gofyn am drafferth, meddai Gruffydd; y syndod oedd bod y soldiwrs wedi'i ddioddef mor hir. Vivian oedd wedi cadw ei gariad bach rownd y lle yn segura, pan fod y gyfraith yn dweud bod yn rhaid iddo weithio fel athro.

Yna, un nos Sadwrn cyn y Nadolig, ac yntau wedi newid o'i lifrai i ddillad cyffredin, roedd Gruffydd wedi mynd am dro o gwmpas Llandudno yn ôl ei arfer, gyda'r ast fach o gorgi oedd gan y teulu. Gwelodd hen gar mawr crand, Sunbeam tebyg i un Vivian Williams, wedi'i barcio ar stryd gefn. Aeth yn ei flaen ac wrth gyrraedd cornel Stryd Mostyn, yn agos at y môr, clywodd lais dyn yn canu yn dod o'r dafarn ar y gornel, y Western Vaults, yr un gyda'r drws ar gornel y stryd a ffenestri'r ddwy ochr iddo. Wrth glywed y llais cofiodd Gruffydd am Lloyd Owen, y tenor ifanc oedd yn byw gyda Vivian Williams.

'Roedd ganddo fo lais da iawn,' meddai Gruffydd. 'Oeddwn i wedi clywed bod o'n ganwr ond dwyt ti ddim yn disgwyl clywed llais fel'na, wyt ti? Llais da, ond hen rech o foi, wir i ti.'

Ar unwaith roedd Gruffydd wedi mynd yn ôl i'r tŷ i newid ei ddillad. Bu'n rhaid siomi'r corgi bach, oherwydd os oedd gofyn plismona roedd y lifrai priodol yn angenrheidiol a doedd dim lle i'r ci. Aeth yn ôl i'r dre cyn gynted ag y medrai a chael y Sunbeam yn dal yn yr un lle. Datododd y *distributor* a thynnodd fraich y rotor i ffwrdd. Nid oedd y gyrrwr wedi gwneud yr hyn yr oedd angen ei wneud yn ôl y gyfraith adeg rhyfel, felly dyna un cyhuddiad yn ei erbyn. Rhoddodd Gruffydd fraich y rotor yn ei boced. Ni fyddai neb yn symud y Sunbeam nes ei fod ef, Gruffydd, yn caniatáu hynny.

Erbyn iddo gyrraedd yn ôl i'r Western Vaults roedd y dafarn yn dawel a'r canwr wedi symud ymlaen. Bu Gruffydd yn cerdded yn ôl ac ymlaen wedyn, nes clywed y llais eto, y tro hwn yn y King's Arms y pen arall i Stryd Mostyn. Arhosodd Gruffydd yn y cysgodion am yn hir, yn aros am amser cau. Un o'r olaf i adael y dafarn oedd Lloyd Owen. Cerddodd yn araf yn ôl at y Sunbeam, a Gruffydd yn ei ddilyn o bell.

Wedi cyrraedd y car roedd angen troi'r handlen i'w gael i danio, a gan fod y Sunbeam yn gar mawr roedd hynny'n waith caled. Gadawodd Gruffydd i Lloyd droi'r handlen, heb obaith cychwyn yr injan, nes ei fod wedi blino. Aeth Gruffydd ato a gosod gefynnau am ei arddyrnau ar unwaith rhag ofn iddo redeg i ffwrdd. Ni ddangosodd Lloyd Owen unrhyw awydd i wneud y fath beth a daeth gyda Gruffydd i swyddfa'r heddlu yn drist ac yn dawel iawn.

Dechreuodd Gruffydd holi Lloyd yn bwyllog, fel petai ei droseddau yn faterion difrifol. Cafodd ei synnu pan gyfaddefodd Lloyd ar unwaith, ac ymddiheuro'n gwrtais. Roedd yn ddrwg ganddo am bopeth, meddai Lloyd. Newydd ddysgu gyrru yr oedd a doedd ganddo ddim syniad am bethau fel tynnu braich y rotor na rheolau yn gwahardd gyrru car er mwyn pleser.

Yna dechreuodd Lloyd ddweud wrth Gruffydd am ei broblemau. Roedd wedi bod yn canu gyda Chwmni Opera Carl Rosa, meddai, ac wedi gadael y cwmni er mwyn symud i ogledd Cymru at ei gariad. Ond erbyn hyn roedd y garwriaeth ar ben a hithau wedi'i adael. Roedd wedi bod yn dysgu yn y National School yn Llandudno ond roedd y prifathro wedi bod yn elyniaethus iawn tuag ato. Roedd yntau wedi ymddiswyddo heb ystyried bod dysgu mewn ysgol yn amod o'i ryddhau o wasanaeth milwrol.

Nid oedd Lloyd wedi cuddio dim, meddai Gruffydd. Nid oedd fel pe bai'n sylweddoli bod rheolau yn berthnasol iddo ef.

'Rhy ddwl i ddweud celwydd,' meddai Gruffydd, 'ond wastad ag esgus dros bopeth.'

Pan ofynnodd Gruffydd i Lloyd a fyddai'n ailystyried ymuno â'r lluoedd arfog, gwelodd nad oedd Lloyd am fynd i'r fyddin ar unrhyw gyfri, ond bod yr RAF yn ei ddenu. Soniodd Gruffydd am ei fab ei hun, Geraint, oedd yn yr RAF. Roedd yn dysgu hedfan yn Ne Affrica, meddai Gruffydd, yn cael bywyd braf yn Pretoria ac wrth ei fodd yn hedfan dros y *savannah* yn haul y de.

Eglurodd Lloyd fod Vivian Williams a Mrs Eirwen Morris wedi bod yn garedig iawn wrtho ac nad oedd am eu gadael i lawr. Cafodd Gruffydd wybod ganddo fod Vivian yn berchen ar fflat moethus yn Cambridge Street, Pimlico, Llundain, tŷ braf yn Llanrwst, a ffermydd yn yr ardal yn ogystal. Holodd Gruffydd Lloyd amdano ef ei hun. Na, cadarnhaodd Lloyd, doedd dim arian yn ei deulu ef. Doedd ganddo ef ddim arian, dim gwaith, dim cariad, na dim cartref parhaol chwaith.

Yna dechreuodd Gruffydd a Lloyd baratoi datganiad. Cyfaddefodd Lloyd bopeth, ac ar ôl bod wrthi'n cyfansoddi'r datganiad yn ofalus am amser cytunodd i ddweud ei fod wedi ailystyried ei wrthwynebiad cydwybodol i wasanaeth milwrol. Bellach, meddai Lloyd yn ei ddatganiad, dymunai ymuno â'r RAF. Roedd hi'n hwyr y nos erbyn iddynt ddod i ben, ond roedd Gruffydd wedi trefnu bod plismon arall ar gael i drafod ymhellach gyda Lloyd. Sais o'r enw Harper oedd hwnnw. Gofynnodd Gruffydd iddo holi Lloyd Owen o'r dechrau unwaith eto, ac yn arbennig am ei berthynas gyda Vivian Williams, dyn oedd â diddordeb mawr mewn toiledau cyhoeddus i ddynion, eglurodd. Yna aeth adref.

Ar ôl noson dda o gwsg, cododd Gruffydd yn gynnar y bore Sul hwnnw er mwyn mynd yn ôl i swyddfa'r heddlu. Yno cafodd air â Harper cyn ffonio Frank Benjamin, mab Daniel a Jane Benjamin, a oedd yn blismon ifanc uchelgeisiol ym Mhorthmadog. Wedi sgwrs hir a defnyddiol gydag ef galwodd am gael gweld Lloyd Owen unwaith eto.

Prin fod Lloyd wedi cysgu o gwbl. Roedd hynny o hunan-barch a oedd ganddo'r noson gynt wedi'i adael yn llwyr. Bu Harper yn ei holi bron drwy'r nos a gwnaeth ei waith yn dda. Bellach roedd Lloyd yn emosiynol ac yn ddagreuol a byddai wedi cytuno i unrhyw beth. Ond doedd cyfaddefiad ar ei ben ei hun ddim yn ddigon. Dim ond y gwir a wnâi'r tro. Roedd yn rhaid cael cyfaddefiad llwyr oedd yn amlwg yn wir, er mwyn argyhoeddi pawb o ffolineb y gŵr ifanc hwn.

Siaradodd Gruffydd â Lloyd mewn llais awdurdodol. Roedd yn amlwg, meddai Gruffydd, bod Lloyd wedi dweud celwydd wrtho neithiwr am ei berthynas gyda Vivian Williams. Roedd yn hollol eglur bellach bod Lloyd a Vivian wedi bod mewn perthynas annaturiol, ffiaidd. Roedd Lloyd wedi bod yn byw mewn budreddi efo dyn arall er mwyn talu'r rhent, byw yn fras tra bod dynion ifainc eraill yn ymladd ac yn marw dros eu gwlad. Roedd y peth yn gywilyddus, a byddai ef yn gwneud yn siŵr bod Lloyd Owen yn dioddef y gosb briodol. Pan glywai'r tribiwnlys fod Lloyd wedi torri amodau cofrestru fel gwrthwynebydd cydwybodol byddai'n ddrwg arno, meddai Gruffydd, a doedd dim gobaith ganddo ymuno â'r RAF chwaith. Carchar oedd yr unig le i ddihiryn fel fo, a byddai'r carcharorion eraill yn gwybod sut i drin creadur mor ffiaidd ag ef.

Yna disgrifiodd Gruffydd yr ystafelloedd yn Llwynawelon yn fanwl, gan ddefnyddio'r wybodaeth a gafodd y bore hwnnw gan Frank Benjamin. A oedd y llun o Gastell Caernarfon yn dal ar wal ystafell wely Vivian Williams? Edrychodd Lloyd arno mewn rhyfeddod. A oedd Lloyd yn meddwl mai ffyliaid oedd plismyn, holodd Gruffydd. Oni wyddai Lloyd fod pawb yn gwybod amdano ef a Vivian Williams, ac am beth roedden nhw'n ei wneud gyda'i gilydd?

'Wnes i ddal ymlaen am yn hir,' meddai Gruffydd wrth Lewis, 'nes rhoddodd o ei ddwylo dros ei glustiau, ac oedd o'n dal i wadu. Be wnaeth y gwahaniaeth oedd i mi ddweud y gair "Llanrhychwyn".'

'Beth, eglwys Llanrhychwyn?' meddai Lewis.

Pan holodd Gruffydd beth oedd wedi digwydd yn eglwys Llanrhychwyn cafodd y gair effaith ofnadwy ar Lloyd. Edrychodd ar Gruffydd yn syn, yna cododd ei ddwylo a chladdu ei wyneb yn eu canol. Plygodd ei gorff i lawr nes bod ei ben yn agos at y llawr a dechreuodd wylo a gweiddi. Cyfaddefodd Lloyd fod perthynas rywiol wedi bod rhyngddo ef a Vivian. Yn eglwys Llanrhychwyn roedd gweithred rywiol wedi digwydd rhwng y ddau am y tro cyntaf.

Dechreuodd Gruffydd ysgrifennu geiriau Lloyd ar bapur, a methu'n lân â chadw i fyny â'r holl gyfaddef. Roedd perthynas rywiol wedi bod yn mynd ymlaen rhwng Vivian a Lloyd ers misoedd, ym mhob man ac ym mhob ffordd bosib. Roedd Lloyd yn awyddus i ddihysbyddu'r cyfan ac i ddisgrifio'r holl fanylion. Vivian Williams oedd yn gyfrifol am bob dim, meddai Lloyd. Vivian, nid Lloyd, oedd am wneud pethau drwy'r amser. Gwadodd Lloyd ei fod wedi bod eisiau gwneud dim â Vivian, ond roedd Vivian ar ei ôl o bob munud o'r dydd. Roedd Lloyd yn beio Vivian am ei holl broblemau, yn union fel roedd Gruffydd wedi gobeithio.

'Ac yn y diwedd,' meddai Gruffydd, 'beth ddywedodd y diawl ond "dwi wedi cael digon ohono fo, dwi eisio bod yn ddyn unwaith eto". Meddylia am hynna, da chdi, "eisio bod yn ddyn unwaith eto", ych y fi.'

Ysgrifennwyd datganiad newydd, maith, yn cynnwys cyffes Lloyd. Roedd yn amlwg yn wir. Ni ellid ffugio peth o'r fath: byddai dilysrwydd y dystiolaeth yn eglur i bawb. Roedd y datganiad mor gignoeth ei honiadau am David Vivian Williams roedd bron â dychryn Gruffydd. Arwyddodd Lloyd Owen y datganiad ar unwaith a chafodd fynd yn ôl i'w gell i gysgu.

Wrth i Gruffydd adrodd yr hanes roedd ei foddhad gyda'i waith yn amlwg. Roedd wrth ei fodd â chanlyniad yr holi, y ffordd roedd wedi gwasgu Lloyd nes gorfodi iddo ddodwy'r fath gyfaddefiad damniol, fel wy aur.

Gwrandawodd Lewis ar Gruffydd heb ddweud gair. Roedd wedi ofni y byddai Gruffydd yn dod ato gyda rhyw stori ofnadwy am Vivian a Lloyd, ac yn awr roedd ei holl ofnau yn cael eu gwireddu. Roedd y stori hon yn waeth na'r hyn roedd wedi'i ragweld. Ni fedrai ddweud dim wrth i Gruffydd barablu ymlaen. Roedd yn rhaid iddo gael gwybod yr holl hanes. Roedd amcan Gruffydd yn glir. Doedd ganddo ddim diddordeb o gwbl yn Lloyd Owen. Ei darged ef oedd Vivian Williams.

Pan glywodd am ymateb Lloyd i'r enw 'Llanrhychwyn' a gweld ei fod ef ei hun wedi cyfrannu at y cyfan, teimlai fel petai ei waed yn fferru yn ei wythiennau. Diwrnod y te parti oedd hwnnw, diwrnod poeth, trymaidd, pan oedd Vivian a Lloyd wedi cyrraedd yn ôl yn Llwynawelon yn hwyr i'r parti ar ôl bod yn eglwys Llanrhychwyn, uwchben Trefriw, 'y lle mwyaf sanctaidd yn y byd' yn ôl Vivian. Roedd Vivian wedi gwenu ar Lloyd, a Lloyd yntau wedi gwenu ar Vivian. A dyma Lewis wedi datgelu'r gyfrinach allweddol honno i Gruffydd yn ei ddiniweidrwydd diystyriol. Onid oedd diwedd i'w gamgymeriadau a'i ffolineb? Eto nid oedd Gruffydd fel pe bai'n sylwi ar deimladau Lewis. Roedd mor falch o gael rhywun i ddweud ei stori wrtho, hen ffrind, rhywun fyddai'n rhannu ei bleser ef ei hun wrth adrodd yr hanes oedd yn dangos mor graff a chyfrwys y medrai ef, Gruffydd, fod.

Arhosodd Lewis yn llonydd wrth i Gruffydd adrodd yr hanes. Beth ar y ddaear oedd Gruffydd wedi'i wneud i gael Vivian i droi ei gefn ar heddychiaeth? Sut oedd wedi ei gael i ysgrifennu'r llythyr ofnadwy oedd yn bradychu ei holl egwyddorion?

Dywedodd Gruffydd ei fod wedi gorchymyn i Frank Benjamin deithio o'i gartref i Landudno y dydd Sul hwnnw yn bwrpasol er mwyn gyrru'r car heddlu oedd i gwrdd â Vivian yng ngorsaf rheilffordd Llanrwst. Pan gyrhaeddodd Vivian ac Eirwen yn ôl yn Llanrwst o Lerpwl ar y trên roedd y car heddlu yno'n aros amdanynt, a sarjant o'r heddlu yn gwmni i Frank Benjamin rhag ofn. Byddai presenoldeb Frank Benjamin wedi bod yn neges glir i Vivian bod yr heddlu yn gwybod ei hanes, meddai Gruffydd. Aed ag Eirwen adref i Lwynawelon a daeth Vivian Williams i Landudno.

Roedd hi'n hwyr nos Sul ar Vivian yn cyrraedd gorsaf yr heddlu. Gadawodd Gruffydd iddo aros yno ar ei ben ei hun cyn mynd ato. Eglurodd i Vivian ei fod wedi dod ar draws y Sunbeam heb neb yn edrych ar ei ôl a gyda braich y rotor yn dal arno. Roedd Lloyd Owen wedi cyfaddef sawl camwedd yn ymwneud â'r car. Buont yn trafod hynny am ychydig. Oedd, roedd Lloyd wedi arfer gyrru'r car, meddai Vivian, ond erbyn hyn roedd y car yn cael ei gadw oddi ar y ffordd oherwydd y gwaharddiad ar yrru er mwyn pleser yn unig. Felly yn hynny o beth roedd Lloyd wedi torri'r gyfraith, cytunodd.

Yna dechreuodd Gruffydd holi am wrthwynebiad cydwybodol Lloyd i wasanaeth milwrol. Eglurodd fod Lloyd wedi cyfaddef iddo dorri amodau ynghylch ei ryddhau o wasanaeth milwrol. Cytunodd Vivian fod Lloyd wedi cael ei eithrio o wasanaeth milwrol ar yr amod ei fod yn dysgu mewn ysgol, ac wedi torri amodau ei eithrio wrth ymddiswyddo o'i swydd. Ond roedd yn ffyddiog y byddai Lloyd yn cael swydd arall yn fuan. Efallai y byddai'n rhaid mynd yn ôl at y tribiwnlys i newid amodau'r eithrio, meddai Vivian, ond roedd yn hyderus y byddai modd datrys holl broblemau Lloyd yn fuan.

Holodd Gruffydd Vivian am fwriad Lloyd i ymuno â'r RAF. Dywedodd Vivian fod Lloyd wedi dweud wrtho bod ganddo wrthwynebiad cydwybodol i wasanaeth milwrol. Ond os oedd Lloyd erbyn hyn am fynd i'r RAF o'i wirfodd, yna roedd Vivian yn dymuno'n dda iddo yn ci yrfa newydd.

Dechreuodd Gruffydd holi am y berthynas rhwng Vivian a Lloyd. Cyfeillion oeddynt, meddai Vivian. Roedd Lloyd yn aros yn Llwynawelon dros dro oherwydd ei broblemau, a byddai'n symud ymlaen cyn gynted ag y byddai ganddo swydd newydd.

Holodd Gruffydd Vivian yn gynnil am ei hanes ef ei hun, ac atebodd Vivian yn ofalus ac yn bwyllog.

'Roedd hi'n amlwg mai cyfreithiwr oedd o,' meddai Gruffydd wrth Lewis, 'roedd o'n ateb bob cwestiwn heb ddweud dim.'

Dim ond wedyn y dechreuodd Gruffydd sôn am droseddau eraill, mwy difrifol fyth, troseddau rhywiol. Roedd Lloyd Owen wedi arwyddo datganiad, meddai Gruffydd wrth Vivian, ac yn y datganiad roedd yn gwneud honiadau difrifol iawn yn erbyn Vivian ei hun.

'Oedd o fel delw,' meddai Gruffydd wrth Lewis. 'Doeddwn i ddim yn gwybod beth i'w wneud efo fo, doeddat ti ddim yn gwybod beth oedd yn mynd ymlaen yn ei feddwl o.'

Yna cyflwynodd Gruffydd y datganiad i Vivian. Bu Vivian rai munudau yn darllen yr holl ddogfen, yn dawel ac yn fanwl, o'r dechrau i'r diwedd.

Wrth i Vivian ddarllen roedd Gruffydd wedi sylwi'n ofalus arno, meddai wrth Lewis. Roedd popeth amdano'n lân ac yn raenus, ei ddillad, ei ofal am ei wallt a'i groen. Roedd ei ewinedd yn berffaith lân a siapus a bron yn wyn i gyd, peth anghyffredin iawn. Ni ddangosodd Vivian unrhyw arwydd o siom na chywilydd.

Roedd y datganiad yn hollol anghywir, meddai Vivian wrth Gruffydd o'r diwedd. Nid oedd unrhyw gyfathrach rywiol wedi bod rhyngddo ef a Lloyd Owen. Roedd yn amlwg bod yr heddlu wedi gosod pwysau eithriadol ar Lloyd Owen i'w gael i arwyddo'r fath ddatganiad.

'Oedd o'n gwadu popeth,' meddai Gruffydd wrth Lewis, 'ac yn edrych i fyw fy llygaid i wrth ddweud celwydd.'

Aeth yr holi ymlaen, a Gruffydd yn methu cael Vivian i ddweud dim o bwys. Yna arhosodd Vivian.

'Be dach chi eisio gen i?' gofynnodd.

'Oeddwn i wedi meddwl dipyn am hynny,' meddai Gruffydd wrth Lewis, 'ac wedi cael gair efo golygydd y papur newydd.'

Syniad Gruffydd oedd y llythyr. Fo oedd wedi gweld ffordd i dynnu Vivian i lawr.

'Roeddwn i wedi drafftio llythyr, ti'n gweld,' meddai Gruffydd, 'rhywbeth byr yn dweud ei fod o'n cefnogi'r rhyfel, yn dangos i ddynion ifainc nad oedd Vivian Williams na neb arall yn edrych i lawr arnyn nhw am eu bod nhw'n mynd i ymladd. Maen nhw'n haeddu hynny, tydyn nhw? Mae'r hogiau bach yma'n marw dros eu gwlad a dydi o ddim yn iawn fod neb yn edrych i lawr ei drwyn arnyn nhw.'

Awgrymodd Gruffydd, pe bai Vivian yn ysgrifennu llythyr

at y papur newydd yn cefnogi'r rhyfel, y medrai gymryd golwg ffafriol ar droseddau Lloyd Owen. Efallai y byddai Gruffydd yn medru rhyddhau Lloyd Owen heb ddwyn cyhuddiadau yn erbyn neb, ar yr amod ei fod yn mynd i'r RAF. Dangosodd Gruffydd i Vivian y drafft yr oedd ef wedi ei baratoi, ond nid oedd y drafft yn gwneud y tro i Vivian Williams. Aeth Vivian ati i ysgrifennu llythyr newydd o'r dechrau.

Bu wrthi am dros awr, ac wedyn cyflwynodd i Gruffydd lythyr hir wedi'i gyfeirio at olygydd y papur newydd ond heb ei arwyddo. Roedd Vivian hefyd wedi newid y dyddiad ar y llythyr i'r cyntaf o Ionawr 1943. Dywedodd ei fod yn bwriadu gadael Llanrwst yn syth ar ôl y Nadolig. Felly yn Llundain y byddai pan fyddai'r llythyr yn ymddangos yn y papur newydd.

'Oedd o'n barod iawn i ysgrifennu'r llythyr,' meddai Gruffydd wrth Lewis. 'Llythyr iawn oedd o hefyd, ynde, ar ddiwrnod cynta'r flwyddyn, yn cefnogi'r rhyfel a'r hogia? Fo wnaeth sôn am Etholiad y Brifysgol, doeddwn i heb feddwl dim am y peth.'

Cyn arwyddo'r llythyr, mynnodd Vivian weld Lloyd. Daeth hwnnw o'r celloedd yn gysglyd ac yn ddryslyd i gyd. Gadawodd Gruffydd y ddau yn yr ystafell gyda'i gilydd. Clywodd Lloyd yn ymddiheuro ac yn cadarnhau ei fod am fynd i'r RAF.

Felly yn y diwedd fe gafwyd cytundeb. Gofynnodd Vivian i Gruffydd am lythyr wedi'i gyfeirio at Lloyd Owen, yn cadarnhau na fyddai'r heddlu yn dwyn cyhuddiadau yn ei erbyn er mwyn iddo ymuno â'r RAF. Ysgrifennodd Gruffydd nodyn byr yn ei law ei hun oedd yn dweud nad oedd yr heddlu'n bwriadu mynd ddim pellach yn achos y cyhuddiadau yn erbyn Lloyd ar y ddealltwriaeth ei fod yn ymuno â'r RAF. Er mor annigonol oedd y neges fe dderbyniodd Vivian y llythyr ar ran Lloyd.

Aed â Vivian Williams a Lloyd Owen yn ôl at y Sunbeam

mewn car heddlu. Ar ôl gosod braich y rotor yn ei lle cychwynnodd yr hen gar ar unwaith. A Vivian wrth ei ochr, cafodd Lloyd Owen yrru yn ôl am Lanrwst wrth i'r wawr dorri.

Ychydig o bobl a wyddai am y pethau hyn, meddai Gruffydd wrth Lewis. Doedd o heb gadw cofnodion swyddogol. Nid erlyn oedd ei ddymuniad yn y lle cyntaf, beth bynnag. Byddai wedi bod yn anodd cael Vivian Williams yn euog ar sail tystiolaeth Lloyd Owen yn unig. Ond roedd yn rhaid dysgu gwers i'r ddau, a'u cael i ymddwyn fel y dylent. Bellach byddai Lloyd Owen yn mynd i le oedd yn briodol iddo, yr RAF, a byddai'r llythyr yn rhoi taw ar lais cyhoeddus Vivian Williams am yn hir.

Wrth adrodd y stori roedd Gruffydd yn hapus iawn ac yn methu peidio chwerthin am ben ei eiriau ei hun. Roedd wedi bod yn bleser iddo gael dweud yr hanes wrth rywun o'r diwedd. Pan oedd gofyn i bawb weithio gyda'i gilydd ac aberthu dros ei gilydd, meddai Gruffydd, roedd gofyn i bobl gael gweld na fyddai neb yn cael tynnu'n groes i'r drefn. Dyna oedd yn iawn o ran parch i'r bobl oedd yn ysgwyddo'r baich, yn aberthu ac yn dioddef oherwydd hynny. Roedd Vivian wedi dewis ei osod ei hun ar wahân i'r mwyafrif ers blynyddoedd ac wedi edrych i lawr ar bobl o'i bulpud hunangyfiawn.

'Un peth dwi'n dal methu deall,' meddai Gruffydd, 'ydi pam ei fod o mor barod i sgrifennu'r llythyr 'na. Roedd ei lythyr o dipyn cryfach na'r drafft oeddwn i wedi'i baratoi. Dydw i'n dal ddim yn deall hynna a dweud y gwir.'

'Wyt ti'n falch o beth wyt ti wedi'i wneud?' meddai Lewis o'r diwedd.

'Bydd o'n dangos i'r ddau ohonyn nhw nad ydyn nhw ddim gwell na neb arall,' meddai Gruffydd.

'Bydd,' meddai Lewis, 'ond mae o'n dal yn ofnadwy. Dylai fod cywilydd arnat ti ar ôl beth wyt ti wedi'i wneud ac yn lle hynny wyt ti mor falch ohonot ti dy hun ac yn dod yma i glochdar.'

'Paid â malu,' meddai Gruffydd, 'roedd y ddau fochyn yna'n gofyn amdani.'

'Mae gen i gywilydd 'mod i'n dy adnabod di,' meddai Lewis, 'a chywilydd 'mod i erioed wedi siarad efo ti a rhoi help i ti o gwbl. Ti ydi'r mochyn, y mochyn butraf yn y lle yma yn gwneud y fath beth.'

'Beth wyt ti'n feddwl?' meddai Gruffydd. 'Dwyt ti ddim yn deall? Dynion fel'na oeddan nhw, Duw a'u helpo nhw. Dwyt ti ddim yn deall, yn enw'r Tad?'

'Roedd Vivian yn ddyn oedd yn gwneud ei orau yn y byd yma,' meddai Lewis, 'a chdithau'n cymryd yn ei erbyn o ac am ei dynnu o i lawr. A rŵan wyt ti wedi llwyddo wyt ti mor falch ohonot ti dy hun. Mae rhywbeth mawr yn bod arnat ti.'

'Rhywbeth yn bod arna i?' meddai Gruffydd. 'Wyt ti ddim o ddifri? Ti oedd yr un oedd yn ffrindiau mawr efo'r creadur yna ar un adeg.'

'Ia, debyg iawn,' meddai Lewis, 'gwell i ti chwilio am ffordd i 'mlacmelio innau. Dyna be wnest ti efo Vivian. Blacmel oedd o. Ei gael o i ddweud pethau nad oedd o ddim yn eu credu er mwyn achub ei ffrind. Fasa'n well gen i fod yn ffrind i Vivian nag i ti unrhyw bryd.'

'Wel os felly wyt ti'n teimlo mae'n well i mi fynd,' meddai Gruffydd.

'Ia, dos o 'ma,' meddai Lewis gan godi o'i sedd, 'a chadw draw, da chdi.'

'Mi wna i dy adael di efo dy weddw,' meddai Gruffydd, *your charming housekeeper.*

'Ia, dos,' meddai Lewis.

Yna newidiodd Gruffydd. 'Paid â bod fel'na,' meddai wrth Lewis. 'Dwyt ti ddim yn deall, weithiau mae'n rhaid gwneud pethau caled er mwyn dod â phobl at eu coed.'

Gwelodd Lewis fod Gruffydd yn ceisio cymodi. Nid oedd am wneud hynny o gwbl. Aeth at y drws ffrynt a'i agor.

'Dos,' meddai Lewis.

'Gwranda,' meddai Gruffydd, 'dwyt ti ddim yn deall.'

Daeth Gruffydd at Lewis a chamu dros stepen y drws. Dechreuodd droi yn ôl er mwyn dweud rhywbeth, ond llwyddodd Lewis i roi ei holl bwysau yn erbyn y drws yn sydyn a'i gau, wedyn ei gloi ar unwaith. Rhyddhad mawr iddo oedd cloi'r drws. Roedd Gruffydd wedi troi'n bla dychrynllyd ac roedd Lewis wedi cael digon ohono.

Nid oedd Gruffydd wedi disgwyl ymateb o'r fath gan Lewis, ac roedd yn ddrwg iawn ganddo amdano. Ni theimlai ei fod yn haeddu'r fath feirniadaeth o gwbl. Roedd plismon yn anorfod yn sefyll ar wahân i bobl gyffredin, ac roedd hi'n amlwg bod Lewis ac yntau'n gweld pethau yn wahanol iawn i'w gilydd. Bu Lewis yn byw ar ei ben ei hun ers talwm iawn, ac nid oedd wedi dangos unrhyw awydd i briodi ers blynyddoedd. Tebyg iawn bod rhywbeth rhyfedd amdano yntau'n ogystal.

Gwelai Lewis fod Vivian wedi cael ei fradychu, ddwywaith. Roedd Lloyd wedi bradychu Vivian oherwydd ei fod yn gymeriad gwan, di-asgwrn-cefn, ac na fedrai wneud dim gwell. Roedd Lewis wedi'i fradychu oherwydd ei fod wedi siarad amdano gyda Gruffydd ac wedi sôn am Lanrhychwyn. Agorodd ei geg yn ddifeddwl, a phrofodd hynny'n allweddol wrth i Gruffydd holi Lloyd.

Unwaith i Gruffydd gael gafael ar Lloyd yn Llandudno roedd hi ar ben ar Vivian. Roedd Vivian eisoes wedi newid ei farn am y mudiad heddwch adeg rhyfel ac roedd y llythyr wedi tynnu popeth i'w derfyn. Pan oedd pobl yn marw dros eu gwlad ni welai Vivian hi'n briodol dal ati gyda phrotestiadau heddychol.

Cafodd Vivian ei hun mewn sefyllfa amhosibl. Credai Gruffydd fod Vivian wedi arwyddo'r llythyr er mwyn ei achub ei hun ond nid felly roedd pethau. Doedd gan Vivian ddim ateb da i'w gael, dim ond dewis rhwng un peth drwg a pheth arall gwaeth fyth. Nid bradychu ei egwyddorion oedd iddo ddangos cefnogaeth i'r dynion ifainc oedd yn ymladd yn y lluoedd arfog. Ond yr oedd Vivian wedi cymryd cam pellach wedyn wrth gefnu'n gyhoeddus ar heddychiaeth. Mae'n debyg mai er mwyn achub Lloyd a dod â phopeth i ben yr oedd Vivian wedi gwneud hynny.

Er mwyn achub ei ffrind bu'n rhaid i Vivian aberthu ei egwyddorion a'i enw da. Dyna oedd y peth iawn iddo ef ei wneud, a dyna a wnaeth. Bellach byddai Lloyd yn cael cyfle newydd gyda'r RAF a byddai Vivian yn medru symud ymlaen a chefnu ar ei fywyd yn Llanrwst ac yng Nghymru. Roedd Lewis o'r farn bod Vivian wedi gwneud y dewis cywir, ac wedi cymryd y penderfyniad yn gyflym, pan oedd dan bwysau difrifol.

O leiaf roedd gan Lewis eglurhad i'r llythyr bellach, ac roedd hynny'n dangos nad Vivian oedd wedi bradychu ei gyfeillion: ei gyfeillion oedd wedi bradychu Vivian.

Pennod 29

ULTIMATUM

Ddiwedd Chwefror 1943 dywedodd Eirwen ei bod hi'n teimlo'n sâl. Roedd ganddi annwyd, dolur gwddf a thymheredd uchel iawn. 'Arhoswch yn eich gwely,' meddai Lewis, 'peidiwch â gwneud dim nes eich bod chi'n teimlo'n well.'

'Wnewch chi gau'r llenni?' meddai Eirwen. 'Mae'r golau'n gryf iawn.' Roedd llygaid Eirwen yn goch ac yn sensitif i oleuni. Yn y diwedd daeth smotiau bach coch i'r golwg dros ei chorff, gan gadarnhau amheuon Lewis. Roedd Eirwen wedi dal y frech goch.

'Gawsoch chi mo'r frech goch yn blentyn?' meddai Lewis wrthi.

'Ydach chi'n disgwyl i mi gofio?' meddai Eirwen.

'Mae'n well ei gael o'n blentyn,' meddai Lewis, 'mae o lawer gwaeth pan dach chi'n hŷn.'

'Diolch yn fawr i chi, Dr Huws,' meddai Eirwen, 'caredig iawn fel arfer.'

Tra bu Eirwen yn sâl byddai Lewis yn galw i'w gweld yn aml. Doedd hi ddim yn dda o gwbl, ac roedd ganddo ofn i'r frech goch arwain at niwmonia neu *encephalitis*. Nid oedd Eirwen i'w gweld yn gwella dim. Roedd hi'n wan a medrai rhyw haint arall ddal gafael ynddi, felly rhoddodd Lewis M&B 693 iddi rhag ofn. Ni fyddai hwnnw'n gwella dim ar y frech goch ond medrai rwystro afiechyd arall rhag cydio.

Yn ben ar y cyfan, syrthiodd Eirwen i lawr y grisiau ganol nos.

'Lle oeddach chi'n mynd?' meddai Lewis.

'Dr Huws, lle dach chi'n meddwl 'mod i'n mynd? I'r tŷ bach wrth gwrs!' meddai Eirwen.

'Ond dydi'r tŷ bach ddim yn agos at y grisiau,' meddai Lewis.

'Oeddwn i wedi drysu,' meddai Eirwen, 'wyddwn i ddim lle roeddwn i.'

'Dach chi heb dorri unrhyw asgwrn,' meddai Lewis, 'fuoch chi'n lwcus iawn.'

'Do, lwcus iawn,' meddai Eirwen, 'mae'n debyg eich bod chi'n disgwyl i mi fod yn ddiolchgar!'

Yn raddol bach, ag Eirwen yn dal yn ei gwely gyda llond gwlad o gleisiau, dechreuodd wella. Ar y dechrau byddai Lewis yn galw i'w gweld bron bob dydd. Roedd hi'n hawdd ei thrin ac yn gwneud yn fach o'i thrafferthion. Dechreuodd Lewis edrych ymlaen at ei gweld. Fel arfer ni wnâi ddim ond galw i mewn am ychydig funudau, ond weithiau, pan fedrai alw heibio iddi ar ddiwedd y pnawn, ar ôl pawb arall, byddai'n cymryd amser i eistedd i lawr a chael sgwrs.

O'r diwedd bu modd i Eirwen godi o'i gwely a dod i lawr y grisiau. Roedd hi'n dal yn wan, a byddai'n eistedd yn y parlwr mewn cadair freichiau gyda stôl o dan ei thraed. Byddai'n tynnu'r llenni ac yn gadael bwlch o ychydig fodfeddi'n unig rhyngddynt. Ar ddiwrnod heulog byddai'r haul yn cyrraedd ffenestri mawr y parlwr yn y prynhawn, ac erbyn i Lewis gyrraedd byddai'r golau yn llifo i mewn i'r ystafell drwy'r hollt yn y llenni. Yn llonyddwch yr ystafell gellid gweld tameidiau bach o lwch yn troi'n araf yn yr haul.

Un diwrnod dangosodd Eirwen i Lewis focs lledr yn llawn lluniau'r teulu.

'Vivian oedd enw teulu mam fy mam,' meddai Eirwen, 'wn i ddim pam ddechreuodd fy mrawd ei ddefnyddio fel enw cyntaf. David oeddan ni wastad yn ei alw fo'n blentyn.'

Dangosodd Eirwen iddo lun o'r teulu yn Llwynawelon tua 1910. Roedd pump ohonynt yn sefyll o flaen drws ffrynt y tŷ. Yn y canol safai Eirwen, yn ei hugeiniau, yn hardd eithriadol, ei hwyneb yn dlws a'i chorff yn osgeiddig. Wrth ei hymyl roedd ei thad, hen ŵr oedd wedi creu busnes llewyrchus fel cyfreithiwr ac wedi buddsoddi ei arian yn ddoeth. Ar y chwith safai'r mab hynaf, Arthur Vivian Williams, yn ei ugeiniau hwyr ac yn edrych yn hapus iawn yn dal ci labrador mawr. Ar y dde safai ei mam, yn edrych yn debyg i Eirwen heddiw. Safai Vivian, yr ieuengaf, wrth ymyl ei fam. Medrai Lewis weld tebygrwydd rhwng Eirwen, Vivian a'u mam. Nid oedd wedi gweld tebygrwydd rhwng y brawd a'r chwaer erioed o'r blaen.

'Dach chi'n dlws iawn,' meddai Lewis.

'Roedd pobl yn dweud fy mod i'n dlws,' meddai Eirwen.

'Dach chi'n hardd iawn,' meddai Lewis, 'wir, dach chi'n wirioneddol brydferth.'

Dangosodd Eirwen luniau o'i brodyr yn gwisgo lifrai yn ystod y Rhyfel Mawr. Lladdwyd Arthur Vivian Williams ar y Somme fis Gorffennaf 1916, gyda llawer o filwyr eraill byddin Gymreig Lloyd George.

'Aeth Vivian i'r lein yn fuan iawn ar ôl i Arthur gael ei ladd,' meddai Eirwen. 'Roeddan ni i gyd yn poeni amdano. Doeddan ni ddim yn gwybod a fydda fo'n gwneud milwr, ond mi wnaeth.'

'Do wir,' meddai Lewis. Cododd lun o ddyn ifanc arall mewn gwisg filwrol. Roedd gan hwn fwstás. 'Pwy ydi hwn?'

'Dyna fy ngŵr i,' meddai Eirwen, 'Edward Morris.'

'Lle gafodd o'i ladd?' meddai Lewis.

Edrychodd Eirwen arno. 'Gafodd o mo'i ladd,' meddai, 'dach chi ddim yn gwybod? Ddaeth o'n ôl o'r rhyfel a mynd yn ôl i'w waith ym Manceinion. Wnes i aros yn fan hyn efo Mam. Doeddwn i ddim yn medru mynd yn ôl ato fo ym Manceinion. Roeddwn i'n meddwl bod pawb yn gwybod.'

'Mae'n ddrwg iawn gen i,' meddai Lewis, 'doeddwn i ddim yn gwybod. Lle mae o erbyn hyn?'

'Mae o'n dal ym Manceinion,' meddai Eirwen. 'Ar ôl y rhyfel fuodd o'n dod yma i 'ngweld i am dipyn ac wedyn stopio. Erbyn hyn mae dynes arall yn byw efo fo, ac mae mab a merch ganddyn nhw.'

Aeth Edward Morris i'r Rhyfel Mawr, a phan ddaeth yn ôl adref gwrthododd ei wraig ifanc ddychwelyd ato. Roedd pobl wastad yn fwy rhyfedd nag roedd Lewis Huws yn medru ei ddychmygu. A oedd gan bawb ryw gyfrinach neu'i gilydd?

'Mae'n ddrwg gen i,' meddai Lewis eto. Edrychodd ar y llun o'r teulu drachefn. 'Mae hwn yn llun arbennig iawn,' meddai, 'dyna chi i gyd yn 1910, teulu crand iawn.'

'Am wn i ein bod ni braidd yn grand,' meddai Eirwen.

★   ★   ★

'Ydach chi'n meddwl mynd i Lerpwl ddydd Mercher nesaf?' meddai Apphia Davies wrth Lewis Huws ar ôl brecwast ddydd Gwener.

'Na,' meddai Lewis, 'efallai af i eto cyn bo hir iawn, ond ddim wythnos nesa. Mae Lerpwl yn llawn soldiwrs a morwyr y dyddiau yma. Prin fedrwch chi symud yna.'

'A fyddech chi'n fodlon i ni gael gair dydd Mercher?' meddai Apphia Davies. 'Cyn cinio fyddai'r amser gorau, efallai.'

'Wrth gwrs,' meddai Lewis, 'fedrwn ni gael gair cyn hynny os dach chi eisio. Beth dach chi eisio'i drafod?'

'Mi wnaiff dydd Mercher yn iawn,' meddai Apphia Davies. 'Mae'n rhaid i ni wneud rhywbeth am yr arian, Dr Huws, mae'r busnes yma wedi mynd ymlaen yn rhy hir erbyn hyn.'

Ac yna cyflwynodd Apphia Davies amlen i Lewis Huws.

'Dwi wedi gosod popeth allan yn y llythyr yma,' meddai hi, 'a chewch chi ddigon o amser i feddwl am y peth dros y Sul.'

'Diolch yn fawr, Mrs Davies,' meddai Lewis, 'mi wna i ddarllen y llythyr ar ôl gorffen y syrjeri.' Roedd yn gas gan Lewis pan oedd Apphia Davies yn ei osod dan anfantais fel hyn. Roedd gwneud hynny'n dod yn hawdd iddi.

Cadwodd Lewis y llythyr yn ofalus y naill ochr i'w ddesg nes ei fod wedi gorffen gyda phob un o'i gleifion y bore hwnnw. Wedyn fe'i hagorodd.

Roedd yr amlen yn cynnwys tri pheth: rhestr o'r nwyddau roedd gofyn i Apphia Davies eu prynu'n wythnosol, tebyg iawn i'r rhestr roedd hi wedi'i chyflwyno iddo dro'n ôl; toriad o'r papur newydd yn dangos hysbysebion am *housekeeper*; a'r llythyr ei hun, wedi'i ysgrifennu mewn Cymraeg graenus, gwell na'i Gymraeg ef ei hun yn sicr.

Darllenodd Lewis y llythyr yn ofalus. Soniodd Apphia Davies am y cefndir, am yr arian a gawsai gan Dr Biggar ac wedyn am yr arian a gawsai ar ôl symud i Everton House. Roedd hi wedi cyflwyno'r rhestr iddo gyntaf ar y degfed o Fedi 1942, meddai. Gan nad oedd yntau wedi gwneud dim o gwbl ynghylch y peth yn y misoedd ers hynny, roedd yn rhaid iddi feddwl am y dyfodol yn ofalus iawn.

Dywedodd wedyn ei bod hi'n amgáu toriad o rifyn yr wythnos ddiwethaf o'r *North Wales Weekly News* yn dangos hysbysebion am swyddi *housekeeper*. Roedd y cyflog a'r lwfans wythnosol a dderbyniai oddi wrth Lewis Huws lawer yn is na'r hyn oedd yn arferol erbyn hyn, meddai Apphia Davies. Peth anodd i Lewis oedd darllen y llythyr. Roedd wedi bod ar fai. Dylai fod wedi codi'r lwfans ers tro.

Yn y llythyr gofynnodd Apphia Davies am ganiatâd Dr Huws i ddefnyddio ei enw ar gyfer geirda wrth wneud cais am swydd arall. Roedd hi'n ystyried ceisio am swydd arall oherwydd nad oedd Dr Huws, hyd yn hyn, wedi dangos unrhyw awydd i drafod ei chyflog na'r lwfans gyda hi.

Ar ôl yr ergyd hon daeth mwy o ergydion i daro Lewis Huws. Hawliai Apphia Davies gyflog oedd yn uwch na'i chyflog presennol, a lwfans wythnosol oedd yn sylweddol uwch hefyd. Oni fyddai Dr Huws yn cytuno i hyn, byddai'n rhaid iddi geisio am swydd arall, meddai Apphia Davies.

Roedd yn anodd i Lewis Huws ddadlau â'r ffeithiau yn y llythyr. Nid hynny oedd yn mynd o dan ei groen ond cywair y neges, y ffordd roedd Apphia Davies yn ei drafod ef, ei chyflogwr. *Ultimatum* oedd y llythyr, yn dweud y drefn wrtho ac yn ei wthio i mewn i gornel nes bod ganddo ddim dewis ond gwneud yr hyn roedd Mrs Apphia Davies yn dweud wrtho am ei wneud. Os na fedrai ef gael ei ffordd ei hun o fewn ei dŷ ei hun, lle yn y byd oedd ar ôl iddo fyw ei fywyd bach ef ei hun?

Ar ôl darllen y llythyr gosododd Lewis y peth i'r naill ochr yn ofalus. Byddai'n rhaid iddo feddwl yn galed beth i'w wneud yn ei gylch cyn dydd Mercher nesaf. Yna dechreuodd ar y gwaith papur oedd yn aros amdano'r bore hwnnw.

Pennod 30

CAMGYMERIAD ARALL

GWELLODD EIRWEN o'r frech goch ond daliodd Lewis i alw i'w gweld o leiaf unwaith yr wythnos. Doedd hi heb gryfhau yn llawn a doedd y dogni bwyd yn helpu dim. Roedd angen bwyd maethlon a digon ohono i rywun adfer yn iawn. Ofnai Lewis y byddai unigrwydd yn dychwelyd at Eirwen ar ôl ymadawiad Vivian a Lloyd. Nid oedd hi mor bryderus ag y bu rai blynyddoedd ynghynt ond doedd ganddi fawr i edrych ymlaen ato.

Byddai Eirwen yn aml mewn hwyliau hiraethus, myfyrgar, fel pe bai hi'n edrych yn ôl ar ei bywyd. Bu'n sôn tipyn am ei theulu. Erbyn hyn roedd hi wedi gosod mewn ffrâm y ffotograff hwnnw a dynnwyd o flaen y tŷ yn 1910, yn dangos Arthur gyda'i gi, Evan Williams gyda'i ferch, a Vivian gyda'i fam.

'Mae'n rhaid i chi fwyta digon i chi gael cryfhau,' meddai Lewis wrth Eirwen, 'y *black market* amdani!'

'Mae'n dda iawn ei gael o weithiau,' meddai Eirwen, 'ond peidiwch â dweud wrth neb.'

'Byddai'n beth da i chi fynd at Vivian unwaith eich bod chi wedi gwella'n iawn,' meddai Lewis, 'i chi gael gweld Llundain eto a mynd i ambell i sioe.'

'Fasa hynny'n beth braf iawn,' meddai Eirwen. 'Dwi wastad wedi bod yn hoff o Lundain, wyddoch chi, byth ers i mi fynd yno i'r Guildhall School of Music. Wyddech chi ddim fy mod i wedi bod yn fanno, Doctor Huws?'

'Na wyddwn, wir,' meddai Lewis.

'Doedd dim "Drama" yn y teitl yr adeg honno,' meddai Eirwen, 'dim ond wedyn ddaeth hi'n "Guildhall School of Music and Drama".'

Disgrifiodd Eirwen ei bywyd yn Llundain cyn y Rhyfel Mawr. Roedd hi wrth ei bodd yn y Guildhall, meddai, yn ymwneud â nifer o bobl oedd yn gerddorion enwog erbyn hyn. Pan fu farw ei thad penderfynodd ddod yn ôl i Lwynawelon i fod gyda'i mam, ac wedyn fe briododd a mynd i fyw i Fanceinion. Prin fod y briodas wedi para blwyddyn cyn i Edward Morris ymuno â'r fyddin.

'Yn Llundain ddaru ni gyfarfod,' meddai Eirwen. 'Roedd o wedi astudio cemeg mewn coleg yn Llundain ac erbyn i mi ddod i'w adnabod o roedd o'n gweithio i gwmni mawr. Roedd o'n benderfynol bod yn rhaid i ni briodi. Symudodd o i Fanceinion i mi gael bod yn nes at fy nheulu i.'

'Pan aeth o i'r rhyfel oeddwn i'n falch o gael dod adre at Mam,' meddai Eirwen. 'Fedrwn i ddim mynd yn ôl at Edward wedyn.'

Pan ddaeth y Rhyfel Mawr roedd Arthur a Vivian yn gweithio fel cyfreithwyr yn swyddfa'u tad yn Llanrwst. Dywedodd Eirwen mai Edward Morris oedd y cyntaf i wirfoddoli i fynd yn swyddog yn y fyddin, wedyn Arthur ei brawd ac yn olaf Vivian.

'Roedd Tada am i Arthur fynd i'r Senedd,' meddai Eirwen, 'efallai byddai hynny wedi digwydd petai Arthur wedi byw. Vivian oedd i fod i edrych ar ôl y busnes cyfreithiol, fel Lloyd George a'i frawd.'

'Oedd Vivian eisio gwneud hynny?' meddai Lewis.

'Ddim o gwbl,' meddai Eirwen, 'fuodd Vivian erioed yn hapus yn gweithio fel cyfreithiwr. Ar ôl y rhyfel aeth o i ffwrdd i'r coleg yn Aberystwyth i fod yn weinidog, ond wedyn yn lle hynny aeth o i weithio yn Llundain ar ôl graddio, a fuodd o'n hapus iawn yn fanno.'

'Roedd Vivian a Mam yn ffrindiau mawr,' meddai Eirwen, 'dach chi'n medru gweld hynny yn y llun o flaen y tŷ. Efallai bod hynny'n egluro pam ei fod o fel y mae o. Roedd rhai o'r dynion ifainc ddaeth o ar eu traws yn y fyddin yr un fath, ac mi roedd Vivian yn hapus iawn yn eu cwmni nhw. Mae o'n dal yn ffrindiau efo rhai ohonyn nhw heddiw. Dydyn nhw ddim yn ifanc erbyn hyn wrth gwrs, ond mae Vivian wastad wedi cael ffrindiau iau hefyd. Dynion ifainc.'

'Ffrindiau fel Lloyd,' meddai Lewis.

'Druan o Lloyd,' meddai Eirwen, 'roedd gofyn i rywun edrych ar ei ôl o.'

'Dwi'n amau bod Vivian wedi ysgrifennu'r llythyr yna i achub Lloyd,' meddai Lewis, 'pan aeth Lloyd i drafferth yn Llandudno.'

'Efallai eich bod chi'n iawn,' meddai Eirwen. 'Piti ofnadwy bod Lloyd wedi mynd i ffwrdd yn y car pan oeddan ni yn Lerpwl. Newidiodd popeth wedyn.'

'Tybed oedd Lloyd wedi mynd i fwy o helynt yn Llandudno nag oedd o'n cyfaddef wrthych chi?' meddai Lewis.

'Mae'n bosib ei fod o,' meddai Eirwen. 'Roedd Lloyd mor ddigalon ac mor ddrwg ei hwyl fasa fo wedi medru gwneud unrhyw beth.'

'Dwi'n meddwl bod Vivian wedi ysgrifennu'r llythyr er mwyn cael Lloyd allan o drwbl a gadael iddo fo fynd i'r RAF,' meddai Lewis. 'Dyna'r peth gorau iddo fo wneud, dwi'n meddwl, bod yn gefn i'w ffrind. Mi wnaeth o'r peth iawn.'

'Synnwn i ddim bod hynny'n wir,' meddai Eirwen. 'Mae gan Vivian deimladau cryfion iawn. Weithiau mae o mor anhapus fedr o wneud dim. Pan fod ganddo fo ddyn ifanc yn ffrind iddo fo dydi o ddim mor unig, mae o'n llawer hapusach.'

'Debyg iawn,' meddai Lewis.

'Dwi wedi cyfarfod rhai o ffrindiau Vivian, wyddoch chi. Mae rhai ohonyn nhw yn ddynion ifainc artistig iawn a dweud y gwir. Roeddwn i'n hoff iawn o ambell un. Ond dydi o byth yn aros efo neb am yn hir, dwy neu dair blynedd ar y mwyaf. Mae o yn ei natur o i symud ymlaen at rywun arall.'

Ddywedodd Lewis ddim gair.

'Mae dynion eraill yn aml yn gweld rhywbeth o'i le ar ddynion fel'na, wyddoch chi. Dydi hynny ddim yn deg. Fel'na mae'r dynion yna a fedran nhw ddim newid eu natur.'

'Na, mae'n debyg na fedran nhw ddim.'

'Does dim byd yn bod ar hynny, nag oes, Dr Huws?'

'Wn i ddim wir,' meddai Lewis.

'Na? Ydach chi'n gweld rhywbeth o'i le ar ddynion fel'na, Dr Huws?'

'Wn i ddim wir, Mrs Morris, does gen i ddim syniad beth fedra neb wneud efo dynion fel'na,' meddai Lewis. 'Wn i ddim beth sy'n bod arnyn nhw, wir. Mae rhywbeth mawr o'i le arnyn nhw, hyd y gwelaf i.'

Nid oedd yr ateb hwnnw'n plesio Eirwen o gwbl ac yn wir, roedd Lewis yn difaru dweud yr hyn a ddywedodd bron ar unwaith. Meddyliodd y dylai ymddiheuro, ond collodd y cyfle a gadawodd y tŷ yn fuan wedyn. Dangosodd y ffotograff o'r teulu iddo mor ffodus y bu Eirwen a Vivian o ran amgylchiadau eu geni. Ond bu farw Arthur yn y Rhyfel Mawr, chwalodd priodas Eirwen, a hen lanc oedd Vivian. Roedd gobeithion y teulu am y dyfodol, a welid mor glir yn y ffotograff, wedi darfod yn ystod oes y plant.

Roedd sylwadau Eirwen am ei gŵr wedi synnu Lewis, ac

ar y pryd roedd bron â gweld bai ar Eirwen am fethiant ei phriodas. Wedyn dechreuodd hi ganmol Vivian a'i gyfeillion. A oedd hi wedi disgwyl iddo gymeradwyo ymddygiad Vivian? Roedd pobl felly yn wahanol iddo ef ei hun ac yn ymddwyn mewn ffordd oedd yn ddieithr iddo, a dweud y lleiaf. Ond yn lle dangos ychydig o gydymdeimlad tuag at Eirwen a'i brawd roedd yntau wedi ateb mewn ffordd ddiystyriol a thrwsgl, a theimlai'n ddrwg am hynny ac am ddigio Eirwen.

Wedi meddwl, daeth Lewis i weld bai arno'i hun am fod mor barod i gollfarnu pobl eraill oedd yn wahanol iddo ef ei hun. Dyma fo wedi gwneud camgymeriad arall. Hyd yn oed ar ôl bod yn feddyg am dros ugain mlynedd medrai fod yn ddiddeall o bobl yn aml iawn. Disgwyliai i bawb ymddwyn yn yr un ffordd ag ef ac roedd pobl eraill a'u gwahaniaethau yn medru ei ddal yn annisgwyl, fel y gwnaeth straeon Eirwen am ei gŵr a ffrindiau Vivian. Doedd dim modd dad-wneud ei gamgymeriadau, dim ond dysgu oddi wrthyn nhw, a gobeithio dod yn ddoethach dyn, ac yn well dyn efallai.

Daeth i'r casgliad y dylai fod yn fwy goddefgar ac yn llawer llai beirniadol o bobl oedd yn wahanol iddo ef ei hun. Er ei bod hi'n anodd derbyn dieithrwch pobl eraill weithiau, peth i'w groesawu a'i ddathlu oedd yr amrywiaeth rhwng pobl, nid peth i'w ofni na'i rwystro. Roedd hi'n beth da iawn bod pawb yn wahanol i'w gilydd. Byddai byd lle roedd pawb yr un fath yn fyd diflas ar y naw, rhywbeth tebyg i fyd heb boen, byd unffurf llwyd a rhyfedd iawn.

Penderfynodd Lewis y byddai'n rhaid iddo wneud ymdrech i beidio collfarnu neb heb reswm da iawn o hyn ymlaen. Methiant ynddo ef ei hun oedd gweld bai ar bobl oedd yn wahanol iddo ef. O hyn ymlaen penderfynodd wneud ei orau glas i oddef pobl eraill, er gwaethaf eu hamrywiaethau a'u dieithrwch. Roedd yn rhaid derbyn pobl fel yr oeddynt, ceisio deall pam eu bod mor wahanol a cheisio cydymdeimlo â hwy er gwaethaf rhagfarn bersonol. Pobl gul a di-ras fel Gruffydd Jones oedd yn mesur pawb yn gaeth yn ôl eu safonau hwy eu hunain.

Ychydig ar ôl iddo wneud y penderfyniad hwn, cafodd Lewis ar ddeall bod Eirwen wedi trosglwyddo oddi wrtho ef at feddyg arall, Dr Wyndham Meredith o Landudno. Meddyg drud a dyn snobyddlyd oedd Meredith, yn seboni pobl gyfoethog ac yn dirmygu pobl y tybiai eu bod yn is nag ef ei hun. Ni fyddai angen i Lewis Huws ymweld ag Eirwen yn Llwynawelon fyth eto. Cofiodd beth ddywedodd Roberts flynyddoedd ynghynt pan symudodd Eirwen ato: 'Mynd o un doctor i'r llall mae'r ddynes. Fe wyddwn i'n iawn na fyddai hi'n aros yn hir efo fi. Fydd Mrs Morris 'run fath efo chi, gewch chi weld.'

Roedd yn ddrwg iawn gan Lewis ei fod wedi digio Mrs Morris drwy fethu â chydymdeimlo â'i brawd. Yr oedd ganddo gydymdeimlad ag ef mewn gwirionedd, ond bod mynegi hynny yn beth anodd iddo. Byddai'n edifar ganddo am ei gamgymeriad diweddaraf ar hyd y blynyddoedd.

Pennod 31

TRWSIO'R CAR

Y DYDD MERCHER CANLYNOL roedd Lewis Huws ar ganol bwyta'i wy wedi'i ferwi pan eisteddodd Apphia Davies wrth y bwrdd brecwast. Nid oedd hi byth yn eistedd gydag ef amser brecwast. Byddai hi'n codi'n fore ac yn gorffen ei brecwast cyn iddo yntau godi.

'Ydi'r wy yn iawn?' meddai Apphia Davies. 'Ddim yn rhy feddal?'

'Na,' meddai Lewis, 'mae o'n berffaith iawn, diolch.'

'Does dim cymaint o wyau ag y buodd,' meddai Apphia Davies, 'ond mae hi'n dda iawn cael yr ieir, yn tydi hi?'

Gyda'i geg yn llawn wy melyn blasus yr oedd yn rhaid iddo yntau gydnabod hynny.

'Ydi,' meddai, 'ydi, mae'n dda iawn eu cael nhw.'

'Doctor Huws,' meddai Apphia Davies, 'dach chi'n cofio eich bod chi wedi addo trafod arian efo fi heddiw? Mae'n ddydd Mercher, wyddoch chi.'

'Ia wir, dwi'n gwybod,' meddai Lewis, 'oeddwn i'n meddwl mai amser cinio oeddan ni wedi cytuno i drafod.'

'Byddai hynny'n iawn,' meddai Apphia Davies. 'Dydi'r lwfans ddim yn agos at fod yn ddigon erbyn hyn, ac mae cyflog *housekeeper* wedi codi ers dechrau'r rhyfel. Mae pethau wedi newid, wyddoch chi.'

'Dach chi'n siŵr o fod yn iawn, Mrs Davies, mae'n rhaid i mi edrych i weld beth sy'n rhesymol erbyn hyn.'

'Ydi'r llythyr yn dal ganddoch chi, gyda'r rhestr o'r nwyddau a'r toriad o'r papur newydd?'

'Ydi, mae o gen i.'

'Fedrwch chi ddod o hyd iddo fo?'

'Peidiwch â phoeni, dwi'n gwybod yn iawn lle mae o.'

'Gawn ni drafod o amser cinio, ynta, ac mi ddof i â phapur newydd wythnos yma i chi weld faint o alw sy 'na am bobl i gadw tŷ erbyn hyn.'

'Popeth yn iawn,' meddai Lewis. 'Gwnewch chi hynny, Mrs Davies, a chawn ni drafod.'

'Amser cinio heddiw, cyn i ni gael bwyd. Mi ddof i atoch chi ddiwedd y bore.'

Doedd Lewis Huws yn dal ddim yn gwybod beth i'w wneud ynglŷn â'r arian ac roedd Apphia Davies bron â'i gornelu, peth cas iawn. Roedd yn agos at ildio iddi, a gadael iddi gael y cyfan roedd hi'n gofyn amdano er mwyn cael llonydd.

'Paned o de i chi, Dr Huws,' meddai Apphia Davies tua un ar ddeg, pan oedd yr olaf o gleifion y bore wedi gadael a Lewis Huws yn dechrau ar ei waith papur.

'Diolch yn fawr, Mrs Davies,' meddai Lewis.

'A dyma chi'r papur newydd,' meddai Apphia Davies, 'i chi gael gweld faint o alw sydd am *housekeeper* y dyddiau yma.' Roedd hi wedi plygu'r papur i ddangos y dudalen oedd yn cynnwys hysbysebion swyddi.

'Y *North Wales Weekly News*,' meddai Lewis. 'I lawr ar hyd y *coast* mae'r rhan fwyaf o'r rhain, wrth gwrs, mae'n debyg bod cyflogau'n uwch yn fanno.'

'Galwch fi pan dach chi wedi gorffen eich gwaith,' meddai Apphia Davies.

'Mi wna i,' meddai Lewis, 'diolch yn fawr.' Gadawodd Apphia Davies yr ystafell. Roedd yn gas gan Lewis feddwl am drafod arian â hi, a gorfod gadael iddi gael ei ffordd ym mhob dim. Roedd rhyw ystyfnigrwydd ynddo yn mynnu nad felly ddylai pethau fod. Byddai'n llawer gwell ganddo osgoi'r cyfarfod yn gyfan gwbl. Roedd yn rhaid cael esgus o rywle, hyd yn oed esgus gwael.

Wedi gorffen gwaith y bore penderfynodd fynd allan o'r tŷ am rai oriau er mwyn osgoi sgwrsio am arian gydag Apphia Davies. Gwisgodd ei gôt a chael ei fag yn barod ar gyfer galwadau'r pnawn, wrth wrando'n ofalus i weld lle roedd Apphia Davies. Roedd hi yn y tŷ yn rhywle a byddai'n rhaid iddo ddweud wrthi ei fod yn mynd allan, ac wedyn diflannu yn gyflym cyn iddi gael cyfle i ddechrau arno eto. Pan oedd yn barod i fynd allan aeth at waelod y grisiau.

'Mrs Davies!' galwodd. 'Mrs Davies!' Daeth Apphia Davies at ben y grisiau. 'Mrs Davies,' meddai, 'mae'n ddrwg gen i ond mae gen i ofn bod yn rhaid i ni adael y sgwrs yma heddiw. Roeddwn i wedi anghofio bod yn rhaid i mi alw yn y garej ynglŷn â'r car.'

'Ond Dr Huws,' meddai Apphia Davies, 'oeddwn i'n meddwl yn siŵr eich bod chi wedi addo siarad efo fi heddiw.'

'Dwi wedi bod yn cael trafferth efo'r car ers tro,' meddai Lewis, 'maen nhw wedi addo cael *bearings* newydd i mi. Mae'n rhaid i mi gael y car i weithio'n iawn.'

'Dr Huws,' meddai Apphia Davies, 'mae'n rhaid i ni drafod arian rywbryd. Fedrwch chi ddim dal ymlaen fel hyn.'

'Mi gaf i rywbeth i fwyta yn y dref,' meddai Lewis, 'a dim te chwaith ond fydda i'n ôl cyn syrjeri'r nos.' Trodd oddi wrth y grisiau a cherddodd yn sionc allan drwy'r drws cefn, drwy'r ardd a heibio'r cwt ieir at y car.

Roedd ganddo gywilydd osgoi Apphia Davies fel hyn. Bu'r rhyfel yn amser caled iddi hithau, yn poeni am ei meibion.

Ond roedd meddwl am sgwrsio am arian gyda hi'n waeth. Roedd yn wir ei fod wedi bod yn cael trafferth gyda'r car ers tro a bod y garej wedi sôn rhywbeth am y *bearings*.

Ar ôl dianc o'r tŷ roedd yn rhaid iddo alw yn y garej, os dim ond er mwyn cyfiawnhau ei hun. Yn y garej cafodd Jac Salisbury, y perchennog, ar ei ben ei hun, a'r garej yn wag ac yn dawel lle bu'n arfer bod yn brysur. Roedd yr ail o'r ddau fecanic a fu yno cyn y rhyfel wedi'i alw i'r fyddin, eglurodd Jac, ac erbyn hyn roedd yno ar ei ben ei hun. Ychydig iawn o waith oedd yn dod i mewn beth bynnag, meddai, gan fod petrol mor brin, a dim hawl gan neb i yrru car erbyn hyn. Roedd yn anodd ganddo wybod beth i'w wneud weithiau, pan oedd cyn lleied o waith ac arian mor brin.

Soniodd Lewis am y *bearings*.

'*Bearings?*' meddai Jac Salisbury. 'Lle ar y ddaear dach chi'n disgwyl i mi gael *bearings* gwell na'r rhai sydd gynnoch chi'n barod? Dach chi'n lwcus bod y car yn dal i fynd cystal. Fi wnaeth ddod o hyd i set dda o deiars i chi'r gaeaf diwethaf, ynte? Yn tydach chi'n ffodus, wir, bod byth brinder gwaith i feddygon?'

'Digon gwir,' meddai Lewis.

'Dyma fi yma ar ben fy hunan,' meddai Jac Salisbury, 'dim gwaith, dim gweithwyr, dim pres chwaith. Welsoch chi brinder pres gan ddoctor erioed?'

Aeth Lewis o'r garej am ginio i Westy'r Eryrod. Doedd dim dewis bwyd i'w gael a bu'n rhaid iddo aros yn hir am ei ginio. Pan ddaeth o'r diwedd siomedig ydoedd: Spam oer, tatws a phys.

Pan aeth Lewis yn ôl at y car sylweddolodd ei fod wedi anghofio ei stethosgop. Bu ei feddwl ar bethau eraill wrth gael ei fag yn barod a byddai'n rhaid iddo fynd yn ôl i Everton

House i gael y pethau angenrheidiol. Mwy na thebyg byddai Apphia Davies yno, ond doedd dim gwerth i ddoctor fynd i weld neb heb stethosgop. Gadawodd y car lle roedd, a gyda'i fag yn ei law cerddodd yn ôl at Everton House gan obeithio na fyddai'n gweld Apphia Davies.

Cyrhaeddodd ddrws y tŷ a gafael yn handlen y drws yn ofalus, i beidio gwneud gormod o sŵn. Roedd y drws ar glo. Efallai fod Apphia Davies wedi mynd allan. Agorodd y clo ac aeth i mewn i'r tŷ.

Roedd popeth yn dawel yn y tŷ. Aeth yn syth i mewn i'w ystafell ymgynghori ac ar ôl chwilio daeth o hyd i'r stethosgop ar y llawr o dan y ddesg. Rhoddodd hwnnw yn y bag ac i ffwrdd â fo. Caeodd y drws yn ofalus ar ei ôl a'i gloi. Daeth ton o ysgafnder drosto am ei fod wedi medru picio i mewn ac allan heb weld Apphia Davies.

Peth gwirion iawn oedd iddo fynd i'w dŷ ei hun mewn ffordd mor llechwraidd oherwydd bod ganddo ofn siarad â'i *housekeeper* ei hun, ond roedd yn well ganddo wneud hynny na chael ei ddal a gorfod trafod arian. Byddai'n rhaid iddo drafod arian â hi rywbryd, ond roedd wedi osgoi trafod ers misoedd a gyda lwc byddai rhywbeth arall yn digwydd heno i ohirio'r mater unwaith eto.

Ar ôl gorffen galwadau'r pnawn cafodd Lewis Huws de yng Nghaffe Bebb cyn mynd yn ôl i Everton House. Aeth i mewn yn dawel drwy'r drws cefn ac yn syth i'w ystafell ymgynghori er mwyn dechrau paratoi ar gyfer syrjeri'r nos. Cyn iddo eistedd daeth Apphia Davies i mewn i'r ystafell.

'Mae'n rhaid i mi siarad efo chi, Dr Huws,' meddai hi, 'mae'n rhaid i ni setlo'r busnes yma efo'r arian.'

'Ddim rŵan, Mrs Davies,' meddai Lewis.

'Dim ond cwpl o funudau,' meddai Apphia Davies.

'Mrs Davies, fedrwch chi ddim gadael llonydd i mi am yr hen fusnes arian yma?' Llwyddodd Lewis i gerdded o gwmpas y ddesg, heibio Apphia Davies ac allan o'r ystafell. Daeth Apphia Davies i'r cyntedd ar ei ôl.

'Dr Huws, mae'n rhaid i mi fynnu eich bod chi'n trafod hyn efo fi,' meddai hi. 'Dach chi wedi bod yn gwrthod ers misoedd, a heddiw dwi wedi bod yn trio siarad efo chi drwy'r dydd.'

'Mrs Davies, da chi, mae'n rhaid i mi wneud y syrjeri. Fedrwch chi ddim bod yn dawel am yr arian yma?'

'Na wnaf i wir, Dr Huws. Mae'n rhaid i ni siarad, dwi wedi dweud a dweud nad ydi pethau ddim yn iawn fel maen nhw.'

'Mrs Davies, caewch eich hen geg am unwaith, wnewch chi?!'

Ar hynny trodd Apphia Davies a cherdded i ffwrdd at y grisiau ac i fyny i'w llofft. Pan aeth Lewis at yr ystafell aros gwelodd fod y lle bron yn llawn o bobl yn aros a phob un ohonynt yn edrych arno, rhai'n gwenu ac ambell un yn gwgu. Yn amlwg, roedd pob un wedi clywed pob gair o'r ffrae. Deallodd ar unwaith ei fod wedi gwneud camgymeriad ofnadwy. Roedd yn ddrwg iawn ganddo ei fod wedi siarad ag Apphia Davies yn y fath fodd ac roedd y ffaith fod pobl wedi clywed y cyfan yn gwneud y peth yn waeth. Aeth ymlaen gyda syrjeri'r nos, gan fwriadu ymddiheuro i Apphia Davies pan fyddai wedi gorffen. Byddai'n rhaid iddo drafod arian gyda hi wedi'r cyfan a gadael iddi gael ei ffordd gyda phob dim. Doedd dim ateb arall i'w gael.

Pennod 32

TRYCHINEB

A R ÔL GORFFEN y syrjeri, aeth Lewis Huws i fyny'r grisiau i
chwilio am Apphia Davies. Galwodd ei henw ond atebodd
hi ddim; roedd y lle'n dawel. Yn ofalus, cnociodd ar ddrws un
ystafell ar ôl y llall, heb gael ateb yn unman. Cnociodd bob
drws eilwaith, gan agor y drws ac edrych i mewn i'r ystafell,
rhag ofn bod Apphia Davies yn cysgu. Doedd dim golwg
ohoni.

Yn y gegin gwelodd lythyr ar y bwrdd mewn amlen wedi'i
chyfeirio ato ef ei hun. Cafodd deimlad cas pan welodd y
peth. Agorodd yr amlen a darllen y llythyr oddi mewn. Ynddo
dywedodd Apphia Davies bod yn rhaid iddi adael Everton
House. Roedd yn ddrwg ganddi fynd yn ddirybudd ond roedd
ei ymddygiad ef heno wedi ei gwneud yn amhosib iddi aros.
Nid oedd hi wedi dod o hyd i Siani'r gath. Gofynnodd i Lewis
gofio rhoi bwyd i'r ieir ac i Siani. Pan fyddai hi wedi cael lle
arall i fyw byddai'n ysgrifennu eto ac yn trefnu i gasglu ei
phethau a'i dodrefn.

Gwelodd Lewis Huws ar unwaith ei fod wedi bod ar fai.
Roedd wedi cymryd holl gwynion dilys Apphia Davies yn
ysgafn oherwydd ei fod am ddangos iddi pwy oedd y bòs
yn y tŷ. Roedd wedi ymddwyn yn ddifrifol o wael a hynny
heb reswm cyfiawn o gwbl. Nid oedd erioed wedi meddwl y
medrai hi ei adael ef a'i chartref hithau fel hyn. Byddai pawb
yn Llanrwst yn clywed yr hanes ac yn gwybod ar unwaith

pwy oedd ar fai. Eisteddai yn y gegin yn ailddarllen y llythyr, bron ag wylo am ei fod wedi'i osod ei hun mewn sefyllfa mor annioddefol. Ef ei hun oedd wedi creu'r drychineb hon, a hynny'n hollol ddiangen.

Yn nes ymlaen y noson honno eisteddai Lewis yn ei ystafell ymgynghori yn methu deall beth i'w wneud. Pan sylweddolodd ei fod wedi gadael llythyr Apphia Davies ar fwrdd y gegin yn y llofft aeth yno i'w nôl. Daeth â'r llythyr i lawr y grisiau a'i ailddarllen sawl gwaith drosodd. Doedd y llythyr yn gwella dim. Yna sylweddolodd fod y tân ar fin diffodd ac aeth i chwilio am lo i'w gadw ynghyn. Doedd o ddim wedi arfer meddwl am bethau felly. Aeth i wneud diod gref iddo'i hunan ac wedyn bu yno'n smocio ac yn yfed drwy'r nos nes ei fod yn chwil gaib.

Yn fuan iawn daeth anawsterau byw heb *housekeeper* yn amlwg i Lewis. Yn y bore cysgodd yn hwyr. Pan gododd, ar frys, a gyda chur pen, nid oedd dŵr poeth iddo ymolchi a siafio, nid oedd crys glân wedi'i osod yn barod iddo, nid oedd tân wedi'i gynnau a doedd dim brecwast. Tra bod Lewis yn penlinio o flaen y tân yn yr ystafell aros yn ceisio'i gynnau, dechreuodd rhywun guro ar y drws. Gadawodd hwnnw i mewn i'r ystafell aros ac aeth yn ôl i fyny'r grisiau i orffen gwisgo. Erbyn iddo ddod yn ôl roedd y tân wedi diffodd.

Penderfynodd Lewis beidio gwneud unrhyw ymdrech i baratoi bwyd. Gwnâi heb frecwast ac ni wnâi hyd yn oed baned o de iddo'i hun, dim ond mynd i Gaffe Bebb neu i Westy'r Eryrod i fwyta pob pryd bwyd. Roedd hynny'n anghyfleus, ac â bol gwag ymddangosai syrjeri'r bore yn hir iawn, ond ni fyddai'n llwgu.

Y noson honno daeth Siani'r gath i'r golwg a'i ddilyn o gwmpas y tŷ gan fewian yn uchel. Tebyg iawn nad oedd hi wedi cael bwyd ers y bore cynt. Aeth Lewis i chwilio am fwyd iddi a dod o hyd i ryw hen fara saim. Torrodd hwnnw'n ddarnau mân a'i fwydo i Siani, ond hyd yn oed wedyn, a hithau'n llwgu, gwrthododd y gath fwyta, dim ond parhau i fewian fel petai'n cael cam. Cymysgodd beth o'r bwyd ieir gyda'r bara saim wedyn a'i gynnig i Siani. Edrychodd hithau arno'n ddirmygus. *No damn good*, meddai hi wrtho. Bu Lewis yn chwilio am yn hir wedyn ac yn methu dod o hyd i ddim ond tun sardîns, peth gwerthfawr iawn y dyddiau hyn. Yn y diwedd bu'n rhaid iddo ei agor cyn i Siani fodloni bwyta.

Bob dydd byddai'n cael anhawster wrth osod llenni'r blacowt yn eu lle gyda'r nos a'u tynnu i lawr yn y bore. Apphia Davies fyddai wastad yn gwneud pethau felly. Cyn bo hir gadawodd y rhan fwyaf o'r llenni dros y ffenestri ddydd a nos.

Y peth pwysicaf i gyd oedd cynnau'r tanau a'u cadw ynghyn. Heb dân byddai'r tŷ yn rhy oer i neb eistedd ynddo na gweithio. Dechreuodd Lewis osod cloc larwm a chodi'n gynnar er mwyn cael y tanau i gynnau, nôl y glo a chael y lle yn barod am y dydd. Gosododd hen grys, trowsus a siaced i'r naill ochr i'w ddefnyddio wrth osod y tanau, ac wedyn newid i'w ddillad gwaith cyn syrjeri'r bore. Hyd yn oed wedyn roedd yn rhaid iddo redeg o un tân i'r llall drwy'r bore i'w cadw ynghyn. Yn y pnawn byddai'n mynd allan i ymweld, ac fel arfer byddai'n rhaid iddo ailgynnau'r tanau cyn syrjeri'r nos.

Wrth i un diwrnod ddilyn y llall sylweddolodd Lewis y byddai'n rhaid iddo gael dillad glân, felly cadwodd ei holl ddillad budron yn ofalus mewn cas gobennydd. Holodd ynghylch fan las oedd yn dod o gwmpas i gasglu dillad i'w golchi. Bob dydd roedd yn rhaid iddo wneud pob math o bethau ar ben ei waith beunyddiol dim ond er mwyn cadw i fynd. Pan edrychodd eto yn y papur newydd, gwelodd unwaith eto fod galw mawr iawn am *housekeepers* a bod y cyflogau lawer yn uwch na chyflog Apphia Davies. Yn fuan iawn roedd wedi blino'n lân gyda'r holl orchwylion newydd.

'Lle mae Mrs Davies?' holai pawb.

'Mae hi wedi mynd i ffwrdd am sbel,' meddai Lewis.

'Lle mae hi wedi mynd?'

'Aros efo ffrindiau mae hi,' meddai Lewis.

'Pryd mae hi'n dod yn ôl?'

'Cyn bo hir rŵan,' meddai Lewis.

'Mae'n anodd i chi yma ar ben eich hunan, yn tydi?'

Ni fedrai Lewis gyfaddef i neb fod Apphia Davies wedi'i adael. Cywilydd at ei ymddygiad ei hun oedd y peth gwaethaf. Roedd yn gas ganddo feddwl y byddai pawb yn Llanrwst yn dod i wybod ei fod wedi bod mor grintachlyd gydag Apphia Davies ers blynyddoedd. Fel arfer ni fyddai'n poeni beth ddywedai pobl amdano, ond yn yr achos hwn roedd wedi bod ar fai ac roedd yn gas ganddo feddwl beth fyddai pobl yn ei ddweud amdano y tu ôl i'w gefn. Byddai Roberts, Katie, Walford a phawb wrth eu bodd. 'Yn doedd y peth yn warthus?' byddent yn dweud wrth ei gilydd. 'Wyddoch chi faint oedd o'n ei thalu hi?' 'Cyn lleied â hynny?' *For shame!*'

Daliodd Lewis i rygnu ymlaen dros benwythnos digalon. Roedd popeth bron ar ben arno. Doedd ganddo ddim syniad lle roedd Apphia Davies wedi mynd, felly ni wyddai ble i ddechrau edrych amdani. Byddai cyflogi *housekeeper* arall yn anodd ac yn cymryd amser. Ni fedrai feddwl yn glir na chyfaddef ei fai wrth neb. Drwy'r cyfan roedd yn rhaid iddo ddal i fynd. Roedd popeth yn dibynnu ar iddo gadw i weithio fel y bu'n gweithio'n gyson dros yr holl flynyddoedd. Byddai'n dal i wneud y tanau drwy'r gaeaf os dyna oedd raid.

Yr wythnos ganlynol, hanner ffordd drwy syrjeri'r bore,

daeth Lewis i'r ystafell aros a gweld fan las y tu allan i'r tŷ a'r geiriau COLWYN LAUNDRY arni mewn llythrennau mawr. Ar unwaith camodd Lewis i fyny'r grisiau i nôl ei ddillad budron. Erbyn iddo gyrraedd yn ôl gyda llwyth o ddillad mewn bag roedd y fan las wedi diflannu.

'Lle mae Mrs Davies y dyddiau yma?' meddai rhywun wrtho. 'Dal i ffwrdd, ia?'

Ar ddiwedd syrjeri'r bore gwelodd Margaret a Roy Dixon yn yr ystafell aros. Prin ei fod wedi gweld Margaret Dixon ers y flwyddyn cynt pan fu ef a hi a'r plant i lan y môr gyda'i gilydd. Yna daeth mis Medi pan gollodd yntau ei ben yn lân dros Marian Clements ac anghofio popeth am Margaret Dixon. Am sbel fe wnaeth yn fawr ohoni ac wedyn anghofiodd amdani, er cywilydd iddo. Eto roedd yn falch o weld Margaret. Medrai ddweud pethau wrthi hi na fedrai eu dweud wrth neb arall. Roedd gan Roy annwyd ac roedd Margaret wedi dod ag ef at y doctor, rhag ofn. Doedd dim byd mawr o'i le ond cafodd Roy ffisig pinc, a dywedodd Lewis y byddai'n galw i'w weld ymhen wythnos.

'Mae'n dda iawn gen i'ch gweld chi'ch dau,' meddai wrth Margaret. 'Wnes i fwynhau mynd allan haf diwethaf.'

'Oedd hynny'n braf iawn,' meddai Margaret Dixon.

'Dydw i ddim wedi eich gweld chi ers misoedd,' meddai Lewis, 'mae'n ddrwg iawn gen i.'

'Mae'n iawn,' meddai Margaret, 'mae hi'n aeaf ac mae'n siŵr eich bod chi wedi bod yn brysur.'

'Faswn i'n falch iawn o gael trip arall,' meddai Lewis.

Ni wnaeth Margaret unrhyw helynt am y diffyg sylw gan Lewis ers mis Medi. Roedd yntau'n hapus iawn ei bod hi'n dal mor hawddgar gydag ef. Dywedai Apphia Davies y gwir: dynes neis iawn oedd Margaret Dixon.

'Lle mae Mrs Davies heddiw?' meddai Margaret o'r diwedd.

Eisteddodd Lewis wrth ei ddesg yn methu dweud dim. Yna daeth i benderfyniad. Cododd o'i ddesg a'i esgusodi ei hun. Aeth i'r ystafell aros. Drwy lwc anghyffredin roedd y lle'n wag a neb ar ôl yn aros i'w weld. Aeth at y drws ffrynt a'i gloi, rhag ofn i neb arall gyrraedd, yna aeth yn ôl i ddweud yr hanes ofnadwy wrth Margaret Dixon.

'Does neb arall yn gwybod hyn,' meddai Lewis, 'ond dwi wedi digio Mrs Davies. Arna i oedd y bai i gyd ac mae'n ddrwg iawn gen i. Wn i ddim beth oedd yn bod arna i. Mae gen i gywilydd.'

Gyda chryn anhawster, dywedodd Lewis yr hanes i gyd wrth Margaret. Fe fu'n ddifeddwl ac yn ystyfnig, ac roedd wedi bod yn gwrthod rhoi mwy o arian i Apphia Davies ers misoedd. Yn y diwedd dywedodd rai pethau dwl wrthi, ac yr oedd hithau wedi hel ei phac a'i adael.

'Dwi'n gweld dim bai arni,' meddai Lewis, 'hi oedd yn iawn. Dwi wedi bod yn ffŵl. Peidiwch â dweud wrth neb, da chi.'

'Dwi'n siŵr bod Mrs Davies yn dda iawn yn ei gwaith,' meddai Margaret, 'ond mae hi'n medru bod yn bendant iawn ei ffordd. Fedra i ddeall os ydach chi'n ei chael hi'n anodd weithiau, ond dwi'n siŵr ei bod hi werth y drafferth. Dach chi'n meddwl y byddai hi'n fodlon dod yn ôl?'

Eglurodd Lewis na wyddai ble roedd Apphia Davies, na beth i'w wneud. Os medrai ef wneud rhywbeth i ddwyn perswâd arni i ddod yn ôl, byddai'n awyddus iawn i wneud hynny. Byddai'n falch iawn o'i chael yn ôl a byddai'n fodlon talu mwy iddi, llawer mwy. Ei gamgymeriad gwirion ef oedd busnes yr arian, a doedd ganddo ddim esgus o gwbl. Yna dywedodd wrth Margaret Dixon faint roedd yn arfer ei dalu i Apphia Davies a gofynnodd iddi beth yn ei barn hi fyddai'n rhesymol. Dywedodd hithau fod y cyflog a'r arian wythnosol y bu ef yn eu talu yn isel erbyn hyn. Y peth gorau iddo ef ei wneud yn awr fyddai dod o hyd i Apphia Davies a gwneud cynnig da iddi.

'Bydd yn rhaid i mi ymddiheuro,' meddai Lewis, 'ond wn i ddim lle mae hi, wn i ddim lle i ddechrau edrych.'

'Mae ganddi gyfnither, Sioned,' meddai Margaret, 'mae'r ddwy ohonyn nhw'n ffrindiau da. Ydach chi'n gwybod lle mae Sioned yn byw?'

'Dwi'n gwybod,' meddai Lewis, 'y tu draw i Fetws-y-coed.'

'Byddai'n werth i chi fynd i weld Sioned,' meddai Margaret. 'Os na fydd Mrs Davies yno, mae'n siŵr bydd Sioned yn gwybod lle mae hi. Mae'n werth i chi ofyn i Mrs Davies ddod yn ôl cyn gwneud unrhyw beth arall. Os bydd hi'n gwrthod, yna bydd yn rhaid i chi chwilio am rywun arall wrth gwrs.'

'Diolch yn fawr iawn,' meddai Lewis, 'dwi'n ddiolchgar iawn. Dim ond gobeithio nad ydach chi'n meddwl llai ohonof rŵan a chithau'n gwybod pa mor ystyfnig a chrintachlyd dwi wedi bod.'

''Dan ni i gyd yn gwneud camgymeriadau,' meddai Margaret Dixon, 'hyd yn oed os nad ydan ni'n cydnabod hynny bob tro. Mae'n well peidio esgeuluso merched, wyddoch chi, mae pawb eisio ychydig o sylw weithiau. Ond gan eich bod chi'n gweld eich bod chi wedi bod ar fai mae gobaith i chi wneud popeth yn iawn eto, yn does?'

'Oes,' meddai Lewis, 'gobeithio wir.' Roedd Margaret yn dweud y gwir. Roedd yn rhaid cydnabod camgymeriadau cyn bod modd gwneud popeth yn iawn. Roedd Lewis yn benderfynol o ddysgu o'i holl gamgymeriadau. Roedd yn rhaid iddo wneud.

Ar ôl i Margaret Dixon adael roedd Lewis lawer hapusach. Roedd wedi medru trafod ei broblemau gyda rhywun arall o'r diwedd a bellach roedd ganddo gynllun i'w ddilyn. Byddai'n mynd i weld Sioned ac yn ei holi am Apphia Davies. Roedd yn ddiolchgar iawn i Margaret Dixon am roi cystal cyngor iddo. Roedd hi'n ddynes dda iawn, yn ddymunol ac yn gall ac yn brydferth hefyd. Roedd wedi bod yn wirion unwaith eto i fethu gweld hynny cyn hyn.

Pennod 33

YMDDIHEURIAD

A R ÔL SYRJERI'R bore wedyn aeth Lewis i ffwrdd yn y Morris. Pe bai plismon yn ei holi byddai'n dweud nad taith bleser oedd hon ond taith fusnes, meddai wrtho'i hun, oherwydd dyna oedd y gwir.

Prin y medrai Lewis ddychmygu unrhyw beth gwaeth na mynd i Dŷ'n y Gerddi y bore hwnnw. Roedd wedi gwneud un camgymeriad ar ôl y llall. Roedd wedi meddwl am Vivian fel cyfaill ac wedi dieithrio oddi wrtho pan welodd nad oedd Vivian yn union fel y dymunai Lewis iddo fod. Roedd wedi syrthio mewn cariad â Marian oherwydd ei fod wedi ei chamddeall hithau. Yn yr achosion hyn roedd Lewis wedi camddeall person arall, wedi cymryd person arall yn ganiataol mewn gwirionedd. Arno ef roedd y bai a neb arall.

Yn achos Apphia Davies roedd wedi ymddwyn yn waeth fyth. Nid oedd wedi camddeall Apphia ond wedi ei hesgeuluso a cheisio'i hanwybyddu. Doedd dim bai o gwbl ar Apphia Davies. Arno ef a'i hunanoldeb roedd y bai i gyd.

Os byddai Apphia Davies yn Nhŷ'n y Gerddi, byddai'n rhaid iddo ymddiheuro iddi, gwneud ei gynnig, a gofyn iddi ddod yn ôl i Everton House. Byddai'n rhaid iddo ymostwng a chyfaddef ei fai. Ni fyddai dim byd arall yn gwneud y tro, ond nid oedd ymgreinio o'r fath yn beth rhwydd i Lewis Huws. Pe bai hi'n fodlon dod yn ôl, byddai'n rhoi iddi'r cyfan roedd hi wedi gofyn amdano, mwy o gyflog a gwell lwfans ar gyfer y tŷ a'r bwyd. Yn ei boced roedd ganddo amlen yn cynnwys llythyr o ymddiheuriad a siec am arian oedd yn ddyledus iddi. Roedd yn barod i ymddiheuro o'r galon iddi, ond medrai Apphia Davies fod yn ystyfnig. Os oedd hi wedi digio o ddifri medrai hi fod yn benderfynol o beidio dod yn ôl ar unrhyw delerau. O adnabod Apphia Davies roedd hynny'n gwbl bosibl.

Gyrrodd o Lanrwst tuag at Fetws-y-coed ac wedyn ymlaen ar hyd yr A5. Pasiodd y stabl *mail* isaf ar waelod yr allt, ac ar ôl pasio'r stabl *mail* uchaf trodd i'r chwith i fyny'r lôn gul oedd yn arwain at Dy'n y Gerddi. Parciodd y car lle roedd y lôn yn fforchio a cherddodd yn ei flaen i fyny'r llwybr at y tyddyn. Wrth agosáu ato gwelodd fod mwg yn dod o'r simdde. Roedd rhywun adref. Rhoddodd ei law yn ei boced i wneud yn siŵr bod yr amlen gyda'r llythyr yn dal yno.

Wrth agosáu at y tŷ roedd defaid, ieir a geifr yn y cae o'i gwmpas a rhyw damaid o ffens o amgylch y tŷ i'w rhwystro rhag dod yn rhy agos a bwyta'r perlysiau a'r blodau. Agorodd Lewis y giât a cherdded drwyddi. Y funud honno agorodd drws y tŷ a daeth Sioned allan.

'Pnawn da,' meddai Lewis wrthi. 'Oeddwn i'n gobeithio byddech chi'n medru dweud wrthyf i lle mae Mrs Davies.'

'Mae hi yn y tŷ,' meddai Sioned. 'Mae'n dda eich bod chi wedi dod i'w gweld hi. Dewch i mewn.'

Yn y tŷ dyna lle roedd Apphia Davies yn eistedd wrth y tân yn gweu. Cododd pan ddaeth Lewis i mewn. Ysgydwodd y ddau ddwylo. Gofynnodd Sioned i Lewis a ddymunai gael paned o de, a gwrthododd yntau. Aeth Sioned allan o'r tŷ a gadael y ddau ohonynt ar eu pen eu hunain. Er bod y tŷ yn gyntefig, gyda llawr pridd ac ysgol i ddringo at y gwlâu, roedd yn glyd. Y lle tân oedd canolbwynt yr ystafell, gyda sosbenni a phethau gloyw o'i gwmpas. Roedd y waliau'n llawn lluniau mawr a bach, hen a newydd. Gwelodd Lewis gerdyn post o Bort Said, a dywedodd wrth Apphia Davies fod ganddi un tebyg yn y gegin yn Everton House.

'Oddi wrth Molly, yn teithio'r byd,' meddai Apphia Davies. 'Mae hi'n gyfnither i'r ddwy ohonom ni, Sioned a minnau.'

Eisteddodd Lewis wrth y tân gydag Apphia Davies. Gofynnodd sut oedd hi, a gadawodd iddi ymateb cyn dechrau ar ei araith.

'Mrs Davies,' meddai Lewis, 'dwi wedi bod ar fai, a dwi am ymddiheuro i chi. Ddylwn i ddim bod wedi siarad efo chi fel y gwnes i, a dwi'n ymddiheuro o galon i chi am hynny, ond hefyd dwi am ymddiheuro am wrthod siarad efo chi am yr arian ers cymaint o amser. Dwi'n gwybod erbyn hyn fy mod i ar fai, ac y dylwn i fod wedi gwrando arnoch chi. Wn i ddim beth ddaeth drosof i, doeddwn i ddim am wrando ar neb.' Daliodd Lewis i fynd yn ddi-stop er mwyn dweud popeth oedd ganddo i'w ddweud. Roedd yn gwerthfawrogi gwaith Apphia Davies, meddai, ac yn sylweddoli erbyn hyn nad oedd wedi bod yn talu digon iddi am ei gwaith.

'Os dach chi'n teimlo y gallwch chi ddod yn ôl i Everton House, mi fyddwn i'n falch iawn,' meddai Lewis. Eglurodd faint roedd yn fodlon ei dalu, yn gyflog ac yn lwfans. Dywedodd ei fod wedi ysgrifennu ei ymddiheuriad ar bapur mewn llythyr. Roedd hefyd am roi iddi arian oedd yn ddyledus iddi, yn cynnwys arian ychwanegol oedd yn cyfateb i'r gwahaniaeth rhwng ei chyflog hi a'r cyflog safonol, yn mynd yn ôl flwyddyn. Roedd wedi ysgrifennu siec am y swm hwnnw ac wedi rhoi'r siec mewn amlen gyda'r llythyr yn ymddiheuro. Yna cyflwynodd yr amlen i Apphia Davies.

'Gobeithio medrwch chi faddau i mi,' meddai, 'dwi'n medru bod yn ystyfnig iawn weithiau ac yn ddifeddwl. Dwi wastad yn meddwl mai fi sy'n iawn, ac mae'n cymryd amser i mi weld nad ydw i'n iawn bob tro. Mae'n ddrwg iawn gen i am y trafferth yma i gyd.'

'Mae eich cynnig chi'n hael iawn,' meddai Apphia Davies, 'faswn i'n falch o ddod yn ôl.'

Nid oedd Lewis wedi disgwyl i Apphia Davies dderbyn ar unwaith, a theimlodd y fath ryddhad ac emosiwn fel y bu'n rhaid iddo dynnu hances o'i boced a chwythu ei drwyn. Ar ôl helynt Marian a Vivian a'r rhyfel a'r tanau glo a phopeth arall roedd y cyfan yn ormod iddo.

'Peidiwch â phoeni,' meddai Apphia Davies, *'ça ne fait rien. Dydi o ddim o bwys.'*

'Mae'n ddrwg iawn gen i,' meddai Lewis. Chwythodd ei drwyn eto a chadw'r hances ar ei wyneb am yn hir.

'Worse things happen at sea,' meddai Apphia Davies.

Cytunwyd y byddai Apphia Davies yn dod yn ôl i Everton House y dydd Llun canlynol, mewn pryd i wneud y golch. Byddai Lewis yn dioddef penwythnos arall ar ei ben ei hun, yn gwneud y tanau ac yn gwisgo crys budr, ond doedd hynny'n poeni dim arno gan y byddai ei holl drafferthion yn dod i ben yn fuan iawn.

Felly bu'r ymweliad anodd yn gwbl lwyddiannus a daeth lles mawr ohono. Roedd Lewis yn ddiolchgar iawn bod y fath lwyth o gywilydd wedi disgyn mor rhwydd oddi ar ei ysgwyddau a bod popeth am fod yn iawn unwaith eto.

Pan ddaeth Lewis allan o'r tŷ gydag Apphia Davies, aeth y ddau at y goeden fawr a safai wrth ymyl y tŷ ac aros yno am ennyd i edrych i gyfeiriad Llanrwst a'r môr.

'Hon ydi coeden Ty'n y Gerddi,' meddai Apphia Davies, 'coeden cnau Ffrengig. Dach chi'n medru ei gweld hi o'r ffordd fawr filltiroedd i ffwrdd.'

Diwrnod oer a chymylog oedd hi, ond yn sydyn ac yn gwbl annisgwyl gwelodd Lewis y cymylau yn agor o'i flaen a heulwen yn tywynnu drwyddynt nes llenwi'r dyffryn yn y pellter â haul gwyn llachar. Llanwyd ef â gorfoledd, fel petai'r digwyddiad trawiadol hwn ym myd natur fel gwyrth yn cadarnhau ac yn ategu'r gobaith newydd oedd wedi dod i'w fywyd.

'Edrychwch!' meddai wrth Apphia Davies. 'Edrychwch ar yr haul yn y dyffryn!'

'Ia,' meddai Apphia Davies, 'dwi wedi'i weld o o'r blaen.'

Gadawodd Lewis Apphia Davies a dechrau cerdded o Dy'n y Gerddi i lawr tuag at y car. Roedd yn teimlo'n ysgafn ac yn llawen am y tro cyntaf ers misoedd ar fisoedd, blynyddoedd efallai. Yr wythnos nesaf byddai'r tŷ yn gynnes ac yn lân. Byddai bwyd i'w fwyta a chrys glân yn y bore. Wedi datrys y broblem fawr a chywilyddus hon peth hawdd iawn fyddai trafod pob un broblem arall yn ei thro.

Yn fwy na dim, edrychai Lewis ymlaen at ddweud y newydd da wrth Margaret. Byddai hithau'n falch o glywed yr hanes ac yn rhannu ei foddhad. Roedd mor ddiolchgar iddi am ddangos iddo'r ffordd allan o'i drybini ac mor awyddus i ddangos iddi ei bod yn wirioneddol ddrwg ganddo am ei hesgeuluso cyhyd. Mor dda oedd cael rhywun call fel hi yn ei fywyd, rhywun fyddai'n deall pethau, rhywun yr oedd yn medru rhannu ei lwyddiannau a'i ofidiau gyda hi. Nid oedd wedi teimlo felly ynghylch neb ers blynyddoedd. Roedd wedi gwneud iawn am un camgymeriad heddiw a bellach roedd am sicrhau na fyddai'n gwneud camgymeriad gyda Margaret chwaith. Byddai'n rhaid iddo ddangos i Margaret gymaint yr oedd yn ei feddwl ohoni a chymaint yr oedd yn ei gwerthfawrogi. Ni fyddai byth yn ei hesgeuluso eto. Roedd wedi bod yn ddall, a bellach roedd yn gweld yn glir.

Pennod 35

EPILOG

FLYNYDDOEDD AR ÔL iddo alw yn Nhy'n y Gerddi er mwyn ymddiheuro i Apphia Davies aeth Lewis yno unwaith eto. Mis Gorffennaf 1959 oedd hi. Ers rhai dyddiau bu'n edrych ar ôl ei ddwy ferch oherwydd bod ei wraig wedi gorfod mynd i ofalu am ei thad a'i mam hithau. Dyma'r tro cyntaf erioed iddo ef edrych ar ôl y plant am gyfnod o ddyddiau. Cymerodd wyliau o'i waith fel meddyg a gadael i'w bartneriaid redeg y syrjeri hebddo. Roedd hi'n wyliau ysgol a bron bob dydd hyd yn hyn roedd wedi mynd â'r merched allan yn y car i Landudno a llefydd tebyg. Ond roedd taith heddiw yn wahanol. Taith iddo ef, fwy na'r plant, oedd hon.

Gyrrodd Lewis o dref Llanrwst ar hyd y dyffryn tuag at Fetws-y-coed, heibio Pont Waterloo ac i fyny'r allt. Roedd ganddo lwyth o ferched ifainc yng nghefn y car: dwy o'i ferched ei hunan a dwy o'u ffrindiau tua'r un oed, rhwng deuddeg a phymtheg, i gyd yn parablu'n brysur. Trodd i'r chwith oddi ar yr A5 tuag at Dy'n y Gerddi a pharcio wrth y fforch yn y ffordd. Neidiodd y merched allan o gefn y car, un ar ôl y llall.

'Ewch ffordd acw, i fyny'r allt,' meddai Lewis, ac aeth y merched yn eu blaenau i fyny'r llwybr. Roedd hi'n un ar ddeg y bore a'r haul yn boeth iawn yn barod, yn wahanol iawn i'r diwrnod gaeafol hwnnw pan aeth yno'r tro cyntaf, un flwyddyn ar bymtheg ynghynt. Heddiw roedd y caeau ar draws y dyffryn yn felyn ac yn crasu yn yr haul. Ni welwyd haf mor boeth ers amser mawr. Tynnodd Lewis ei siaced a'i dei a'u gosod yn y car, yna dilynodd y merched gan dorchi ei lewys.

Ers blynyddoedd bu Lewis a'i deulu yn byw mewn tŷ braf ar gyrion Llanrwst a doedd y merched ddim yn cofio cartref arall. Ar ôl iddo briodi a symud i'r tŷ newydd parhaodd Apphia Davies i fyw yn Everton House, uwchben y syrjeri. Yno y bu tan ei marwolaeth y flwyddyn cynt, yn hen wraig 81 oed, yn dal i wneud ychydig o orchwylion ysgafn o gwmpas y lle. Byddai ganddi wastad rywbeth i'r merched pan fyddent yn galw yn y syrjeri, man gwaith eu tad: Nuttall's Mintoes fel arfer.

Wrth nesáu at Dy'n y Gerddi daeth yn amlwg bod y to wedi syrthio a bod yr adeilad wedi bod yn furddun ers blynyddoedd. Doedd dim golwg o'r cartref clyd, cysurus a fu'n hafan ac yn lloches i gyfres o unigolion ar eu ffordd drwy'r byd.

'Dach chi'n gwybod cartref pwy oedd hwn?' gofynnodd Lewis i'r merched. Doedd neb yn gwybod.

'Apphia Davies!' meddai yntau. 'Mrs Davies y syrjeri, Mrs Davies y Mintoes. Dyna pam oeddwn i eisio dod yma. Fues i yma unwaith o'r blaen, adeg rhyfel, pan oedd pethau ddim yn dda ar neb. Roedd hi'n wahanol iawn i heddiw, pan fod popeth yn iawn, a digon o fwyd gan bawb.'

Aeth Lewis at y goeden cnau Ffrengig fawr a safai'n agos at y tŷ. Tynnodd rai o'r dail a'u rhoi i'r merched i brofi'r persawr. Mynegodd y merched eu pleser wrth arogli'r dail cyn troi'n ôl at y murddun i archwilio olion hen berllan yr ochr draw i'r adeilad. Arhosodd Lewis wrth y goeden a syllu ar yr olygfa drawiadol i'r gogledd ar hyd Dyffryn Conwy tuag at Lanrwst ac ymlaen at y môr.

Pan gyrhaeddodd Lewis yn ôl yn Llanrwst ar ôl galw yn

Nhy'n y Gerddi y tro cyntaf, aeth i weld Margaret Dixon ar unwaith, er mwyn dweud wrthi'r newydd da a diolch iddi. Gofynnodd iddi hi a'r plant ddod allan gydag ef eto, ac fe gytunodd hithau. Felly'r dydd Sadwrn hwnnw aeth hi ac ef a'r plant i Landudno ar y trên. Ar ôl crwydro o gwmpas y dre, a chael te yn Clare's, aethant i gerdded ar y promenâd. Yno, ar y promenâd, a'r plant yn chwarae ar y traeth yn ddigon pell i ffwrdd, cafodd Lewis gusan gan Margaret am y tro cyntaf, yn yr awyr agored, i gyfeiliant gwylanod. Roedd yn siŵr ei fod o'r diwedd yn gwneud y peth iawn. Nid oedd am golli cyfle'r tro hwn ac roedd yn benderfynol o fentro popeth ar Margaret.

Bu farw Sioned yn fuan ar ôl diwedd y rhyfel. Tebyg iawn bod Ty'n y Gerddi wedi bod yn wag ers hynny. Erbyn hyn roedd Apphia Davies hithau wedi mynd. Ar ôl y rhyfel daeth Molly, cyfnither Apphia, a'i gŵr yn ôl i Gymru a phrynu tŷ yn Brooklands Park, Bae Colwyn. Llanwyd y tŷ gyda geriach o Wlad yr Iorddonen: camelod pren, poteli'n llawn tywod gyda haenau o wahanol liwiau, a chastell pren mewn casyn gwydr. Adeiladwyd ystafell haul ar ben y garej a llanwyd honno gyda hen rifynnau o'r *National Geographic Magazine*. Un diwrnod ym mis Awst 1958 aeth Apphia Davies ar y bws i Fae Colwyn i'w gweld, a cherddded o'r dref i fyny'r rhiw serth i ben uchaf Brooklands Park. Erbyn iddi gyrraedd y tŷ roedd hi mewn poen. Gosodwyd hi i orwedd yn y parlwr, ac yno, yng nghwmni'r camelod, bu farw o nam ar y galon.

Roedd popeth yn darfod yn ei dro, popeth byw yn pydru fel tomen o lysiau nes bod dim i'w weld ar ôl o gwbl. Roedd Ty'n y Gerddi yn atgoffa Lewis am ddyddiau drwg y rhyfel, a'r holl gamgymeriadau a wnaeth bryd hynny. Sut y bu modd iddo wneud dewisiadau mor anghywir, a hynny ynghylch y materion pwysicaf oll iddo ef yn bersonol? Os bu iddo ddysgu gwers o'i gamgymeriadau bryd hynny, efallai y bu rhyw bwrpas i'r holl drafferthion wedi'r cyfan.

Fel roedd Vivian wedi'i ragweld, gwaethygodd y lladdfa wrth i'r ymladd ddwysáu. Ar ôl Chwefror 1943 parhaodd y rhyfel am ddwy flynedd arall, ac yn y cyfnod hwnnw lladdwyd mwy o fechgyn Llanrwst nag a fu farw yn y cyfnod o bron bedair blynedd cyn hynny. Yn raddol daeth yn amlwg mai brwydr Stalingrad fu trobwynt y rhyfel. Yn ystod 1943 bu brwydr anferth arall yn Rwsia, a glaniodd y Cynghreiriaid yn yr Eidal. Yn 1944 enillodd yr Undeb Sofietaidd diroedd maith yn y dwyrain, ac yn y gorllewin glaniodd y Cynghreiriaid yn Normandi. Daeth y diwedd y flwyddyn wedyn. Bu farw Mussolini a Hitler fis Ebrill 1945. Parhaodd y brwydro gyda Japan nes gollwng bomiau niwclear ar Hiroshima a Nagasaki fis Awst 1945.

Claddwyd rhai o blant Llanrwst yn y môr ac eraill mewn beddau ym mhellafoedd byd. Anafwyd Edwin Edwards y plymar yn yr Eidal. Ar ddiwedd y rhyfel ymfudodd i Adelaide, De Awstralia, ac yno priodi nyrs yr oedd wedi cwrdd â hi yn yr Eidal. Bu Richie Rees, olynydd Lewis Huws fel wicedwr, yn Pensacola, Florida, yn hyfforddi fel peilot, ac yna'n hedfan awyrennau Catalina dros Fôr Iwerydd, Avro Ansons yn Affrica a Wellingtons yn y Dwyrain Canol. Cafodd ei wneud yn *warrant officer* cyn dychwelyd i Lanrwst i'w swydd fel clerc gyda chwmni bysiau Crosville. Unwaith i Richie gyrraedd adref ildiodd Lewis iddo ei le y tu ôl i'r wiced gyda thîm criced tref Llanrwst. Daeth Walter, mab Apphia Davies, yn ôl i Brydain yn sarjant yn 1944 ac ni welodd fwy o'r brwydro. Wedi'r rhyfel aeth yn ôl i weithio fel dyn yswiriant yn Llundain, ac ymhen tair blynedd symudodd oddi yno i

Fae Colwyn i sefydlu ei fusnes ei hun yn y dref. Galwyd ef o'i fusnes insiwrans i fod efo'i fam yn Brooklands Park pan fu hi farw.

Bu Stanley Corfield yn ffodus oherwydd i bencadlys y dreth incwm symud i Landudno dros gyfnod y rhyfel, ac fe'i trosglwyddwyd ef yno. Yn Llandudno galwyd arno i wneud 'gwasanaeth cenedlaethol' gyda'r Gwasanaeth Tân Atodol. Gwrthododd ac fe'i dirwywyd. Y tro hwn talodd y ddirwy, oherwydd ei fod yn canlyn merch a ddaeth yn wraig iddo'n ddiweddarach. Rhyddhawyd y cenedlatholwyr eraill a garcharwyd, gan gynnwys Jac Llanystumdwy a Dic Rowlands, a fu gyda Stanley yn Walton, ac yn y diwedd cawsant eu cofrestru fel gwrthwynebwyr cydwybodol, fel arfer ar yr amod eu bod yn gweithio ar y tir. O'r dynion yn yr Ydfaes, daeth Glyn Morgan yn athro hanes ac ymhen blynyddoedd yn brifathro yn Sir Gaerfyrddin, ac yn uchel iawn ei barch yno. Priododd Robert â merch a gyfarfu yn nawns Clwb Criced Llanrwst yn 1942. Cadwodd denantiaeth yr Ydfaes am flynyddoedd, ac yn y pumdegau, pan werthodd Vivian ffermydd y teulu, prynodd Robert a'i wraig y fferm oddi wrtho. Gadawodd Simon Protheroe Evans y Methodistiaid Calfinaidd er mwyn cael ei ordeinio'n offeiriad eglwysig. Priododd Jeremy Hailsham ei gyd-grefyddwraig o Fetws-y-coed a bu'r ddau yn cadw siop anrhegion yno am gyfnod cyn symud i ffwrdd.

Cyn diwedd y rhyfel ymddeolodd Emrys Wynne-Bevan o swydd y Prif Gwnstabl oherwydd afiechyd. Gwnaed cais am y swydd gan yr Uwch-arolygydd Gruffydd Jones, ac roedd disgwyl iddo ef gael ei benodi. Yn lle hynny penododd y panel yr Uwch-arolygydd Hopkins yn Brif Gwnstabl, ac yn fuan wedyn bu modd i Gruffydd ymddeol yn ddyn cymharol ifanc.

Prynodd ef a'i wraig westy bychan yn Llandudno a bu'r teulu yn ei redeg yn llwyddiannus iawn am flynyddoedd. Ar ôl y rhyfel daeth Geraint, eu mab, yn ôl o'r RAF, wedi mwynhau pob munud, meddai. Er y byddai wedi dymuno aros yn yr RAF, bu'n rhaid iddo ailgydio yn ei waith gyda'r banc.

Bu farw Mrs Eirwen Morris bedair blynedd ar ôl diwedd y rhyfel. Gwaethygodd ei phroblemau gyda'i hymysgaroedd a hynny a achosodd ei marwolaeth. Aeth Lewis i'w hangladd a gwelodd Vivian yno. Ar y diwedd aeth ato i ysgwyd llaw. Gwenodd Vivian yn gynnes arno am eiliadau'n unig cyn troi oddi wrtho at y person nesaf. Bu Lewis yn ystyried galw yn Llwynawelon cyn i Vivian ddychwelyd i Lundain, ond collodd y cyfle, ac ni welodd Vivian wedi hynny. Gwerthwyd Llwynawelon i Hywel Davies, y twrnai, a oedd felly wedi meddiannu cartref y teulu yn ogystal â'r busnes cyfreithiol.

Erbyn y pumdegau byddai Vivian yn hen ddyn dros y deg a thrigain oed. Nid oedd unrhyw sôn amdano yn y wasg, na dim argoel ei fod yn pregethu nac yn ymweld â Chymru. Bu Lloyd Owen yn ffodus i gael mynd yn *aircraftman* yn Stanmore Park, Middlesex, yn agos at Lundain. Yno daeth yn aelod o *ensemble* cerddorol ac ar ôl y rhyfel llwyddodd i adfer ei yrfa gerddorol. Bu'n canu ar y weiarles ambell waith, a'i lais mor ddisglair ag erioed.

Gorfu i Dr Caleb Roberts ymddeol oherwydd afiechyd tua 1949, a bu farw ddwy flynedd yn ddiweddarach. Daeth Walford Evans ag un partner ac wedyn partner arall i mewn i'r busnes. Pan fyddai Walford a Lewis yn cwrdd byddai'r sgwrs fel arfer yn troi o bethau meddygol at chwaraeon a materion ariannol. Roedd Katie yn cadw mewn cysylltiad â'i chefnder, George, ac ambell waith byddai Lewis yn clywed hanes George a Marian Bebb, Marian Clements gynt, drwy Walford. Ar ôl priodi ar ddydd Llun y Pasg,

1943, bu George a Marian yn byw uwchben y caffe yn y sgwâr am rai misoedd, yn gofalu am Mrs Bebb cyn ei marwolaeth fis Medi 1943. Y flwyddyn ganlynol gwerthwyd y caffe i deulu o Lerpwl oedd wedi treulio amser yn Llanrwst fel efaciwîs.

Prynodd Marian a George dŷ braf ger Pen y Gogarth, Llandudno. Rheolwyd tai'r Bebbs yn Llanrwst gan asiant a oedd yn casglu'r rhent ac ambell waith yn gwerthu tŷ ar ran y teulu. O dro i dro byddai George Bebb i'w weld yn Llanrwst yn gwisgo siwt ac yn edrych fel landlord sylweddol – a dyna'n union beth ydoedd erbyn hynny. Roedd George yn ddyn cyfoethog, meddai Walford, ac yn chwarae'r *stocks* a *shares* yn well na neb. Roedd yn ffyddlon iawn i'r British Legion, i Toc H ac i gymdeithas y cyn-filwyr. Ganwyd dau o blant i'r cwpl.

Erbyn 1959 roedd y rhyfel wedi darfod ers bron pymtheg mlynedd. Ar gofeb ryfel Llanrwst ychwanegwyd ugain enw at dros ddeugain o enwau'r rhai a fu farw yn y Rhyfel Byd Cyntaf. Yng nghapel Penuel gosodwyd plac i goffáu Arthur Elis, a fu farw yn Ffrainc yn 22 mlwydd oed. Bu'r rhyfel yn amser drwg ym mywydau pobl Llanrwst. Chwalwyd cenhedlaeth o bobl ifainc, ac ar ôl y rhyfel bu'n rhaid iddynt wneud eu gorau i ailgydio yn eu bywydau. Ond nid oedd hynny i'w gymharu â phrofiadau pobl eraill y bu eu dioddefaint a'u colledion gymaint yn waeth. Er gwaetha'r helyntion personol a brofodd Lewis Huws yn ystod y rhyfel, yn ei achos ef roedd Apphia Davies yn berffaith iawn: *worse things happen at sea*.

Yn raddol daeth maint y colledion yn ystod yr Ail Ryfel Byd yn amlwg: ugeiniau o filiynau o bobl o gwmpas y byd i gyd, nifer na ellid ei amgyffred. Roedd y cyfan wedi bod yn wallgofrwydd noeth. Bu farw unigolion diniwed di-rif o newyn, oerfel ac afiechyd, yn ogystal â bwledi a nwy gwenwynig. Nid Lewis Huws oedd yr unig berson oedd yn gwneud camgymeriadau. Doedd holl arweinwyr a deallusion y gwledydd fawr gwell: camgymeriadau gwirion oedd yn arferol yn y byd hwn.

Er bod Lewis yn dal i gredu bod pethau da yn medru dod o bethau drwg, nid oedd yn hawdd gweld llawer iawn o ddaioni yn codi o holl ddioddefaint y rhyfel. Pan oedd yn ddyn ifanc roedd cynnydd cymdeithasol, *progress*, wedi bod yn bwysig iawn i Lewis. Erbyn hyn, ac yntau'n heneiddio, nid oedd *progress* yn ymddangos mor sicr o gwbl; yn wir, roedd ei obeithion am y ddynoliaeth wedi pylu cryn dipyn.

Heb wersi caled bywyd medrai rhywun ddal i ymddwyn fel plentyn hunanol ar hyd ei oes. Ffasgydd bach oedd pob unigolyn yn y bôn, wastad am gael ei ffordd ei hun ym mhob dim. Roedd dysgu ymddwyn fel person gwâr yn beth anodd; nid peth greddfol ydoedd. Roedd unben fel Hitler, Mussolini nen Stalin yn disgwyl plygu'r byd i'w ewyllys ei hun. Pobl anaeddfed oedd pobl felly ym marn Lewis Huws, yn eu rhoi eu hunain yn uwch na'r greadigaeth i gyd.

Gyda'i gilydd neu fel unigolion, mynnai pobl wneud pethau ffôl a dychrynllyd dro ar ôl tro. Rhyw gawdel rhyfeddol oedd bywyd i bawb, llawn amgylchiadau anodd a phenderfyniadau gwirion. Roedd anffawd ac anhrefn yn barhaus ac yn ddiddiwedd, ac roedd angen cadw ffydd yn y gallu dynol i'w goresgyn, ffydd yn y gallu i gadw'r gwydr rhag chwalu. Er gwaethaf popeth rhaid caru'r byd a'i amrywiaeth. Gobeithiai Lewis ei fod yn well dyn nag y bu ar un adeg, yn llai hunanol a difeddwl, ac yn fwy goddefgar ac amyneddgar. Ond nid oedd yn ei natur i ddod yn agos at unrhyw gyflwr gras. Ni fyddai'n troi'n sant pe bai'n byw am fil o flynyddoedd.

Ddeugain mlynedd ar ôl diwedd y Rhyfel Mawr, ac yntau

bellach yn drigain oed, roedd cyfoedion Lewis Huws yn mynd yn hen ac yn marw fesul un. Byddai'r blynyddoedd yn graddol deneuo'r niferoedd nes yn y diwedd fyddai neb o'i genhedlaeth ef ar ôl ar y ddaear. Byddai amser yn golchi'r byd yn lân ohonyn nhw, eu hagweddau, eu rhagfarnau a'u hatgofion, a byddai'n rhaid i genhedlaeth newydd ddysgu popeth o'r newydd drwy eu camgymeriadau eu hunain, nes bod y byd wedi'i adnewyddu ei hunan unwaith eto.

Daeth y merched yn ôl at y tŷ yn fyr eu gwynt ar ôl rhedeg a chwarae yn y coed y tu draw i'r murddun.

'Dach chi'n barod am ginio yng nghaffe Tan-lan?' gofynnodd Lewis, ac yr oedd pawb yn barod.

'Tfwrdd â chi, ynta, yn ôl at y car,' meddai Lewis, ac ar unwaith rhedodd y pedair merch i ffwrdd i lawr yr allt, a hynny er eu bod wedi bod wrthi'n chwarae'n egnïol iawn ers tro. Troediodd Lewis yn araf ar eu hôl, yn rhyfeddu at egni di-bendraw pobl ifainc. Roedd cenhedlaeth newydd yn tyfu i fyny, cenhedlaeth y plant, wrth i'w genhedlaeth yntau heneiddio. Bydd bywyd yn eich synnu, yn eich syfrdanu, meddai Lewis wrtho'i hun.

Byddwch chithau, bob un ohonoch, yn gwneud camgymeriadau. Byddwch yn cael eich brifo, eich cyffroi, eich ysgwyd, eich llonni. Byddwch yn darganfod cariad ac yn cael eich caru yn eich tro. Pob lwc i chi, bobl ifainc, gyda'r cyfan oll i gyd.

Arhosodd Lewis am ennyd a throi i edrych yn ôl ar Dy'n y Gerddi am y tro olaf, cyn parhau i gerdded i lawr at y car. Roedd hi'n ddiwrnod hyfryd o haf, a'r olygfa dros Ddyffryn Conwy cyn hardded ag erioed. Pleser pur oedd gweld y merched yn hapus yn chwarae gyda'i gilydd yn y fath baradwys. Gwyddai Lewis Huws ei fod wedi bod yn lwcus iawn fod pethau wedi syrthio i'w lle yn ei fywyd ef, a hynny er gwaethaf ei ffolineb ef ei hunan. Nos yfory byddai Margaret, ei wraig, Margaret Dixon gynt, yn ôl lle roedd hi'n perthyn, yn Llanrwst gyda'i theulu. Doedd neb arall yn gwneud y tro iddo ef, ddim ddoe, na heddiw, nac yfory.